YPATINGŲ VAIKŲ
namai

RANSOM RIGGS

YPATINGŲ VAIKŲ
namai

Iš anglų kalbos vertė *Aurelija Jucytė*

Alma littera

VILNIUS / 2012

UDK 821.111(73)-93
Ri54

Versta iš:
Ransom Riggs
MISS PEREGRINE'S HOME
FOR PECULIAR CHILDREN
Quirk Books, Philadelphia,
Pennsylvania, 2011

ISBN 978-609-01-0747-8

Ne miegas tai ir ne mirtis,
Kas, regis, miršta, gyvas jis.
Namai, kuriuose tu gimei,
Pavasariškos jaunatvės draugai,
Senolis ir jauna mergelė,
Dienos darbai ir atpildas už tai,
Visa tai blėsta,
Legendon tolsta,
Pririšti jų niekaip negal.

Ralph Waldo Emerson

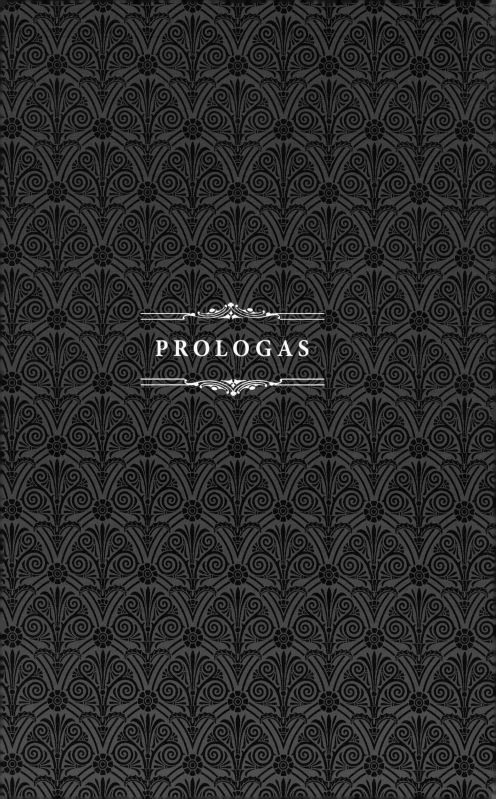

PROLOGAS

*V*os spėjau susitaikyti su mintimi, kad mano gyvenimas bus visiškai paprastas, pradėjo dėtis nepaprasčiausi dalykai. Pirmasis jų buvo išties baisus smūgis ir, taip kaip bet kas kita, kas negrįžtamai tave pakeičia, padalijo mano gyvenimą į dvi dalis: Iki ir Po. Ir, taip kaip daugelis nepaprastų dalykų, laukusių manęs ateityje, tai buvo susiję su mano seneliu Abrahamu Portmanu.

Augdamas nepažinojau kito tokio įdomaus žmogaus kaip senelis Portmanas. Kadaise jis pats gyveno vaikų namuose, jis kovojo karuose, plaukė garlaiviu per vandenynus, raitas keliavo per dykumas, vaidino cirkuose; žinojo viską, kas įmanoma, apie ginklus, savigyną, išgyvenimą laukinėje gamtoje; jis, be anglų, kalbėjo dar bent trimis kalbomis. Visa šitai atrodė neapsakomai egzotiška vaikiui, niekad gyvenime nė nosies neiškišusiam iš Floridos, tad kaskart, vos susitikdavome, kaulydavau jo istorijų. O jis man jų ir nešykštėdavo – pasakodavo kaip paslaptis, kurias galima atskleisti tik man vienam.

Būdamas šešerių nusprendžiau: vienintelė galimybė man patirti bent pusę tiek nuotykių, kiek jų patyrė senelis Portmanas, yra tapti tyrinėtoju. Jis skatino mane, ištisas popietes leisdamas drauge: aš linksodavau prie pasaulio žemėlapio planuodamas įsivaizduojamas ekspedicijas, raudongalviais smeigtukais ženklindamas maršrutus, o jis pasakodavo apie nuostabiausias vieteles, kurias man vieną dieną skirta aptikti. Namuose apie savo siekius paskelbiau staipydamasis

su kartoniniu vamzdžiu, prispaustu prie akies, ir plyšodamas: „Ei, žemė!", paskui: „Išsilaipinimo grupei – pasiruošt!", kol tėvai neapsikentę išgujo mane į kiemą. Man regis, jie nuogąstavo, kad senelis gali užkrėsti mane nepagydoma svajoklio aistra, nuo kurios niekad nebeišgysiu, kad visos tos fantazijos man – lyg kokie skiepai, sergstintys nuo bet kokių praktiškesnių siekių, tad vieną dieną motina pasisodino mane ir išaiškino, jog tyrinėtoju man tapti nelemta, mat viskas pasaulyje jau atrasta. Turėjau gimti kitame amžiuje, jaučiausi apmautas paties likimo.

Dar labiau apmulkintas pasijutau, kai sumojau: daugelis pačių įdomiausių senelio Portmano istorijų tiesiog negali būti tiesa. Pačios fantastiškiausios pasakos būdavo apie jo vaikystę: kaip jis, gimęs Lenkijoje, dvylikametis buvęs išsiųstas į vaikų namus Velse. Kaskart, kai mėgindavau išklausti, kodėl palikęs tėvus, atsakymo visada sulaukdavau tokio pat: dėl to, kad jį persekiojusios pabaisos. Lenkijoje jų knibždėte knibždėjo, tvirtindavo jis.

– O kokios tos pabaisos? – išplėsdavau akis. Ilgainiui tai tapo mažne tradicija.

– Siaubingos: kuprotos, pūvančia oda ir juodomis akimis, – atsakydavo jis. – O vaikščiodavo štai šitaip! – Tai taręs, tuojau kerėplindavo prie manęs panašiai kaip koks monstras iš seno siaubo filmo, o aš sprukdavau šalin juokdamasis.

Pasakodamas, kaip tos pabaisos atrodė, jis vis įpindavo kokią naują bauginančią detalę: jos dvokė pašvinkusiomis atliekomis, jos buvo nematomos – išskyrus šešėlį, iš jų žabtų rangėsi miškas čiuptuvų: jos galėjo švystelėti vienu tokiu, akimirksniu tave sučiupti ir įsitraukti į galingus nasrus. Baigėsi tuo, kad aš nebegalėdavau užmigti: pernelyg įsisiūbavusi mano vaizduotė padangų čežėjimą ant šlapio asfalto vertė dūsuojančiu alsavimu už lango, o siūbuojančius po durimis šešėlius – trūkčiojančiais juosvai pilkais čiuptuvais. Aš

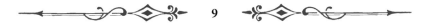

pats pabaisų bijojau, bet su malonumu įsivaizduodavau, kaip su jomis grumdavosi senelis, grumdavosi – ir vis išnešdavo sveiką kailį, jei jau išgyveno tiek, kad apie tai man papasakotų.

Vis dėlto pasakojimai apie gyvenimą Velso vaikų namuose būdavo dar fantastiškesni. Tą vietą supo kerai, tvirtino jis, ji buvo tamtyč skirta vaikams nuo pabaisų apsaugoti – saloje, kur kiekvieną dieną šviesdavo saulė, kur niekas niekada nei susirgdavo, nei mirdavo. Visi ten gyveno drauge didžiuliame pastate, kurį sergėjo senas išmintingas paukštis – bent jau šitaip porino pasaka. Visgi, dar kiek ūgtelėjęs, daug kuo ėmiau abejoti.

– O *koks* tasai paukštis? – būdamas septynerių paklausiau vieną popietę, įtariai skersakiuodamas į jį viršum kortų stalelio – mudu žaidėme „Monopolį", ir jis leido man pirmauti.

– Didžiulis sakalas, rūkantis pypkę, – pasakė jis.

– Manai, aš visai kvailas, seneli?

Jis nykščiu pasklaidė tirpstančią oranžinių ir mėlynų pinigų krūvelę.

– Apie tave niekad taip nepamanyčiau, Jakobai.

Supratau, kad užgavau jį – iš staiga paryškėjusio lenkiško akcento, kurio jis taip ir nesugebėjo galutinai atsikratyti. Žnybtelėtas kaltės, nusprendžiau šįsyk juo patikėti.

– O kodėl pabaisos norėjo jus pričiupti? – paklausiau.

– Todėl, kad mes nebuvome tokie, kaip kiti žmonės. Mes buvome ypatingieji.

– Ypatingieji – kaip?

– Ogi kiekvienas savaip, – atsakė. – Buvo viena mergaitė, kuri mokėjo skraidyti, buvo berniukas, kuriame gyveno bitės, buvo brolis ir sesuo, kurie galėjo virš galvos iškelti dideliausią akmenį.

Sunku buvo įspėti, ar jis kalba rimtai. Kita vertus, senelis niekada nebuvo užkietėjęs pokštininkas. Įžvelgęs dvejonę mano veide, jis suraukė antakius.

– Ką gi, neprašysiu, kad tiesiog patikėtum mano žodžiu, – tarė. – Parodysiu nuotraukų!

Tai taręs, atstūmė šezlongą ir nuėjo vidun, palikdamas mane uždarame šešėliuotame kiemelyje vieną. Po minutės grįžo su sena cigarų dėžute rankose. Prisilenkiau pasižiūrėti iš arčiau į jo ištrauktas keturias pageltusias, susigarankščiavusias nuotraukas.

Pirmojoje, tamsioje ir neryškioje, įžvelgiau lyg ir vyrišką eilutę – tik be žmogaus joje. O jei tuos drabužius kas nors vis dėlto vilkėjo, žmogus buvo be galvos.

– Galvą jis, savaime aišku, turi! – senelis išsišiepė. – Tik tu jos nematai.

– O kodėl? Gal jis nematomas?

– Tik pamanykite, koks galvočius! – senelis kilstelėjo antakius, lyg būčiau apstulbinęs jį gebėjimu daryti išvadas. – Milardas – toks buvo jo vardas. Linksmų plaučių vaikis. Būdavo, ima ir pasako: „Ei, Abe, žinau, ką šiandien veikei" – ir iškloja viską, kur buvai, ką valgei, o gal krapštei nosį manydamas, kad niekas nemato. Kartais sekiodavo kitus iš paskos, tylutėliai kaip pelė, išsirengęs nuogas, kad niekas jo nematytų – tiesiog stebėdavo, ką jie veikia! – Jis palingavo galvą. – Ir sugalvok tu man, a?

Jis kyštelėjo man dar vieną nuotrauką. Luktelėjo, kol įsižiūrėsiu, tada paklausė:

– Na? Ir ką matai?

– Mergaitę?..

– O mergaitė?..

– Su karūna.

Jis pirštu patapšnojo nuotraukos apačią.

– Apie jos pėdas nieko nepasakysi?

Prikišau nosį arčiau. Mergaitė padais nelietė žemės. Bet nebuvo pašokusi – regis, tiesiog kybojo ore. Man net žandikaulis atkrago.

– Ji skrenda!

– Panašiai, – neprieštaravo senelis. – Ji sklando. Tiesa, jai ne visada pavykdavo tai suvaldyti, tad kitąsyk turėdavome pririšti ją virve, kad nenuplūduriuotų nežinia kur!

Jaučiau, kad žvilgsnis taip ir prilipo prie to paniurusio lėliško veidelio.

– Ta nuotrauka tikra?

– Aišku, kad tikra, – šiurkštokai atrėžė senelis; paėmęs iš manęs nuotrauką, padavė dar vieną. Šioje išvydau prakaulų bernaitį, iškėlusį didžiulį akmenį.

– Viktoras ir jo sesė nebuvo kažin kokie protinguoliai, – tarė senelis. – Bet, dievulėliau, kokie buvo stiprūs!

– Jis *neatrodo* labai stiprus, – pasakiau aš, nužvelgęs liesas berniuko rankas.

– Patikėk, jėgos jam tikrai netrūko. Sykį mėginau varžytis su juo ranką lenkti – kad tave, jis man jos vos neišrovė!

Vis dėlto paskutinė nuotrauka pasirodė pati keisčiausia. Tai buvo kažkieno pakaušis – bet su nupieštu veidu.

Kol stebeilijau į nuotrauką, senelis Portmanas paaiškino:

– Matai? Jis turėjo dvi burnas. Vieną – priekyje, kitą – pakaušyje. Štai kodėl buvo toks nusipenėjęs!

– Na jau ne, tas veidas netikras, – paprieštaravau. – Nupieštas.

– Kas nupiešta – aišku, netikra. Taip buvo padaryta cirko vaidinimui. Bet, kartoju, burnas jis turėjo dvi. Netiki?

Susimąsčiau; nužvelgiau nuotraukas, tada pakėliau akis į senelį – jo veidas buvo toks atviras, toks nuoširdus. Dėl kokios priežasties turėtų meluoti?

– Tikiu, – pasakiau jam.

Ir iš tiesų juo tikėjau – bent dar keletą metų, – nors iš tikrųjų turbūt labiausiai dėl to, kad norėjau tikėti, panašiai kaip kiti tuomečio mano amžiaus vaikai nori tikėti Kalėdų Seneliu. Mes laikomės įsikibę savo pasakų tol, kol kaina, kurią tenka mokėti už tikėjimą, pernelyg išauga, o man taip atsitiko antroje klasėje, kai Robis Džensenas valgykloje per pietų pertrauką, kaip tik priešais mergaičių stalą, trūktelėjo žemyn mano kelnes ir visiems apskelbė, esą aš tikiu fėjomis. Veikiausiai šitai tebuvo deramas atlygis už tai, kad porinau senelio istorijas mokykloje, bet tas kelias žeminančias sekundes įstengiau galvoti tik apie „fėjų berniuko" pravardę, galbūt prikibsiančią man metų metams, ir dėl to – pagrįstai ar ne – niršau ant jo.

Tą popietę senelis Portmanas pasiėmė mane iš mokyklos – kaip ir dažną dieną, kai mano tėvai dirbdavo. Įsiropščiau į jo senolio pontiako keleivio sėdynę ir paskelbiau, kad nebetikiu jo fėjų pasakomis.

– Kokiomis pasakomis? – paklausė jis žvelgdamas į mane viršum akinių.

– Na, tomis. Pats žinai. Apie vaikus ir pabaisas.

Jis, regis, suglumo.

– O kas bent žodžiu užsiminė apie fėjas?

Aš tuomet jam išaiškinau, kad išgalvotos istorijos ir stebuklinės pasakos yra tas pat, kad pasakos skirtos tik mažvaikiams, sisiojan-

tiems į kelnes, ir dar kad puikiai suprantu: jo nuotraukos padirbtos, o pasakojimai – gryniausi pramanai. Maniau, jis užsius ar pradės ginčytis, bet tik tarstelėjo: „Ką gi" – ir užvedė pontiako variklį. Staigiai numynė greičio pedalą, ir mes trūktelėjome nuo šaligatvio. Tuo viskas ir baigėsi.

Manau, jis turėjo nujausti, kad anksčiau ar vėliau taip atsitiks – juk aš turėjau galiausiai išaugti iš jo pasakų, – bet kai tai nutrūko taip staigiai, pasijutau lyg apmeluotas. Niekaip negalėjau suprasti, kodėl jis prisigalvojo šitokių keistenybių, apmulkino mane, neva patys neįtikimiausi dalykai vis dėlto įmanomi, nors iš tikrųjų yra visai ne taip. Į šį klausimą tik po keleto metų man atsakė tėtis: pats, dar būdamas vaikščias, girdėjęs šį tą iš tų pačių senelio istorijų, ir tai – ne visai melas, tik gerokai pagražintos tikrų nutikimų versijos, mat senelio Portmano vaikystė – toli gražu ne stebuklinė pasaka. Veikiau jau siaubo istorija.

Mano seneliui vieninteliam iš visos jo šeimos pavyko ištrūkti iš Lenkijos dar prieš Antrojo pasaulinio karo pradžią. Jam buvo dvylika, kai tėvai atidavė jį į nepažįstamų žmonių rankas: įsodino jauniausiąjį sūnų į traukinį, išvykstantį į Britaniją, vien su lagaminu ir drabužiais, kuriuos vilkėjo. Bilietas buvo tik į vieną pusę. Senelis daugiau niekada nebeišvydo savo tėvo ar motinos, vyresniųjų brolių, pusbrolių ar pusseserių, tetų ir dėdžių. Kai jis sulaukė šešioliktojo gimtadienio, nė vieno iš jų nebebuvo tarp gyvųjų, juos išžudė pabaisos, iš kurių nasrų jam pačiam tik per plauką pavyko ištrūkti. Tačiau tai buvo kitokios rūšies siaubūnai – ne tos baidyklės su čiuptuvais ir pūvančia oda, kokios kutena septynmečio vaiko vaizduotę. Tai buvo patys paprasčiausi siaubūnai žmogiškais veidais, gurgždančiomis uniformomis, žygiuojantys koja į koją – tokie banalūs, kad iškart nė neperprasi, kas jie tokie iš tikrųjų, o paskui jau būna per vėlu.

Kaip ir pabaisos, užkerėtos salos istorija irgi buvo teisybė, tik apvilkta pasakišku rūbu. Palyginti su žemyninės Europos siaubais, vaikų namai, priglaudę senelį, turėjo atrodyti tikras rojus, tad tokiu ir virto jo pasakojimuose: saugiu dangiškuoju niekad nesibaigiančios vasaros uostu su angelais sargais ir stebuklingais vaikais, kurie, savaime aišku, *iš tikrųjų* negalėjo skraidyti, virsti nematomais ar kilnoti didžiulių akmenų. O tasai ypatingumas, dėl kurio anuomet juos nuožmiai persekiota, buvęs gana paprastas: jie – žydai. Karo našlaičiai, kraujo potvynio bangos išmesti į mažos salelės krantą. Jie tikrai buvo ypatingi, tik ne dėl to, kad būtų buvę apdovanoti kokiomis antgamtinėmis galiomis – jie išvengė getų ir dujų kamerų, o tai jau savaime nemenkas stebuklas.

Aš lioviausi prašinėjęs senelio papasakoti man istorijų, o jis, manau, slapčia tik lengviau atsikvėpė. Jo vaikystės smulkmenos ištirpo paslapties rūke. O aš ir nesiknaisiojau. Jis perėjo tikrą pragarą ir turėjo teisę į asmenines paslaptis. Buvo gėda, kad pavydėjau jo gyvenimo – pernelyg jau brangiai jam teko už tai sumokėti, ir mėginau jaustis dėkingas už savąjį, saugų ir nė kiek nenuotykingą: juk aš nenuveikiau nieko, kad pelnyčiau tokį.

O paskui, po keleto metų, kai sulaukiau penkiolikos, nutiko išties ypatingas ir šiurpus įvykis, ir mano gyvenimas skilo perpus: į *Iki* ir *Po*.

PIRMAS SKYRIUS

*P*askutiniąją gyvenimo *Iki* popietę praleidau ręsdamas 1:10 000 mastelio „Empire State" pastato kopiją iš suaugusiesiems skirtų sauskelnių dėžių. Neslėpsiu: tai buvo tikras meno kūrinys, penkių pėdų pločio apačioje, aukštai iškilęs virš kosmetikos skyriaus. Pamatui panaudojau didžiąsias dėžes, mažąsias – apžvalgos aikštelei, o garsųjį bokštą uoliai sudėjau iš bandomųjų pavyzdžių. Statinys išėjo mažne tobulas – su vos viena nežymia, bet esmine kliautimi.

– Juk tai „Neverleak" dėžės, – tarė Šelė, su skeptiška raukšle kaktoje nužvelgusi mano kūrinį. – O išpardavimui skirta „Stay-Tite".

Šelė buvo parduotuvės vadybininkė, o jos nuolat pasmukę pečiai ir rūgšti veido išraiška – beveik tokie pat uniformos atributai kaip ir mėlyni polo marškinėliai, kokius privalėjome vilkėti visi.

– Maniau, sakei „Neverleak", – pasiteisinau – mat kaip tik taip ji ir sakė.

– „Stay-Tite", – primygtinai pakartojo ji ir apgailestaudama palingavo galvą, lyg mano bokštas būtų koks luošas lenktyninis žirgas, o ji – toji, kurios rankoje atsidūrė pistoletas perlamutrine rankena. Stojo trumpa ir nejauki tyla: Šelė vis dar lingavo galvą, žvilgsniu slysdama nuo manęs prie bokšto ir atgal – prie manęs. Bukai įsistebeilijau į ją, lyg būčiau visiškai nesupratęs, ką pasyviai, bet agresyviai ji bando man pasakyti.

– Aaaaak, – iškvėpiau pagaliau. – Vadinasi, norėtum, kad pastatyčiau bokštą iš naujo?

– Bėda, kad paėmei „Neverleak" dėžes, – pakartojo ji.

– Anokia bėda. Tuoj pat ir pradedu.

Juodo – kaip reikalavo taisyklės – sportbačio galu spirtelėjau vieną pamato dėžę. Dar akimirka – ir visas nuostabusis statinys grumėdamas suzmeko žemėn, į visas puses pažerdamas sauskelnių pakuotes: jos pasklido grindimis lyg potvynio banga, keitė kryptį lyg biliardo kamuoliai, atsimušusios į išsigandusių pirkėjų kojas, nuslydo net iki automatinių durų, kurios uoliai atsivėrė, įleisdamos vidun rugpjūčio kaitros šuorą.

Šelės veidas nusidažė granato spalva. Ji tiesiog privalėjo atleisti mane tą pat akimirksnį, bet žinojau, kad tokia laimė man neskirta. Visą vasarą nėriausi iš kailio, kad tik mane išgrūstų iš darbo „Smart Aid" parduotuvėje, ir įsitikinau, jog tai, gali sakyti, neįmanoma. Aš begėdiškai vėluodavau, ir ne vieną kartą, o pasiteisinimą suriesdavau beviltiškai skylėtą, amžinai klysdavau skaičiuodamas grąžą, kartais netgi tyčia supinkliodavau prekes, kraudamas jas ant lentynų: losjono buteliukus išrikiuodavau tarp vidurių paleidžiamųjų vaistų, priemones nepageidaujamam nėštumui išvengti įkurdindavau ant vienos lentynos su vaikišku šampūnu. Beveik niekad rimčiau nekibdavau į darbą, bet, kad ir koks niekam tikęs apsimesdavau esąs, Šelė nė nemanė išbraukti manęs iš apmokamų darbuotojų sąrašo.

Visgi tai, ką pasakiau anksčiau, reikėtų kiek patikslinti: tik *man* vienam buvo beveik neįmanoma netekti darbo „Smart Aid" parduotuvėje. Bet kuriam kitam darbuotojui durys būtų buvusios parodytos gerokai anksčiau, nei būtų spėjęs prikaupti tiek smulkių prasižengimų. Tai mano pirmoji politikos pamoka. Inglvude – nedideliame, mieguistame pajūrio miestelyje, kuriame gyvenu, – yra trys „Smart Aid" parduotuvės. Sarasotos apygardoje – dvidešimt septynios, o vi-

soje Floridoje – šimtas penkiolika, jos išsibarsčiusios po visą valstiją lyg kokie nenugydomi spuogai. O priežastis, kliudanti išspirti mane iš darbo, tokia: visos šimtas penkiolika parduotuvių iki vienos priklauso mano dėdėms. Priežastis, dėl kurios negalėjau mesti darbo pats, buvo ta, kad pirmasis darbas „Smart Aid" parduotuvėje – sena pašlovinta šeimos tradicija. Visos mano smulkios diversijos, skirtos pakenkti sau pačiam, buvo pasmerktos nesėkmei: laimėjau tik amžinas, be išeities niautynes su Šele ir tvirtą, gilią bendradarbių antipatiją – šie, pripažinkime, nemėgtų manęs bet kuriuo atveju, mat nesvarbu, kiek prekių vitrinoje aš išvartyčiau, kiek grąžos nusukčiau, vieną gražią dieną vis tiek paveldėsiu nemenką bendrovės dalį, o jie – ne.

*   *   *

Brisdama per sauskelnių pusnis, Šelė bedė pirštu man į krūtinę ir buvo jau besižiojanti kažką sakyti, bet jai sutrukdė balsas iš vidaus ryšio garsiakalbio:

– Džeikobai, tau skambina antrąja linija. Džeikobai, antroji linija.

Šelė tiktai nutvilkė mane žvilgsniu, o aš lyg niekur nieko pasišalinau, palikdamas ją raudoną kaip granatas veidu tarp manojo bokšto griuvėsių.

*   *   *

Darbuotojų poilsio kambarys buvo drėgna belangė patalpa – čia, švytinčio gaiviųjų gėrimų aparato fone, išvydau vaistininkę Lindą, kramsnojančią sumuštinį be plutos. Ji linktelėjo į pritvirtintą ant sienos telefono aparatą.

– Tau skambina antrąja linija. Kad ir kas tai būtų, atrodo *paklaikęs.*

Paėmiau kadaruojantį ragelį.

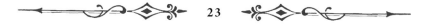

– Jakobai? Tu?

– Sveikas, seneli Portmanai.

– Jakobai, ačiū Dievui. Man reikia rakto. Kur mano raktas? – sprendžiant iš balso, jis buvo smarkiai susigraužęs, kalbėjo lyg pridusęs.

– Kokio rakto?

– Tik neišsidirbinėk! – riktelėjo jis. – Puikiausiai žinai, kokio rakto.

– Tikriausiai pats būsi kur nors jį nukišęs.

– Tavo tėvas tave sukurstė, ne kitaip, – pareiškė jis. – Imk ir pasakyk man. Jam nereikia žinoti.

– Niekas manęs nesukurstė. – Čia pat pamėginau keisti temą: – O tabletes šįryt išgėrei?

– Jie manęs tykoja, aišku tau? Nenutuokiu, kaip mane iššniukštinėjo po šitiekos metų, bet – iššniukštinėjo. Kuo gi man nuo jų gintis? Gal suknistu virtuvės peiliu?

Jau nebe pirmas kartas, kai girdžiu jį kalbant šitaip. Senelis buvo jau garbaus amžiaus ir, tenka pripažinti, pradėjęs krioti. Proto silpimo požymiai iš pradžių nebuvo ryškūs: tarkime, jis užmiršdavo nusipirkti produktų arba pavadindavo mano mamą tetos vardu. Tačiau per vasarą lėtai sėlinanti senatvinė demencija iškrėtė bjaurų pokštą. Visos tos fantastinės istorijos apie gyvenimą karo metais – pabaisos, užkeikta sala – staiga jam tapo absoliučiai, slegiančiai tikros. Pastarąsias kelias savaites jis buvo ypač dirglus, ir mano tėvai, ne juokais pabūgę, kad senelis gali tapti pavojingas pats sau, ėmėsi rimtai svarstyti, ar nevertėtų išvežti jo į kokią prieglaudą. Nežinia kodėl, bet šitokiais grėsmingais telefono skambučiais jis galvą kvaršino tik man vienam.

Kaip paprastai, aš kaip įmanydamas stengiausi jį numaldyti.

– Tu saugus. Viskas gerai. Šiek tiek vėliau atvešiu vaizdajuostę, galėsime drauge pažiūrėti filmą. Ką pasakysi?

– Ne! Net nemėgink kelti kojos pas mane! Čia nesaugu!

– Seneli, jokie siaubūnai tavęs netyko. Pats išguldei juos visus dar per karą, negi nebeprisimeni? – Nusigręžiau į sieną, mėgindamas nuslėpti savąją šio keisto pokalbio pusę nuo Lindos, kuri prorečiais vis smalsiai dirsčiojo mano pusėn, nors neva įknibusi skaitė madų žurnalą.

– Ne visus, – nesutiko jis. – Ne, ne, ne. Žinoma, išgalabijau baisybę, bet jų vis atsiranda naujų. – Girdėjau, kaip jis blaškosi po namus, atidarinėja stalčius, užtrenkinėja dureles. Atrodė visiškai nusprūdęs nuo šikšnelės. – Nemėgink net artintis čionai, girdi? Aš susidorosiu – nurėžti liežuvius, išdurti akis – tiek ir tereikia jiems įveikti! Kad tik surasčiau tą prakeiktą *RAKTĄ*!

Ieškomasis raktas buvo skirtas seifui senelio Portmano garaže atrakinti. O seife buvo sukrauta kolekcija šautuvų ir peilių – šitiek pakaktų apginkluoti nedideliam nereguliariosios armijos daliniui. Tuos ginklus senelis rinko pusę gyvenimo, trankėsi po šautuvų parodas kitose valstijose, leisdavosi į ilgas medžiokles, saulėtais sekmadieniais tempdavosi besispyriojančią šeimą į šaudyklą, kad visi išmoktų šaudyti. Savo pyškalus jis taip mylėjo, kad kitąsyk net miegodavo su jais. Tėtis turi netgi įrodymų: nuotrauką, kurioje senelis Portmanas įamžintas snūduriuojantis su pistoletu rankoje.

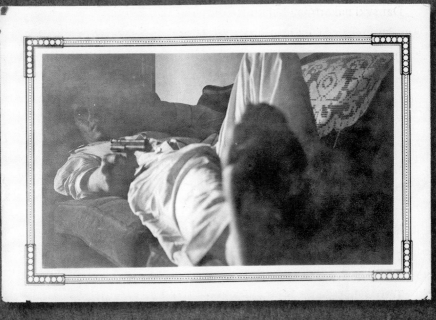

Paklausiau tėčio, kodėl senelis taip pakvaišęs dėl šaunamųjų ginklų, ir tėtis paaiškino, kad šitaip kartais nutinka tiems, kuriems teko kariauti arba patirti kokių nors traumuojančių įvykių. Mano nuomone, seneliui teko tiek visko išgyventi, kad po to jis veikiausiai niekur nebesijautė saugus, netgi namuose. Likimo ironija: dabar, kai jį beveik visai užvaldė haliucinacijos ir maniakinė paranoja, tai iš tikrųjų virto tiesa: namie jam nebebuvo saugu, ką ten bus, kai prikaupta šitiek šautuvų. Štai kodėl tėtis nušvilpė raktą.

Dar sykį pakartojau tą patį melą: aš nežinau, kur yra raktas. Išgirdau dar vieną prakeiksmų papliūpą, paskui – ir bildesį: senelis Portmanas vertė namus jo ieškodamas.

– Et, – tarė galiausiai. – Lai sau turisi tavo tėvas tą raktą, jeigu jau taip nori. Drauge gaus ir mano lavoną!

Kaip sugebėdamas mandagiau baigiau pokalbį ir nedelsdamas paskambinau tėčiui.

– Senelis vėl nutrūko, – pranešiau jam.

– O tabletes šiandien išgėrė?

– Nesako. Vis dėlto neatrodo, kad būtų gėręs.

Išgirdau tėčio atodūsį.

– Gal galėtum užsukti pas jį pažiūrėti, ar sveikas gyvas? Aš dabar niekaip negaliu ištrūkti iš darbo.

Tėtis daliai dienos buvo įsidarbinęs paukščių gelbėjimo stotyje – padėdavo slaugyti didžiuosius baltuosius garnius, partrenktus automobilių, ar žvejybos kabliukus prarijusius pelikanus. Jis buvo ornitologas mėgėjas ir puoselėjo siekį tapti rašytoju, knygų apie gamtą autoriumi – turėjo tam ir įrodymų: gerą kaugę nepublikuotų rankraščių. Visa tai tikru darbu gali vadinti nebent tas, kuris netyčia yra vedęs moterį, kilusią iš šimto penkiolikos vaistinių savininkų šeimos.

Žinoma, nė kiek ne rimtesnis buvo ir mano darbas, aš ištrūkti galėjau visai lengvai, vos panorėjęs. Tad pažadėjau aplankyti senelį.

– Dėkui, Džeikai. Prižadu, visą tą senelio kebeknę iškuopsime, ir netgi greitai, sutarta?

Visą tą senelio kebeknę.

– Nori pasakyti, uždarysite jį į prieglaudą, – pasakiau. – Tegul dėl jo galvą sopa kam nors kitam.

– Mudu su mama dar galutinai nenusprendėme.

– Aišku, kad nusprendėte.

– Džeikobai...

– Aš sugebėsiu su juo susitvarkyti, tėti. Tikrai.

– Dabar – galbūt. Bet jo būklė tiktai blogės.

– Tiek to. Galai nematė.

Padėjau ragelį, po to dar skambtelėjau bičiuliui Rikiui – kad pavėžėtų. Po dešimties minučių iš automobilių stovėjimo aikštelės ataidėjo kimus, su niekuo nesupainiojamas jo senutėlės „kraun viktorijos" pyptelėjimas. Išeidamas dar pranešiau blogą žinią Šelei: josios „Stay-Tite" bokštui nelemta iškilti iki rytojaus.

– Šiokie tokie šeiminiai nesklandumai, – pasiaiškinau.

– Taip jau, – atsakė ji.

Išnirau laukan: vakaro šutra kone lipo prie kūno, o Rikis plėšė dūmą, atsisėdęs ant savo apdaužytos griuvenos variklio gaubto. Gal dėl purvu aplipusių batų, o gal dėl ratilais leidžiamų dūmų, o gal dėl svyrančios link horizonto saulės nutviekstų žalių plaukų jis kažkuo priminė man nevaleiką prasčioką Džeimsą Diną. Jis buvo visa ko mišinys, keistas persipynusių subkultūrų produktas, įmanomas tik pietų Floridoje.

Pastebėjęs mane, jis tuojau dryktelėjo nuo variklio gaubto.

– Na kaip, išspyrė pagaliau? – užriko per visą aikštelę.

– Šššš! – sušnypščiau, bėgdamas tekinas jo link. – Juk jie nežino, kad toks ir yra mano tikslas!

Rikis kumštelėjo man į petį – tai reikėjo suprasti kaip padrąsinantį niuksą, bet man nuo jo vos neplyšo sukamasis raumuo.

– Nepanikuok, Edai Ypatingasai. Niekad ne per vėlu ir rytoj.

Jis vadino mane Edu Ypatinguoju, nes kai kurias pamokas aš lankiau gabiems mokiniams skirtose klasėse; oficialia kalba tai reiškė kai kurių dalykų mokymą mūsų mokykloje pagal sustiprintą programą – tokia tatai nomenklatūrinė subtilybė, kuri Rikį juokino be galo, be krašto. Tokia tatai buvo mūsų draugystė: po lygiai abipusio dirglumo ir bendradarbiavimo. Bendradarbiavimas pasireiškė tam tikra aiškiai neįvardyta, bet veiksminga „raumenys už smegenis" sutartimi: aš padėdavau jam kapstytis per anglų kalbos brūzgynus, jis padėdavo man išlikti gyvam susidūrus su steroidų apsirijusiais žaliūkais sociopatais, kurie pulkais slankiojo mūsų mokyklos koridoriais. Tai, kad dėl to ypač nesmagiai jautėsi mano tėvai, buvo tik papildomas privalumas. Rikis, manau, buvo mano geriausias draugas – šitai juk skamba gražiau nei „vienintelis draugas".

Rikis spyrė į keleivio pusės dureles – toks buvo būdas jas atidaryti – ir aš įsiropščiau vidun. „Kraun viktorija" buvo priblokšiantis kledaras, muziejaus vertas netyčinio liaudies meno šedevras. Rikis nusipirko ją miestelio metalo laužyne už stiklainį, kupiną dvidešimt penkių centų monetų, – bent šitaip pats tvirtino. Tikras veislinis žirgas, kurio kvapo neįstengė išvaikyti net visas miškas medžio pavidalo oro gaiviklių, kuriais Rikis buvo nukarstęs veidrodėlį. Sėdynės šarvuotos lipnios juostelės sluoksniu, kad kokia pasiklydusi spyruoklė nebakstelėtų tiesiai tau į užpakalį. Bet užvis įspūdingiausia buvo automobilio išorė, tikras prarūdijęs mėnulio peizažas, nusėtas įdubomis ir krateriais – rezultatas vinkliai sumesto plano užsidirbti šiek tiek papildomų grynųjų benzinui: leisti prisisprogusiems lėbautojams vožtelėti per automobilį golfo lazda, doleris už vieną smūgį. Vienintelė taisyklė, kurios, tiesa, nebuvo itin griežtai paisoma, draudė taikytis į bet ką iš stiklo.

Driokstelėjęs atgijo variklis, automobilį apsiautė mėlynų dūmų debesis. Kai išsukome iš aikštelės ir nuriedėjome prekybine gatve,

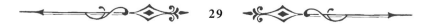

pro virtines parduotuvių, mane ėmė gniaužti nerimas: ką rasime nuvažiavę? Vaizduotė pasiskubino vieną po kito brukti pačius blogiausius atvejus: senelis nuogas laksto gatve, senelis mosuoja medžiokliniu šautuvu, senelis vejoje prie namo su virstančiomis iš burnos putomis, senelis, tykantis kokiame užkaboryje su buku, sunkiu daiktu rankose. Viskas buvo įmanoma, o ypač nervino tai, kad, nesvarbu, ką rasime, Rikiui tai bus pirmas įspūdis apie žmogų, apie kurį aš visuomet kalbėdavau itin pagarbiai.

Dangus jau buvo nusidažęs šviežios kraujosruvos spalva, kai galiausiai įsukome į senelio gyvenamąjį rajoną – klaidų aklagatvių labirintą, žinomą bendru Apskritojo kaimo pavadinimu. Sustojome prie apsaugos vartų prisistatyti, bet, kaip dažniausiai ir būdavo, seniokas apsaugininkas ramiai šnarpštė būdelėje, o vartai buvo atkelti, tad mes ir įvažiavome lyg niekur nieko. Susvirpė mano telefonas – tėtis atsiuntė žinutę klausdamas, kaip sekasi, ir per tą minutę, kol suskubau jam atsakyti, Rikis sugebėjo visiškai, beviltiškai pasiklysti. Kai prisipažinau net nenutuokiąs, kur esame, jis išsiplūdo ir, cypdydamas padangas, kartą, paskui – dar ir dar kartą apsuko automobilį, spjaudydamas pro langą tabako sulčių čiurkšles, o aš žvilgsniu skvarbiau kvartalą, ieškodamas bent kokios nors atpažįstamos nuorodos. Lengva toli gražu nebuvo, nors augdamas lankiausi pas senelį nesuskaičiuojamą daugybę kartų, mat namai čia buvo nuostabiai vienodi, paprasčiausios žemos dėžutės, tik labai nežymiai besiskiriančios viena nuo kitos: aliuminio ar tamsių, aštuntąjį dešimtmetį menančių lentelių apkala, o kai kurie – puošti gipsinėmis kolonomis, bemaž liudijančiomis iliuzinį įkvėpimą. Ne kažin kiek padėjo ir kelio ženklai su gatvių pavadinimais, neretai gerokai apsitrynusiais ar saulės nublukintais. Vienintelės išties reikšmingos kelio nuorodos buvo keisti, spalvingi vejos želdinių ornamentai – dėl jų Apskritąjį kaimą drąsiai galėjai vadinti muziejumi po atviru dangum.

Galiausiai atpažinau pašto dėžutę, kurią rankose laikė metalinis liokajus – nors ir tiesia nugara ir puikybės kupinu veidu, atrodė, jis rauda rūdžių ašaromis. Šūktelėjau Rikiui sukti kairėn; „Vikės" padangos sužviegė, mane bloškė į keleivio pusės dureles. Nuo smūgio veikiausiai kažkas atsipalaidavo smegenyse: staiga prisiminiau visas nuorodas.

– Prie flamingų pokylio – dešinėn! Prieš aną stogą su įvairiausių rasių Kalėdų seneliais – kairėn! Tiesiai pro myžančius cherubinus!

Pravažiavus cherubinus, Rikis visai sumažino greitį – dabar automobilis vos šliaužė, o jis abejodamas sužiuro į senelio kvartalą. Niekur – nė žiburėlio verandoje, nei už lango švytinčio televizoriaus ekrano, nei automobilio pastogėje prie namo. Visi kaimynai išnešė kudašių į šiaurę, sprukdami nuo alinančio vasaros karščio, palikę kiemų nykštukus skęsti suvešėjusioje pievelių žolėje, tvirtai uždarę nuo uraganų sergstinčias langines, tad visi namai atrodė lyg kokios pastelinėmis spalvomis dažytos bombų slėptuvės.

– Paskutinis namas kairėje pusėje, – tarstelėjau.

Rikis spustelėjo greičio pedalą, ir mes nutarškėjome gatve. Prie kokio ketvirto ar penkto namo išvydome senį, laistantį veją. Plika it kiaušinis galva, su chalatu ir šlepetėmis, jis stovėjo ir liejo vandenį į čiurnas siekiančią žolę. Tačiau namas buvo toks pat tamsus kaip ir kiti, taip pat uždarytomis langinėmis. Atsigręžęs pasižiūrėjau į jį, o jis, man pasirodė, įsistebeilijo į mane, nors šitaip – net krūptelėjau susivokęs – negalėjo būti: jo akys buvo baltut baltutėlės. *Kaip keista*, dingtelėjo man, *senelis Portmanas niekad neužsiminė, kad vienas jo kaimynų – neregys.*

Gatvė baigėsi žemaūgių pušaičių siena, ir Rikis, staigiai suktelėjęs vairą, nėrė į mano senelio namų įvažiavimo keliuką. Išjungęs variklį, išlipo pats, spyriu atidarė dureles man. Batais šnarindami sausą žolę, nužingsniavome į verandą.

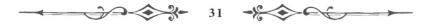

Numygau skambutį ir ėmiau laukti. Kažkur tolumoje suskalijo šuo – vienišas kiauksėjimas tvankų vakarą. Taip ir nesulaukęs jokio atsako, suskatau trankyti duris kumščiais manydamas, kad skambutis, ko gero, bus sugedęs. Rikis delnais bandė užploti jau spėjusius mus apnikti uodus.

– Gal jis patraukė kur nors palakstyti? – išsišiepė jis. – Kas, jei kokia karšta moteriškutė paskyrė pasimatymą?

– Juokis, juokis, – paerzinau. – Jam čia progų nors vežimu vežk, mudviem tik pasvajoti apie tai. Rajone – gyvas galas žavių našlelių. – Juokavau vien tam, kad apsiraminčiau. Tyloje vis labiau graužė nerimas.

Iš sléptuvės krūmokšnyje išsitraukiau atsarginį raktą.

– Palūkėk čia.

– Dar ko užsimanysi. Kodėl?

– Todėl, kad tu – šešių pėdų penkių colių žaliaplaukis ilgšis, o mano senelis tavęs nepažįsta ir dar turi šautuvų kolekciją.

Rikis gūžtelėjo pečiais ir susikišo už žando dar vieną kramtomojo tabako gumulėlį. Nuėjo į pievelę, išsidrėbė šezlonge, tuo tarpu aš atsirakinęs laukujes duris žengiau vidun.

Net prietemoje išsyk krito į akis, kad namai nusiaubti – galėjai pamanyti, kad juos aukštyn kojom apvertė vagys. Lentynos, spintelės – ištuštintos, jose buvę visokie mažmožiai ir „Reader's Digest" numeriai stambiu šriftu – išblaškyti ant grindų. Išmėtytos ir pagalvėlės nuo sofos, kėdės išvartytos. Šaldytuvo ir šaldiklio durelės tabalavo atviros, šaldiklio turinys tirpdamas varvėjo ant linoleumo ir telkėsi į lipnias balutes.

Man širdis nuriedėjo į kulnus. Vadinasi, senelis Portmanas išties galutinai išprotėjo. Šūktelėjau jį, bet neišgirdau jokio atsako.

Ėjau iš vieno kambario į kitą, visuose žiebdamas šviesas, šniukštinėdamas visur, kur paranojos apimtas senukas galėtų slėptis nuo

pabaisų: už baldų, žemoje palėpėje, po varstotu garaže. Patikrinau netgi ginklų seifą, nors tas, savaime aišku, buvo užrakintas, tik apie rankeną dažai apibraižyti, mat senelis mėginęs kažin kuo atrakinti spyną. Kiemelyje vėjas siūbavo nepageidaujamų, jau spėjusių nurusti paparčių šakas; atsiklaupęs keturpėsčias nužvelgiau pasuoles, baimindamasis to, ką galėjau aptikti po rotanginiais suolais. Galiniame kieme pastebėjau blykstelint žiburėlį.

Išpuolęs pro durų širmą, aptikau žibintuvėlį, numestą žolėje, jo spindulys smigo į mišką, kurio pakraštys siekė senelio kiemą: tai buvo krūmokšniais apaugęs dantytųjų žemaūgių ir menkaverčių aukštų palmių šabakštynas, apkėtęs maždaug mylios ilgio ruožą tarp Apskritojo kaimo ir gretimo kvartalo – Šimtmečio girios. Jeigu tikėsime legendomis, miške gausiai veisėsi gyvatės, meškėnai ir šernai. Įsivaizdavau senelį, vilkintį tik chalatu, pasiklydusį, besiblaškantį tuose brūzgynuose, ir pajutau tvenkiantis ne pačią šviesiausią nuojautą. Bene kas antrą savaitę per žinias gali išgirsti apie kokį senolį, įsmukusį į rezervato ežerėlį ir sudorotą aligatorių. Įsivaizduoti, kas galėjo atsitikti blogiausia, visai nebuvo sunku.

Šūktelėjau Rikiui, ir po akimirkos jis prisistatė, apibėgęs aplink namą. Jo akis iššyk užkliuvo už kai ko, ko aš nebuvau pastebėjęs: grėsmingai atrodančios perplėšos durų širmoje. Rikis negarsiai sušvilpė.

– Kraupas, koks rėžis. Gali būti šerno darbas. O gal lūšies. Pamatytum, kokie tų padarų nagai.

Iš visai netoli staiga atsklido pašėlęs lojimas. Abu krūptelėjome, paskui persimetėme išgąstingais žvilgsniais.

– Arba šuo, – tarstelėjau aš.

Triukšmas sukėlė grandininę reakciją: visai netrukus jau skalijo visose pusėse.

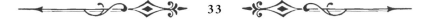

– Gali būti, – linktelėjo Rikis. – Turiu bagažinėje dvidešimt antro kalibro pyškalą. Verčiau luktelėk. – Tai taręs, nudrožė pasiimti ginklo.

Šunys netrukus nurimo, juos pakeitė naktinių vabzdžių choras – slopus, kone nepažįstamas dūzgimas. Mano veidu riedėjo prakaito lašai. Dabar buvo jau visiškai tamsu, bet visai nurimo vėjas, oras atrodė dar karštesnis nei buvo dieną.

Pakėliau žibintuvėlį ir žengiau medžių pusėn. Kažkur ten buvo mano senelis – dėl to nėmaž neabejojau. Bet – kur? Anoks iš manęs pėdsekys, taip pat ir iš Rikio. Vis dėlto atrodė, kad kažkas mane masina eiti – greičiau suplastėjusi širdis krūtinėje, kuždesys tirštame ore, – ir staiga pajutau, kad laukti nebegaliu nė akimirkos. Tad nedelsdamas ir nuplūkiau į sąžalyną – kaip medžioklinis šuo, uodžiantis neregimą pėdsaką.

Bėgti Floridos miškais nėra lengva: kiekvienoje žemės pėdoje tarp medžių smygso žemaūgių dantytųjų palmių vėduoklės, už kojų graibsto vijoklių kilpos, bet aš skutau kaip įmanydamas, šaukdamas senelį, švysčiodamas žibintuvėlio spinduliu šen ir ten. Akies kraštu pastebėjau kažką boluojant ir nosies tiesumu nudrožiau ten link, bet pažiūrėjus iš arčiau paaiškėjo, kad tai tik išblukęs ir subliūškęs futbolo kamuolys, kurį pats ir pamečiau prieš keletą metų.

Jau ketinau numoti ranka ir grįžti pas Rikį, kai mano dėmesį staiga patraukė šviežiai ištryptas koridorius žemaūgių palmių sąžalyne. Žengiau į jį, apvedžiau žibintuvėlio spinduliu aplink save: lapai buvo aptaškyti kažkuo tamsiu. Man ūmai išdžiūvo burna. Suėmęs save į nagą, ėmiausi sekti pėdsaku. Juo toliau ėjau, juo kiečiau veržėsi mazgas skrandyje, tarsi kūnas būtų iš anksto žinojęs, kas manęs laukia priekyje, ir bandęs perspėti. O paskui išmintos augalijos takas praplatėjo, ir tada pamačiau jį.

Senelis kniūbsčias tysojo šliaužiančių augalų sąžalyne iškėtotomis kojomis, viena ranka užsukta už nugaros, lyg būtų kritęs iš didelio aukščio. Iškart pamaniau, kad jis neabejotinai negyvas. Apatiniai marškiniai įmirkę krauju, kelnės perplėštos, vienas batas pamestas. Ilgai ilgai tiesiog stovėjau ir žiūrėjau, virpančiu žibintuvėlio spinduliu liesdamas jo kūną. Šiaip taip atgavęs kvapą pašaukiau jį vardu, bet jis nekrustelėjo.

Susmukau ant kelių, prispaudžiau delną jam prie nugaros. Kraujas, susigėręs į marškinius, tebebuvo šiltas. Jutau, kad jis dar kvėpuoja, tiesa, labai jau negiliai.

Pakišau ranką po kūnu, atverčiau jį aukštielninką. Senelis buvo gyvas, bet tik vos vos, akys padėrusios, veidas sukritęs, blyškus. Tik tada pastebėjau, kaip išvagotas jo pilvas ir liemuo, – ir vos nenualpau. Žaizdos buvo plačios ir gilios, aplipusios žemėmis, o dirva, kur jo gulėta, pažliugusi nuo kraujo. Mėginau pridengti marškinių skivytais tas kraupias perplėšas į jas nepažvelgdamas.

Išgirdau iš užpakalinio kiemo šūktelint Rikį.

– AŠ ČIA! – sukliegiau; turbūt turėjau pridurti ir dar ką nors, galbūt „pavojus" ar „kraujas", bet nevaliojau sudėlioti žodžių. Galvoti pajėgiau tik apie viena: seneliai turėtų mirti lovose, slopioje tyloje, apsupti vos vos dūzgiančios aparatūros – o ne susmukę ant dvokiančios, įmirkusios žemės, apnikti kirbinių jais virvančių skruzdžių, vienoje virpančioje rankoje sugniaužę žalvarinį peiliuką laiškams atplėšti.

Peiliukas laiškams atplėšti. Tokį tatai ir teturėjo ginklą apsiginti. Ištraukiau peiliuką jam iš pirštų, ir jis kaipmat suskato bejėgiškai graibstyti orą, tad paėmiau jį už rankos ir nebepaleidau. Mano pirštai nukramtytais nagais persipynė su jo – blyškiais, išraizgytais violetinėmis venų gysliukėmis.

– Turėsiu pernešti tave kitur, – tariau jam, brukdamas vieną ranką po nugara, kitą – po kojomis. Mėginau kelti, bet jis suaimanavo ir staiga visas pastiro, tad lioviausi. Bandymas pajudinti sukėlė jam

skausmą, o šito aš negalėjau ištverti. Negalėjau ir atsitraukti, todėl neliko nieko kita, tik laukti, taigi kuo švelniau nupurčiau palaidas žemes jam nuo rankų, nuo veido, iš skystančių žilų plaukų. Ir tada pastebėjau, kad jo lūpos kruta.

Balsas buvo vos girdimas, tykesnis už tykiausią kuždesį. Pasilenkiau ir prikišau ausį prie pat jo lūpų. Jis kažką murmuliavo tai praskaidrėjančia, tai vėl blėstančia sąmone, protarpiais angliškai, protarpiais – lenkiškai.

– Nesuprantu, – sukuždėjau. Kartojau jo vardą tol, kol žvilgsnis susitelkė į mane, o tada jis aštriai įkvėpė ir tarė tyliai, bet visai aiškiai:

– Keliauk į salą, Jakobai. Čia nesaugu.

Ir vėl ta senoji paranoja. Suspaudžiau jam ranką, užtikrinau, kad viskas bus gerai, kad jis išsikapstysiąs. Taigi – pamelavau jam, dukart per vieną dieną.

Paklausiau, kas atsitiko, koks gyvūnas jį sužalojęs, bet jis nesiklausė.

– Keliauk į salą, – vis kartojo. – Ten būsi saugus. Prižadėk.

– Gerai. Prižadu. – Ką kita galėjau pasakyti?

– Maniau, įstengsiu tave apginti... – ištarė jis. – Kadai jau turėjau tau pasakyti... – Mačiau, kaip jame gęsta gyvybė.

– Ką pasakyti? – pralemenau springdamas ašaromis.

– Nebėra laiko, – sukuždėjo jis. Tada, drebėdamas nuo įstangos, atplėšė galvą nuo žemės ir iškvėpė tiesiai man į ausį: – Surask paukštį. Kilpoje. Kitapus senio kapo. 1940-ųjų rugsėjo trečioji. – Aš sulinksėjau, bet jis sumojo, kad nesupratau. Sutelkęs paskutinius jėgų likučius pridūrė: – Emersonas... laiškas. Papasakok jiems, kas atsitiko, Jakobai.

Tai taręs jis vėl suglebo galutinai išsekęs, gyvybė blėso. Dar pasakiau jam, kad myliu jį. O tada jis, atrodė, visiškai nugrimzdo į save, jo žvilgsnis pro mane nuslydo į dangų, dabar jau nužertą žvaigždėmis.

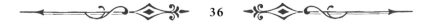

Dar po akimirkos iš šabakštyno išgriuvo Rikis. Išvydęs suglebusį senuką man ant rankų, žingtelėjo atatupstas.

– O, kad tave... O Jėzau... O *Jėzau*... – išbėrė trindamasis veidą delnais, o paskui ėmė kažką veblenti apie tai, kad reikėtų paieškoti pulso, esą reikia skambinti policijai, ar aš matęs ką nors miške.

Ir staiga mane apėmė labai keistas jausmas. Nuleidau senelio kūną žemėn ir atsistojau, suvirpo kiekviena menkiausia nervų skaidula – pabudo instinktas, kurį nė nenutuokiau turįs. Taip, kažkas iš tikrųjų buvo miške – jutau tai.

Naktis buvo be mėnulio, niekas nejudėjo krūmynuose, neminint mūsų pačių, ir vis dėlto aš kažkodėl žinojau, kada pakelti žibintuvėlį, kur nukreipti jo spindulį, ir vieną akimirksnį siaura ryški šviesos juosta užkliudė veidą, regis, perkeltą čionai tiesiai iš mano vaikystės košmarų. Tasai įsistebeilijo į mane akimis, primenančiomis tamsaus vandens akivarus, anglies juodumo, giliomis raukšlėmis išvagota oda klostėmis kadaravo ant perkreiptų groblų, o apatinis žandikaulis groteskiškai atvipęs, kad iš burnos galėtų patogiai išsirangyti visas miškas ilgų unguriškų liežuvių. Aš kažką riktelėjau, tasai susivijo ir išnyko supurtydamas krūmą ir patraukdamas Rikio dėmesį. Šis kilstelėjo savo dvidešimt antro kalibro pyškalą ir iššovė, tuo pat metu kvėptelėdamas:

– Kas tai? Velniai rautų, kas gi tai?

Tačiau jis ano nespėjo pamatyti, o aš, netekęs amo, negalėjau jam atsakyti, stypsojau pastiręs, suakmenėjęs, o geibstantis žibintuvėlis siuntė paskutinius blyksnius į tuščią mišką. Paskui tikriausiai man aptemo sąmonė, mat Rikis bėrė: *Džeikobai, Džeikai, ei, Edai, artugeraijautiesiar...* – ir tai buvo paskutinis dalykas, kurį menu.

ANTRAS SKYRIUS

*P*o senelio mirties ištisus mėnesius praleidau skaistykloje, stumdomas iš vieno smėlio spalva dažyto laukiamojo į kitą, iš vieno anoniminio kabineto į kitą, tyrinėjamas ir klausinėjamas, nujausdamas, jog visai čia pat, bet ne taip arti, kad išgirsčiau, kalbamasi apie mane; linkčiodamas, kai kas užkalbindavo mane patį, kartodamasis – tūkstančių gailestingų žvilgsnių ir mazgais susimetusių kaktų objektas. Tėvai su manimi elgėsi kaip su kokia dužia brangenybe, baimindamiesi mano akivaizdoje ginčytis ar nerimauti, kad tik nesubyrėčiau į druzgus.

Mane apniko košmarai, aš taip dažnai pašokdavau iš miego rėkdamas, kad teko pasirūpinti burnos apsauga, kitaip per miegus grieždamas dantimis būčiau juos sutrupinęs. Vos suvėręs akių vokus, tuojau pat išvysdavau jį – tą miško siaubūną su nasruose kadaruojančiais čiuptuvais. Buvau tvirtai įsitikinęs, kad tai jis nužudė senelį – ir netrukus grįš ieškoti manęs. Kartais vimdanti panika užplūsdavo lygiai taip pat, kaip ir aną naktį, ir tada išsisklaidydavo paskutinės abejonės: jis tyko – čia pat, tamsiame medžių guote, už artimiausio automobilio stovėjimo aikštelėje, už garažo, kuriame laikiau dviratį.

Man pasirodė, kad geriausia išeitis – nekelti kojos iš namų. Ištisas savaites atsisakydavau išlįsti net į įvažiavimo keliuką paimti rytinio laikraščio. Miegodavau įsirausęs į patalynės krūvą ant grindų skalbykloje – vienintelėje namuose belangėje patalpoje, kurioje, be kita ko,

 39

buvo galima užsirakinti iš vidaus. Ten pat pratūnojau ir senelio laidotuvių dieną, sėdėdamas ant džiovintuvo su nešiojamuoju kompiuteriu ant kelių, stengdamasis užsimiršti paniręs į žaidimus internete. Dėl visko, kas atsitiko, kaltinau tik save. *Jei taip būčiau juo patikėjęs* – tai buvo mano nesibaigianti giesmelė. Bet netikėjau, netikėjo ir niekas kitas, ir dabar jau žinojau, kaip jis turėjo jaustis, mat niekas netikėjo ir manim. Manoji įvykių versija atrodė visiškai logiška ir protinga, bet tik tol, kol prasižiodavau, verčiamas tarti žodžius balsu – tada jau ji skambėdavo visai beprotiškai, ypač tą dieną, kai teko ją iškloti policijos pareigūnui, atėjusiam į namus. Išpasakojau jam viską, kas atsitiko, pasakiau ir apie baidyklę, o jis tik linkčiojo sėdėdamas kitapus stalo virtuvėje, nieko net neužsirašinėdamas į užrašų knygutę vielos spirale sukabintais lapais. Kai užbaigiau, tepasakė tiek: „Puiku, ačiū", o tada paklausė mano tėvų, ar aš „buvęs su kuo nors pasikalbėti". Tarytum nežinočiau, ką tai reiškia. Pasakiau jam, kad turiu pridurti dar kai ką, tada parodžiau jam vidurinį pirštą ir išpoškinau iš virtuvės.

Tąsyk tėvai mane aprėkė – pirmą kartą per keletą savaičių. Iš tiesų man net atlėgo išgirdus tuos senus gerus, ausiai mielus garsus. Ir pats drėbtelėjau keletą bjaurių dalykėlių jiems atgal. Maždaug, esą jie tik džiaugiasi, kad senelis Portmanas numirė. Esą tik aš vienas iš tikrųjų jį mylėjau.

Policininkas dar kurį laiką šnekėjosi su mano tėvais įvažiavimo keliuke, o paskui policininkas išvažiavo, bet po valandos grįžo, ir net ne vienas – atsitempė kažkokį žmogų, kuris prisistatė esąs eskizų dailininkas. Su savimi turėjo didelį piešimo bloknotą ir paprašė manęs dar sykį nupasakoti baidyklę; pagal pasakojimą ėmėsi piešti, retsykiais stabtelėdamas šio to pasitikslinti.

– Kiek tasai turėjo akių?

– Dvi.

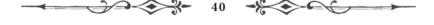

– Aišku, – pasakė jis, tarsi policijos eskizų dailininkui nebūtų nieko įprasčiau nei piešti baidykles.

Toks bandymas palenkti mane savo pusėn buvo net pernelyg akivaizdus. Labiausiai jis išsidavė tuomet, kai baigęs piešti sumanė atiduoti eskizą man.

– Nejaugi jums nereikia įsegti jo į bylą ar dar kam? – paklausiau jo.

Jis, kilstelėjęs antakius, persimetė žvilgsniais su policininku.

– Na žinoma. Ir ką aš sau maniau?

Labiau ir norėdamas nebūtų sugebėjęs įžeisti.

Manimi netikėjo netgi mano geriausias ir vienintelis draugas Rikis, o jis juk pats ten buvo su manim. Jis prisiekinėjo visais šventaisiais nė matyt nematęs jokio padaro aną naktį miške – nors aš nukreipiau žibintuvėlio spindulį tiesiai į jį – ir būtent tai pasakė policijai. Lojimą jis vis dėlto girdėjęs. Girdėjome mes abu. Tad vargu ar vertėjo labai stebėtis policininkų išvada: senelį papjovusi laukinių šunų ruja. Regis, šunys pastebėti ir kitur, jie prieš savaitę apkandžioję ir kažkokią moterį, einančią per Šimtmečio girią. Atkreipkit dėmesį: visa tai įvyko naktį.

– Kaip tik naktį ir būna sunkiausia įžiūrėti baidykles! – pareiškiau aš.

Tačiau Rikis tik palingavo galvą ir sumurmėjo kažką apie tai, esą man reikėtų „apsilankyti pas ką nors, kas smegenis išrakinėtų".

– Turi omeny kokį pašvinkusį psichoanalitiką, – atrėžiau. – Tai dėkui. Kaip malonu turėti draugą, kuris tave palaiko.

Mudu sėdėjome ant mano namų stogo stebėdami saulę, grimztančią į įlanką, Rikis – susirangęs it spyruoklė beprotiškai brangiame „Adirondack" krėsle, kurį mano tėvai parsitempė iš viešnagės amišų krašte: kojas susibrukęs po savimi, rankas sukryžiavęs ant krūtinės, su kažkokiu niauriu ryžtu dūmydamas vieną cigaretę po kitos. Atėjęs pas mane į svečius jis visada jausdavosi šiek tiek nesmagiai, bet dabar, regėdamas, kaip jo žvilgsnis nuslysta šalin, vos jam dirstelėjus mano pusėn, galėjau drąsiai tvirtinti: šįsyk nejaukumo priežastis – ne mano tėvų turtas, o aš pats.

– Galai nematė, aš tiktai tiesiai sakau tau teisybę, – tarė jis. – Daugiau pašnekėk apie tas baidykles, ir pamatysi: uždarys. Tada ir iš tikrųjų būsi Edas Ypatingasis.

– Nevadink manęs šitaip.

Jis nuspriegė per turėklą cigaretę, o iš paskos – ir įspūdingo dydžio blizgančių seilių gniutulą.

– Ką – tu vienu metu ir rūkai, ir kramtai tabaką?

– O ką – tu mano mama?

– Ar aš tau atrodau iš tų, kurie čiulpia sunkvežimių vairuotojams už maisto kuponus?

Rikis pats buvo tikras riebių juokelių apie mamą lobynas, bet šito, regis, buvo per daug netgi jam. Pašokęs nuo krėslo taip niuktelėjo mane, kad vos nenusivožiau nuo stogo. Užkaukiau jam tučtuojau čiuožti iš čia, bet jis jau buvo beeinąs ir pats. Po to nemačiau jo bent kelis mėnesius. Ir dar svajok, kad gudrus, turėti draugų.

* * *

Galiausiai tėvai visgi nutempė mane pas psichoanalitiką – tokį tykų, gelsvoko odos atspalvio vyruką, daktarą pavarde Golanas. Aš, tiesa, nė nesispardžiau. Pats supratau, kad man reikia pagalbos.

Maniau, kad būsiu kietas riešutas, bet daktaras Golanas sudorojo mane kaip šiltą vilną stebėtinai greitai. Aiškino viską taip ramiai, be jokio dirglumo, kad jo šnekos veikė mane kone hipnotizuojančiai, ir prireikė vos dviejų seansų mane įtikinti, esą tasai padaras tebuvęs mano perkaitusios vaizduotės sukurta regimybė, esą mane taip paveikusi senelio mirtis, jog dėl patirtos traumos išvydau tai, ko iš tikrųjų visai nebuvo. Pirmų pirmiausia, aiškino daktaras Golanas, senelis Portmanas pats pasėjęs sėklą savo pasakomis, pats įpiršęs man tą baidyklę, tad visiškai nėra ko stebėtis, kad aš, klūpodamas su jo lavonu ant rankų, paklaikęs nuo paties baisiausio per trumpą savo gyvenimą patirto šoko, ėmiau ir susikurpiau senelio išgalvotą šmėklą.

Tokiam atvejui kaip manasis buvo net pavadinimas: ūminė reakcija į stresą.

– Verčiau jau būtų dūminė, – bandė pajuokauti mama, išgirdusi mano tvaskančią naujutėlę diagnozę. Bet man jos juokeliai buvo nė motais. Svarbu – ne *pamišėlis*, bemaž bet kas kita skambėjo geriau. Vis dėlto nustojęs tikėti pabaisomis aš dar toli gražu nepasveikau. Košmarai kamavo kaip kamavę. Krūpčiodavau dėl menkiausio nieko, manęs nepaleido paranoja, sunkiai sekėsi bendrauti su kitais žmonėmis, tad tėvai galiausiai nusamdė man mokytoją – kad mokyklą galėčiau lankyti tik tomis dienomis, kai pats jausdavausi pajėgus. Man buvo leista – na, pagaliau – ir mesti darbą „Smart Aid". Mat įgijau naują darbą – „pasijusti geriau".

Visgi labai greitai apėmė ryžtas pasistengti, kad mane išspirtų ir iš šio. Kai tik mano laikinos beprotybės menka ūkana buvo išsklaidyta, pagrindine daktaro Golano užduotimi, regis, tapo receptų rašymas. Vis dar sapnuoji košmarus? Turiu šį tą, kas padės. Mokyklos autobuse ištiko panikos priepuolis? Na, šitai turėtų suveikti. Negali užmigti? Nagi, padidinkime dozę. Nuo piliulių kaugės ėmiau storėti ir kvailėti, bet kaip buvau, taip ir likau visai nusmurgęs, naktimis numigdavau vos tris ar keturias valandas. Dėl to pradėjau daktarui Golanui meluoti. Apsimetinėjau, kad jaučiuosi puikiai, nors, vos pažvelgus į mane, plika akimi buvo matyti maišeliai po akimis, kiekvienas galėjo pastebėti, kad dėl menkiausio triukšmo strykčioju kaip kokia nervinga katė. Vieną savaitę suklastojau visą sapnų dienoraštį, pripaisčiau blankių ir paprastų sapnų, kokius turėtų sapnuoti kuo normaliausias žmogus. Kartą neva sapnavau einąs pas dantų gydytoją. Kitą kartą skridau. Dvi naktis iš eilės, pasisakiau daktarui, sapnavau atsidūręs mokykloje nuogas.

Tada jis mane ir nutraukė.

– O baidyklės?

Gūžtelėjau pečiais.

– Nesirodo. Galbūt tai reiškia, kad sveikstu, ką?

Daktaras Golanas valandėlę tapšnojo tušinuką, paskui kažką užsirašė.

– Tikiuosi, nepasakoji man tik to, ką aš, tavo nuomone, norėčiau išgirsti?

– Aišku, kad ne, – užtikrinau, žvilgsniu skvarbydamas įrėmintus diplomus, sukabintus ant sienos, bylojančius apie jo kompetenciją įvairiausiose psichologijos šakose; nė kiek neabejoju: tarp jų turėjo būti liudijimas, kad jis sugeba perprasti, kada ūminio streso kamuojamas paauglys jam meluoja.

– Nagi, pasikalbėkime rimtai bent minutę, – pasiūlė jis, dėdamas tušinuką ant stalo. – Sakai, kad baidyklė sapne per visą šią savaitę neaplankė tavęs nė karto?

Melagis aš išties beviltiškas, visada toks buvau. Tad užuot leidęsis pažeminamas, stvėriausi tos minties.

– Na... – sumurmėjau, – gal vieną sykį.

Tiesa buvo tokia: sapnas tą savaitę grįždavo kiekvieną mielą naktį. Klostydavosi jis visada vienodai, pasikeisdavo nebent nežymios detalės: tūnau susigūžęs senelio miegamojo kampe, languose gęsta paskutinieji gintarinės apyblandos atšvaitai, o aš laikau nukreipęs į duris rausvą plastikinį BB šautuvą. Ten, kur turėtų būti lova, riogso milžiniškas švytintis smulkių prekių automatas, tiktai prigrūstas ne saldėsių, o skustuvo aštrumo kovinių peilių ir šarvus prakiurdinančių pistoletų. Yra čia ir senelis – jis vilki senovinę britų armijos uniformą ir kemša į aparatą dolerių banknotus. Bet, norint įsigyti ginklą, pinigų reikia labai daug, o laikas senka. Galų gale spindintis keturiasdešimt penktojo kalibro šautuvas krypteli virtinoje, bet taip ir neiškrenta pro angą – lieka kažkur užstrigęs. Senelis plūstasi jidiš kalba, apspardo aparatą, paskui klaupiasi, kiša ranką vidun, mėgindamas sugrabalioti ginklą – bet dabar įstringa ir jo ranka. Ir štai tada pasirodo jie. Ilgi, juodi jų liežuviai šliaužioja stiklu, ieškodami kelio

vidun. Nukreipiu į juos BB šautuvą, nuspaudžiu gaiduką, bet nieko neįvyksta. Senelis Portmanas tuo tarpu šaukia lyg išprotėjęs: „Surask paukštį, surask kilpą, Jakobai, kaip tu nesupranti, tu, paikas nelaimingas *yutzi*"*... O tada ištyška langų stiklai, pažyra šukės, juodieji liežuviai rangosi mūsų link – ir čia paprastai nubundu prakaito klane, šuoliuojančia širdimi, mazgais susimetusiu skrandžiu.

Nors sapnas visada būdavo toks pat ir mes narstėme pernarstėme jį šimtą kartų, daktaras Golanas vis dar per kiekvieną seansą reikalaudavo smulkiai jį papasakoti. Galima buvo pamanyti, kad jis kryžmiškai apklausinėja mano pasąmonę, ieškodamas kokios užuominos užsikabinti, kurią galbūt pražiopsojo devyniasdešimt devintąjį kartą.

– O ką sapne tavo senelis sako?

– Tą pat, ką ir visada, – atsakiau aš. – Kažką apie paukštį, apie kilpą ir apie kapą.

– Tai jo paskutinieji žodžiai.

Linktelėjau.

Daktaras Golanas suglaudė pirštų galus, pasirėmė jais smakrą – tikras smegenų rakinėtojas, nei pridėsi, nei atimsi.

– Gal turi kokią naują mintį, ką tai galėtų reikšti?

– Taip. Šūdienę makalienę.

– Eik jau. Juk nenorėjai šitaip pasakyti.

Labai norėjau apsimesti, kad tie paskutinieji žodžiai man nė motais, bet jie toli gražu tokie nebuvo. Graužė nė kiek ne mažiau nei košmarai. Man rodėsi, kad tai tarytum kokia mano prievolė seneliui – nenumoti ranka į patį paskutinį dalyką, kurį jis kam nors pasakė šiame pasaulyje, nelaikyti to kliedesiu, ir daktaras Golanas buvo įsitikinęs: jeigu pavyktų juos perprasti, galbūt tai padėtų išsklaidyti mano kraupiuosius sapnus. Tad stengiausi kaip įmanydamas.

---

* Kvaily *(jidiš žargonas)*.

47

Kai kurie senelio Portmano žodžiai anaiptol neatrodė beprasmiai, tarkim, raginimas keliauti į salą. Jis nuogąstavo, kad pabaisos anksčiau ar vėliau pričiups ir mane, ir vylėsi, jog sala yra tasai vienintelis saugus prieglobstis, kur galėčiau nuo jų pasislėpti – taip pat, kaip ir jis, kai buvo dar vaikas. Po to jis pridūrė: „turėjau tau pasakyti", bet, kadangi nebeliko laiko nieko pasakyti, galbūt jis rado kitą, tik šiek tiek blogesnę išeitį: palikti duonos trupiniais ženklintą takelį, turintį nuvesti pas ką nors, kas *galėtų* viską paaiškinti, – ką nors, kas žino jo paslaptį. Man rodėsi, kad visos tos paslaptingos šnekos apie kilpą, apie kapą bei laišką ir buvo tokie duonos trupiniai.

Kurį laiką svarsčiau, ar „kilpa" negalėtų būti Apskritojo kaimo gatvė, šiaip ar taip, visas kvartalas – ne kas kita, kaip kilpiniuojančių aklagatvių raizgalynė, o „Emersonas" galbūt – koks nors žmogus, kuriam senelis pasiuntė laiškus. Gal koks karo laikų bičiulis, su kuriuo nenutrūko ryšiai, ar dar kas. Galbūt tasai Emersonas gyvena Apskritajame kaime, kurioje nors iš jo kilpų šalia kapinių, o vienas iš jo saugomų laiškų rašytas 1940-ųjų rugsėjo trečiąją – ir kaip tik jį man reikia perskaityti. Pats supratau, kaip beprotiškai tai skamba, bet kitąsyk ir dar beprotiškesni dalykai pasirodo esą tiesa. Tad pasiknaisiojęs internete ir nieko nepešęs, nupėdinau į Apskritojo kaimo bendruomenės centrą, kur rajono senoliai rinkdavosi pažaisti stumdinio ar pasidalyti įspūdžiais apie neseniai jiems atliktas operacijas, ir pasiteiravau, kur čia esama kapinių ir ar kas nors pažįsta tokį poną Emersoną. Jie įsistebeilijo į mane taip, lyg man būtų išaugusi antra galva, pritrenkti, kad kažkoks paauglys sumanė juos užkalbinti. Ne, jokių kapinių Apskritajame kaime nesą, negyvenąs čia joks Emersonas, nesą ir jokios gatvės Kilpos pavadinimu – nei Kilpos kelio, nei Kilpos alėjos, nei Kilpos dar ko nors. Patyriau visišką nesėkmę.

Tačiau daktaras Golanas neleido man trauktis. Pasiūlė pasidomėti Ralfu Voldu Emersonu – kadaise lyg ir būta tokio garsaus poeto.

„Emersonas prirašė galybę laiškų, – pranešė man jis. – Galbūt tavo senelis kalbėjo apie juos." Man pasirodė, kad jis tiesiog dūrė pirštu į dangų, bet, norėdamas nusipurtyti daktarą Golaną nuo sprando, vieną popietę paprašiau tėčio pamėtėti mane iki bibliotekos, kad galėčiau patikrinti ir šią versiją. Netrukau įsitikinti: Ralfas Voldas Emersonas iš tikrųjų prirašė šūsnį laiškų, ir nemaža jų paskelbti. Gal kokias tris minutes virpėjau iš jaudulio, – gal pagaliau priartėjau prie didžiojo persilaužimo? – bet paskui paaiškėjo bent du dalykai iškart. Viena: Ralfas Voldas Emersonas gyveno ir mirė devynioliktame amžiuje, tad 1940-ųjų rugsėjo trečiąją tikrai negalėjo rašyti kam nors laiško, o antra: jo raštai visada būdavo tokie painūs ir sudėtingi, kad mano senelio niekaip negalėjo sudominti – senelis niekada nebuvo užkietėjęs skaitytojas. Su migdomosiomis Emersono raštų savybėmis susipažinau patyręs jas savo kailiu: užmigau nosimi įsmigęs į knygą, apseiliodamas visą puslapį esė „Pasitikėjimas savimi", o iš miego mane išbloškė tasai pats smulkių prekių aparato sapnas – jau šeštasis šią savaitę. Pabudau rėkdamas, ir buvau tuojau pat be ceremonijų išprašytas iš bibliotekos – išsinešdinau pats paskutiniais žodžiais plūsdamas daktarą Golaną ir visas kvailas jo teorijas.

Paskutinis lašas nuvarvėjo po kelių dienų, kai artimieji nusprendė, kad jau metas parduoti senelio Portmano namą. Tačiau prieš įsileidžiant potencialius pirkėjus, namą reikėjo iškuopti. Daktaro Golano patarimu – jis tvirtino, kad man veikiausiai būtų visai sveika „dar sykį apsilankyti ten, kur buvo patirta trauma" – buvau pasiųstas padėti tėčiui ir tetai Suzei išrūšiuoti visą šlamštą. Kai nusikrapštėme į senelio namus, tėtis iš pradžių kur buvęs, kur nebuvęs vis taikėsi pasivesti mane į šalį, kad įsitikintų, jog nieko bloga su manim nevyksta. Gal ir keista, bet jaučiausi kuo puikiausiai, nepaisant netgi policijos apsauginės juostos draiskanų, pakibusių šabakštyne, ir perrėžtos, vėjo plazdinamos vidinio kiemelio durų širmos. Visi tie

49

dalykai, kaip ir išsinuomotas konteineris, riogsantis ant šaligatvio ir laukiantis, kol galės praryti senelio gyvenimo likučius, mane liūdino, bet negąsdino.

Vos galutinai paaiškėjus, kad aš neapsiputosiu ir nesuskysiu, iškart ir griebėmės darbo. Apsirūpinę šiukšlių maišais, niauriai slinkome pirmyn tuštindami lentynas ir spinteles, ir visus užkaborius, aptikdami dulkių piešinius po daiktais, nejudintais metų metus. Krovėme piramides daiktų, kuriuos dar įmanoma išgelbėti ir išsaugoti, ir kitų daiktų – pasmerktų keliauti į konteinerį. Teta ir tėtis – žmonės nelinkę į sentimentus, tad išmetimui skirta krūva augo sparčiausiai. Kaip įmanydamas mygau juos, stengdamasis įtikinti pasilaikyti kai kuriuos lobius, tarkim, aštuonių pėdų aukščio vandeniu sulietų „National Geographic" žurnalų rietuvę, svirduliuojančią garažo kampe – kiek popiečių esu praleidęs juos sklaidydamas, įsivaizduodamas save atsidūrusį tarp Naujosios Gvinėjos papuasų ar užtikusį pilį uolos viršūnėje Butano karalystėje? – bet mano balsas visuomet skambėdavo tyruose. Man nebuvo leista pasilikti nei senelio senovinių boulingo marškinėlių kolekcijos („Jie tikra gėda", – pareiškė tėtis), nei „Big Band and Swing 78s" rinkinio („Už šituos kas nors paklos apvalią sumelę"), nei vis dar užrakinto masyvaus ginklų seifo turinio („Juokauji, ar ne? Tikiuosi, juokauji").

Išrėžiau tėčiui, kad jis – tikras beširdis. Teta nuo tos scenos spruko kuo toliau, palikdama mus vienus kabinete, kur rūšiavome visą kalną senų sąskaitų ir kitų finansinių dokumentų.

– Aš tiktai praktiškas. Taip jau būna, kai kas nors miršta, Džeikobai.

– Tikrai? O ką, jei mirtum *tu*? Turėčiau sudeginti visus senus tavo rankraščius?

Jis išraudo. Neturėjau šitaip sakyti; užsiminti apie jo pradėtas ir nepabaigtas knygas buvo smūgis žemiau juosmens. Vis dėlto, užuot mane aprėkęs, tėtis prašneko ramiai:

– Atsivežiau tave čionai, nes maniau, kad tu pakankamai subrendęs susidoroti su tokiais dalykais. Atrodo, klydau.

– Teisingai – klydai. Manei, kad atsikratydamas visų senelio daiktų priversi mane jį užmiršti? Neišdegs.

Jis skėstelėjo rankomis.

– Žinai ką? Įgriso dėl visko kautis. Pasiimk viską, ko tik nori. – Jis bloškė pluoštą pageltusių popierių man po kojomis. – Štai tau papunkčiui surašytos išvados iš tų metų, kai buvo nužudytas Kenedis. Gali įsirėminti!

Nuspyręs popierius šalin išdrožiau pro duris ir užtrenkiau jas sau už nugaros, o paskui įsitaisiau svetainėje laukti, kol jis ateis ir atsiprašys. Išgirdęs, kaip suurzgė atgijęs popieriaus smulkintuvas, supratau, kad tėtis net neketina atsiprašinėti, tad nurioglinau per visą namą ir užsirakinau miegamajame. Čia trenkė priplėkusiu oru, batų oda ir gaižoku senelio odekolonu. Atsišliejęs į sieną žvilgsniu sekiau kilime išmintą taką nuo durų iki lovos, kur prislopintos saulės šviesos keturkampis kraštu kliudė dėžutę, kyšančią iš po lovatiesės. Prisiartinęs pritūpiau, išsitraukiau ją. Tai buvo sena, gerokai apdulkėjusi cigarų dėžutė – galima pamanyti, senelis paliko ją čia tamtyč man surasti.

Dėžutėje buvo taip gerai man pažįstamos nuotraukos: nematomas berniukas, sklandanti mergaitė, berniukas, iškėlęs akmenį, žmogus su veidu, nupieštu ant pakaušio. Nuotraukos buvo trapios, apsilaupiusios, taip pat ir mažesnės, nei prisiminiau – ir žvelgdamas į jas dabar, jau beveik suaugusio žmogaus akimis, iškart išvydau, kokia tai įžūli klastotė. Vos vos pakaitinti ir pagremžti nuotrauką – šito veikiausiai pakako, kad būtų pradanginta „nematomojo" galva.

Milžiniškas akmuo, kurį taip lengvai kilnojo pažiūrėti toks liaunas vaikis, galėjo būti iš gipso ar putplasčio. Tačiau tokių dalykų, aišku, niekaip nebūtų įžiūrėjęs šešiametis, ypač – karštai trokštantis tikėti. Po jau matytomis nuotraukomis gulėjo dar penkios, kurių senelis Portmanas man niekad nebuvo rodęs. Man parūpo kodėl, bet priežastį supratau iš karto, vos pažiūrėjęs įdėmiau. Trys buvo taip akivaizdžiai apdorotos, kad gudrybę būtų perpratęs net vaikas: vienoje – juoko verta dviguba ekspozicija – mergaitė, „įkalinta" butelyje, kitoje – „ore kybantis" kūdikis, reikia manyti, pamautas ant kažko, ko tamsiame fono koridoriuje tiesiog nematyti, trečioje – šuo su negrabiai prilipintu berniuko veidu. Lyg tai dar nebūtų pakankamai absurdiška, dar dvi nuotraukos buvo tarytum kokios Deivido Linčo košmarų iliustracijos: nediduke liūdna „bekaulė" mergaitė, išsirietusi bauginančiu tilteliu, ir porelė baisuokliškų dvynių, apsirengusių tokiais keistais kostiumais, kokių kaip gyvas nesu matęs. Netgi mano senelis, pripūtęs man galvą istorijų apie pabaisas su liežuvių čiuptuvais, sugebėjo suprasti, kad šitokios nuotraukos apkartintų nakties sapnus bet kokiam vaikui.

Šitaip klūpodamas ant sudulkėjusių grindų su tomis nuotraukomis rankose, prisiminiau, koks išduotas jaučiausi aną tolimą dieną, kai supratau, kad senelio istorijos – tik pramanas. Dabar jau akivaizdi atrodė visa tiesa: paskutinieji jo žodžiai – tik dar viena vinkli manipuliacija, o paskutinis dalykas, ką jis padarė – užkrėtė mane košmarais ir paranojiškomis iliuzijomis, kuriems išravėti prireiks ne vienų metų terapijos ir saujomis ryjamų vaistų, jaukiančių medžiagų apykaitą.

Uždariau dėžutę ir atsinešiau į svetainę, kur tėtis su teta Suze tuštino stalčių, prigrūstą kuponų, iškirptų, bet nepanaudotų, – sėmė juos rieškučiomis ir siuntė į dešimties galonų talpos šiukšlių maišą. Atkišau jiems dėžutę. Jie net nepaklausė, kas joje yra.

* * *

– Ir tai viskas? – paklausė daktaras Golanas. – Jo mirtis buvo beprasmė?

Aš tysojau ant sofos, žvilgsnį nukreipęs į kampe stovinį akvariumą, stebėdamas jo vienintelę auksinę belaisvę, tingiai sukančią ratus.

– Nebent galėtumėte pasiūlyti kokį nors geresnį paaiškinimą, – pasakiau jam. – Išklotumėte kokią įspūdingą teoriją, ką visa tai galėtų reikšti, – teoriją, apie kurią lig šiol kažkodėl neužsiminėte. Kitaip...

– Kitaip?..

– Kitaip mes tik gaištame laiką.

Jis atsiduso ir pasižnaibė viršunosę, lyg mėgintų apmaldyti galvos skausmą.

– Ką reiškia tavo senelio paskutinieji žodžiai – spręsti ne man, – galiausiai tarė. – Svarbu tik tai, ką manai *tu*.

– Visa tai – tik sušikti psichopliurpalai, – drėbiau aš. – Ką aš manau – visiškai nesvarbu, svarbu, kaip yra iš tikrųjų! Bet šito, ko gero,

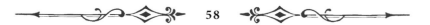

niekad nebesužinosime, tad kam kvaršinti galvą? Išrašykite man dar kokio kvaišalo ir pasiimkite čekį!

Siekiau jį įdūkinti – norėjau, kad imtų ginčytis, įtikinėti mane klystant – bet jis tik nutaisė abejingą veidą ir sėdėjo sau, bilsnodamas tušinuku į krėslo ranktūrį.

– Regis, nutarei pasiduoti, – tarė po valandėlės. – Apvylei mane. Neatrodei esąs iš tų, kurie skuba nerti į krūmus.

– Vadinasi, ne taip jau gerai mane pažįstate, – pasakiau jam.

* * *

Vargu ar būtų įmanoma dar labiau neturėti ūpo kokiam pobūviui. Bet aš jau žinojau, kad neišsisuksiu, supratau tą pat akimirksnį, kai tėvai ėmė laidyti net ne itin subtilias užuominas apie tai, koks nuobodus ir kasdieniškas būsiąs ateinantis savaitgalis, o juk visi puikiai žinome, kad man sukanka šešiolika. Meldžiau jų bent šiais metais atsisakyti vakarėlio, jei ne dėl kokios kitos priežasties, tai bent dėl to, kad neįstengiau sugalvoti nė vieno žmogaus, kurį norėčiau pasikviesti, bet juos pernelyg neramino tai, kad bemaž visą laiką kiurksau vienas, tad šventai įtikėjo gydomuoju bendravimo poveikiu. Tokia pat yra ir elektrošoko paskirtis, priminiau jiems. Tačiau mano motina nelinko praleisti net ir menkiausios progos surengti pobūvį – kartą netgi pasikvietė draugų į mūsų papūgėlės gimtadienį, – iš dalies dėl to, kad mėgdavo pasirodyti, kokiuose namuose gyvename. Su vyno taure rankoje vaikydavo svečius iš vieno baldais perkrauto kambario į kitą, liaupsindama architekto genialumą, pasakodama statybų mūšio lauko istorijas („prireikė ištisų *savaičių* šitoms sieninėms žvakidėms iš Italijos atgabenti!")

Buvome ką tik grįžę namo iš beviltiškai nesėkmingo mano seanso su daktaru Golanu. Sliūkinau paskui tėtį į įtartinai užtemdytą mūsų

svetainę, o jis vis marmėjo sau po nosimi kažką panašaus į: „Kaip apmaudu, kad nieko nesurengėme tavo gimtadienio proga!" ir „Ką gi, visada galima atsigriebti kitais metais!", bet staiga įsiplieskė šviesos, nutvieksdamos plevėsuojančius kaspinus ir balionus, ir margą publiką visokiausių dėdžių ir tetų, pusbrolių ir pusseserių, su kuriais beveik nesu net šnekėjęs, – susirinko visi tie, kuriuos tik mama sugebėjo prisivilioti, – ir Rikį, kurį gerokai nustebau išvydęs stoviniuojantį netoli punšo dubens; su odine kniedėmis nusagstyta striuke jis čia atrodė it iš dangaus nukritęs. Kai visi galiausiai paliovė džiaugsmingai šūkaloti, o aš – apsimetinėti, koks esu nustebęs, mama apglėbė mane viena ranka ir kuštelėjo:

– Patenkintas?

Aš buvau nusiminęs ir pavargęs ir netroškau nieko kita, tik pasinerti į „Warspire III: The Summoning" žaidimą, o paskui įsijungęs televizorių griūti į lovą. Bet ką dabar padarysi? Negi išgrūsi visus namo? Patikinau, kad viskas gerai, ir ji nusišypsojo, tarsi norėdama už tai padėkoti.

– Kas norėtų pamatyti šį tą naujo? – progiesmiu užtraukė ji ir, prisipylusi taurę šardonė vyno, nusivarė pulkelį giminaičių laiptais aukštyn.

Mudu su Rikiu linktelėjome kits kitam skersai kambarį, be žodžių sutardami pakęsią vienas kitą kokią valandą ar dvi. Po anos dienos, kai jis vos nenubloškė manęs nuo stogo, mudu nė sykio nesikalbėjome, bet abu gerai supratome, kaip svarbu palaikyti iliuziją, kad esame draugai. Kaip tik ketinau jį užkalbinti, bet nespėjau: dėdė Bobis, sučiupęs už alkūnės, nusitempė mane į kampą. Bobis buvo toks stambuolis pilvūzas, vairavo didelį automobilį, gyveno dideliame name ir, daugybę metų kimšęs į savo įspūdingą pilvą žąsų kepenėlių paštetą bei „Monster-Thick" mėsainius, smarkiai rizikavo kada nors tapti tokio pat didelio infarkto auka ir iškeliauti anapilin, o visą

užgyventą turtą palikti mano subingalviams pusbroliams bei savo tykiai smulkučiukei žmonai. Jis ir kitas mano dėdė, Lesas, lygiomis teisėmis buvo „Smart Aid" prezidentai, ir visada elgdavosi šitaip – tempdavosi kitus žmones į kampą slaptam pašnekesiui, tarsi norėtų aptarti rengiamą gaujos išpuolį, o ne pasakyti šeimininkei komplimentą dėl gardžiai paruoštos avokadų gvakamolės.

– Taigi... tavo mama sako, kad jau įveikei krizę dėl visos tos... na, dėl tos senelio kebeknės.

Mano kebeknė. Niekas nežinojo, kaip tai vadinti.

– Ūminė reakcija į stresą, – pasakiau.

– Ką?

– Taip vadinasi liga, kuria sirgau. Sergu. Nesvarbu.

– Tai gerai. Tikrai malonu tai girdėti. – Jis pamosavo ranka, lyg visus nemalonumus gindamas užnugarin. – Taigi, mudu su tavo mama šit pagalvojome... Ką pasakytum, jei pasiūlyčiau šią vasarą atvažiuoti į Tampą – pažiūrėti, kaip sukamas šeimos verslas? Jei taip mudu kurį laiką pasitrintume alkūnėmis pagrindinėje firmos būstinėje? Nebent tau labai patinka rikiuoti prekes ant lentynų! – Jis užsikvatojo taip garsiai, kad aš nejučia žingtelėjau atatupstas. – Galėtum ir pagyventi pas mus, savaitgaliais pavažiuotume drauge su tavo pusbroliais tarpūnams meškerės užmesti. – Paskui jis geras penkias minutes porino apie savo naująją jachtą, nupasakojo ją iki menkiausių, mažne pornografinių smulkmenų, tarsi vien šito turėtų pakakti mane įkalbėti. Galiausiai baigęs išsišiepė ir atkišo man ranką, kad pakratyčiau. – Nagi, ką mintiji, *Džei dogai*?

Ko gero, tai turėjo nuskambėti kaip toks pasiūlymas, kurio niekaip negalėčiau atsisakyti, bet aš jau verčiau sutikčiau praleisti vasarą kokiame sunkiųjų darbų lageryje Sibire, nei su dėde ir lepūnėliais jo vaikiščiais. O perspektyva padirbėti centrinėje „Smart Aid" būstinėje... ką gi, žinojau, kad tai veikiausiai neišvengiama mano ateitis,

bet vyliausi dar nugriebsiąs bent kelias vasaras laisvės, be to, dar ketverius metus universitete, prieš užsimūrydamas korporacijos narve. Valandėlę dvejojau, paskubomis ieškodamas kokio grakštesnio būdo išsisukti. Bet galiausiai rėžiau gana tiesiai:

– Nesu tikras, kad mano psichiatrui šiuo metu toks sumanymas pasirodytų geras.

Vešlūs jo antakiai susimetė viršunosėje. Atsainiai linktelėjęs dėdė tarė:

– Ak taip, žinoma, žinoma, savaime aišku. Tuomet tiesiog elgsimės pagal situaciją, vyruti, ar ne? – Tai taręs išsyk ir nuplumpino sau nelaukdamas atsakymo, tartum kitame kambario gale staiga pastebėjęs dar kažką, ką norėtų sugriebti už alkūnės.

Motina paskelbė, kad jau atėjęs metas išpakuoti dovanas. Ji amžiais reikalauja, kad daryčiau tai visų akivaizdoje – gyva bėda, nes, kaip jau minėjau, melagis aš visai niekam tikęs. O tai savo ruožtu reiškia, jog man nelabai sekasi suvaidinti nuoširdų dėkingumą už perdovanotus kalėdinės kantri muzikos kompaktinius diskus ar „Field and Stream" prenumeratą – ją gaudavau dėdės Leso pastangomis, mat jis galaižin dėl ko buvo įsikalęs į galvą, kad aš mėgėjas „iškylauti gamtoje". Šiaip ar taip, dėl šventos ramybės išspaudžiau šypseną ir kiekvieną išpakuotą daiktą kilstelėdavau kitiems pasigrožėti, kol dovanų, paliktų ant kavos stalelio, krūva gerokai aptirpo – liko tik trys.

Pirmiausia siektelėjau paties mažiausio paketėlio. Jame aptikau raktelius – nuo prašmatnaus ketverių metų tėvų sedano. Sau jie perką naują, paaiškino mama, tad senasis atitenkąs man. Mano pirmasis automobilis! Visi tik suokčiojo ir suaikčiojo, o aš pajutau, kaip užkaito veidas. Pernelyg jau panašu į pasipuikavimą – priimti tokią įspūdingą dovaną Rikio akivaizdoje – Rikio, kurio automobilis kainavo mažiau, nei aš, būdamas dvylikos, gaudavau kišenpinigių mėnesiui. Regis, tėvai visuomet stengėsi įpiršti man mintį, kad pinigai yra svar-

bu ir derėtų apie juos pagalvoti, bet iš tikrųjų man jie nerūpėjo. Kita vertus, lengva sakyti, kad pinigai nerūpi, kai turi jų į valias.

Kita dovana buvo skaitmeninis fotoaparatas, kurio tėvų kaulijau visą praėjusią vasarą.

– Ohoho, – ištariau sverdamas jį rankoje. – Tikrai nuostabu.

– Kaip tik mėginu parašyti naujos knygos apie paukščius metmenis, – pranešė tėtis. – Štai ir pamaniau: gal prašyti tavęs, kad padarytum nuotraukų?

– Nauja knyga! – sušuko mama. – Neįtikėtinas sumanymas, Frenkai. Beje, o kas nutiko anai knygai, kurią rašei dar visai neseniai? – Plika akimi buvo matyti, kad ji išgėrusi jau ne vieną taurę vyno.

– Vis dar gludinu keletą detalių, – tykiai atsakė tėtis.

– O, *suprantu*, – išgirdau dėdės Bobio balsą – jis aiškiai šaipėsi.

– Na štai! – riktelėjau kuo garsiau siekdamas paskutinės dovanos. – Ši – nuo tetos Suzės.

– Iš tikrųjų, – patikslino teta, kai ėmiausi plėšti pakuotės popierių, – dovana nuo senelio.

Aš taip ir sustingau vidur judesio. Visi susirinkusieji staiga nutilo ir sužiuro į tetą Suzę, lyg ji būtų vardu pašaukusi kokią piktąją dvasią. Tėčio smakras įsitempė, mama vienu mauku nugurkė vyno likutį.

– Išvyniok ir pamatysi, – paragino teta Suzė.

Nuplėšiau likusį popierių ir ištraukiau seną knygą kietais viršeliais, aplankstytais kampučiais, be aplanko. Tai buvo Ralfo Voldo Emersono „Rinktinė". Įsistebeilijau į ją, lyg mėgindamas įžvelgti tekstą kiaurai viršelį, nepajėgdamas suvokti, kaip ji atsidūrė mano rankose, staiga pradėjusiose nevaldomai virpėti. Niekas, išskyrus daktarą Golaną, nežinojo apie paskutiniuosius senelio žodžius, o daktaras bent kelis kartus tvirtai pažadėjo, kad viskas, apie ką kalbėjome jo kabinete, ten ir pasiliks – nebent pagrasinčiau maktelėti „Drano" skysčio vamzdžiams valyti ar nusivožti nuo *Sunshine Skyway* tilto.

Pažvelgiau į tetą; ko gero, mano veide švietė klausimas, kurio dorai net nežinojau, kaip suformuluoti. Jai pavyko silpnai šyptelėti, o paskui paaiškino:

– Kai tvarkėme namus, aptikau ją senelio rašomojo stalo stalčiuje. Priešlapyje užrašytas tavo vardas. Manau, jis pageidavo, kad knyga atitektų tau.

Telaimina Dievas tetą Suzę. Vis dėlto turi moteriškę širdį.

– Gražumėlis. Net nežinojau, kad seneliukas mėgo skaityti, – pareiškė mama, mėgindama prasklaidyti nejaukią nuotaiką. – Koks rūpestingumas.

– Taip, – iškošė tėtis pro sukąstus dantis. – Labai ačiū, Suzana.

Atsiverčiau knygą. Na taip – antraštiniame puslapyje buvo įrašas, atpažinau ir netvirtą senelio rašyseną.

THE

SELECTED WORKS
OF RALPH WALDO
EMERSON

Edited and with an introduction

BY CLIFTON DURRELL, PH. D.

*Džeikobui Magelanui Portmanui
ir visiems tiems pasauliams,
kuriuos jam dar teks atrasti*

ANTHEM BOOKS • NEW YORK

Sukrutau eiti sau pabūgęs, kad tuojau apsipilsiu ašaromis visų akivaizdoje, ir staiga kažkas išslydo iš knygos ir nupleveno žemėn. Pasilenkiau pakelti. Laiškas. *Emersonas. Laiškas.* Pajutau, kad veide neliko nė lašo kraujo. Mama palinko arčiau manęs ir įtemptai pakuždomis paklausė, ar nenorėčiau stiklinės vandens; išvertus iš mamos kalbos tai reiškė: *Nesuskysk, žmonės žiūri.* Pralemenau:

– Man truputį... na... – ir, susiėmęs už pilvo, šoviau į savo kambarį.

* * *

Laiškas buvo rašytas ranka ant gero neliniuoto popieriaus lapo, daili, vinguriuojančia, kone kaligrafiška rašysena, juodu rašalu, tiesa, spalvos intensyvumas vietomis skyrėsi, panašiai kaip rašant senoviniu parkeriu. Štai tasai laiškas:

Brangusis Abe,

Viliuosi, tu sveikas gyvas, ir šis laiškas pasieks
tave ten, kur esi saugus. Jau taip seniai
nesulaukiame iš tavęs jokios žinelės! Tačiau
rašau tau ne prikišti norėdama, o tik tam,
kad pasakyčiau: mes visi dažnai apie tave
pagalvojame ir meldžiamės už tave ir tavo gerovę.
Mūsų narsusis gražuoli Abe!
Gyvenimas saloje nedaug kuo pasikeitęs. Tačiau
mums ir patinka ramybė, nenorime jokių
permainų. Kažin, ar atpažintume tave po šitiek
metų? Užtat tu, nė kiek neabejoju, atpažintum
mus — tai yra tuos keletą, kurie dar likome.
Mes labai apsidžiaugtume dabartine tavo
nuotrauka, jei tik rastum kokią mums atsiųsti.
Įdedu tau savo nuotrauką — seną, žinoma.
E siaubingai tavęs ilgisi. Gal parašytum jai?

Gerbiu tave ir žaviuosi,
Vaikų namų direktorė Alma Le Fei Peregrinė

Kaip ir žadėta, prie laiško buvo pridėta sena nuotrauka.

Pakišau ją po pat staline lempa, stengdamasis įžvelgti moters veide kokių nors detalių, bet taip ir nepavyko. Atvaizdas buvo labai keistas, bet nėmaž nepanašus į senelio nuotraukas. Čia apsieita be jokių gudrybių. Tiesiog moteris – moteris, rūkanti pypkę. Ši kiek priminė Šerloko Holmso pypkę, riesta ir nukarusi nuo lūpos. Mano žvilgsnis vis krypo į ją.

Ar kaip tik šitai senelis ir skyrė man surasti? Taip, galvojau aš, *turi būti taip* – jis kalbėjo ne apie Emersono laiškus, o apie laišką, įdėtą į Emersono knygą. Bet kas gi toji vaikų namų direktorė, toji Peregrinė? Apžiūrėjau voką – bene rasiu atgalinį adresą? Radau tiktai išblukusį pašto spaudą su įrašu: *Cairnholm Is., Cymru, UK.*

Ką gi, *UK* – tai Didžioji Britanija. Ne veltui vaikystėje teko studijuoti geografijos atlasus – dabar žinojau, kad *Cymru* reiškia Velsą. *Cairnholm Is.* – be jokios abejonės, sala, apie kurią panelė Peregrinė užsiminė laiške. Ar gali būti, kad tai ta pati sala, kurioje vaikystėje gyveno senelis?

Prieš devynis mėnesius jis prisakė man: „Surask paukštį." Prieš devynerius metus saikstėsi, kad vaikų namus, kuriuose gyveno, sergėjo paukštis – „paukštis, rūkantis pypkę". Būdamas septynerių suvokiau tai tiesiogine prasme, bet vaikų namų direktorė nuotraukoje rūko pypkę, jos pavardė – Peregrinė, o *peregrine* reiškia kažkokios rūšies sakalą. O kas, jei paukštis, kurį senelio valia turėjau surasti, iš tiesų buvo jį išgelbėjusi moteris – vaikų namų direktorė? Galbūt netgi po tokios daugybės metų ji vis dar tebegyvena saloje, sena kaip pintis, išlaikoma kelių savo buvusių globotinių – vaikų, kurie kadai suaugo, bet niekur neišvyko?

Pirmą kartą paskutiniuosiuose senelio žodžiuose pradėjau įžvelgti šiokią tokią, tegul ir keistą, prasmę. Jis pageidavo, kad keliaučiau į salą ir surasčiau štai šitą moterį – senąją vaikų namų direktorę. Jei kas nors ir gali žinoti jo vaikystės paslaptis, tai tiktai ji. Tačiau spaudas ant pašto ženklo buvo jau penkiolikos metų senumo. Ar įmanoma, kad ji būtų iki šiol gyva? Skubomis mintyse paskaičiavau: jei ji vadovavo vaikų namams 1939-aisiais ir jei jai anuomet buvo, tarkim, dvidešimt penkeri, tuomet dabar turėtų būti beveik šimtas. Ką gi, vadinasi – įmanoma; net Inglvude esama keleto dar senesnių žmonių, kurie sugeba gyventi vieni ir net vairuoti automobilį. O jeigu panelė Peregrinė net ir pasimirė per tuos metus, praėjusius išsiuntus laišką, Kairnholme gali būti likę ir kitų žmonių, kurie galbūt sutiktų man padėti, kurie galbūt pažinojo senelį Portmaną vaikystėje. Žmonių, kurie žino jo paslaptis.

Mus, rašė ji. *Tuos keletą, kurie dar likome.*

* * *

Nieko stebėtina: įtikinti tėvus išleisti mane vasarai į mažytę salelę netoli Velso krantų – užduotis toli gražu ne iš lengvųjų. Jie – ypač mama – sugraibstė aibę svarių argumentų, kodėl šis sumanymas visai niekam tikęs. Tarkim, kaina. Arba ta aplinkybė, kad vasarą turėjau viešėti pas dėdę Bobį ir mokytis valdyti vaistų imperiją. Arba dar tai, kad nebuvo kam mane lydėti – nė katras iš mano tėvų nė kiek ten nesiveržė, o važiuoti vienas, aišku, negalėjau. Tokių argumentų aš neturėjau kuo atremti, o priežasties trūks plyš ten patekti – *manau, kad tiesiog taip reikia* – negalėjau paaiškinti nerizikuodamas pasirodyti netgi dar labiau išprotėjęs, nei, kaip baiminausi, iš tikrųjų buvau. Be jokios abejonės, neketinau net prasižioti tėvams apie senelio Portmano paskutiniuosius žodžius ar apie laišką, ar apie nuotrauką – kaipmat būtų palaidoję mane kokioje sanatorijoje. Vienintelis sveiko proto ribose išsitenkantis argumentas, kurį sugebėjau sukurti, buvo toks: „Norėčiau daugiau sužinoti apie mūsų šeimos

istoriją." Kitas, deja, buvo iš tų visada neveiksmingų: „Čadas Kra-meris ir Džošas Belas šią vasarą važiuoja į Europą. Kodėl negalėčiau aš?" Šiuodu pretekstus ir kaišiojau kiekviena pasitaikiusia proga, dažnai, bet ne taip dažnai, kad imtų skambėti žūtbūtinai (kartą net-gi griebiausi kraštutinio „Tik nesakykit, kad neturite pinigų!", bet dėl šitokios taktikos akimoju pasigailėjau), ir vis dėlto atrodė, kad galų gale nieko nepešiu.

O paskui atsitiko net keli dalykai, kurie man neapsakomai padė-jo. Pirmiausia į krūmus nėrė dėdė Bobis: jam išvėso ūpas priglausti mane visai vasarai – kas gi norės įsileisti į namus nevisprotį? Tai-gi, nebeliko jokių kitų vasaros planų. Paskui tėtis kažkur sužinojo, kad Kairnholmo sala yra neapsakomos svarbos paukščių perykla, kad kažkokios rūšies paukščių bene pusė pasaulio populiacijos gy-vena būtent ten, o tai jam, kaip ornitologui, esąs tikras lobis. Tėtis pradėjo įtartinai daug kalbėti apie savo naująją hipotetinę paukščių knygą, o kai tik jis apie tai prasižiodavo, aš iš paskutiniųjų stengiausi jį skatinti ir demonstruoti nuoširdų susidomėjimą. Vis dėlto svar-biausias veiksnys, nulėmęs viską, buvo daktaras Golanas. Meilikauti man prireikė stebėtinai nedaug, o paskui jis pritrenkė mus visus ne tik paremdamas sumanymą, bet dar ir paragindamas tėvus mane išleisti.

– Jam tai gali būti svarbu, – vieną popietę po seanso patikino jis mamą. – Senelis jam tą salą pavertė bemaž mitu, tad apsilankymas ten gali tik padėti prasklaidyti mitų rūkus. Jis savo akimis įsitikins, kad tai sala kaip sala, nei kuo ypatinga, nei magiška, o tada ir kitos senelio fantazijos neteks galios. Tai gali būti ypač veiksmingas būdas fantazijas įveikti tikrove.

– Bet aš maniau, jis ir šiaip nebetiki visais tais dalykais, – mama atsigręžė į mane. – Ar vis dėlto tiki, Džeikai?

– Ne, – užtikrinau.

– Ne – sąmoningai jis tikrai tuo nebetiki, – nesiginčijo daktaras Golanas. – Užtat pasąmonė vis dar neduoda ramybės. Pasireiškia košmarais, nerimu.

– Ir jūs tikrai manote, kad jam būtų pravartu ten nuvykti? – Mama prisimerkusi įsižiūrėjo į jį, lyg ruošdamasi išgirsti nepadailintą tiesą. Kalbant apie tai, ką man derėtų ar nederėtų daryti, daktaro Golano žodis dažnai būdavo lemiamas.

– Tikrai taip manau, – patvirtino jis.

Nieko daugiau nė nereikėjo.

*   *   *

Po to viskas ėmė klostytis svaiginančiu greičiu. Buvo nupirkti lėktuvo bilietai, suderinti tvarkaraščiai, sudėlioti planai. Keliausime su tėčiu, trims savaitėms, birželio mėnesį. Suabejojau, ar ne per ilgai, bet tėtis pareiškė, neva tiek laiko jam reikia mažų mažiausiai, norint kruopščiai išžvalgyti salos paukščių kolonijas. Maniau, mama prieštaraus, – ištisos trys savaitės! – bet, juo labiau artėjo mūsų kelionė, juo labiau ji džiaugėsi.

– Mano du vyrai, – būdavo, pareiškia visa švytėdama, – keliauja nuotykiauti!

Jos entuziazmas mane netgi kiek jaudino – iki pat tos popietės, kai nugirdau jos pokalbį telefonu su drauge: šiai mama nesivaržydama liejo džiugesį, kokia jai kliuvusi laimė ištisoms trims savaitėms „susigrąžinti gyvenimą", atsikračius „dviejų vargetų vaikiščių, kuriais nuolatos tenka rūpintis".

Aš irgi tave myliu, norėjau tėkšti jai, balse sutelkęs tiek gaižaus sarkazmo, kiek tik būtų pavykę, bet ji manęs nepastebėjo, ir aš prikandau liežuvį. Žinoma, aš tikrai ją mylėjau, bet veikiausiai tik todėl, kad mamą mylėti lyg ir privalu, o ne todėl, kad būtų iš tų, kurios

patrauktų dėmesį atsitiktinai sutiktos gatvėje. Beje, vaikštinėjančios gatvėje jos ir nesutiksi, vaikščioti skirta tik varguoliams.

Pasibaigus mokslo metams, per tris iki kelionės likusias savaites visais įmanomais būdais ieškojau būdų sužinoti, ar panelė Alma Le Fei Peregrinė vis dar tebėra tarp gyvųjų, bet paieškos internete liko bevaisės. Tardamas, jog ji vis dar gyva, vyliausi susiskambinti su ja telefonu ir įspėti, kad atvykstu, bet netrukau įsitikinti, jog Kairnholme beveik niekas išvis *neturi* telefono. Visoje saloje radau vieną vienintelį numerį – jį ir surinkau.

Susijungti prireikė geros minutės: linijoje kažkas šnypštė ir traškėjo, paskui visai nutilo, vėl ėmė šnypšti – galiausiai man ėmė rodytis, kad išjaučiau kiekvieną mus skiriančio milžiniško nuotolio mylią. Galų gale išgirdau tą keistą europietišką signalą: pyyypt pyyypt... pyyypt pyyypt – ir tada ragelį pakėlė vyriškis, kaip galėjau nebent nuspėti – gerokai įmetęs.

– Kakalų skylė! – užkaukė jis. Fone gaudė sunkiai įsivaizduojamas triukšmas – slopus grumėjimas, kokį išgirsti tikėtumeis nebent pačiame studentų klubo vakarėlio įkarštyje. Bandžiau pasisakyti, kas aš toks, bet abejoju, ar jis ką nors girdėjo.

– Kakalų skylė! – subūbavo jis dar kartą. – Kas dabar skambinėja? – Nespėjus man nė prasižioti, jis patraukė ragelį nuo burnos ir suriko kažkam kitam: – Sakau, pričiaupkit srėbtuves, priliuobę ledergos, aš gi kalbu...

Ryšys nutrūko. Suglumęs dar kokią valandėlę sėdėjau prispaudęs ragelį prie ausies, paskui pakabinau jį. Nė nebesivarginau skambinti dar sykį. Jei vieninteliu Kairnholmo telefonu įmanoma prisiskambinti tik į galaižin kokios bjaurasties irštvą, vadinamą „kakalų skylę", ko tuomet galima tikėtis iš visos salos? Ar pirmasis mano apsilankymas Europoje virs tik nuolatinėmis pastangomis išvengti girtų maniakų ir stebėjimu, kaip uolėtose pakrantėse tuštinasi

 73

paukščiai? Galbūt. Bet jei tai reiškia, kad tuo pačiu numaldysiu ir graužiančią nerimastį dėl senelio paslapčių ir galėsiu toliau ramiai gyventi savo niekuo neypatingą gyvenimą, tuomet, kad ir ką tektų patirti – bus verta.

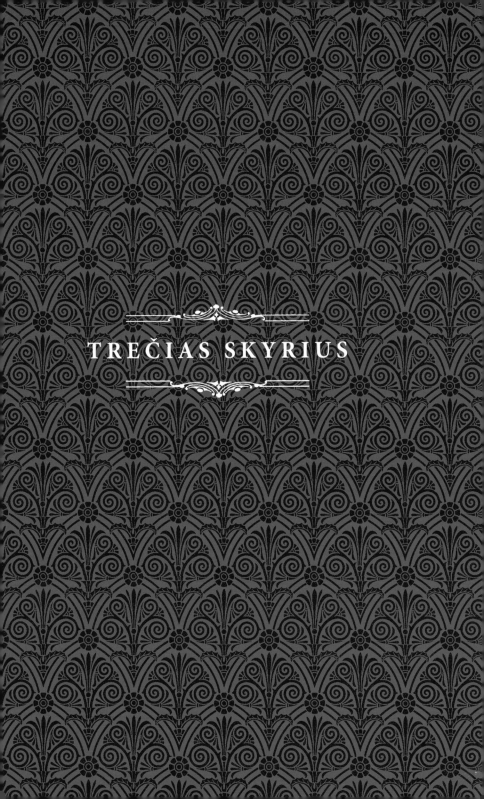

TREČIAS SKYRIUS

*R*ūkas aplink mus vis labiau tirštėjo, virsdamas tikru akidangčiu. Kai kapitonas pranešė, kad jau beveik atplaukėme, iš pradžių pamaniau – pokštauja: aš pats, įsitaisęs ant siūbuojančio kelto denio, nemačiau nieko, išskyrus begalinę pilkumos užuolaidą. Įsitvėriau turėklo, užsižiūrėjau į žalias bangas galvodamas apie žuvis, kurioms, ko gero, visai netrukus galėjo atitekti mano pusryčiai, o tėtis vienmarškinis stovėjo šalia visas drebėdamas. Niekad nebūčiau pamanęs, kad birželį gali būti šitaip drėgna ir šalta. Nuoširdžiai vyliausi, dėl jo ir dėl savęs paties, jog šita trisdešimt šešias valandas trunkanti kankynė, kuriai ryžomės, kad atsikrapštytume čionai – trys lėktuvai, du postoviai, snūduriavimas pakaitomis prišnerkštose geležinkelio stotyse, o dabar dar ir šita niekaip nepasibaigianti, vidurius lauk verčianti kelionė keltu, – galiausiai atsiperks.

– Žiūrėk! – staiga riktelėjo tėtis, ir aš, pakėlęs galvą, išvydau uolėtą kalną, išnyrantį iš plynos drobės priešais mus.

Tai buvo mano senelio sala. Dunksanti aukštai iškilusi virš bangų, niauri, susisupsčiusi rūkais, sergstima milijonų klegančių paukščių, ji atrodė lyg kokia senovinė, milžinų statyta tvirtovė. Slydau žvilgsniu stačiais jos skardžiais aukštyn, bet viršūnės taip ir nepamačiau – ji smigo į šmėkliojančių debesų tumulus, ir, žvelgiant į šį reginį, mintis, kad ši sala užkerėta, jau nebeatrodė tokia absurdiška.

Šleikštulys staiga atslūgo. Tėtis strapinėjo po denį lyg vaikas per Kalėdas, neatplėšdamas akių nuo virš galvos ratus sukančių paukščių.

– Džeikobai, tu tik pažvelk! – sušuko rodydamas ore šmižinėjančių kruopelių telkinį. – Mažieji audrapaukščiai!

Artėjant prie uolų, ėmiau pastebėti po vandeniu šmėksančius keistus pavidalus. Pro šalį ėjęs jūreivis pričiupo mane persisvėrusį per turėklą ir spiginantį į juos, ir tarė:

– Niekad nesi matęs sudužusio laivo liekanų, ką?

Atsigręžiau.

– Tikrai?

– Visas šis regionas – ištisos laivų kapinės. Kaip sakydavo senieji kapitonai: „Kairnholmo įlanka ir Tvikst Harlando kyšulys – jūreivio kapas, diena ar naktis!*"

Kaip tik tą akimirką praplaukėme laivo griaučius, dunksančius visai netoli paviršiaus, o pažaliavusio korpuso kontūras buvo matyti taip aiškiai, kad atrodė: laivo šmėkla tuojau iškils iš vandens lyg koks zombis iš negilaus kapo.

– Matai šitą? – mostelėjo jūreivis. – Nuskandintas – povandeninio laivo darbelis.

– Čia plaukiojo ir povandeniniai laivai?

– Būriais. Visa Airijos jūra knibždėte knibždėjo vokiečių povandeninių laivų. Kaip kažin ką – surinktum gerą pusę laivyno, jei galėtum iškelti visus jų torpedų pramuštus laivus. – Jis dramatiškai kilstelėjo vieną antakį, paskui nupėdino sau juokdamasis.

Nurisnojau per denį į laivagalį, neatitraukdamas žvilgsnio nuo sudužusio laivo, kol šis pasislėpė už mūsų kilvaterio. Jau buvau bepradedąs svarstyti, ar tik mums, norint patekti į salą, neprireiks

---

* Iš tikrųjų senoviniame jūreivių posakyje minima Padstou įlanka.

alpinistų įrangos, stačios uolos staiga prasiskyrė ir pasitiko mus nuolaidžiais šlaitais. Apsukę kyšulį, įplaukėme į pusapskritimę įlanką. Tolumoje išvydau mažytį uostą su šokčiojančiais ant bangų spalvingais žvejų laiveliais, o dar toliau – ir žaliuojančioje įduboje išsibarsčiusį miestelį. Šen ten avimis nusagstyti laukai driekėsi kalvų šlaitais, kylančiais aukštyn pasitikti uolėtų kalvagūbrių, kur, lyg koks vatinis parapetas, stūksojo debesų siena. Tai buvo gražu ir drauge dramatiška, nieko panašaus kaip gyvas nebuvau matęs. Mes įpukšėjome į įlanką, ir mane krestelėjo šioks toks nuotykio virpulys, tarsi būčiau paregėjęs žemę ten, kur žemėlapiuose aptiksi tik niekuo neišsiskiriantį žydrumos plotą.

Keltas prisišvartavo, ir mes, kuproti nešuliais, išlipome į mažytį miestelį. Apsidairęs įdėmiau nutariau: kaip ir daug kas, miestelis, žvelgiant iš arčiau, anaiptol ne toks dailus, koks atrodė iš toli. Ne itin didelis žvyruotų, murkšlinų gatvelių tinklas, abipus jų rikiavosi kalkėmis baltinti namukai, bjaurojami tik palydovinių antenų lėkščių, aptūpusių stogus. Kairnholmas – pernelyg atokus, pernelyg nereikšmingas, kad vertėtų tiesti čionai elektros linijas iš pagrindinės salos, tad ant kiekvieno kampo, lyg kokios niršios širšės, dūzgė dvokiantys dyzeliniai generatoriai, jiems maurojimu antrino traktoriai – vienintelė transporto priemonė saloje. Miestelio pakraščiuose riogsojo pažiūrėti senoviniai trobesiai, apleisti, įsmukusiais stogais – mažėjančio gyventojų skaičiaus liudininkai, mat vietiniams vaikams, gyvenimo spindesio kitur paviliotiems, neberūpi šimtametės žvejybos ar žemdirbystės tradicijos.

Tempdami savo gerą nusivilkome per miestelį, ieškodami būsto, vadinamo tarsi ir „Kunigija" ar „Klebonija", mat ten tėtis buvo rezervavęs mums kambarį. Įsivaizdavau kokią seną bažnyčią, pertvarkytą ir paverstą nakvynės namais – nieko labai prašmatnaus, tiesiog pastogė galvai priglausti laisvu nuo paukščių stebėjimo ir siūlgalių

vyniojimo laiku. Keleto vietinių bandėme klausti kelio, bet jie atsakė tik suglumusiais žvilgsniais.

– Juk jie kalba angliškai, ar ne? – balsu nusistebėjo tėtis.

Kaip tik tuo metu, kai nuo nežmoniškai įsunkėjusio lagamino man visai nutirpo ranka, galiausiai priėjome bažnyčią. Manėme jau pasiekę kelionės tikslą, bet įkėlę koją vidun įsitikinome: bažnyčia tikrai pertvarkyta, tik ne į „B & B" tipo nakvynės namus, o į mažą nutriušusį muziejėlį.

Aptikome ir muziejaus prižiūrėtoją – kambarėlyje, nukarstytame žvejybos tinklais ir avikirpėmis žirklėmis. Išvydus mus, jo veidas nušvito, bet tuoj pat ir vėl apniuko, vos jis išgirdo, kad mes tik pasiklydome.

– Manau, jūs ieškote „Kunigų skylės", – tarė jis. – Niekas kitas saloje kambarių nenuomoja.

Paskui jis išdėstė mums kelio nuorodas, kalbėjo su melodingu akcentu, kuris mane nepaprastai žavėjo. Su didžiuliu malonumu klausydavausi velsiečių šnektos, nors geros pusės nė nesuprasdavau. Tėtis padėkojo tam žmogui ir buvo beeinąs sau, bet muziejininkas man pasirodė toks draugingas, kad ryžausi padelsti ir paklausti dar kai ko.

– O kur galėtume surasti senuosius vaikų namus?

– Senuosius – ką? – prisimerkęs pasitikslino jis.

Vieną siaubingą akimirksnį mane surakino baimė: o kas, jei atplaukėme ne į tą salą arba, dar blogiau, vaikų namai – tiktai dar vienas senelio pramanas?

– Juk čia būta prieglaudos pabėgėliams vaikams? – paklausiau. – Per karą? Toks didelis namas...

Žmogus prikando lūpą ir nužvelgė mane dvejodamas, lyg negalėdamas apsispręsti: padėti man ar verčiau nusiplauti rankas? Bet galiausiai jam manęs pagailo.

– Apie pabėgėlius nieko nežinau, – pasakė, – bet, manau, nutuokiu, apie ką klausi. Riogso toks namas – kitoje salos pusėje, anapus pelkės ir miško. Bet, tavim dėtas, vienas ton pusėn nė nemėginčiau klampoti. Tik nuklysk tolėliau nuo tako, ir apie tave daugiau niekas nebeišgirs, sumanysi nusiversti nuo uolos, niekas nesulaikys, nebent pasikliautum šlapia žole ir avių spiromis.

– O šitai tikrai pravartu žinoti, – tarė tėtis, skersakiuodamas į mane. – Prižadėk, kad neisi ten vienas.

– Gerai jau, gerai.

– Dėl ko tave tai sudomino? – parūpo žmogui. – Nepasakyčiau, kad ten turistams lankytina vieta.

– Šioks toks projektėlis, susijęs su šeimos istorija, – paaiškino tėtis, stoviniuojantis prie durų. – Mano tėvas vaikystėje gyveno čia keletą metų. – Plika akimi buvo matyti: jis iš paskutiniųjų vengia užsiminti apie psichiatrus ar mirusius senelius. Dar sykį padėkojo muziejaus prižiūrėtojui ir išginė mane pro duris.

Laikydamiesi muziejininko nurodymų, grįžome atgal tuo pačiu keliu, kuriuo atėję, kol pamatėme niūrią skulptūrą, išskaptuotą iš juodo akmens, ji vadinosi „Laukianti moteris" ir buvo skirta visiems saliečiams, pražuvusiems jūroje, pagerbti. Jos veido išraiška buvo graudi, išskėstas rankas ji tiesė uosto, likusio už galaižin kiek kvartalų, pusėn, bet taip pat ir rodė tiesiog į „Kunigų skylę", esančią čia pat, kitapus gatvės. Iškart prisipažįstu: aš – ne kažin koks viešbučių žinovas, bet vieno žvilgsnio į nudrengtą iškabą pakako suprasti: vargu ar čia galime tikėtis keturių žvaigždučių numerio su šeimininkų paslaugiai paliktais mėtiniais saldainiukais ant pagalvės. Viršuje įrašas didžiulėmis spausdintinėmis raidėmis skelbė: VYNAS, ALUS, DEGTINĖ. Po šiuo jau kuklesnis užrašas žadėjo „puikų maistą". Ir tik pačioje apačioje, akivaizdžiai sumanyta vėliau ir prirašyta ranka – „Išnuomojami kambariai", tiesa, užrašas pataisytas, likęs tik „Išnuomojamas kambarys". Nutempėme nešulius prie durų, tėtis kažką marmėjo apie apgavikus ir melagingą reklamą, o aš savo ruožtu grįžtelėjau per petį į „Laukiančią moterį" ir pagalvojau: galbūt ji tiktai laukia, kol kas nors atneš jai taurę gėrimo?

Su visais daiktais susigrūdome pro duris vidun ir čia pat sustojome markstydamiesi: pakliuvome į baro žemomis lubomis prietemą. Kai akys apsiprato su apyblanda, sumojau, kad šiai užeigai „skylė" – net labai taiklus pavadinimas: mažutėliai švinuoti langai vidun įleido tik tiek šviesos, kad įžiūrėtum kelią iki alaus čiaupo ir pasiektum jį nekliuvinėdamas už stalų ir kėdžių. Stalai – nučiurę, klibantys – atrodė labiau tinkami malkoms. Pačiame bare lankytojų nestigo, nepaisant ryto valandos, kad ir kokia ji buvo. Vyrai, tylūs, nevienodo apsvaigimo laipsnio, sėdėjo maldingai palenkę galvas prie gintarinio skysčio bokalų.

– A, jums veikiausiai reikia kambario? – Žmogus išniro iš už baro paspausti mums rankų. – Aš – Kevas, o šitie – mano draugeliai. Pasisveikinkit, bičiuliai.

– Sveiki, – nedarniai suniurnėjo tie, baksnodami nosimis į savo gėrimus.

Nusekėme paskui Kevą siaurais laipteliais į kelių kambarių (taip, daugiskaita!) numerį. Čia, mandagiai tariant, būtiniausių dalykų buvo. Du miegamieji – tėtis iškart pareiškė teises į didesnįjį – ir dar vienas, trigubos paskirties, kambarys: virtuvė, valgomasis ir svetainė tuo pat metu, o tai reiškė, kad čia buvo stalas, kandžių pagraužta sofa ir nedidelė viryklėlė. Vonioje, pasak Kevo, „viskas dažniausiai veikia, bet jei kada kas nors išklibtų, visada galite pasikliauti senuoju patikimuoju". Tai taręs parodė į kilnojamąjį tualetą skersgatvyje už pastato – jis, labai patogiai, buvo matyti pro mano miegamojo langą.

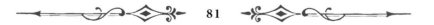

– Ak taip, prireiks ir šitų, – pridūrė Kevas traukdamas iš spintelės porą žibalinių lempų. – Generatoriai veikia tik iki dešimtos, labai suknistai brangu atsiplukdyti benzino, tad arba anksti eisite miegučio, arba išmoksite įvertinti žvakes ir žibalą. – Jis išsišiepė. – Tikiuosi, judviem tai nepasirodys pernelyg viduramžiška!

Užtikrinome Kevą, kad lauko išvietė ir žibalas mus puikiausiai tenkina, iš tiesų skamba net visai patraukliai – taip, pone, dvelkia nuotykiu! – ir tuomet jis vėl nusivedė mus žemyn užbaigti ekskursijos.

– Valgyti esate maloniai kviečiami čionai, – pasakė. – Tikiuosi, kvietimu pasinaudosite, nes daugiau ir nėra kur nueiti. Jeigu jums prireiktų paskambinti, telefono būdelė – antai ten, kampe. Kartais, būna, ir eilutė išsirikiuoja, mat mobilusis ryšys čia išvis niekam vertas, o šitas laidinis telefonas – vienintelis visoje saloje. Visiškai teisingai, čia yra viskas: vienintelė vieta pavalgyti, vienintelės lovos, vienintelis telefonas! – Po šių žodžių jis atsilošė ir prapliupo juoktis, juokėsi garsiai, ilgai.

Vienintelis laidinis telefonas saloje. Dirstelėjau į jį – iš tiesų būdelė, su durimis, kurias galėjai užsidaryti, kad niekas nesiklausytų pokalbio, – visai tokia, kokias pamatysi nebent senuose filmuose. Ir staiga – net nusmelkė stingdančio siaubo šaltukas – sumojau, kad čia ir vyko ana graikiškoji orgija, čia ir griaudėjo anas studentų klubo vakarėlis, kaip tik čia kažkas ir pakėlė ragelį, kai skambinau į salą prieš kelias savaites. *Čia ir yra kakalų skylė.*

Kevas padavė tėčiui raktus nuo numerio.

– Jei kils kokių klausimų, – tarė, – žinote, kur mane surasti.

– Jau dabar noriu kai ko paklausti, – pasakiau aš. – Kas yra kakalų... tai yra, kunigų skylė?

Vyrai prie baro griausmingai užsikvatojo.

– Nagi, tai skylė kunigams, kas kita galėtų būti! – sušuko vienas jų, sukeldamas dar smarkesnį juoko pliūpsnį.

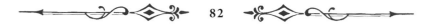

82

Kevas nupėdino prie židinio, kur snūduriavo susna šuo – vienas grindlenčių plotelis ten atrodė nelygus.

– Štai čia, – pasakė tapnodamas bato galu lentas, pažiūrėti primenančias duris grindyse. – Neatmenamais laikais, kai vien už tai, kad buvai katalikas, galėjai pakibti ant medžio šakos, kunigėliai atlėkdavo čionai ieškoti prieglobsčio. Jei jiems iš paskos atbildėdavo karalienės Elžbietos galvažudžių banda, tuos, kuriuos reikėdavo paslėpti, mes įkišdavome į štai tokius jaukius urvelius – kunigų skyles.

Atkreipiau dėmesį, kad jis pasakė „mes", lyg būtų asmeniškai pažinojęs anuos kažin kada išmirusius saliečius.

– Taigis, jaukius urvelius! – patvirtino vienas gėrovų. – Šilta ten būdavo kaip kepsninėje, ir dar ankšta kaip statinėje!

– Kad taip prireiktų rinktis: ar šiltai ir jaukiai, ar kadaruoti ant šakos, kunigų žudikų pakabintam, bet kuriuo paros metu žinočiau, ką pasirinkti, – paantrino kitas.

– Taigis, taigis, – pareiškė pirmasis. – Už Kairnholmą – tebūnie jis visuomet mūsų prieglobsčio uola!

– Už Kairnholmą! – choru užbaubė kiti ir visi pakėlė stiklus.

* * *

Kirtę bent kelias laiko juostas, apkvaitę ir išsekę, mudu anksti nuėjome miegoti – ar veikiau sugulėme į lovas ir sukišome galvas po pagalvėmis, kad nors truputį apsigintume nuo griaudinčios kakofonijos, prasismelkiančios per grindlentes iš apačios, – protarpiais triukšmas taip sustiprėdavo, jog net neabejodavau: įsismarkavę lėbautojai sugriuvo į mano kambarį. O paskui, reikia manyti, laikrodis numušė dešimtą, nes lauke ūžiantys generatoriai tik sučiaudėjo ir nutilo – nutilo ir muzika apačioje, užgeso gatvės žibintas, plieskęs tiesiai po mano langu. Netikėtai pasijutau supstomas vien tylios,

 83

palaimingos tamsos, ir tik tolimas bangų šniokštimas bepriminė, kur atsidūriau.

Pirmą kartą per daugelį mėnesių nugrimzdau į ramų, gilų, košmarų netrikdomą miegą. Sapnavau visai ką kita: senelį, dar vaiką, pirmąsyk atsidūrusį čia, pirmąją jo, svetimšalio, naktį svečioje šalyje, po svečiu stogu, skolingą gyvybę žmonėms, kalbantiems nežinoma kalba. Kai nubudau, pro langą vidun sruvo saulės šviesa, ir staiga sumojau, kad panelė Peregrinė išgelbėjo ne tik senelio gyvybę, taip pat ir mano, ir mano tėčio. Ir šiandien, jei tik nenusigręš sėkmė, galbūt galiausiai man pasitaikys proga jai padėkoti.

Nulipęs žemyn aptikau tėtį jau išsipleikusį prie stalo, šliurpščiantį kavą ir blizginantį savo prašmatniuosius žiūronus. Vos spėjau atsisėsti greta, lyg iš po žemių išdygo Kevas su dviem lėkštėmis, prikrautomis neaiškios kilmės mėsos ir pakeptų skrudintos duonos riekelių.

– Net nenutuokiau, kad skrebutį dar reikia pakepti, – tarstelėjau, o Kevas į tai atsakė nežinąs tokio maisto produkto, kurio nebūtų galima pagerinti įmetus į keptuvę.

Pusryčiaudami mudu su tėčiu aptarinėjome dienos planus. Ketinome dieną skirti lyg ir žvalgybai, susipažinti su sala. Pirmiausia nusižiūrėsime vietas, kur tėtis galėsiąs stebėti paukščius, o paskui surasime vaikų namus. Pusryčius sušveičiau stačiais kąsniais, nekantraudamas imtis darbų.

Kaip reikiant pasistiprinę taukais, mudu išėjome iš užeigos ir patraukėme per miestelį, vis strykčiodami į šalis, kad nepakliūtume po traktorių ratais, ir plyšodami vienas kitam – kad perrėktume generatorių gausmą. Bet galiausiai gatvės išniro į laukus, o triukšmas nutilo už nugarų. Diena buvo gaivi, šuoruota, o saulė, pasislėpusi už neaprėpiamų debesų tumulų, netikėtai ėmė ir išniro, ir nutaškė kalvas įspūdingomis šviesos dėmėmis – aš iškart pajutau energijos ir vilties antplūdį. Traukėme linkui uolėtos pakrantės, kur tėtis dar iš kelto

84

buvo pastebėjęs pulką paukščių. Nenumaniau, kaip reikės ją pasiekti – sala šiek tiek priminė dubenį, o kalvos, kylančios aukštyn pakraščiuose, nuo keteros uolėtais skardžiais smego tiesiog į jūrą. Bet kaip tik čia kalvos viršūnė buvo nugludinta, skardis ne toks status, o apačioje, palei vandenį, driekėsi siauras smėlėtas ruožas – buvo netgi takelis, vedantis prie vandens.

Nusiropštėme žemyn į pakrantę – ten, regis, ištisa paukščių civilizacija vasnojo sparnais, krykavo, graibstė žuvis iš atoslūgio paliktų telkinėlių. Mačiau, kaip plečiasi tėčio akys.

– Nuostabu... – sumurmėjo jis, krapštydamas suakmenėjusio guano gurvolį bukuoju tušinuko galu. – Man reikės čia šiek tiek užtrukti. Neprieštarauji?

Tokią jo išraišką jau buvau matęs ir labai gerai žinojau, ką reiškia „šiek tiek": valandų valandas.

– Tuomet vaikų namų ieškoti trauksiu be tavęs, – pasakiau.

– Ne, vienas neisi. Juk pažadėjai.

– Susirasiu ką nors, kas mane nuvestų.

– Ką?

– Kevas ką nors patars.

Tėtis užsižiūrėjo į jūrą, į aukštą aprūdijusį švyturį, kyšantį viršum uolų krūvos.

– Juk žinai, kokį išgirstum atsakymą, jei tavo mama būtų čia, – tarė.

Mano tėvai laikėsi skirtingos nuomonės apie tai, kiek priežiūros man reikia. Mama visada sėdėdavo ant sprando, visada stengdavosi primesti savo valią. Tėtis savo ruožtu buvo linkęs duoti truputį laisvės. Manė, kad protarpiais man visai sveika suklysti. Be to, paleidęs mane, galėtų sau kiaurą dieną žaisti su guanu.

– Gerai, – pasakė galiausiai. – Bet, kad ir kas imtųsi tave lydėti, žiūrėk, kad neužmirštum man užrašyti jo telefono numerio.

 85

– Tėti, niekas čia neturi telefonų.

Jis atsiduso.

– Ogi tikrai. Na, kad tik būtų patikimas...

* * *

Kevas buvo kažkur išdūmęs savais reikalais, o prašyti mane pagloboti kurio nors iš apspangusių jo nuolatinių lankytojų atrodė tikrai prastas sumanymas. Nupėdinau į artimiausią krautuvėlę, vildamasis sulauksiąs pagalbos iš ko nors, kas bent jau dirba ir užsidirba. ŽUVŲ PARDAVĖJAS – skelbė iškaba ant durų. Atlapojau jas ir net susigūžiau atsidūręs priešais barzdotą milžiną su krauju permirkusia prijuoste. Jis pametė žuvį ir įsistebeilijo į mane su visa varvančia kapokle rankoje. Aš čia pat tylomis pats sau prisiekiau niekad daugiau nepaniekinsiąs jokio apkaušėlio.

– O kokio velnio? – užbaubė jis, kai pasisakiau, kur noriu traukti. – Nieko ten nėra, vieni pelkynai ir prarūgęs oras.

Pasakiau jam apie senelį ir vaikų namus. Jis nudelbė mane iš po surauktų antakių, tada persisvėrė per prekystalį ir abejodamas dėbtelėjo į mano batus.

– Manyčiau, Dilanas ne per daug užsiėmęs ir galės tave palydėti, – pareiškė jis, kapokle rodydamas maždaug mano amžiaus vaikį, rikiuojantį žuvis šaldiklio vitrinoje, – bet va padoriau apsiauti tau tikrai reikės. Nieko nebus paleisti tave klampoti su sportbačiais – dumblas tuoj čmaukšt ir nučiulps juos tau nuo kojų!

– Tikrai? – paklausiau. – Tikrai taip manote?

– Dilanai! Nešk šičionai mūsų vyrukui porą velingtonų!

Vaikis suaimanavo ir akivaizdžiai maivydamasis lėtutėliai uždarė šaldiklio vitriną, nusišluostė rankas ir galiausiai nusliūkino prie sienos su lentynomis, prikrautomis įvairių prekių.

  86

– Taip va jau atsitiko, kad galime pasiūlyti tikrai gerų, patvarių batų, – pareiškė žuvies pardavėjas. – Vieną perki – antro negauni dykai! – Jis prapliupo juoktis ir liuobė kapokle į lašišą: atsiskyrusi galva nušliuožė slidžiu nuo kraujo prekystaliu ir taikliai šlumštelėjo į giljotinos kibirėlį.

Iškrapščiau iš kišenės pinigus, kuriuos tėtis buvo davęs ypatingiems atvejams; nutariau, kad šioks toks plėšikavimas – dar palyginti nedidelis mokestis už pagalbą surasti moterį, kurios ieškoti atsibasčiau iš anapus Atlanto.

Iš parduotuvės išplumpinau avėdamas guminius batus – tokius didelius, kad kojos įtilpo su visais sportbačiais, ir tokius sunkius, kad vos spėjau pūkšti paskui savo ne itin entuziastingą vedlį.

– O tu ir mokyklą lankai saloje? – paklausiau Dilano, tursendamas ristele, kad pavyčiau. Man iš tikrųjų buvo smalsu – kaip čionai gyvena mano amžiaus jaunimas?

Jis murmtelėjo miestelio didžiojoje saloje pavadinimą.

– Tai ką, taip ir plaukioji keltu: valandą pirmyn, valandą – atgal?

– Aha.

Tuo pokalbis ir baigėsi. Į visus bandymus šnekinti jis arba atsiliepė dar trumpesniais žodeliais, arba išvis tylėjo, tad galiausiai numojau ranka ir tiesiog kuduliavau iš paskos. Pakeliui, netoli miestelio pakraščio, susidūrėme su kažkokiu jo draugeliu – vyresniu vaikinu, vilkinčiu akinamai geltoną šiltą treningą, apsikarsčiusiu netikro aukso grandinėmis. Net ir su astronauto apranga Kairnholme jis nebūtų dar labiau atrodęs tarsi nukritęs iš mėnulio. Su Dilanu jis pasisveikino kepštelėdamas kumščiu į kumštį, pats prisistatė esąs Kirmis.

– Kirmis?

– Toks jo sceninis pseudonimas, – paaiškino Dilanas.

– Mudu – pats šlykščiausias reperių duetas visame Velse, – pareiškė Kirmis. – Aš – Em-Si Kirmis, o anasai – Eršketas Teršketas,

taipgi jis – Em-Si Bjaurybė Dilanas, kitaip dar – Em-Si Nešvarus Biznis, Kairnholmo bitbokseris numeris vienas! Nori parodyti tam jankiui, ką sugebame, a, Bjaurybe D?

Dilanas, rodos, suirzo.

– Dabar?

– Pavaryk šiek tiek bito ritmo, sūnau!

Dilanas užvertė akis, bet padarė, ko prašytas. Iš pradžių pamaniau, kad jis springsta nuosavu liežuviu, bet jo seilėmis tyškantys krenkščiojimai buvo ritmingi: pu-pu-ČA, pu-pu, pu-ČA! Pagavęs ritmą, Kirmis ėmė repuoti:

– Kunigų skylėj man gera švinkti visados / tėtušis tavo nuolat ten, mat minta iš bedarbio pašalpos / kietai pagaunu ritmą, regėt tai vienas juokas / Dilano ritmas aštrus kaip vištienos troškinys pipiruotas!

Dilanas liovėsi krenkščioti.

– Nesąmonės kažkokios, – pareiškė. – Be to, tavo paties tėtušis minta iš bedarbio pašalpos.

– Tai šūdas, Bjaurybė D pametė ritmą! – Kirmis ėmėsi bitbokserio pareigų pats, tuo pat metu visai pakenčiamai vaidindamas robotą, sportbačiais rausiodamas duobutes žvyre. – Stverk mikrofoną, D!

Dilanas atrodė sutrikęs, bet vis tiek ryžosi:

– Paukštytę karštą sutikau, Šarona buvo ji vardu / kietai jai mano treningas atrodė ir sportbačiai abu / kas yra laikas jai parodžiau kaip koks Daktaras Kas / tupykloje sėdėdamas sudėjau šias eiles!

Kirmis palingavo galvą.

– *Tupykloje?*

– Buvau nepasiruošęs!

Dabar abu užgriuvo mane kvosti, ką manau aš. Kadangi net patys nebuvo sužavėti vienas kito repavimu, nė nežinojau, ką sakyti.

– Na, man, ko gero, labiau prie širdies kitokia muzika: gitaros, dainos ir panašiai.

Kirmis tik numojo į mane ranka.

– Anas gero kvaišinančio repo neatskirtų, net jeigu jam į kiaušius krimstelėtų, – suniurnėjo.

Dilanas nusijuokė, po to sekė sudėtinga procedūra, susidedanti iš rankos paspaudimų, susidaužimų kumščiais, pasipliaukšnojimų delnais.

– Gal jau galėtume eiti? – nebeiškenčiau aš.

Dar kurį laiką jie trypinėjo kažką bumbėdami, bet netrukus vėl leidomės į kelią, tik kartu nusivilko ir Kirmis.

Šiūrinau paskutinis, rankiodamas žodžius, svarstydamas, ką, sutikęs panelę Peregrinę, jai sakysiu. Tikėjausi susipažinsiąs su padoria velsiete dama, veikiausiai mudu sėdėsime svetainėje ir gurkšnosime arbatą mandagiai šnekučiuodamiesi apie šį bei tą, kol man pasirodys, kad jau atėjo tinkamas metas iškloti blogą žinią. *Aš – Abrahamo Portmano vaikaitis*, – pasisakysiu. – *Apgailestauju, kad man tenka jums tai pranešti, bet jo jau nebėra su mumis.* O paskui, kai ji nusišluostys paskutines tylias ašaras, užversiu ją klausimais.

Sekiau paskui Dilaną ir Kirmį taku, vingiuojančiu per žalias lankas su besiganančiomis avimis. Paskui takas šovė kalvos šlaitu aukštyn – taip stačiai, kad, maniau, plaučiai išlįs pro gerklę. Kalvos keteroje stūksojo rūko siena: urduliuojančio, besirangančio ir tokio tiršto, kad pasijutau pakliuvęs į kitą pasaulį. Rūkas buvo bemaž biblinis: galėjau įsivaizduoti, kaip užsirūstinęs, tiesa, gal nelabai, Dievas tokiu užleidžia egiptiečius. Mums leidžiantis kitu kalvos šlaitu žemyn, rūkas, regis, tik dar labiau sutirštėjo. Saulė virto blyškiu išskydusiu gėlės žiedu. Drėgmė kibo prie visko: karoliukais nusagstė man odą, smelkėsi į drabužius. Krito ir temperatūra. Kokią sekundę Kirmis ir Dilanas dingo man iš akių, o paskui nuolydis baigėsi, takas išsilygino, ir aš aptikau juos stovinčius, laukiančius manęs.

– Ei, jankiuk! – šūktelėjo Dilanas. – Čionai!

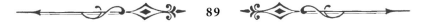

89

Klusniai nutapnojau iš paskos. Išsukome iš tako, nuplūkėme tiesiog per žliugsinčią, žolėtą dirvą. Avys stebeilijo į mus didelėmis pavandenijusiomis akimis, jų vilna buvo įmirkusi, šlapios uodegos karojo. Iš miglos staiga išniro trobelė. Visa apkalta lentomis.

– Tikrai čia? – paklausiau. – Atrodo, tas trobesys tuščias.

– Tuščias? Na jau ne. Ten, viduje, *baisybė* šūdų, – patikino Kirmis.

– Nagi, – paragino Dilanas. – Užmesk akį.

Nuojauta kuždėjo, kad tai pokštas, bet vis tiek priėjau prie durų, pabeldžiau. Šios nebuvo užkabintos ir, man prisilietus, virstelėjo.

Buvo per tamsu, kad ką nors įžiūrėčiau viduje, tad perkėliau koją per slenkstį – nemenkam mano nustebimui, grindys buvo gana žemai, plūktinė asla – toks buvo pirmasis įspūdis, bet po akimirkos susigaudžiau, kad tai – blauzdas siekiantis išmatų vandenynas. Toji negyvenama lūšna, taip nekaltai atrodanti iš išorės, iš tiesų buvo šiokia tokia avidė. Tiesiogine žodžio prasme – šūdų skylė.

– Viešpatie Dieve! – cyptelėjau pasišlykštėjęs.

Netoliese driokstelėjo juokas. Atbulas išsigrioviau pro duris laukan, kol nuo dvoko nespėjau prarasti sąmonės, ir aptikau abu vaikiščius susirietusius, susiėmusius už pilvų.

– O jūs, vyručiai, tikri šikniai, – pranešiau trepsėdamas, mėgindamas nupurtyti nuo batų gličią bjaurastį.

– Kodėl? – pasipiktino Kirmis. – Juk *sakėme*, kad ten baisybė šūdų!

Įbedžiau akis Dilanui į veidą.

– Tai kaip – parodysi man tą namą ar ne?

– Žiūrėk, rimtai nusiteikęs, – sugaikčiojo Kirmis šluostydamasis ašaras.

– Aišku, kad rimtai!

Šypsena išnyko nuo Dilano veido.

– O aš maniau, grybą pjauni, bičiuli.

– Pjaunu – ką?

– Na, maždaug, juokauji.

– Nė kiek nejuokavau.

Vaikinai neramiai susižvalgė. Dilanas kažką kuštelėjo Kirmiui, Kirmis atsakė jam taip pat pakuždomis. Galiausiai Dilanas grįžtelėjo ir pamojo tako pusėn.

– Jeigu tikrai nori jį pamatyti, – tarė, – žygiuok iki pelkyno pakraščio, ir dar toliau, per mišką. Didžiulis senas namas. Tikrai nepražiopsosi.

– Kokį velnią čia pliurpi? Juk turėtum palydėti mane iki pat galo!

Kirmis nukreipė akis į šoną ir pasakė:

– Mes toliau neisime.

– Kodėl?

– Ogi todėl.

Nieko daugiau neaiškinę jie nusliūkino tuo pačiu taku atgal, vis sparčiau tirpdami rūke.

Aš ėmiausi sverti galimybes. Galėjau pabrukęs uodegą vilktis paskui savo kankintojus atgal į miestelį – bet galėjau traukti toliau vienas, o tėčiui pameluoti.

Kokias keturias sekundes įtemptai svarstęs, nudrožiau pirmyn.

*   *   *

Beribė nyki pelkė abipus tako driekėsi kažin kur į rūką – vien tik nurudusi žolė ir arbatos spalvos vanduo, plyna ir vienoda, tik su šen ten kyšančiais sukrautų akmenų kauburiais. Pelkynai staiga baigėsi pamiškėje: medžiai čia barkšojo it skeletai, šakos tįso aukštyn tarsi šlapi teptukai, o taką beveik visiškai paslėpė išvartos bei gebenių kilimai, tad rasti jį galėjai kliaudamasis veikiau nuojauta nei akimis. Susimąsčiau, kaip tokį sudėtingą kelią galėtų įveikti senas žmogus, toks kaip panelė Peregrinė. *Reikia manyti, viską, kas reikalinga, jai kažkas pristato*, pagalvojau, nors takas atrodė nevaikščiotas daugelį mėnesių, jeigu ne metų.

Persiropščiau per milžinišką samanotą ir slidų išvirtusį kamieną – kitapus jo takas staigiai suko į šoną. Medžiai prasiskyrė tarytum užuolaida, ir staiga išvydau jį – susisupsčiusį miglomis, dunksantį žole apaugusios kalvos viršūnėje. Namą. Iš pirmo žvilgsnio supratau, kodėl vaikinai atsisakė čionai eiti.

Senelis buvo nupasakojęs jį šimtus kartų, bet jo istorijų namas visuomet buvo jaukus ir smagus – taip, didelis, taip, klaidus, bet nutviekstas šviesos, kupinas juoko. Tai, kas dunksojo priešais mane dabar, buvo ne prieglobstis, sergstintis nuo pabaisų, o pati tikriausia pabaisa, su beminčiu alkiu žvelgianti nuo savo laktos kalvos viršūnėje. Pro išdaužytus langus laukan veržėsi medžiai, gruoblėta vijoklių žievė graužė sienas panašiai kaip antikūnai, puolantys virusus – atrodė, pati gamta stojo į nuožmią kovą su juo, bet namas buvo nepribaigiamas, atkakliai tebestovėjo, nepaisant išsiklaipiusių kampų ir dantytų dangaus lopinėlių, aiškiai matomų pro įgriuvusio stogo skyles.

Mėginau save įtikinti, kad name, kad ir kokiame nudrengtame, vis dar gali kas nors gyventi. Ten, iš kur atvažiavau, tokie dalykai nėra visiškai neregėti – kartais koks griūvantis laužas miesto pakraštyje, amžinai uždangstytais langais, paaiškėja buvęs kokio nors perkaršusio atsiskyrėlio būstas – kokio nors kriošenos, sugebėjusios pramisti makaronais ir kojų pirštų nagų nuokarpomis, lindėjusio ten nuo neatmenamų laikų, – ir niekas apie tai nežinojęs, nė lapė nesulojusi tol, kol koks nors nuosavybės vertintojas, o gal pernelyg uolus gyventojų surašinėtojas, neįsibrovęs vidun ir neaptikęs vargšės paklydusios sielos, jau beveik virtusios dulkėmis ant „La-Z-Boy" sofos. Būna, žmogus pernelyg susensta, kad dar pajėgtų rūpintis būstu, artimieji dėl vienos ar kitos priežasties jo išsižada – labai liūdna, bet taip atsitinka. O tai reiškė, kad, noriu ar nenoriu, o pasibelsti teks.

Sukrapštęs visus negausius drąsos likučius nubridau per juosmenį siekiančią žolę iki verandos – vien suskilinėjusios plytelės ir pūvanti mediena – ir dirstelėjau vidun pro sutrūkinėjusį, purviną lango stiklą. Įžiūrėti pavyko tik baldų kontūrus, tad pasibeldžiau ir atsitraukiau laukti šmėkliškoje tyloje, pirštais čiuopdamas kišenėje panelės Peregrinės laišką. Pasiėmiau jį dėl viso pikto, jeigu reikėtų įrodymo, kas aš toks, bet prakapsėjo minutė, paskui – ir dvi, ir tikimybė, kad laiško prireiks, vis labiau seko.

Nusiropštęs į kiemą leidausi į žygį aplink namą, ieškodamas kito įėjimo, mėgindamas aprėpti pastato dydį, bet jis atrodė neišmatuojamas, tarsi už kiekvieno kampo staiga apsikaišytų naujais balkonais, bokšteliais, kaminais. Tiktai apėjęs visą ir grįžęs į tą pačią vietą pastebėjau galimybę: durų kiaurymę be pačių durų, barzdotą vijokliais, juodutėlę ir žiopsančią – tikra atvira burna, tik ir tykanti mane praryti. Vos pažvelgus ten link man pašiurpo oda, bet juk ne tam atsibasčiau per pusę pasaulio, kad rėkdamas pulčiau šalin, vos išvydęs vaiduoklišką namą. Pagalvojau apie visus tuos siaubus, su kuriais gyvenime teko susidurti seneliui Portmanui, ir iškart pajutau, kaip tvirtėja ryžtas. Jeigu viduj kas nors yra – aš juos surasiu. Užlipau aptrupėjusiais laipteliais ir peržengiau slenkstį.

* * *

Stovėdamas aklinoje koridoriaus tamsybėje prie pat durų, pastiręs dėbsojau į tai, kas priminė ne ką kita, o žmonių išnaras, išdžiaustytas ant gembių. Vieną šleikštulį keliantį akimirksnį įsivaizdavau kokį nors iškrypėlį kanibalą, šokantį ant manęs iš šešėlių su peiliu rankoje, bet tuojau pat sumojau, kad tos odos – tiktai apsiaustai, suirę, virtę skarmalais, pažaliavę nuo laiko. Nejučia nusipurčiau ir giliai atsikvėpiau. Spėjau ištyrinėti vos pirmąsias dešimt pastato pėdų, o jau bemaž prikroviau į kelnes. *Suimk save į nagą*, paliepiau sau ir pajudėjau pirmyn, vos nulaikydamas krūtinėje besiblaškančią širdį.

Kiekvienas kambarys buvo tikra katastrofa, nuniokotas neįtikimiau nei ankstesnis. Ištisi senų laikraščių vėpūtiniai. Dulkėse voliojosi išklaipyti žaislai, liudijantys apie kadaise čia gyvenusius, seniai pradingusius vaikus. Šliaužiantys pelėsiai kailiu dengė sienas šalia langų. Židiniai – užkimšti vijokliais, kurie, nusileidę nuo stogo, jau rangėsi grindimis lyg kokie ateivių čiuptuvai. Virtuvė – tarytum koks skaudžiai nepavykęs mokslinis eksperimentas: ištisos lentynos buvo nukrautos konservuotų maisto produktų stiklainiais, bet per šešiasdešimt metų daugybę kartų užšalę ir vėl atitirpę, galiausiai jie ištiško, apdrabstydami sienas, dabar marguojančias kraupiomis dėmėmis, o valgomojo grindys buvo nuklotos tokiu storu nubyrėjusio tinko sluoksniu, kad akimirką net pamaniau, bene viduje bus prisnigę. Tamsaus koridoriaus gale išmėginau savo svorį palypėdamas išklerusiais laiptais, palikdamas šviežutėlį batų pėdsaką dulkėse. Pakopos dejavo lyg pažadintos iš ilgo miego. Jei ko nors ir esama antrame aukšte, žemyn jie nebuvo nulipę jau labai labai seniai.

Galiausiai pasiekiau porą kambarių su išvirtusiomis sienomis – jas suardė visas miškas įaugusių krūmokšnių bei žemaūgių medžių. Sustojau, netikėtai perkoštas vėjo, ir susimąsčiau, kas galėjo čia viską taip nuniokoti – mane apniko nuojauta, kad bus nutikę kažkas labai baisaus. Niekaip neįstengiau suderinti idiliškų senelio pasakojimų su šituo košmarišku namu, mintis, kad čia andai jis radęs prieglobstį, niekaip nederėjo su tvyrančiu šiurpios nelaimės jausmu. Erdvės tyrinėjimams liko dar daug, bet staiga ėmė atrodyti, kad tiktai veltui gaištu laiką – visiškai neįmanoma, kad čia kas nors dar gyventų, tegul ir labiausiai užkietėjęs atsiskyrėlis mizantropas. Pasišalinau iš namo apimtas jausmo, kad nuo tiesos esu nutolęs labiau nei bet kada.

KETVIRTAS SKYRIUS

*K*lupinėdamas, šokčiodamas, apgraibomis lyg neregys čiuopdamas kelią per mišką ir rūkus, galiausiai išnirau į saulėtąjį pasaulį – ir apstulbau išvydęs, kad saulė jau gerokai pakrypusi vakaruosna, o šviesa pradėjusi rausti. Nė pats nepastebėjau, kaip praslinko visa diena. Tėtis laukė manęs bare, priešais save ant stalo pasistatęs bokalą juodo it naktis alaus ir nešiojamąjį kompiuterį. Atsisėdau šalia ir pastvėriau jo alų anksčiau, nei jis suskubo atplėšti akis nuo ekrano.

– O kad tave kur galas! – net patiškau seilėmis šiaip taip nurijęs gurkšnį. – Koks gi čia skystis? Parūgusi mašininė alyva?

– Maždaug, – atsakė jis juokdamasis ir atėmė iš manęs bokalą. – Ničnieko panašaus į amerikietišką alų. Tiesa, tu ir amerikietiškojo skonio nepažįsti, tiesa?

– Aišku, kad nepažįstu, – patvirtinau ir mirktelėjau, nors tai buvo tiesa. Tėtis mėgo manyti, kad aš – toks pat populiarus ir linkęs nuotykiauti, koks mano amžiaus buvo jis – niekad nė nebandžiau to mito išsklaidyti, taip buvo paprasčiausia.

Paskui sekė neilga kvota: kaip aš nusikapstęs iki namo, kas mane ten nuvedęs? Kadangi meluoti lengviausia nieko neišgalvojant, tik nutylint kai kurias detales, bandymą išlaikiau nė nemirktelėjęs. Lyg niekur nieko užmiršau paminėti, kad Kirmis su Dilanu apgaule pasiuntė mane maknoti po avių mėšlą, o paskui pasipustė padus, likus

gerai pusmylei iki tikslo. Tėtis, regis, net apsidžiaugė išgirdęs, kad sugebėjau susipažinti su pora savo amžiaus vaikiščių; manding, būsiu pamiršęs užsiminti ir apie tai, kad jie negali manęs pakęsti.

– Tai kaip atrodo tie vaikų namai?

– Griuvėsiai.

Jis susiraukė.

– Ko gero, daugel vandens nutekėjo nuo anų laikų, kai ten gyveno tavo senelis, ką?

– Aha. Jis ar bet kas kitas.

Jis užvožė kompiuterio dangtį – aiškiausias ženklas, kad dabar visą dėmesį skirs man.

– Matau, tu nusivylęs.

– Na... juk atsitrenkiau tūkstančius mylių ne visai tam, kad pasikuisčiau po senus griuvėsius, pilnus šiurpoko šlamšto.

– Tai ką darysi?

– Paieškosiu žmonių, su kuriais galėčiau pasikalbėti. Kas nors juk turi žinoti, kokia lemtis ištiko ten gyvenusius vaikus. Manau, vienas kitas iš jų veikiausiai dar gyvas, jei ir nebegyvena čia, galbūt – didžiojoje saloje. Kokioje nors senelių prieglaudoje ar panašiai.

– Žinoma. Nebloga mintis. – Vis dėlto iš balso neatrodė, kad tikrai taip manytų. Valandėlę luktelėjęs jis paklausė: – Kaip tau atrodo, ar būdamas čia pradedi bent kiek geriau nutuokti, koks iš tiesų buvo tavo senelis?

Prieš atsakydamas pagalvojau.

– Nežinau. Taip, turbūt. Bet juk tai tik sala, ar ne?

Jis linktelėjo.

– Taigi.

– O tu?

– Aš? – Jis gūžtelėjo pečiais. – Aš jau labai seniai lioviausi net mėginęs perprasti savo tėvą.

– Tai liūdna. Negi tau nėmaž nebuvo įdomu?

– Buvo, dar ir kaip. O paskui bet koks susidomėjimas ėmė ir iš-garavo.

Pajutau, kad pokalbis krypsta tokia linkme, kokia šnekėtis man nelabai jauku, bet vis tiek mygau toliau:

– O kodėl?

– Kai tavęs neįsileidžia, anksčiau ar vėliau nustoji belstis. Supranti, ką turiu galvoj?

Dar niekad nebuvau girdėjęs jo kalbant šitaip. Galbūt alus kaltas, o gal tai, kad atsidūrėme taip toli nuo namų, o gal jis paprasčiausiai nusprendė, jog aš jau pakankamai suaugęs tai išgirsti. Šiaip ar taip, nenorėjau, kad tuo ir užbaigtų.

– Juk jis buvo tavo tėtis! Kaip tu galėjai tiesiog nuleisti rankas?

– Nei aš nuleidau rankas, nei ką! – riktelėjo jis šiek tiek per garsiai, bet tuoj pat suglumęs panarino akis, pateliūskavo bokale alų. – Tiesiog, na... tiesą pasakius, tavo senelis, ko gero, nelabai ir mokėjo būti tėtis, bet jam veikiausiai rodėsi, kad vis tiek turėtų juo tapti, nes po karo nė vieno iš jo brolių ir seserų nebeliko gyvo. Taigi, problemą jis išsprendė kuo paprasčiausiai: jo niekada nebūdavo namie: tai medžioklėn išvykęs, tai verslo reikalais, tai dar kur. Ir net tuomet, kai būdavo namie, jo tarsi... nebūdavo.

– Kalbi apie aną Heloviną?

– Ką turi galvoj?

– Nagi, pats žinai. Nuotrauką.

Sena istorija – maždaug tokia: buvo Helovinas; tėčiui anuomet buvo gal ketveri ar penkeri, ir jis dar niekad nebuvo lankęs kaimynų kaulyti saldumynų, tad senelis Portmanas pažadėjo eisiąs drauge, kai tik grįšiąs iš darbo. Mano senelė nupirko tėčiui tokį absurdišką rausvą triušio kostiumą, ir tėtis, jį apsivilkęs, sėdėjo prie įvažiavimo keliuko nuo penktos valandos iki sutemų laukdamas senelio Portma-

no, bet šis taip ir nepasirodė. Senelė taip užsiuto, kad ėmė ir nufotografavo tėtį, verkiantį gatvėje, – vien tam, kad paskui galėtų parodyti seneliui, koks jis esąs pasaulinis šiknius. Turbūt nereikia nė sakyti: ta nuotrauka virto tikra mūsų šeimos legenda, o tėčiui dėl jos visada norėdavosi kiaurai žemę prasmegti.

56

– Tas vienas Helovinas – dar niekis, galėčiau papasakoti ir kur kas daugiau, – suniurzgė jis. – Tiesą sakant, Džeikai, tu jam buvai nepalyginamai artimesnis nei aš. Net nežinau, kaip pasakyti... judu siejo kažkas, ką sunku įvardyti. Nesusizgribau, kaip reaguoti. Nejaugi jis pavyduliauja?

– Kodėl tu man tai sakai?

– Todėl, kad tu – mano sūnus. Nenorėčiau, kad liktum įskaudintas.

– Įskaudintas? Kaip?

Jis patylėjo. Lauke debesys prasiskyrė, įspindę paskutinieji dienos šviesos spinduliai bloškė mūsų šešėlius ant sienos. Man kažkas suvirstakūliavo skrandyje – panašus jausmas apima, kai tėvai susiruošia pranešti, kad skiriasi, o tu kažkodėl žinai, ką jie pasakys, jiems dar nespėjus praverti burnos.

– Niekad pernelyg giliai nesikapsčiau tavo senelio gyvenime, nes vis baimindavausi to, ką galiu rasti, – galiausiai pasakė tėtis.

– Turi galvoj – apie karą?

– Ne. Tavo senelis nenorėjo atskleisti paslapčių, nes jos buvo skausmingos. Tai aš supratau. Kalbu apie visokias keliones, apie tai, kad jo niekad nebūdavo namie. Apie tai, ką jis veikdavo iš tikrųjų. Manau, – mes abu su tavo teta taip manėme, – kad jis turėjo kitą moterį. Gal ir ne vieną.

Jo žodžiai taip ir liko pakibę tarp mūsų. Palūkėjau valandėlę. Veidas keistai dilgčiojo.

– Nesąmonė, tėti.

– Kartą aptikome laišką. Rašytas moters, kurios vardo nežinojome, skirtas tavo seneliui. *Myliu tave, tavęs ilgiuosi, kada tu grįši* – ir panašiai. Niekinga – tarsi išvydus svetimo lūpdažio žymę ant apykaklės. Niekada šito nepamiršiu.

Net nukaitau persmelktas gėdos, sakytum jis būtų pasakojęs apie mano paties prasižengimą. Ir vis tiek negalėjau patikėti.

– Laišką mes sudraskėme, įmetėme į klozetą ir nuleidome vandenį. Jokio kito vėliau niekada neberadome. Spėju, po to jis buvo atsargesnis.

Net nežinojau, ką sakyti. Neįstengiau pakelti akių į tėtį.

– Atleisk, Džeikai. Reikia manyti, nelengva tai girdėti. Juk žinau, kaip tu jį garbinai. – Jis ištiesė ranką, norėdamas spustelėti man petį, bet aš nusipurčiau jo delną, tada atsistūmiau nuo stalo su visa kėde ir atsistojau.

– Aš išvis nieko negarbinu.

– Gerai, gerai. Aš tiktai... nenorėjau, kad tavęs lauktų kokia staigmena. Tik tiek.

Pasiėmiau striukę, užsimečiau ant peties.

– Ką darai? Tuojau pietūs.

– Tai, ką sakei apie jį – netiesa, tu suklydai, – tariau jam. – Ir aš tai įrodysiu.

Jis atsiduso. Atodūsis iš tų, kurie byloja: gerai jau, gerai, tebūnie.

– Tikiuosi.

Išsigrioviau iš „Kunigų skylės" ir nudrožiau nosies tiesumu, nežinia kur. Kartais nieko daugiau nė nereikia – tik išsprūsti pro duris.

Žinoma, tėtis nesuklydo: senelį aš iš tikrųjų garbinau. Man buvo gyvybiškai svarbu, kad kai kurie su juo susiję dalykai paaiškėtų esą tiesa, bet svetimoteriavimas nebuvo vienas iš tokių. Kai buvau mažas, senelio Portmano istorijos reiškė, kad magiškas gyvenimas yra įmanomas. Net ir vėliau, kai palioviau tikėti jo pasakomis, senelį gaubęs magijos debesis galutinai neišsisklaidė. Tik pamanykite: ištverti visus jo daliai tekusius siaubus, savo akimis regėti pačias blogiausias žmogiškumo apraiškas, patirti, ką reiškia, kai jos neatpažįstamai permaino gyvenimą ir po viso šito sugebėti išlikti tokiu garbingu, doru ir narsiu žmogumi, kokį pažinojau aš – štai kur tikri burtai. Tad niekaip negalėjau patikėti, kad jis buvo melagis ir mergišius, ir blogas tėvas. Jeigu senelis Portmanas nebuvo garbingas ir doras, tuomet nesu tikras, ar tokių išvis kur nors esama.

* * *

Muziejaus durys buvo atviros, pro jas sklido šviesa, bet viduje, regis, nebuvo nė gyvos dvasios. Nupėdinau ten šnektelėti su prižiūrėtoju, vyliausi, kad jis nutuokia apie salos istoriją bei žmones ir galbūt galės bent šį tą papasakoti apie tuščius vaikų namus, apie tikėtiną buvusių jų gyventojų dabartinę gyvenimo vietą. Nusprendęs, kad jis tik valandžiukei kur nors pasišalinęs – vargu ar tikslu būtų sakyti, kad į jo muziejų veržėsi minios – nuslinkau apžiūrėti eksponatų, kad sparčiau bėgtų laikas.

Eksponatai – tokie jau ten ir eksponatai – buvo sudėti į dideles dėžes atvira priekine dalimi, o šios – išrikiuotos pasieniais ir sustatytos ten, kur kadaise būta klauptų. Dauguma – neapsakomai nuobodūs, bylojantys apie tradicinio žvejų kaimelio gyvenimą ir ilgaamžės gyvulininkystės paslaptis. Tačiau vienas gerokai išsiskyrė iš kitų. Ir įkurdintas buvo prašmatnioje dėžėje, garbingiausioje vietoje – pačiame priekyje, užkeltas ant buvusio altoriaus. Be to – dar ir aptvertas virve, kurią aš perlipau, ir dar su kortelėje užrašytu perspėjimu, kurio nesivarginau skaityti. Eksponatas buvo blizgaus medžio dėžėje, uždengtoje organiniu stiklu, tad pamatyti jį galėjai tik iš viršaus.

Vos užmetęs akį, ko gero, net aiktelėjau – kokią sekundę apėmė panika nuo šmėkštelėjusios minties: *pabaisa!* – mat visiškai netikėtai susizgribau žvelgiąs tiesiog į pajuodusį lavoną. Išdžiūvęs, susirietęs kūnas šiurpiai priminė padarus, įsiveisusius mano sapnuose, tokia pat buvo ir odos spalva – atrodė lyg sugruzdėjęs ant iešmo viršum atviros liepsnos. Bet lavonas neatgijo: neištaškė stiklo ir nemėgino stverti man už gerklės, taigi, nesužalojo mano proto visiems laikams, tad panika netrukus atslūgo. Tai buvo tik muziejaus eksponatas, kad ir koks kraupus.

– Ogi regiu, jau spėjai susipažinti su mūsų senučiu! – man už nugaros suskardėjo balsas, ir atsigręžęs išvydau artyn einantį muziejaus prižiūrėtoją. – Susidorojai visai neblogai! Savo akimis esu matęs, kaip suaugę vyrai susmunka be sąmonės! – Išsišiepęs jis pakratė man ranką. – Martinas Padžetas. Rodos, anądien būsiu nenugirdęs tavo vardo.

– Džeikobas Portmanas, – prisistačiau ir aš. – O kas gi čia – Velso garsiausia žmogžudystės auka?

– Cha! Ką gi, tikriausiai galima sakyti ir taip, nors niekad apie jį šitaip nepagalvojau. Jis – pats seniausias mūsų salos gyventojas, archeologų terpėje labiau žinomas kairnholmiečio vardu, bet mums jis – tiesiog Senutis. Jam, tiesą sakant, jau daugiau nei du tūkstančiai septyni šimtai metų, nors anuomet buvo tik šešiolikos – tai yra mirė šešiolikmetis. Tad iš tikrųjų – gana jaunas Senutis.

– Du tūkstančiai septyni šimtai? – pakartojau žvilgtelėjęs į negyvą vaikino veidą, į neįtikėtinai puikiai išsilaikiusius veido bruožus. – Bet jis atrodo taip...

– Štai kas nutinka, kai geriausius jaunystės metus praleidi tokioje terpėje, kur nėra deguonies ir negali veistis bakterijos – pavyzdžiui, po mūsų pelkynais. Ten – tikros amžinos jaunystės versmės, su sąlyga, žinoma, jei jau esi miręs.

– Ten jūs jį ir radote? Pelkėse?

Jis nusijuokė.

– Tik jau ne aš! Jį rado durpių kasėjai, rausdamiesi prie didžiosios akmenų piramidės dar aštuntajame dešimtmetyje. Atrodė toks šviežutėlis, kad visi manė, jog Kairnholme įsiveisęs koks žudikas – laksto sau palaidas. Bet paskui farai atkreipė dėmesį į akmens amžiaus lanką jo rankoje ir kilpą iš žmogaus plaukų, užnertą ant kaklo. Tokių, žinai, dabar jau niekas nebegamina.

Aš nusipurčiau.

– Vadinasi, jis buvo auka dievams ar panašiai?

– Taigi. Į aną pasaulį jis buvo pasiųstas įvairiais būdais: pasmaugtas, paskandintas, išskrostas, ir galiausiai dar gavo smūgį į galvą. Kažkas gerokai persistengė jį galabydamas, ką?

– Tai jau turbūt.

Martinas griausmingai užsikvatojo:

– Tik paklausykite – turbūt!

– Gerai jau, tikrai taip.

– Aišku, kad taip. Bet labiausiai pribloškiantis dalykas – bent jau mums, šiuolaikinei publikai – yra tas, kad berniokas, regis, mirtį pasitiko savo noru. Netgi, sakyčiau, entuziastingai. Jo gentainiai tikėjo, kad pelkės – o ypač mūsiškė – yra durys į dievų pasaulį, taigi, ir tinkamiausia vieta paaukoti pačią brangiausią dovaną – save.

– Beprotybė kažkokia.

– Nesiginčysiu. Vis dėlto manau, kad ir mes dabar žudomės pačiais įvairiausiais būdais, kurie ateities žmonėms veikiausiai atrodys kaip beprotybė. O kalbant apie duris į kitą pasaulį, ką gi, pelkė – ne pačios prasčiausios durys. Ne visai vanduo, bet ir ne visai sausuma, toks tarpinis variantas. – Jis palinko viršum dėžės, įdėmiai žvelgdamas į kūną joje. – Argi ne gražuolis?

Pats dar sykį dirstelėjau į lavoną: pasmaugtą, sudaužytą, paskandintą – ir dėl viso šito kažkaip tapusį nemirtingą.

– Man taip neatrodo, – prisipažinau.

Martinas išsitiesė, o paskui prašneko didingu tonu:

– Nagi, ateikite čionai, savom akim pažvelkite į šį deguto žmogų! Juodu kūnu anam skirta ilsėtis: jaunas jo veidas suodžių spalvos, suvytusios rankos ir kojos – tarytum anglių gyslos, pėdų luistai –

lyg upės nešami papuvę medgaliai, apkibę sudžiūvusiomis vynuogėmis! – Jis skėstelėjo rankomis kaip koks nevykęs, vis persistengiantis aktorius, ir pasileido tapsėti aplinkui dėžę. – Nagi eikite čionai, tetapsite jūs liudytojais žiauraus jojo žaizdų meno! Peiliu išvingiuoti, iškilpiniuoti rėžiai, smegenys ir kaulai, dienos švieson akmenimis atverti, virvė, lig šiol dar įsismelkusi kaklan. Pirmasis vaisius, nurėžtas, nublokštas duobėn – kelio dangun ieškojęs – senoli, įkalintas amžinoje jaunystėje, – bemaž myliu tave!

Jis teatrališkai nusilenkė, o aš jam paplojau.

– Oho, – įvertinau. – Pats tai sukūrėte?

– Kaltas! – jis šyptelėjo kiek susidrovėjęs. – Kur buvęs, kur nebuvęs, paskrebinėju šį bei tą, bet tai tik pomėgis, ne daugiau. Šiaip ar taip, ačiū, kad leidai man tą malonumą.

Susimąsčiau, ką tasai keistas iškalbus žmogus veikia čia, Kairnholme, su visomis savo apsmukusiomis klostytomis kelnėmis ir nei šiokia, nei tokia poezija: atrodė panašesnis į kokį banko valdytoją nei į žmogelį, gyvenantį vėjų košiamoje saloje, kur telefonas tėra vienas, o asfaltuotų kelių – nė vieno.

– O dabar mielai aprodyčiau tau ir visa kita, ką turiu čia surinkęs, – pareiškė jis lydėdamas mane durų linkui, – bet, deja, jau metas užsidaryti. Vis dėlto, jei panorėtum užsukti rytoj...

– Iš tikrųjų aš tikėjausi, kad jūs galbūt kai ką žinosite, – suskubau berti, kol jis nespėjo išguiti manęs pro duris. – Apie tą namą, kurį minėjau šįryt... Buvau nuėjęs jo pasižiūrėti.

– Oho! – sušuko jis. – O aš maniau sėkmingai tave atbaidęs! Ir kaipgi šiandien atrodo mūsų vaiduoklių dvaras? Vis dar stovi?

Tebestovi, užtikrinau jį ir tada stvėriau jautį už ragų:

– O tie kadaise ten gyvenę vaikai – gal numanote, kas jiems nutiko vėliau?

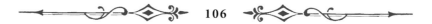

– Nė vieno nebėra tarp gyvųjų, – atsakė jis. – Tai atsitiko jau labai seniai.

Aš nustebau – nors, kai pagalvoji, gal ir neturėjau nustebti. Panelė Peregrinė buvo sena. Seni žmonės miršta. Bet tai dar anaiptol nereiškė, kad mano paieškos baigtos.

– Norėčiau surasti bet ką kitą, kas galėjo ten gyventi – nebūtinai vaikų namų direktorę.

– Nė vieno nebėra tarp gyvųjų, – pakartojo jis. – Nuo pat karo niekas ten nebegyvena.

Man prireikė valandžiukės tam suvirškinti.

– Ką tai reiškia? Kokio karo?

– Kai mes čia minime kokį nors „karą", mano berniuk, tai gali reikšti tik vieną vienintelį – Antrąjį pasaulinį. Jei neklystu, visi jie pražuvo per vokiečių oro antskrydį.

– Ne, šitaip negali būti.

Jis sulinksėjo.

– Anais laikais salos kyšulyje anapus miško, kaip tik ten, kur stovi tas namas, veikė priešlėktuvinės gynybos bazė. Dėl to Kairnholmas oficialiai buvo teisėtas karinis taikinys. Beje, neužmiršk, kad „teisėtas" vokiečiams, šiaip ar taip, buvo tik tuščias žodis. Taigi, viena priklydėlė bomba krito kaip tik tenai – ir... – Jis palingavo galvą. – Tiesiog kraupiai nelaimingas atsitiktinumas.

– Šitaip negali būti, – pakartojau, nors po truputį ėmė smelktis abejonės.

– Gal verčiau prisėstum, užplikysiu tau puodelį arbatos, – pasiūlė jis. – Kažko atrodai iš veido išėjęs.

– Tiktai galva truputį svaigsta...

Nusivedęs į kabinetą, jis pasodino mane į krėslą, o pats nuėjo kaisti arbatos. Sėdėjau ir stengiausi surikiuoti mintis. *Subombarduota per karą* – be jokios abejonės, tai puikiausiai paaiškintų, kaip buvo

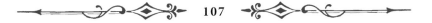

išgriautos sienos mano matytuose kambariuose. Bet kaip tuomet paaiškinti panelės Peregrinės laišką – su Kairnholmo pašto spaudu, – išsiųstą vos prieš penkiolika metų?

Grįžęs Martinas padavė man puodelį.

– Su šlakeliu „Penderyno“, – pranešė man. – Pagal ypatingą slaptą receptą, aišku? Beregint pastatys tave ant kojų.

Padėkojęs gurkštelėjau ir per vėlai susizgribau, kad „slaptasis“ ingredientas yra ne kas kita, o distiliuotas viskis – arbata lyg skystas napalmas nutekėjo stemple žemyn.

– Aha, tikrai gyvybės eliksyras, – pripažinau jusdamas, kaip karštis tvoskia į veidą.

Jis suraukė antakius.

– Ar tik nereikėtų pakviesti tavo tėvo?

– Ne, ne, viskas gerai. Bet jei galėtumėte dar ką nors papasakoti apie tą antskrydį, būčiau tikrai dėkingas.

Martinas klestelėjo į krėslą priešais mane.

– Dabar jau ir man pačiam smalsu. Sakai, čia gyveno tavo senelis? Ir nė žodžiu apie tai neužsiminė?

– Taigi, ir man rūpi sužinoti, – atsakiau jam. – Galbūt senelis buvo jau išvykęs? Ar tai nutiko karo pradžioje, ar jam baigiantis?

– Labai gėda, bet turiu prisipažinti: nežinau. Vis dėlto jei šitai tave taip graužia, galiu supažindinti su kai kuo, kas žino – savo dėde Ogiu. Jam aštuoniasdešimt treji, pragyveno čia visą gyvenimą. Protas tebedirba kaip bitė. – Martinas dirstelėjo į laikrodį. – Jeigu suskubsime iki eilinės „Tėvo Tedo“ serijos per televiziją, kaip kažin ką, jis su malonumu išklos tau viską, ko tik pageidausi.

* * *

Po dešimties minučių mudu su Martinu jau sėdėjome giliai prasmegę minkštoje sofoje Ogio svetainėje, užgrūstoje knygų rietuvėmis ir nudrengtų batų dėžių krūvomis, taip pat ir tokia daugybe lempų, kad pakaktų Karlsbado urvams apšviesti, bet visos, išskyrus vieną, net neįjungtos į tinklą. Ogis, su nučiurusiu megztiniu ir pižamos kelnėmis – sakytum, būtų laukęs svečių, tik ne tokių, dėl kurių vertėtų apsimauti padoresnes kelnes – kalbėdamas be paliovos sūpavosi plastikiniame krėsle. Atrodė, kad jį jau savaime džiugina klausytojai, tad įsileido porinti apie orą ir Velso politiką, ir apgailėtiną dabartinį jaunimą, kol Martinas galiausiai nutaikė progą pasukti kalbą apie oro antskrydį ir vaikų namų augintinius.

– Aišku, prisimenu juos, – pareiškė jis. – Keista buvo publika. Kartą kitą vis susidurdavome miestelyje – su vaikais, o kartais ir ta moteriške, jų globėja, perkančiais pieną ar vaistus, ar dar kažin ką. Palinki jiems labo ryto, o jie tuojau ir nusigręžia į šalį. Niekam per daug nelindo į akis, tai jau tikrai, tūnojo užsisklendę tame didžiuliame name. Šnekų apie tai, kas ten galėjo dėtis, sklido visokiausių, bet niekas nieko tikro nežinojo.

– O ką žmonės šnekėjo?

– Paistalus visokius skleidė, ir tiek. Kaip jau sakiau, niekas nieko tikro nežinojo. Galiu pridurti nebent tiek, kad jie toli gražu nebuvo paprasčiausi našlaičiai, tikrai ne tokie, kokie augo kuriuose nors iš Barnardo vaikų namų kitose vietose – anie tai dažnai pasirodydavo mieste, ar parado pažiūrėti, ar dar ko, ir visada rasdavo laiko šnektelėti. O šitas pulkas buvo visai kito raugo. Kai kurie jų nė normaliai angliškai kalbėti nemokėjo. Ar veikiau išvis nemokėjo.

– Tai dėl to, kad iš tikrųjų jie nebuvo našlaičiai, – paaiškinau. – Pabėgėliai iš kitų šalių. Lenkijos, Austrijos, Čekoslovakijos...

– Ak šit kaip? – Ogis kryptelėjo antakį mano pusėn. – Tai keistenybės, nieko apie tai negirdėjau. – Regis, jis užsigavo – tarytum būčiau įžeidęs jį apsimesdamas, neva žinau apie jo salą daugiau nei jis pats. Krėslas susiūbavo sparčiau, agresyviau. Jei šitaip Kairnholme buvo pasitiktas senelis ir kiti vaikai, pagalvojau, nenuostabu, kad gyveno užsisklendę, niekam neįsdami į akis.

Martinas atsikrenkštė.

– Nagi, dėde, ką pasakysi apie bombardavimą?

– Nagi tuojau, nestrykčiok! Taip, taip, fricai nelaimingi. Ir kas galėtų juos užmiršti? – Jis įsileido į ilgiausius postringavimus apie tai, koks buvo gyvenimas saloje anuomet, kai nuolat grėsė vokiečių oro antskrydžių pavojus: sirenų kauksmas, paniškas kurnėjimas į slėptuves, savanoriai budėtojai, kurių darbas būdavo bėgioti naktimis iš vieno namo į kitą ir visiems priminti, kad užsitrauktų naktines užuolaidas, taip pat užtikrinti, kad nedegtų joks gatvės žibintas – nėra čia ko pakišti priešo pilotams lengvą taikinį. Žodžiu, ruošdavosi antskrydžiams kaip sugebėdami, nors iš tikrųjų nė netikėjo, kad smūgis gali tekti jiems – juk pagrindinėje saloje tiek gamyklų ir uostų, kitaip sakant – taikinių, nepalyginamai svarbesnių už mažytę Kairnholmo priešlėktuvinės gynybos bazę. Bet vieną naktį iš dangaus pažiro bombos.

– Triukšmas buvo kurtinantis, – pasakojo Ogis. – Sakytum milžinai būtų žingsniais drebinę salą, o ir tęsėsi tai, atrodė, visą amžinybę. Apdaužė mus kaip reikiant, bet, šlovė dangui, mieste niekas nežuvo. Deja, negaliu šito pasakyti apie mūsų artilerininkus, nors pleškino jie kiek galėdami, nei apie tuos vargšelius iš našlaičių namų. Jiems ten tik viena bomba driokstelėjo, bet to ir pakako. Atidavė gyvybes už Britaniją, tai jau taip. Tad kad ir iš kur būtų buvę, telaimina Dievas juos už tai.

– Gal prisimenate, kada tai atsitiko? – paklausiau. – Karo pradžioje ar jam baigiantis?

– Galiu pasakyti tikslią datą, – atsakė jis. – 1940-ųjų rugsėjo trečioji.

Man staiga pasirodė, kad kambaryje nebeliko kuo kvėpuoti. Prieš akis šmėkštelėjo pelenų spalvos senelio veidas, vos vos krutančios lūpos, tariančios kaip tik tuos žodžius: *1940-ųjų rugsėjo trečioji.*

– Ar jūs... jūs nė kiek neabejojate? Tikrai buvo ta diena?

– Manęs taip ir nepaėmė į armiją, – pasakė jis. – Buvau metais per jaunas. Ta vienintelė naktis – tik tiek man teko ragauti karo. Taigi – ne, nė kiek neabejoju.

Sėdėjau pastiręs, galvoje vėlėsi padrikos mintys. Tai buvo pernelyg keista. Nejaugi kažkas krečia man pokštus? – pagalvojau. Kraupius ir visai nejuokingus pokštus?

– Gyvų neliko – nė vieno vienintelio? – paklausė Martinas.

Seniokas susimąstė, žvilgsnis nuklydo į lubas.

– Nagi taip, kai pats paminėjai – manding, buvo, – tarė. – Bet tiktai vienas. Jaunas visai, ne ką didesnis už štai šitą vyrutį. – Vos tai prisiminus, siūbavimas liovėsi. – Kitą rytą atklydo į miestą – nė neįbrėžtas. Ramut ramutėlis, tik pamanykite, o juk ką tik tiesiog jam panosėje visi jo draugai buvo išlėkę plėnimis. Va tai ir buvo keisčiausia.

– Tikriausiai buvo ištiktas šoko, – spėjo Martinas.

– Nesistebėčiau, – sutiko Ogis. – Prasižiojo jis tik kartą – paklausė mano tėvo, kada išplaukia artimiausias keltas į pagrindinę salą. Pareiškė norįs imtis ginklo ir pats išgalabyti pabaisas, nužudžiusias jo draugus.

Ogio istorija buvo tokia pat neįtikėtina kaip ir anos, kurias porindavo senelis Portmanas, bet suabejoti juo neturėjau jokio pagrindo.

– Aš jį pažinojau, – ištariau. – Aš – jo vaikaitis.

Tiedu priblokšti sužiuro į mane.

– Tai tau, – pareiškė Ogis. – Tegu mane plynios.

Aš atsiprašiau ir pakilau. Martinas, tarstelėjęs, kad atrodau mažumėlę pagveręs, pasisiūlė parlydėti mane iki baro, bet aš nesutikau. Man reikėjo pabūti vienam su savo mintimis.

– Tuomet ilgai nedelsęs užsuk dar kada pas mane, – pakvietė, ir aš pažadėjau.

Atgal nusliūkinau tolimesniu keliu, pro siūbuojančius uosto žibintus, per sūrstelėjusį jūros orą, apsunkusį šimtų židinių dūmais, virstančiais iš kaminų. Nužingsniavau iki prieplaukos galo ir sustojęs užsižiūrėjau į tekantį viršum vandens mėnulį, įsivaizdavau senelį, stovintį čia, šioje pat vietoje, aną siaubingą rytą po antskrydžio, pastirusį, ištiktą šoko, laukiantį kelto, išplukdysiančio jį tolyn nuo regėtos mirties ir nugabensiančio į karą, kur mirtis darbuosis tik dar pasiučiau. Nebuvo jokios saugios užuoglaudos pasislėpti nuo pabaisų, niekur, netgi šioje saloje, žemėlapyje ne didesnėje už smiltelę, sergstimoje rūko kalnų, aštrių uolų, kunkuliuojančių potvynių ir atoslūgių. Niekur. Tokia tatai yra siaubinga tiesa, nuo kurios senelis siekė mane apsaugoti.

Išgirdau, kaip tolumoje springdami sučiaudėjo generatoriai, dar sudūzgė, vis lėtindami apsukas, o paskui uosto žiburių virtinė ir šviesos languose man už nugaros akimirką ryškiai tvykstelėjo ir užgeso. Įsivaizdavau, kaip šitai turėtų atrodyti iš lėktuvo: visa švytinti sala ryškiai sužimba ir išnyksta, tarytum niekad nė nebuvusi. Tokia miniatiūrinė supernova.

*   *   *

Mėnesienoje nužingsniavau atgal, jausdamasis visai mažulytis. Tėtį aptikau bare, tebesėdintį prie to paties stalo, o priešais jį puspilnėje lėkštėje vėso jautienos kepsnys, užpiltas padažu, pamažėle virstančiu liulančiais taukais.

– Nagi tik pažvelkite, kas parsibastė, – tarė jis, kai atsisėdau greta. – Pataupiau tau vakarienės.

– Aš nealkanas, – atsakiau ir papasakojau, ką sužinojęs apie senelį Portmaną.

Tėtis, regis, labiau supyko nei nustebo.

– Negaliu patikėti, kad jis niekad nė puse lūpų apie tai neužsiminė, – pasiskundė. – Nė kartelio.

Galėjau suprasti jo apmaudą: kai senelis slepia tokius dalykus nuo vaikaičio – tai vienas dalykas, bet visai kas kita, kai tėvas nė žodžio apie tai nepapasakoja sūnui, ir dar šitaip ilgai.

Mėginau pakreipti pokalbį bent šiek tiek mažiau skausminga vaga.

– Pribloškiantys dalykai, ar ne? Tik pamanyk, ką jam teko patirti.

Tėtis linktelėjo.

– Visko tikriausiai niekada nesužinosime.

– Senelis Portmanas išties gebėjo saugoti paslaptis?

– Juokus kreti? Buvo tikras emocinis Fort Noksas.

– Vis dėlto, kai pagalvoji... juk tai tikriausiai daug ką paaiškina. Turiu galvoj, kodėl jis buvo toks santūrus ir neprieinamas, kai tu buvai dar vaikas. – Tėtis aštriai dėbtelėjo į mane, ir aš supratau: savo požiūrį privalau išdėstyti tučtuojau, kitaip iškils pavojus peržengti leistiną ribą. – Jis jau dukart lig tol buvo praradęs visą šeimą. Kartą Lenkijoje, antrąkart – čia, vėl neteko visų, kurie buvo tapę jo naująja šeima. Tad kai pasaulyje atsiradote judu su teta Suze...

– Sykį nudegęs paskui ir šaltą pučia?

– Rimtai sakau. Ar nemanai, kad tai gali reikšti, jog jis vis dėlto ir senelės neapgaudinėjo?

– Nežinau, Džeikai. Tikriausiai netikiu, kad viskas gali būti taip paprasta. – Jis atsiduso, nuo kvėpsnio garo iš vidaus aprasojo alaus bokalas. – Visgi manau, kad žinau, ką visa šitai paaiškina iš tikrųjų. Tikriausiai kaip tik dėl to judu su seneliu buvote tokie artimi.

– Gal...

– Jam prireikė penkiasdešimties metų, kad įveiktų baimę turėti šeimą. Tu gimei pačiu laiku.

Nieko nesugebėjau skubiai suregzti. *Man taip gaila, kad tavo tėtis nemylėjo tavęs kaip dera*, – kaip šitai pasakyti savo paties tėčiui? Man neapsivertė liežuvis, tad tik burbtelėjau „labanakt" ir užlipau viršun gulti.

* * *

Didžiąją nakties dalį varčiausi lovoje, negalėdamas bluosto sudėti. Neįstengiau išmesti iš galvos minties apie laiškus: to, nuo „kitos moters", kurį, dar būdami vaikai, aptiko tėtis su teta Suze, ir to, kurį prieš mėnesį radau pats – nuo panelės Peregrinės. Mintis, išvaikiusi miegus, buvo tokia: *O kas, jei abu laiškus rašė ta pati moteris?*

Pašto spaudas ant panelės Peregrinės laiško buvo penkiolikos metų senumo, bet, iš visko sprendžiant, panelė Peregrinė driokstelėjo iki pat stratosferos dar 1940-aisiais. Mano akimis, paaiškinimai galėjo būti tiktai du: arba mano senelis susirašinėjo su negyvėle – pripažinkime, tai nelabai tikėtina, – arba moteris, rašiusi laišką, buvo visai ne panelė Peregrinė, o kažkokia kita, pasivadinusi panele Peregrine, kad nuslėptų savo tikrąją tapatybę.

Kuriems galams pasivadinti kažkuo kitu laiške? Ogi dėl to, kad turi ką slėpti. Dėl to, kad esi kita moteris.

O kas, jeigu vienintelis dalykas, kurį man lemta per šią kelionę sužinoti, tėra tai, kad senelis buvo merginėjantis melagis? Ką jis bandė man pasakyti su paskutiniuoju atodūsiu: kažką pranešti apie savo įbrolius ir įseseres, ar prisipažinti apie kažin kokį negražų, dešimtmečius trukusį meilės romaną? Galbūt ir viena, ir kita? Galbūt tiesa tokia, kad jam esant dar visai jaunam jo šeima buvo išdraskyta tiek daug kartų, jog jis tiesiog nebežinojo, ką reiškia turėti šeimą – ar būti jai ištikimam.

Šiaip ar taip, visa tai tebuvo spėlionės. Žinoti nežinojau, o pasiklausti neturėjau ko. Jei kas nors kada nors ir žinojo atsakymą, visi tie seniai mirę. Mažiau nei per dvidešimt keturias valandas kelionė neteko bet kokios prasmės. Galiausiai nugrimzdau į neramų miegą. Bet auštant mane pažadino kažkoks garsas: kažkas buvo kambaryje. Apsiverčiau ant kito šono pažiūrėti, kas tai, ir akimoju atsisėdau lovoje. Ant spintelės tupėjo stambus paukštis ir dėbsojo į mane iš viršaus žemyn. Grakšti pilkaplunksnė galva, riesti nagai, kurie caksėjo į medinės spintelės briauną, paukščiui tapsenant pirmyn atgal, lyg būtų norėjęs geriau į mane įsižiūrėti. Pastėręs ir pats įsistebeilijau į jį svarstydamas, ar tik nesapnuoju.

Šūktelėjau tėtį, ir paukštis, mano balso pabaidytas, plastelėjo nuo spintelės. Ranka prisidengęs veidą griuvau ant pagalvės ir nusigręžiau, o kai vėl praplėšiau vieną akį, paukščio nebebuvo – matyt, išskrido pro atvirą langą.

Tėtis pasmėlusiomis akimis įgriuvo į mano kambarį.

– Kas čia dedasi?

Parodžiau jam ant spintelės likusias nagų žymes ir ant grindų nuplevenusią plunksną.

– Dievulėliau, kaip keista, – tarstelėjo tėtis, sukiodamas plunksną rankoje. – *Falco peregrinus.* Jie beveik niekad nesiartina prie žmonių.

Pamaniau, gal būsiu ne taip nugirdęs.

– Tu pasakei – *peregrinus?*

Jis kilstelėjo plunksną.

– Sakalas keleivis, – paaiškino. – Nuostabūs paukščiai – patys greičiausi Žemėje. Ore gali tapti tokie aptakūs, kad beveik pamanytum, jog sugeba keisti kūno formą. – Paukščio lotyniškas pavadinimas, žinoma, buvo tik neįtikėtinas sutapimas, bet apnikusio šiurpoko jausmo niekaip neįstengiau nusikratyti.

Pusryčiaujant ėmė lįsti ir kitos mintys: gal vis dėlto per lengvai pasidaviau? Tiesa, tarp gyvųjų nebeliko nieko, su kuo galėčiau pasikalbėti apie senelį, bet pats namas juk teberiogso, didžioji jo dalis – vis dar neištyrinėta. Jei ten ir būta kokių nors senelio gyvenimo liudijimų – galbūt laiškų, gal kokio nuotraukų albumo ar dienoraščio, – viskas, reikia manyti, sudegę ar supuvę dar prieš kelis dešimtmečius. Tačiau gerai žinojau: jei iškeliausiu iš salos neįsitikinęs, paskui amžiais graušiuos nagus.

Tad štai kaip atsitiko, kad kai kas, ypač linkęs sapnuoti košmarus ir kęsti nakties siaubus, regėti visokias bjaurastis ir gyvates, ir šiaip dalykus, kurių iš tikrųjų nėra, galiausiai pats save įtikino dar vieną, paskutinį kartą apsilankyti apleistame, beveik neabejotinai šmėklų apniktame name, kuriame gal dvylika ar dar daugiau vaikų kadaise sulaukė gerokai per ankstyvo galo.

PENKTAS SKYRIUS

*R*ytas išaušo mažne pernelyg tobulas. Iškėlęs koją per užeigos slenkstį pasijutau beveik kaip įžengęs į vieną tų perdėtai padailintų nuotraukų, kokios, gamintojo valia, paprastai puošia naujausių modelių kompiuterių darbalaukį: tolin driekiasi gatvės, aptūptos meniškai aptriušusių nameliukų, tolumoje – žalių laukų skiautės, susiūtos draugėn vingiuotomis akmeninėmis tvoromis, o visa scena pridengta skriejančiais išpašytais baltais debesimis. Tačiau už viso šito, anapus namų ir laukų su avimis, krypinėjančiomis lyg kokie cukraus vatos gumulėliai, tolumoje įžiūrėjau iš už kalvagūbrio kyščiojančius tiršto rūko liežuvius – ten šitas pasaulis baigėsi ir prasidėjo kitas: žvarbus, drėgnas, be saulės spindulėlio.

Perkopęs kalvagūbrį pakliuvau tiesiai į lietų. Ką gi, likau ištikimas sau: apsiauti guminius batus visai išrūko iš galvos, o takelis virto sparčiai gilėjančio dumblo kaspinu. Vis dėlto perspektyva peršlapti kojas neatrodė tokia atgrasi kaip būtinybė dusyk per vieną rytą ropštis į tą pačią kalvą, tad panarinęs galvą, kad lietus nespjaudytų į akis, atkakliai plūkiau pirmyn. Netrukus praėjau pašiūrę, kurioje grūdosi sužvarbusios avys, įveikiau ir rūko skraiste aptrauktą pelkę – tylią, šmėklišką. Prisiminiau aną Kairnholmo muziejaus įnamį, dviejų tūkstančių septynių šimtų metų senumo, ir pagalvojau: kažin, kiek dar tokių slepiasi šitose liūgynėse, neaptiktų, mirties su-

stingdytų – ar daugel jų čia savo noru paaukojo gyvybes, siekdami pakliūti į dangų?

Kai galiausiai priėjau vaikų namus, lietus, iš pradžių merkęs įkyria dulksna, jau buvo virtęs tikriausia liūtimi. Nebebuvo kada stoviniuoti pamėkliškame kieme ir svarstyti apie nieko gera nežadantį pastato išplanavimą – ar apie tai, kaip bedurė anga, regis, prarijo mane, nėrusį vidun, ar apie tai, kaip išbrinkusios nuo lietaus drėgmės koridoriaus grindų lentos šiek tiek linko man po kojomis. Pirmiausia išsigręžiau marškinius ir išsipurčiau vandenį iš plaukų, ir prasidžiovinęs tiek, kiek buvo įmanoma – ne kažin kiek, – leidausi į paieškas. Ko ieškojau – šito ir pats dorai nenutuokiau. Dėžutės su laiškais? Kur nors ant sienos pakeverzoto senelio vardo? Bet koks radinys atrodė labai jau menkai tikėtinas.

Gūrinėjau iš kampo į kampą, laupydamas senų laikraščių patiesalus, dirsčiodamas po stalais ir kėdėmis. Įsivaizdavau atidengsiąs kokį kraują gyslose stingdantį reginį – tarkim, raizginį skeletų, apkibusių liepsnose sugruzdėjusių drabužių skivytais, – tačiau neradau nieko, išskyrus pačius kambarius, virtusius veikiau atvirais kiemais nei patalpomis: bet kokius liudijimus apie čia gyvenusiųjų būdą kadai buvo supūdžiusi drėgmė, išpūkštę vėjai, užklojęs žemių sluoksnis. Pirmas aukštas buvo beviltiškas. Grįžau prie laiptų – žinojau, kad šįsyk jau nori nenori teks jais kopti. Tik štai klausimas: aukštyn ar žemyn?

Viena kliaučių kopti aukštyn buvo ta, kad tai gerokai apribotų galimybę greitai pasprukti (nuo kokių nors įnamių ar kapknisių, ar dar ko nors, ką pakištų įsisiūbavusi vaizduotė): neturėčiau kitos išeities, nebent šokti pro viršutinio aukšto langą. Bet jeigu lipsiu žemyn, susidursiu su ta pačia bėda, negana to, ten tamsu, o žibintuvėlio aš neturiu. Taigi – aukštyn.

Laiptams mano svoris visiškai nepatiko, skųsdamiesi jie pratrūko ištisa traškesių ir girgždesių simfonija, bet vis dėlto išlaikė, o tai, ką aptikau viršuje – bent jau palyginus su sprogimo nuniokotu pirmuoju aukštu – pasirodė lyg kokia laiko kapsulė. Iš koridoriaus, ruožuoto apsilaupiusiais tapetais, galėjai patekti į daugelį stebėtinai gerai išsilaikiusių kambarių. Vieną ar du, kur pro išdužusius langus vidun veržėsi lietus, buvo apnikęs pelėsis, bet visi kiti buvo prigrūsti daiktų, kuriuos nupūtęs dulkių sluoksnį beveik galėtum palaikyti naujais: papeliję marškiniai, atsainiai numesti ant kėdės atlošo, saujelė smulkių monetų, pažertų ant naktinio staliuko. Buvo visai nesunku patikėti, kad viskas čia tebėra taip, kaip palikta vaikų, tarsi jų žūties naktį būtų sustojęs laikas.

Ėjau iš kambario į kambarį viską apžiūrinėdamas it koks archeologas. Mediniai žaislai, trėštantys dėžėje, pieštukai ant palangės, tik spalvos dešimčių tūkstančių popiečių šviesos nublukintos, lėlių namelis su lėlėmis viduje – iki gyvos galvos nuteistos kalinės, uždarytos prašmatniame kalėjime. Drėgmė, įšliaužusi į kuklią biblioteką, išlenkė lentynas, paversdama jas kreivomis šypsenomis. Pirštu perbraukiau aptrūšusias nugarėles, tarsi rinkdamasis, kurią knygą išsitraukti skaityti. Buvo čia ir klasikos, tarkim, „Piteris Penas" ar „Paslaptingas sodas", taip pat pasakojimų, užrašytų istorijos pamirštų autorių, bei lotynų ir graikų kalbų vadovėlių. Kampe grūdosi keletas senų suolų. Vadinasi, susigaudžiau, čia buvo jų klasė, o panelė Peregrinė buvo jų mokytoja.

Mėginau atidaryti sunkias dvivėres duris, bet ilgokai sukiojęs rankeną pasidaviau: buvo taip išbrinkusios, kad neatplėši, tad gerai įsibėgėjęs rėžiausi į jas pečiu. Durys, gargždžiai spiegdamos, atsilapojo ir aš, įskriejęs į gretimą kambarį, plojausi ant nosies. Atsikėlęs ir apsidairęs išsyk supratau: tatai buvęs panelės Peregrinės kambarys, niekieno kito. Tikra Miegančiosios Gražuolės pilies menė: voratinkliais apėjusios žvakės sieninėse žvakidėse, staliukas su veidrodžiu, apkrautas krištoliniais buteliukais, masyvi ąžuolinė lova. Įsivaizdavau ją čia paskutinėmis akimirkomis: pratrūkus žviegti oro pavojų skelbiančiai sirenai, ji vidury nakties ropščiasi iš patalo, susišaukia vaikus, mieguistus, besigraibstančius ką užsimesti, tada visi skuba laiptais žemyn...

Ar jums buvo baisu? – pagalvojau. *Ar girdėjote atūžiančius lėktuvus?*

Mane apėmė kažkoks keistas jausmas. Įsivaizdavau esąs stebimas, įsivaizdavau vaikus, vis dar esančius čia, išlikusius sienose – panašiai kaip anas pelkių vaikinas. Jutau į mane smingančius jų žvilgsnius: jie žiūrėjo į mane pro sienų įtrūkius ir skyles.

Nuslinkau į dar kitą kambarį. Pro langą smelkėsi silpna šviesa. Apspurusių tapetų skivytai it gėlės žiedlapiai sviro link dviejų lovelių, vis dar užtiestų sudulkėjusiomis antklodėmis. Nežinia kaip, bet išsyk supratau: čia buvo mano senelio kambarys.

Kodėl tu atsiuntei mane čionai? Ką turėčiau čia pamatyti?

Mano žvilgsnis užkliuvo už kažko po viena iš lovų, tad pasilenkiau pasižiūrėti. Senas nedidelis lagaminėlis.

Ar jis buvo tavo? Ar tai šį lagaminėlį įsikėlei į traukinį tada, kai paskutinį kartą matei tėvą ir motiną, kai pirmasis tavo gyvenimas negrįžtamai slydo į praeitį?

Ištraukiau lagaminėlį iš palovio ir kibau į sutrūkinėjusius odinius diržus. Lagaminėlio dangtis pasidavė lengvai, bet viduje nebuvo nieko, išskyrus negyvų vabalų šeimyną.

Aš ir pats pasijutau tuščias, bet kažkoks apsunkęs, tarsi planeta būtų įsisukusi pernelyg greitai ir išaugusi traukos jėga temptų mane prie grindų. Netikėtai apleido jėgos. Atsisėdau ant lovos – *galbūt jo lovos,* – o paskui kažkokia priežastis, kurios ir pats negaliu deramai nusakyti, paakino mane prigulti: išsitiesęs ant purvinų patalų, įbedžiau akis į lubas.

Apie ką tu galvodavai, gulėdamas naktį čia? Ar tave irgi kamuodavo košmarai?

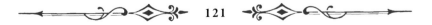

Aš pravirkau.

Kai žuvo tavo tėvai – ar bent žinojai tai? Ar kaip nors pajutai, kad jų nebėra?

Dar labiau įsisriūbavau. Visai to nenorėjau, bet nieko neįstengiau padaryti, niekaip negalėjau liautis verkęs.

Negalėjau liautis, tad ėmiau prisiminti viską, kas buvo bloga, ir liūdnais prisiminimais maitinau graudulį: vienu, kitu, trečiu – kol taip įsiraudojau užsikūkčiodamas, kad ėmiau stigti kvapo. Galvojau apie tai, kaip mano proseneliai merdėjo badu. Galvojau, kaip sunykę jų kūnai galiausiai buvo sukišti į krematoriumo krosnis, ir tik dėl to, kad žmonės, kurių jie net nepažinojo, jų neapkentė. Galvojau apie šiame name gyvenusius vaikus, apie tai, kaip jie sudegė gyvi ar buvo ištaškyti į skutus, ir tik dėl to, kad lakūnas atsainiai nuspaudė mygtuką. Galvojau ir apie tai, kaip iš senelio buvo atimta šeima, ir kaip dėl to tėtis užaugo taip ir nepajutęs, ką pačiam reiškia turėti tėvą, ir kaip mane dabar dėl to vargina aštraus streso pasekmės bei košmarai, kaip aš dabar kiurksau vienui vienas apleistame griūvančiame name ir karštomis, kvailomis ašaromis laistau savo marškinius. Ir viskas tik dėl to, kad septyniasdešimties metų senumo nuoskauda kažin kaip perėjo man lyg koks užnuodytas paveldas, o kovoti su pabaisomis aš negaliu, nes jos jau visos negyvos, jų nebeįmanoma užmušti, jų nebeįmanoma nubausti, jos niekada nebesulauks atpildo. Senelis bent jau galėjo stoti į armiją ir kovoti su jomis. Kas liko daryti man?

Kai ašaros galiausiai išseko, man jau gerokai skėlė galvą. Užsimerkiau, krumpliais prispaudžiau akis, kad atslūgtų peršulys, tegul akimirksniui, o kai galų gale atitraukiau rankas ir vėl atsimerkiau, kambarys buvo stebuklingai persimainęs: pro langą įspindo vienas vienintelis saulės spindulys. Atsikėlęs priėjau prie sueižėjusio stiklo ir išvydau, kad lauke tuo pat metu ir lyja, ir šviečia saulė – meteorologinė keistenybė, kurią net nežinia kaip pavadinti, nes dėl to amžiais nesutariama. Mano mama – rimtai sakau – vadina tai „našlaičių ašaromis". Bet tuojau pat prisiminiau, ką apie tai sako Rikis: „Tai velnias muša savo žmoną!" – o tai prisiminęs nusijuokiau ir pasijutau gerėliau.

O tada, sparčiai blėstančiame saulės šviesos ruože, nutįsusiame per kambarį, pamačiau kai ką, ko nebuvau pastebėjęs anksčiau. Tai buvo lagaminas – ar bent jau lagamino kamputis, – kyšantis iš po antrosios lovos. Priėjau arčiau, atmečiau antklodės kraštą, slepiantį jį beveik visą.

Tai buvo didžiulis senas lagaminas, tikra skrynia, ir dar užrakintas: su užšovu ir didžiule aprūdijusia pakabinama spyna. Na jau ne, šitas negali būti tuščias, dingtelėjo man. Ei, tu visai neatrodai kaip tuščias lagaminas. *Atidaryk mane!* – tiesiog užriko jis. *Aš kupinas paslapčių!*

Sugriebiau jį už šonų, trūktelėjau. Jis nepasidavė. Trūktelėjau dar kartą, smarkiau – nekrustelėjo nė per colį. Nesusigaudžiau, ar lagaminas toks sunkus, ar per daugybę metų susitelkusios, nuolat drėgmės sulipdomos dulkės bus mirtinai prikibdžiusios jį prie grindų. Atsistojęs keliskart jį paspyriau ir šitaip, regis, išklibinau, o jau tada pavyko ir pajudinti: paslinkau galiuką pirmyn sugriebęs už vieno kampo, paskui – už kito, panašiai kaip kitąsyk perstumi viryklę ar šaldytuvą – kol galiausiai iškrapščiau iš palovio visą, pažženklinęs grindis vingiuotais randais. Timptelėjau spyną – atrodė kiaurai prarūdijusi, bet iš tikrųjų tebelaikė tvirtai. Šmėstelėjo mintis, ar nereikėtų pamėginti ieškoti rakto – kur nors juk turėjo būti, – bet ieškodamas galėjau tik vėjais paleisti kelias valandas: spyna buvo tokia užrūdijusi, kad vargiai būčiau ją atrakinęs. Liko vienintelė išeitis: ją nudaužti.

Dairydamasis ko nors tinkamo, kitame kambaryje aptikau sulūžusią kėdę. Atplėšęs jos koją, kibau į spyną: kaskart iškeldamas kėdės koją aukštai virš galvos lyg koks budelis – kirvį, voždavau per spyną iš visos sveikatos, daugybę kartų, kol neišlaikiusi lūžo koja – mano rankoje liko tik šerpetota nuoskala. Apsižvalgiau kokio tvirtesnio įnagio, ir netrukus akis užkliuvo už klibančio lovos rėmo strypo. Užteko poros spyrių, ir jis nužvangėjo ant grindų. Įbrukau vieną galą už skląsčio, kitą spūstelėjau žemyn. Nieko nepešiau. Užguliau strypą viso kūno svoriu. Lagaminas girgžtelėjo – tiek ir tepasiekiau. Spirtelėjau jį ir suskatau tampyti strypą sutelkęs visas jėgas, kiek turėjau, išpampusiomis kaklo venomis, šniokšdamas: *Atsidaryk, velniai tave rautų, atsidaryk gi tu, kvailas lagamine!* Galų gale turėjau į ką sutelkti visą nuoskaudą ir pyktį: jei negaliu išpešti paslapčių iš savo mirusio senelio, iškrapštysiu jas bent iš senojo jo lagamino. Su ta mintimi strypas slystelėjo ir aš taip tėškiausi ant grindų, kad netekau amo.

Tysojau stebeilydamas į lubas, gaudydamas kvapą. Našlaičiai jau išliejo visas ašaras, ir dabar už lango vėl paprasčiausiai lijo, tik dar smarkiau. Pamaniau, gal reikėtų grįžti į miestelį susiveikti kokio kūjo ar metalo pjūklo, bet taip tik užsitraukčiau ant galvos aibę klausimų, į kuriuos visai nenorėčiau atsakinėti.

Staiga mane aplankė išganinga mintis. Jei rasčiau būdą suskaldyti patį *lagaminą*, nebereikėtų kvaršinti galvos dėl spynos. O kokia jėga būtų stipresnė už mane ir mano, tenka pripažinti, ne itin išvystytus viršutinės kūno dalies raumenis, kas galėtų pranokti mano pastangas pralaužti lagaminą visokiais po ranka pasipainiojusiais įnagiais? *Žemės traukos jėga.* Šiaip ar taip, aš juk – antrame aukšte; tiesa, nė nesitikėjau, kad įstengčiau iškelti lagaminą taip aukštai, jog pavyktų išmesti pro langą, bet laiptų aikštelės turėklas kadai sutrešęs. Vadinasi, pakaktų nuvilkti lagaminą koridoriumi ir nustumti žemyn. Ar smūgį atlaikytų jo turinys – kitas klausimas, bet aš mažų mažiausiai sužinočiau, kas tatai buvo.

Pritūpęs už lagamino, ėmiausi stumti koridoriaus linkui. Įveikiau vos kelis colius: metalinės kojelės įstrigo minkštose grindyse, ir lagaminas atkakliai nebejudėjo iš vietos. Bet manęs tai neatbaidė: apėjęs iš kitos pusės sugriebiau už spynos ir trūktelėjau atgal. Ir net pats apstulbau: lagaminas vienu kartu slystelėjo per dvi ar tris pėdas. Atrodžiau, reikia manyti, ne itin oriai: pritūpęs, atkišęs užpakalį, tąsiau tą gremėzdą, kartodamas tą patį judesį daugybę kartų, o kiekvieną slystelėjimą palydėdavo ausį rėžiantis metalo, gremžiančio medieną, džeržgimas, – tačiau, ilgai netrukęs, sėkmingai išsiplūkiau iš kambario ir pajudėjau koridoriumi – pėda po pėdos, durys po durų, laiptų aikštelės link.

Galų gale pasiekiau laiptus ir paskutinįkart ne itin patraukliai kriuktelėjęs užtempiau lagaminą paskui save į aikštelę. Čia jis slydo jau kur kas lengviau. Dar keliskart stumtelėtas, grėsmingai pakibo ant pat briaunos: pakaktų tik paliesti, ir nugarmėtų žemyn. Bet aš norėjau savo akimis pamatyti jį ištykštant – vis šioks toks atpildas už šitokį triūsą, – tad atsistojau ir atsargiai prisislinkau prie laiptų aikštelės krašto – tiek, kad įžvelgčiau prietemos užlietas grindis apačioje. Tada, užgniaužęs kvapą, spirtelėjau lagaminą koja.

Jis akimirką sudvejojo, sverdėdamas ant prarajos krašto, bet paskui ryžtingai pasviro ir vartaliodamasis krito, gražiai, lyg sulėtintai mėgdžiodamas baleto šokėjo judesius. O paskui – driokstelėjimas, aidus, kurtinantis, regis, supurtęs visą pastatą; iš apačios į mane siūbtelėjo toks dulkių stulpas, kad buvau priverstas užsidengti veidą delnais ir galiuką atsitraukęs koridoriumi palaukti, kol dulkės nusės. Po valandėlės grįžau į laiptų aikštelę ir atsargiai dirstelėjau per kraštą, bet pamačiau ne sutrupėjusių lentgalių krūvą, kurią pamatyti taip karštai vyliausi, o skylę grindyse – lagamino formos, šerpetotais pakraščiais. Lagaminas prasmego skradžiai grindis – tiesiog į rūsį.

Nusiritęs laiptais žemyn pilvu prišliaužiau prie skylės – panašiai per ploną ledą šliaužtume prie eketės. Per dulkėtos prietemos miglą įžiūrėjau, kas penkiolika pėdų žemiau liko iš lagamino. Jis ištiško lyg koks milžiniškas kiaušinis – apačioje kūpsojo jo nuolaužų ir sutrupintų grindlenčių krūva. O aplink mėtėsi išdrabstyti popierėliai. Atrodo, galų gale visgi būsiu radęs dėžutę su laiškais! Tačiau prisimerkęs įžvelgiau ir pavidalus, tamsuojančius tuose popieriaus keturkampiuose: veidus ir kūnus – ir tada sumojau, jog tai – visai ne laiškai, o nuotraukos. Bent kelios dešimtys nuotraukų. Akimoju užkaitau, bet tuojau pat padai atšalo, mat dingtelėjo labai jau šiurpi mintis.

Man teks ropštis tenai, žemyn.

*　*　*

Rūsys buvo padrikai išmėtytų patalpų raizgalynė; tamsa ten tvyrojo tokia juoda, kad nusileidęs užrištomis akimis įžiūrėjęs būčiau nė kiek ne daugiau. Nulipau girgždančiais laiptais žemyn ir pastovėjau valandėlę jų papėdėje vildamasis, kad akys bent kiek apsipras su tamsa, bet ši buvo tokia aklina, kad pratinkis nesipratinęs – jokios naudos. Vyliausi apsiprasiąs ir su kvapu – keistu, aitriu tvaiku, šiek tiek primenančiu tą, kurį užuodi mokyklos chemijos kabinete atidaręs chemikalų spintelę – bet nepavyko ir tai. Tad liko tik paslėpti nosį marškinių apykaklėje ir kėblinti pirmyn ištiesus rankas priešais save – ir dar tikėtis, kad nieko baisaus neatsitiks.

Už kažko užkliuvęs vos neišsitiesiau kaip ilgas. Kažkas stiklinis nučiuožė grindimis. Dvokas, atrodė, tik dar labiau sustiprėjo. Vaizduotė suskato primygtinai brukti visokias pragaištis, tykančias manęs tamsoje. Ką ten pabaisos ir šmėklos – o kas, jei grindyse esama dar vienos skylės? Mano kūno niekada niekas nesurastų.

Netikėtai mane ištiko šioks toks genialumo proveržis: juk įjungęs mobiliojo telefono, kurį nešiojausi kišenėje, meniu ekraną, įsigysiu tegul ir visai silpną, bet visgi žibintuvėlį – nesvarbu, kad nuo ryšio zonos mane skiria bent dešimt mylių. Iškėliau telefoną, nukreipęs ekraną pirmyn. Tamsos jo švytėjimas beveik visiškai neprasklaidė, tad pamėginau šviesti į grindis. Sueižėjusios plytelės ir pelių kakučiai. Kryptelėjau telefoną į šoną – šviesa į kažką atsimušė, tvykstelėjo silpnas atspindys.

Žengiau žingsnį ten link, šviesdamas telefonu į šalis. Iš tamsos neryškiai išniro siena ir lentynos, ant kurių rikiavosi stiklainiai. Visokių formų ir dydžių, apdulkėję, o juose, drumstame skystyje, plūduriavo kažkokie pažiūrėti glitūs drebučiai. Prisiminiau virtuvę ir ten rastų ištiškusių stiklainių su vaisiais ir daržovėmis šukes. Galbūt čia, apačioje, temperatūra laikėsi stabilesnė ir dėl to šitie stiklainiai nesusprogo?

Tačiau prisikišęs dar artėliau, dar labiau įtempęs akis, staiga sumojau, kad stiklainiuose – anaiptol ne daržovės ar kompotai, o organai. Smegenys. Širdys. Plaučiai. Akys. Užmarinuoti galaižin kokiame savos gamybos formaldehide – štai kas taip aitriai dvokė. Žiaukčiodamas nusverdėjau tolyn nuo jų į tamsą, tuo pat metu ir pasišlykštėjęs, ir suglumęs. Kas iš tikrųjų buvo šitie namai? Tokių stiklainių kolekciją tikėtumeis aptikti abejotinos reputacijos medicinos mokyklos rūsyje, bet tik ne namuose, pilnuose vaikų. Jei senelis Portmanas apie šiuos namus nebūtų pripasakojęs tiek nuostabių dalykų, veikiausiai būčiau susimąstęs: ar tik ne tam panelė Peregrinė gelbėjo vaikus, kad pelningai išparduotų jų organus?

Kiek atitokęs pastebėjau dar vieną švytėjimo šaltinį priešais, bet tai jau buvo ne telefono ekrano atspindys, o blausesnė prasismelkusi dienos šviesa. Ji sklido iš viršaus – veikiausiai pro mano pramuštą skylę. Narsiai nuplumpinau ten link, kvėpuodamas pro pakeltą marškinių apykaklę ir stengdamasis laikytis atokiau nuo sienų bei visokių kitokių šiurpių staigmenų, galbūt slypinčių jose.

Orientuodamasis pagal švytėjimą pasukau už kampo ir atsidūriau nedideliame kambarėlyje su įlinkusiomis lubomis. Pro skylę jose srūvanti dienos šviesa krito ant grindlenčių nuolaužų ir stiklo šukių kaugės, iš kurios vis dar vinguriavo kibių dulkių gijos; šen bei ten išvydau ir prilipusias sudraskyto kilimo draiskanas, panašias į džiovintos mėsos skivytus. Iš po lūženų krūvos sklido tylus kojyčių skrebenimas – kažkoks graužikų padermės tamsos gyventojas sugebėjo išgyventi savojo pasaulio griūtį. Vidur nuolaužų kėpsojo ištiškusio lagamino likučiai – ir nuotraukos, pažirusios aplink jį lyg konfeti.

Aukštai keldamas kojas nustyplinau per tą šiukšlyną, stengdamasis peržengti grėsmingai styrančias medgalių ietis ir lentgalius, pasišiaušusius surūdijusiomis vinimis. O paskui atsiklaupęs ėmiausi vaduoti iš krūvos tai, ką dar buvo įmanoma. Jaučiausi kaip tikras gelbėtojas, traukiantis iš šiukšlių veidus, braukiantis nuo jų šukes ir puvėsius. Ir nors vidinis balsas ragino pasiskubinti – ką žinai, kada lubų likučiai gali užgriūti tiesiai man ant galvos, – vis dėlto neįstengiau susilaikyti išsyk neapžiūrėjęs radinių.

Iš pirmo žvilgsnio šios nuotraukos priminė bet kurias kitas, kokių aptiktum sename šeimos albume. Įamžinti žmonės, strapinėjantys paplūdimyje ar įsitaisę verandoje ir besišypsantys, įvairių salos vietų vaizdai – ir daugybė vaikų, pozuojančių po vieną ar poromis: atsitiktinės akimirksnio nuotraukos ir oficialūs portretai, fotografuota tamtyč parinktame fone, o fotografuojamieji gniaužia rankose lėles negyvomis akimis, tarsi visi būtų užsukę į „Glamour Shots" ateljė kokiame šiurpokame amžių sandūros prekybos centre. Vis dėlto labiausiai mane pakraupino ne tos zombiškos lėlės ir ne keistos vaikų šukuosenos, ir net ne tai, kad jie, regis, niekada nesišypsodavo, o tai, kad, kuo ilgiau apžiūrinėjau jų nuotraukas, tuo labiau atpažįstami jie atrodė. Kažkuo jie priminė iš košmarų atkeliavusius padarus, kažkuo buvo panašūs į anuos vaikus, kuriuos mačiau senelio rodytose nuotraukose, ypač tose, kurias jis laikė paslėptas cigarų dėžutėje, tarsi visi jie būtų vieno lizdo paukščiai.

Buvo, tarkim, tokia dviejų jaunų merginų nuotrauka: jos pozavo stovėdamos ne itin įtikinamai nupiešto jūros peizažo fone. Savaime tai ne taip ir keista, nerimą kėlė jų stovėsena. Abi stovėjo nugara į fotoaparatą. Kažin, kodėl kam nors gali šauti į galvą vargintis fotografuotis, nepagailėti išlaidų, – o nusifotografuoti anais laikais buvo brangu, – jeigu atsuki kamerai nugarą? Bemaž tikėjausi šiukšlių krūvoje aptiksiąs ir dar vieną tų pačių mergaičių nuotrauką, tik jau atsisukusių – su išsiviepusiomis kaukolėmis vietoj veidų.

Man pasirodė, kad kai kurios kitos nuotraukos apdorotos labai panašiai kaip ir keletas iš senelio rinkinio. Vienoje jų – mergaitė, stovinti kapinėse prie tvenkinio, tik štai atspindžių tvenkinyje – ne vienas, o du. Ši man priminė senelio Portmano rodytą nuotrauką su mergaite, „įkalinta" butelyje, tik kažin kokia tamsiajame kambarėlyje panaudota techninė gudrybė taip nekrito į akis. Dar vienoje išvydau gluminančiai ramų jaunuolį, kurio viršutinė kūno dalis, regis, buvo visa aptūpta bičių. Bet šitai padirbti juk visai nesunku, ar ne? Panašiai kaip anas vaikinas senelio nuotraukoje, iškėlęs didžiulį akmenį, reikia manyti – nulipintą iš gipso. Netikras akmuo – netikros bitės.

Sprando plaukeliai man stojo piestu tik tada, kai staiga prisiminiau senelio Portmano pasakojimą apie berniuką, kurį jis pažinojęs čia, vaikų namuose, – berniuką, kuriame gyveno bitės. *Viena kita išlėkdavo laukan, vos jam pravėrus burną, –* sakė andai senelis Portmanas, – *bet jos niekad negeldavo – nebent Hjugas to panorėdavo.*

Į galvą lindo vienas vienintelis paaiškinimas. Nuotraukos, kurias turėjo senelis, – iš to paties lagamino, kurio nuolaužos štai kūpso priešais mane. Vis dėlto nebuvau dėl to visai tikras, kol neaptikau dviejų nenormalybių nuotraukos: du kaukėti vaikiščiai su parauktomis apykaklėmis, atrodė, maitina vienas kitą ilgu kaspinu. Nenutuokiau, kas jie galėtų būti, – be to, kad puikiausiai tiktų sapnuoti košmare; kas gi jie, kokie nors sadomazochistai balerūnai? – bet buvau tvirtai įsitikinęs: šitų pačių dviejų vaikų nuotrauką turėjo ir senelis Portmanas. Mačiau ją jo cigarų dėžutėje – vos prieš kelis mėnesius.

Negalėjo būti sutapimas – niekaip, o tai reiškė, kad nuotraukos, kurias man rodė senelis, – kuriose, prisiekinėjo jis, įamžinti šiuose namuose jo pažinoti vaikai, – *iš tikrųjų ir atkeliavo iš šitų namų.* Bet ar tai savo ruožtu gali reikšti, kad – nepaisant abejonių, graužusių mane dar tuomet, kai buvau vos aštuonerių – nuotraukos yra išties autentiškos? O dar tos fantastiškos jas lydinčios istorijos – ar jos irgi tikros? Kad bet kuri iš jų galėtų būti visiškai nepramanyta tiesiogine žodžio prasme – šitai netilpo galvoj. Ir vis dėlto, stovėdamas dulkėmis sūkuriuojančioje prietemoje, negyvame name, kuris atrodė dar ir koks gyvas dėl šiugždančių jame šmėklų, nejučia susimąsčiau: *o gal...*

Staiga kažkur man virš galvos galaižin kas griausmingai driokstelėjo; taip persigandau, kad net nuotraukos išslydo iš rankų.

Namas senas – tai tik sienos sėda, tariau sau, o gal kur įgriuvo lubos! Bet, vos pasilenkiau susirinkti nuotraukų, sudundėjo dar kartą, ir tasai menkas šviesos pluoštelis, sruvęs vidun pro skylę lubose, staiga išnyko – mane apsėmė rašalo juodumo tamsa.

Išgirdau žingsnius, o po to – ir balsus. Ištempiau ausis, bet suprasti, kas kalbama, taip ir nepavyko. Nedrįsau nė krustelėti, baimindamasis, kad, vos sujudėjęs pats, išjudinsiu ir nuolaužas aplinkui, galbūt sukelsiu net labai triukšmingą griūtį. Pats suvokiau, kokia nepagrįsta mano baimė – veikiausiai tuodu prietrankos reperiai bus surezgę kokį naują pokštą, – bet širdis tvaksėjo lyg bėgant šimto mylių per valandą greičiu, o bemaž gyvuliškas instinktas primygtinai ragino tūnoti tylomis.

Ėmė tirpti kojos. Kaip įmanydamas atsargiau perkėliau kūno svorį nuo vienos ant kitos, kad atsikurtų kraujotaka. Kažkoks šipulys atitrūko nuo krūvos ir nubarškėjo žemyn, sukeldamas, rodėsi, baisiausią triukšmą tyloje. Iškart nutilo ir balsai. Paskui tiesiai man virš galvos sugirgždėjo grindlentė, nulijo nestiprus tinko dulkių lietutis. Kad ir kas buvo ten, viršuje, jie labai tiksliai žinojo, kur aš.

Sulaikiau kvapą.

Ir tada išgirdau prislopintą mergaitės balsą:

– Abe? Tu?

Pamaniau – sapnuoju. Laukiau, kad mergaitė pasakytų dar ką nors, bet ilgokai nebuvo girdėti nieko, tik lietaus lašai tiško į stogą, sakytum kažkur toli būtų barbenę koks tūkstantis pirštų. O paskui viršum manęs užsižiebė žibintas, ir aš, atkraginęs galvą, išvydau gal šešis vaikus, susispietusius aplink dantytas pralaužtų grindų žiotis ir žiūrinčius žemyn.

Kažin kaip aš juos atpažinau, nors ir negalėčiau pasakyti – kaip. Tarytum veidai iš kokio pusiau užmiršto sapno. Kur esu matęs juos anksčiau, iš kur jie žino mano senelio vardą? Ir staiga tarsi akyse būtų nušvitę. Drabužiai – keisti netgi Velse. Blyškūs nesišypsantys veidai. Nuotraukos, pasklidusios priešais, žvelgiančios į mane iš apačios – lygiai taip pat, kaip vaikai – iš viršaus. Dabar jau supratau.

Buvau matęs tuos vaikus nuotraukose.

Mergaitė, toji pati, kurios balsą girdėjau, atsistojo norėdama geriau į mane įsižiūrėti. Tarp jos delnų mirgėjo švieselė – ne žibintas ir ne žvakė, atrodė, kad tai grynos liepsnos kamuoliukas, kurį ji laikė plikomis rankomis. Jos nuotrauką buvau matęs mažiau nei prieš penkias minutes, ir joje mergaitė atrodė lygiai tokia pat, kokią regėjau dabar, netgi keistasis žiburys rieškučiose buvo tas pats.

Aš – Džeikobas, norėjau pasakyti jiems. *Aš jūsų ieškojau.* Tačiau žandikaulis, it surakintas, atsisakė paklusti, tad tik stebeilijau į juos, neįstengdamas pralementi nė žodžio.

Mergaitės veidas apniuko. Atrodžiau aš visai sumautai, lietaus permerktas, sudulkėjęs, ir dar tupėjau vidur šiukšlių krūvos. Kad ir ką ji bei kiti vaikai tikėjosi išvysią, pažvelgę pro skylę grindyse, aš tikrai nebuvau jų lauktasis.

Jie kažką susikuždėjo, paskui visi pakilo ir tuoj pat iškriko į šalis. Staigus jų sujudimas išklibino ir mane: atitokęs iš sąstingio surikau jiems palaukti, bet jų žingsniai jau aidėjo man virš galvos durų link. Kliuvinėdamas už nuolaužų, klupdamas griūdamas aklinoje tamsoje nuskubėjau per pašvinkusį rūsį prie laiptų. Bet, kai užsiropščiau į pirmąjį aukštą, vėl užlietą dienos šviesos, kurią jie buvo kažin kaip paslėpę, vaikų viduje nebuvo likę nė padujų.

Šoviau laukan, nusiritau aptrupėjusiais mūro laiptais į žolę, visa gerkle rėkdamas:

– Palaukite! Sustokite!

Bet jie tarsi skradžiai prasmego. Vos atgaudamas kvapą, mintyse plūsdamas pats save, apžvelgiau kiemą, žvilgsniu bandžiau skvarbyti mišką.

Kažkas trakštelėjo už medžių. Žaibiškai grįžtelėjau ir pro šakas spėjau pamatyti neaiškų judesį – suplazdėjo balta suknelė. Tai ji! Tekinas puoliau į mišką jai iš paskos. O ji nukūrė takučiu.

Šokinėdamas per išvirtusius medžius, nardydamas po žemomis šakomis, skutau paskui mergaitę, kol užsiliepsnojo plaučiai. Ji vis bandė mėtyti pėdas dryktelėdama iš tako į miško tankmę, o paskui vėl grįždama į taką. Galiausiai miškas prasiskyrė, mes išnirome į atvirus pelkynus. Tokia proga privalu pasinaudoti! Juk jai dabar nebėra kur slėptis, norėdamas ją pagauti, turiu tik greičiau bėgti, – aš su džinsais ir sportbačiais, tad ji, vilkinti suknelę, su manim nepasivaržys. Bet vos tik ėmiau mažinti mus skiriantį atstumą, ji staiga metėsi į šalį ir nuliuoksėjo tiesiai per pelkę. Man neliko kitos išeities, tik sekti iš paskos.

Bėgti tapo nebeįmanoma. Žemės paviršiumi nėmaž negalėjai pasikliauti: dirva dubo, tai čia, tai ten vis prasmegdavau iki kelio į kokį akivarą, pasigviešusį įsiurbti mano koją dar giliau; kelnės peršlapo.

Užtat mergaitė, regis, labai gerai žinojo, kur žengia, – ir vis labiau tolo, galiausiai su visai pradingo rūke, ir man liko nebent sekti jos pėdsaku.

Kai ji išnyko man iš akių, tikėjausi, kad pėdsakas bet kurią akimirką pasuks atgal į taką, bet kur tau – ji klampojo vis toliau į liūgynus. O paskui per rūką tako ir išvis nebeįžiūrėjau ir nejučia ėmiau svarstyti, ar besurasiu kelią atgal. Dar mėginau ją prisišaukti: *Aš – Džeikobas Portmanas! Esu Abės vaikaitis! Aš tavęs nenuskriausiu!* – bet migla ir dumblynai, regis, sugėrė mano balsą.

Pėdsakas atvedė mane prie akmenų krūvos. Tai, kas iš tolėliau atrodė lyg didelis pilkas iglu, iš tikrųjų buvo akmenų piramidė, vadinamasis kairnas – vienas tų neolito laikotarpio antkapių, paskolinusių vardą ir visai Kairnholmo salai.

Piramidė buvo aukštėlesnė už mane, ilga ir siaura, su keturkampe, duris primenančia anga viename gale; ji stiebėsi ant žolėto kauburio, iškilusio iš pažliugusios pelkės. Išbridęs iš liulančio purvyno užlipau ant daugmaž tvirtos ją supančios žemės ir išvydau, kad pro angą galima patekti į tunelį, vedantį kažkur į požemius. Abipus sienas puošė raižiniai, sudėtingos kilpos ir spiralės – senoviniai hieroglifai, kurių reikšmė kadai pamiršta. *Čia ilsisi pelkių vaikinas,* pagalvoju aš. Ar, veikiau: *Palikite visas viltis, įeidami čia.*

Bet aš vis tiek žengiau vidun, mat būtent čia vedė mergaitės pėdsakas. Tunelis piramidės viduje buvo drėgnas ir siauras, ir, žinoma, be jokios švieselės, tad slinkti pirmyn galėjau tik susikūprinęs ir pritūpęs, kaip koks krabas. Dar laimė, kad uždaros, ankštos erdvės nėra vienas iš daugybės dalykų, įvarančių man panišką baimę.

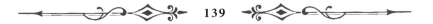

Įsivaizduodamas, kaip persigandusi mergaitė gūžiasi visa drebėdama kažkur priekyje, kepėstuodamas tuneliu ją kalbinau, kaip išmanydamas tikinau neturįs jokių piktų kėslų. Bet mano žodžiai tuojau pat aidu grįždavo atgal, kol galutinai netekau orientacijos. Bet kaip tik tuo metu, kai jau gerokai įsiskaudėjo šlaunų raumenys nuo tokios nenormalios eisenos, tunelis staiga išplatėjo virsdamas patalpa, tiesa, kupina juodžiausios tamsos, bet aš bent jau galėjau atsistoti visu ūgiu, o ištiesęs rankas į šalis, pirštų galais nesiekiau sienų. Vėl išsitraukiau telefoną ir dar sykį pasinaudojau juo vietoj žibintuvėlio. Suvokti patalpos dydį nebuvo sunku. Paprasčiausia ertmė akmeninėmis sienomis, maždaug tokio didumo kaip mano miegamasis – ir visiškai tuščia. Jokios mergaitės nebuvo čia nė padujų.

Stovėjau ir svarsčiau, kaip, velniai rautų, ji sugebėjo išsprūsti, bet čia man dingtelėjo mintis, ir dar tokia akivaizdi, kad pasijutau esąs kvailys per visą pilvą – negi negalėjau susivokti anksčiau? Nebuvo jokios mergaitės. Aš ją išsigalvojau. Kaip ir visus kitus. Juos sukurpė mano vaizduotė, kai žiūrinėjau jų nuotraukas. O toji keista tamsa, staigiai užslinkusi prieš pat jiems pasirodant? Matyt, buvo aptemusi sąmonė, ir tiek.

Šiaip ar taip, iš tikrųjų to niekaip negalėjo atsitikti, neįmanoma: tie vaikai jau kažin kada žuvę. O net jei ir nebūtų žuvę, absurdiška manyti, kad gali tebeatrodyti visai taip pat, kaip ir anuomet, kai fotografavosi. Viskas įvyko pernelyg greitai, bandžiau guosti pats save, nebuvo kada sustoti ir pasvarstyti, ar tik ne haliucinaciją vaikausi.

Nesunku nuspėti ir daktaro Golano paaiškinimą: *Tas namas tau savaime reiškia milžinišką emocinę įkrovą, taigi užteko įkelti koją vidun, kad stresas sukeltų reakciją.* Na taip, jis – toks nupezęs pimpis psichopliurpa. Bet tai dar nereiškia, kad neteisus.

Sugniužęs pasukau atgal. Užuot krypavęs susilenkęs, numojau į paskutinius orumo trupinius ir paprasčiausiai nušliaužiau ketur-

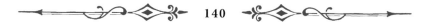

pėsčias link mirguliuojančios švieselės – tunelio angos. Kilstelėjęs galvą staiga susizgribau, kad šį reginį jau esu matęs: Martino muziejuje buvo ano urvo, kur aptiktas pelkių vaikinas, nuotrauka. Tiesiog galvoj netelpa: kaip žmonės kadaise galėjo tikėti, kad šitie prašvinkę tyrai yra dangaus vartai? Ir dar tikėti taip karštai, kad mano amžiaus vaikis ryžosi paaukoti gyvybę, idant ten atsidurtų? Liūdna ir kvaila šitaip vėjais paleisti gyvenimą. Supratau, kad jau noriu važiuoti namo. Nuotraukos, likusios rūsyje, man neberūpėjo, o mįslių, paslapčių ir paskutiniųjų žodžių buvau sotus iki kaklo. Pataikaudamas senelio, liguistai įsitikinusio jų svarba, įgeidžiams, aš tik pabloginau savo būklę, apie pagerėjimą nėra ko nė šnekėti. Pats metas visa tai pamiršti.

Vos išropojus iš ankšto piramidės tunelio, mane apakino tvykstelėjusi šviesa. Užsidengęs veidą delnais, markstydamasis pažvelgiau pro praskėstus pirštus į pasaulį, kurį vargiai atpažinau. Pelkė buvo ta pati, ir takas tas pats, viskas liko kaip buvę, bet pirmąsyk, kiek man teko regėti, apylinkes skalavo vaiski gelsva saulėkaita, virš galvos driekėsi žydras dangus, niekur – nė gijelės rūko, kurį jau spėjau sutapatinti su šia salos dalimi. Be to, buvo ir šilta, sakytum, pats vasaros karštymetis, o ne vėjų košiama jos pradžia. *Dievulėliau, tai bent greitai čia keičiasi orai,* dingtelėjo mintis.

Nuliumpinau atgal į taką, stengdamasis nekreipti dėmesio į žliugsinčius sportbačius, pilnus pelkių marmalynės, kuri smelkėsi į kojines, net šiurpas purtė. Patraukiau atgal į miestelį. Keista, bet takas visai nebuvo dumblinas, lyg būtų spėjęs išdžiūti vos per kelias minutes, užtat buvo taip tankiai nusėtas gyvulių išmatų krūvelėmis, didumo sulig greipfrutu, kad negalėjau žingsniuoti tiesia linija. Kaip galėjau nepastebėti šito anksčiau? Bene visą rytą plaukiojau kokios nors psichozės ūkanose? O gal psichozė apnikusi mane dabar?

Taip ir vingiavau nepakeldamas akių nuo tos mėšlinuotos, prieš akis nusidriekusios šachmatų lentos, kol perkopiau kalvagūbrį, ir tik visai priartėjęs prie miesto susigaudžiau, kas sugebėjo šitaip apteršti taką. Ten, kur dar šįryt visa armija traktorių gremžė žvyrkelius tempdami į uostą ir atgal vežimėlius su žuvimis ar durpių briketais, dabar tie patys vežimėliai riedėjo tempiami arklių ir mulų. Variklių riaumojimą pakeitė kanopų kaukšėjimas.

Trūko ir dar kai ko: be paliovos ūždavę dyzeliniai generatoriai dabar buvo nutilę. Nejaugi per tas kelias mano žygio valandas sala spėjo pritrūkti degalų? Ir kurgi anksčiau miestelio gyventojai slėpė tokią gausybę stambių gyvulių?

Negana to – kažin, kodėl visi taip *spokso* į mane? Kiekvienas, su kuo tik susidurdavau, taip ir išsprogindavo akis, mesdavo visus savo darbus ir įsistebeilydavo į mane, einantį pro šalį. *Jaučiuosi gerokai kuoktelėjęs, tikriausiai ir atrodau taip pat, pagalvojau;* vogčia nužvelgęs pats save įsitikinau: nuo juosmens žemyn aš visas dumblinas, o aukštyn – apkibęs tinko dulkėmis, tad panarinau galvą ir paspartinęs žingsnį kone protekine nuskubėjau į užeigą, kur žinojau galėsiąs pasislėpti beveidėje prietemoje ir sulaukti, kol tėtis grįš pietų. Nusprendžiau: kai tik jis pareis, iškart ir pasakysiu, kad noriu važiuoti namo, ir kaip įmanoma greičiau. Jei pamatysiu, kad jis svyruoja, iškart prisipažinsiu, jog mane apniko haliucinacijos, ir jau tuomet mudu išplauksime pačiu pirmu keltu – kaip kažin ką.

Skylėje niekas nebuvo pasikeitę: įprasta pakaušusi publika, palinkusi prie putotų alaus bokalų, tie patys išklerę stalai, nutriušusi, aprūkusi aplinka, prie kurios, kaip prie laikinų namų, jau spėjau ir priprasti. Tačiau vos pasukęs laiptų link išgirdau amtelint nepažįstamą balsą:

– Ką pats sau manai, kur goglini, a?

Vieną koją suspėjęs užkelti ant apatinės pakopos atsisukau ir pažvelgiau į barmeną, kuris savo ruožtu nužiūrinėjo mane nuo galvos iki kojų. Tik buvo tai ne Kevas, o kažin koks susiraukęs apskritagalvis ypata, man nepažįstamas. Jis ryšėjo barmeno prikyštę, o dėl vešlių, tarpuakyje suaugusių antakių ir tokių pat vešlių ūsų jo veidas atrodė ruožuotas.

Galėjau pasakyti: *Lipu aukštyn susikrauti lagamino, ir jeigu tėtis atsisakys tuojau pat vežtis mane namo, suvaidinsiu priepuolį.* Bet, užuot pasakęs tai, tepratariau:

– Einu į savo kambarį, – ir tatai nuskambėjo veikiau kaip klausimas, ne kaip teiginys.

– Nagi ar tikrai? – jis dunkstelėjo ant baro bokalą, į kurį pylė alų. – Tau bene šičia panašu į viešbutį?

Sugirgždėjo mediena: nuolatiniai baro įnamiai subruzdo ant kėdžių, kad galėtų įdėmiau pažiūrėti į mane. Paskubomis apžvelgiau veidus. Nė vieno pažįstamo.

Kaip kažin ką, man psichozės priepuolis, pagalvojau. *Va dabar. Tai štai kaip jautiesi, kai užeina psichozės priepuolis.* Tik bėda: nieko ypatingo aš nejaučiau. Nei žaibavo akyse, nei drėko delnai. Atrodė, kad iš proto kraustosi pasaulis, o ne aš.

Pasakiau barmenui, kad veikiausiai bus įvykusi kokia nors klaida.

– Mudu su tėčiu apsistojome antrame aukšte, – ėmiausi aiškinti. – Žiūrėkite – net raktą turiu, – išsitraukiau jį iš kišenės ir atkišau jam kaip svarų įrodymą.

– Nagi duokš čion, parodyk, – persisvėręs per barą jis pastvėrė raktą man iš delno. Pakėlęs apžiūrėjo blausioje apyblandoje lyg koks juvelyras. – Tasai raktas ne mūsų! – suurzgė, bet raktą įsimetė į savo kišenę. – O dabar sakyk: ko tau prisireikė ten, antrame aukšte? Tik šiuomsyk jau nemeluok!

Pajutau, kaip užkaito veidas. Iki šiol dar nė vienas suaugęs žmogus nebuvo išvadinęs manęs melagiu – išskyrus giminaičius ar šeimos narius.

– Jau pasakiau. Mes išsinuomojome tuos kambarius! Paklauskite Kevo, jei manim netikite!

– Nepažįstu anei kokio Kevo, ir tu jau nekabinsi man makaronų ant ausų, – šaltai pareiškė jis. – Niekas čia jokių kambarių nenuomoja, o vienintelis, katras gyvena antrame aukšte, esmi aš!

Apsidairiau vildamasis, gal kas nors šyptelės, leisdamas man suprasti, kad visa tai – pokštas. Bet vyrai sėdėjo akmeniniais veidais.

– Amerikonas, – paskelbė vienas, įspūdingos barzdos savininkas. – Armija, gali būt.

– Eik jau, armija, – krioktelėjo kitas. – Tik pažiūrėk į jį. Gemalas dar, ne daugiau!

– Mestelėk akį į ano apsiaustėlį, – neatlyžo barzdyla; ištiesęs ranką gnybtelėjo mano striukės rankovę. – Parduotuvėje tokio užsimušdamas nerasi. Armija, tai jau ne kitaip.

– Klausykite, – dar bandžiau gintis, – aš ne iš armijos ir nieko jums netrinu, prisiekiu! Aš tiktai noriu surasti tėtį, susirinkti daiktus ir...

– Amerikonas, kad aš skradžiai prasmegčiau! – užbliovė dar vienas, gerai įmitęs. Atplėšė savo įspūdingo dydžio kūną nuo kėdės ir užtvėrė man duris, kurių link pamažėle slinkau. – Mano ausiai jo akcentas nei šioks, nei toks. Bus frico šnipas, galvą dedu!

– Aš ne šnipas, – pralemenau. – Tik pasiklydau.

– Kaip pirštu į akį! – jis nusikvatojo. – Sakyčiau, tiesai iškrapštyti seni metodai patikimiausi. Su virve!

Pratrūko ne itin blaivūs pritarimo riksmai. Nesupratau, ar jie nusiteikę rimtai, ar tik šitaip traukia mane per dantį, bet visai nesinorėjo trypčioti ir lūkuriuoti, kol tai paaiškės. Smegenyse tvyrančią sumaištį perskrodė aiški, instinkto pakišta mintis: *Bėk*. Kur kas lengviau bus mėginti aiškintis, kokia velniava čia vyksta, be gaujos prisisprogusių vyrų, pasigviešusių mane nulinčiuoti. Žinoma, sprukdamas tik galutinai įtikinsiu juos savo kalte, bet tai man neberūpėjo.

Pamėginau lankstu apeiti pilvūzą.

Tasai čiuptelėjo mane, bet alkoholio gerokai praskiestas nerangumas niekada neprilygs mitrumui to, kuriam ir šiaip jau baimės pilnos kelnės. Kryptelėjau kairėn, bet tuojau pat šmurkštelėjau pro jį iš dešinės. Jis tūžmingai sustugo, bet čia jau ir visi kiti atplėšė užpakalius nuo kėdžių. Vis dėlto man pavyko išsprūsti, ir puoliau pro duris į tvaskančią popietės saulėkaitą.

*　*　*

Kiek įkirsdamas driuokiau gatve, atskverbtos velėnos grumstai žiro iš po kojų, o pikti balsai už nugaros palengva slopo. Pasiekęs pačią pirmą sankryžą čiuoždamas mečiausi į šoną, kad išnykčiau iš jų regėjimo lauko, nušvilpiau per dumbliną kiemą, – į visas puses iškriko paniškai kudakuojančios vištos, – o paskui nuskutau per atvirą plotą, kur prie seno šulinio išsirikiavusios moterys laukė savo eilės pasisemti vandens; man pralekiant visos sutartinai pasuko galvas. Galvoje prašvilpusi mintis taip ir nespėjo įsitvirtinti: *Ei, o kur išgaravo* „*Laukianti moteris*"? – mat prieš akis išdygo neaukšta sienelė, ir teko sutelkti visą dėmesį, kaip kuo skubiau per ją persiristi: *atsiremk delnu, atsispirk kojomis, šok per viršų*. Šleptelėjau į krūmokšniais apželusį keliuką, ir čia, kad kiek, mane būtų parbloškęs pro šalį dardantis vežimas. Arklio šonas čiūžtelėjo man per krūtinę, vadeliotojas riktelėjo kažką užgaulaus apie mano motiną, o likusius kanopų įspaudus ir ratų vėžes nuo mano kojų pirštų skyrė vos keli coliai.

Aš net nenutuokiau, kas dedasi. Supratau tik du dalykus: viena – veikiausiai mane apėmė beprotybė, ir antra – man būtina pasprukti nuo žmonių ir vienumoje pamėginti susigaudyti, ar tikrai taip yra. Su ta mintimi nėriau į skersgatvį už dviejų namukų eilių, kur, man rodėsi, aptiksiu į valias užkaborių pasislėpti, ir nukulniavau į miestelio pakraštį. Jau neskuodžiau kiek įkabindamas: vyliausi, kad susitaršęs ir visas dumblinas amerikietis paauglys mažiau dėmesio patrauks nebėgdamas nei bėgdamas.

Visas mano pastangas elgtis kuo normaliau niekais vertė tai, kad krūpčiojau nuo kiekvieno menkiausio krebždelėjimo, nuo kiekvieno akies kraštu pastebėto judesio. Linktelėjau ir pamojau moteriai, džiaustančiai skalbinius, bet ji, kaip ir visi kiti, tik įsistebeilijo į mane. Paspartinau žingsnį.

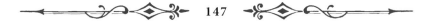

Už nugaros išgirdau kažką keisto ir skubiai šmurkštelėjau į lauko tualetą. Tūnojau užsiglaudęs už pravirų durų, viena akimi nužiūrinėdamas aprašinėtas sienas.

Dūlis pyderas subinkrušys.

Ką, nėr cukro?

Galiausiai pro mane praslimpino kalė, lydima kirbinės kiauksinčių šunyčių. Patyliukais atsikvėpiau ir truputį atsipalaidavau. Suėmęs save į nagą išlindau atgal į skersgatvį. Kažkas sugriebė mane už plaukų. Net riktelėti nespėjau – iš užnugario kyštelėjusi ranka prispaudė man prie gerklės kažką aštrų.

– Mėginsi rėkti – papjausiu, – perspėjo balsas.

Neatitraukdamas geležtės man nuo gerklės, užpuolikas priplojo mane prie lauko tualeto sienos ir išniro priešais. Vos patikėjau savo akimis: anaiptol ne vienas vyrų iš baro. Tai buvo mergaitė. Vilkėjo paprastą baltą suknutę, o akys buvo rūsčios; veidas man pasirodė stebėtinai gražus, nors ji, regis, rimtai svarstė, ar nevertėtų praurbinti skylės mano trachėjoje.

– Kas tu toks? – sušnypštė ji.

– Aš... eee... aš amerikietis, – išmeknojau, nelabai supratęs, ką ji norėtų sužinoti. – Aš Džeikobas.

Ji tik dar smarkiau spustelėjo peilį man prie gerklės, ranka virpėjo. Atrodė išsigandusi, o tai reiškė – pavojinga.

– O ką tu darei tame name? – paklausė griežtai. – Kodėl mane vaikeisi?

– Aš tik norėjau su tavim pasikalbėti! Nežudyk manęs!

Ji nudelbė mane nedraugišku žvilgsniu.

– Pasikalbėti – apie ką?

– Apie vaikų namus... apie ten gyvenusius žmones.

– O kas tave čionai atsiuntė?

– Senelis. Abrahamas Portmanas.

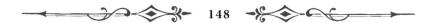

Jos apatinis žandikaulis smuktelėjo žemyn.

– Melas! – suriko ji, akys tvykstelėjo. – Manai, nežinau, kas tu toks? Aš ne vakar gimusi! Atsimerk plačiau – leisk pasižiūrėti tau į akis!

– Žiūrėk sau!

Kaip išmanydamas išsproginau akis. Pasistiebusi ant pirštų galiukų ji įsispitrijo į jas, o paskui treptelėjo koja ir užriko:

– Ne, parodyk *tikrąsias* akis! Šitomis klastotėmis manęs neapmausi, kaip ir kvailais melais apie Abę!

– Nieko aš nemeluoju, tai iš tikrųjų mano akys! – Ji taip stipriai spaudė man gerklę, kad darėsi sunku kvėpuoti. Laimė, peilis buvo gerokai atšipęs, antraip tikrai būtų man įpjovusi. – Klausyk, kad ir kuo tu mane laikai, aš – ne tas! – sugargiau. – Galiu įrodyti!

Jos ranka vos vos atsileido.

– Tada įrodyk – arba palaistysiu žolę tavo krauju!

– Turiu kai ką – štai čia, – kyštelėjau ranką į striukės užantį.

Ji driuoktelėjo atatupsta, riktelėjo man nejudėti ir iškėlė peilį taip, kad ašmenų smaigalys dabar virpčiojo man ties pat tarpuakiu.

– Tai tiktai laiškas! Aprimk!

Ji vėl nuleido peilį man prie gerklės, ir aš, lėtai ištraukęs iš po striukės panelės Peregrinės laišką su nuotrauka, ištiesiau jai.

– Laiškas – viena iš priežasčių, atvijusių mane čionai. Jį man atidavė senelis. Laiškas nuo Paukščio. Juk šitaip vadinot savo direktorę, tiesa?

– Tai dar nieko neįrodo! – pareiškė ji, dorai nė nedirstelėjusi į laišką. – Ir iš kur tu, po galais, tiek daug apie mus žinai?

– Juk jau sakiau: mano senelis...

Ji išplėšė laišką man iš rankos.

– Nustok pliurpti, nebenoriu girdėti nė žodžio!

Regis, būsiu liestelėjęs kokį nuogą nervą. Mergaitė valandėlei nutilo sudirgusi – apie tai aiškiai bylojo jos veidas; galėjai pamanyti:

svarsto, kaip, įgyvendinus grasinimus, reikės atsikratyti mano kūno. Vis dėlto apsispręsti nespėjo – iš skersgatvio galo atsklido riksmai.

Grįžtelėję abu išvydome vyrus iš baro, jie grumėjo artyn, ginkluoti mediniais vėzdais ir žemės ūkio padargais.

– Ką šitai reiškia? Ko prisidirbai?

– Tu – ne vienintelė, įsigeidusi mane nužudyti!

Ji atitraukė peilį man nuo gerklės, bet dabar nusitaikė į šoną ir sugriebė už apykaklės.

– Tu – mano belaisvis. Daryk, kas pasakyta, arba pasigailėsi!

Nė nebandžiau ginčytis. Nesiėmiau spėlioti, ar man gali baigtis geriau atsidūrus šitos pusiausvyrą praradusios mergiotės rankose, nei pakliuvus į nagus kuokomis mosuojančių girtuoklių gaujai, bet iš mergiotės, vyliausi, galbūt dar pavyks išpešti vieną kitą atsakymą. Ji stumtelėjo mane, ir mudu nuskuodėme šoniniu skersgatviu. Nepasiekus jo galo, mergaitė metėsi į vieną pusę, drauge tempdama ir mane: abu pranėrėme pro plazdančius, ant virvės išdžiaustytus skalbinius ir, peršokę vištų aptvaro vielą, atsidūrėme nedidelio trobesio kieme.

– Čionai! – sukuždėjo ji ir skubiai apsidairiusi, ar niekas mūsų nepastebėjo, įstūmė mane pro duris į ankštą lūšną, prašvinkusią durpių dūmais.

Viduje nebuvo nė gyvos dvasios, išskyrus seną šunį, snūduriuojantį ant lovos. Praplėšęs vieną akį jis dirstelėjo į mus, matyt, nutarė, kad mes neverti jo dėmesio, ir vėl įmigo. Mudu šokome tiesiai prie lango, žvelgiančio į gatvę, ir prisiplojome prie sienos greta jo. Stovėjome ištempę ausis; mergaitė nepaleido mano alkūnės, o peilio smaigalys kuteno man šoną.

Praslinko minutė. Vyrų balsai, atrodė, nutolo, paskui vėl suskambo garsiau, sunku buvo įspėti, kur persekiotojai yra iš tikrųjų. Mano žvilgsnis klydinėjo po kambarėlį. Netgi Kairnholmui viskas čia at-

rodė pernelyg jau kaimiška. Kampe riogsojo rietuvė rankomis pintų krepšių. Storu, šiurkščiu audiniu aptrauktas krėslas stovėjo prie milžiniškos geležinės vyriklės, kūrenamos anglimis. Ant priešingos sienos kabojo kalendorius; tiesa, prietemoje iš savo vietos negalėjau įžiūrėti datos, bet, vien dirstelėjus į jį, galvoje įsižiebė keista mintis.

– Kelinti dabar metai? Mergaitė paliepė man užsikišti.

– Rimtai klausiu, – sukuždėjau.

Valandėlę ji keistai žvelgė į mane.

– Nenutuokiu, ką čia mėgini trinti, bet eik ir pažiūrėk pats, – tai tarusi, stumtelėjo mane kalendoriaus linkui.

Viršutinę lapo pusę užėmė nespalvota nuotrauka, atogrąžų paplūdimio scena: į objektyvą šypsojosi prisirpusios merginos su įspūdingo ilgio kirpčiukais ir iš pažiūros senoviniais maudymosi kostiumais. Virš užlanko atspausdinta: 1940 m. rugsėjis. Pirmoji ir antroji mėnesio dienos – išbrauktos.

Pajutau po visą kūną sklindantį tirpulį. Galvoje prašmėžavo visos tą dieną matytos keistenybės: staigus ir netikėtas oro pasikeitimas, sala, kurią maniau jau pažįstąs, bet dabar apgyventa visiškai svetimų žmonių, be to, dar ir tai, kaip viskas aplinkui atrodo senoviška, nors patys daiktai – gana nauji. Visa tai kalendorius ant sienos puikiausiai paaiškino.

1940-ųjų rugsėjo trečioji. Bet – *kaip?*

Ir tada prisiminiau kai ką iš paskutiniųjų senelio žodžių. *Kitapus senio kapo.* Šios frazės man iki šiol taip ir nepavyko perprasti. Vienu metu maniau, kad jis galbūt kalbėjo apie šmėklas – kadangi visi jo čia pažinoti vaikai jau mirę, man teksią atsidurti kitapus kapo, kad juos surasčiau – bet tokia nuoroda pernelyg poetiška. Senelis buvo žmogus gana sausas ir proziškas, ne iš tų, kurie žarstosi metaforomis ar miglotomis užuominomis. Jo nuorodas reikėjo suprasti tiesmukai,

jam tiktai neužteko laiko jų paaiškinti. „Senis" – dabar tiktai sumojau, kad tai turėtų būti tasai pats „Senutis" – šitaip vietiniai vadino pelkėse aptiktą vaikino kūną, o jo kapas buvo akmenų piramidė. Šįryt aš įžengiau į ją, o laukan išėjau kažkur kitur – į 1940-ųjų rugsėjo trečiąją.

Visa tai spėjau sugalvoti per tą akimirksnį, kol kambarys apvirto lubomis žemyn, grindys išslydo iš po kojų, ir aš nugrimzdau į pulsuojančią aksominę juodumą.

* * *

Atsipeikėjau supančiotomis, prie geležinės viryklės pririštomis rankomis. Mergaitė nervingai žingsniavo pirmyn atgal ir, kaip man pasirodė, jaudriai šnekėjosi pati su savimi. Prasimerkiau tik vos vos ir pastačiau ausis.

– Jis tikrai yra padaras, kitaip negali būti, – sakė ji. – Dėl kokios kitos priežasties būtų šniukštinėjęs apie namą lyg koks plėšikas?

– Net nenutuokiu, – atsakė jai kažkas kitas. – Bet, atrodo, jis ir pats nežino. – Taigi, vadinasi, ji visgi šnekasi ne pati su savimi, nors aš iš savo vietos prabilusio vaikino nemačiau. – Sakai, jis net nesusigaudė esąs kilpoje?

– Pats pažiūrėk, – ji mostelėjo mano pusėn. – Ar gali įsivaizduoti, kad bet koks artimas Abės giminaitis šitaip nieko nenurauktų?

– O tu gali įsivaizduoti, kad padaras šitaip nieko nenurauktų? – atitarė vaikinas. Aš nepastebimai pasukau galvą ir apžvelgiau kambarį, bet taip ir neišvydau, kas čia šneka.

– Padaras sugebėtų *apsimesti*, tai galiu įsivaizduoti, – atkirto mergaitė.

Šuo, jau pabudęs, atiturseno prie manęs ir suskato laižyti veidą. Kietai užmerkęs akis kurį laiką dar mėginau nekreipti dėmesio, bet

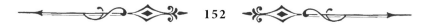

tos maudynės liežuviu buvo tokios seilėtos ir nemalonios, jog ilgai netvėriau: teko atsisėsti vien tam, kad išsigelbėčiau.

– Nagi, tik pažiūrėkite, kas pabudo! – mergiotė pliaukštelėjo delnais, neva sveikindama mane suplojo katučių. – Tai bent spektaklį suskėlei! Ypač man patiko alpimo scena. Nė kiek neabejoju, kad teatras prarado puikų aktorių, kai nutarei verčiau atsidėti žudymui ir kanibalizmui.

Prasižiojau ginti savo nekaltumo, bet balsas užstrigo gerklėje – pastebėjau manęs link tiesiog oru plaukiantį puodelį.

– Atsigerk vandens, – tarė vaikinas. – Negalime leisti, kad pakratytum kojas anksčiau, nei nusivesime tave pas direktorę, ar ne?

Man pasirodė, kad jo balsas sklinda iš tyro oro. Siekiau puodelio, bet mažuoju pirštu užkliudęs nematomą ranką vos neišmečiau jo žemėn.

– Jis ne itin vikrus, – įvertino vaikinas.

– Tu nematomas! – atsakiau jam kaip paskutinis kvailys.

– Tai jau taip. Milardas Nalingas – jūsų paslaugoms.

– Nesakyk jam savo vardo! – suspiegė mergaitė.

– O tai – Ema, – lyg niekur nieko tęsė jis. – Ji, kaip tikriausiai pats pastebėjai, šiek tiek linkusi į paranoją.

Ema nutvilkė jį žvilgsniu – ar veikiau tą tuštumos sklypelį, kur jis, mano nuomone, turėjo būti, – bet nieko nebesakė. Puodelis šokčiojo mano rankoje. Kliūvančiu liežuviu buvau bepradedąs dar kartą aiškintis, bet man sutrukdė tūžmingi balsai už lango.

– Cit! – sušnypštė Ema. Milardo žingsniai nušlepsėjo prie lango, užuolaidos per plyšelį prasiskyrė.

– Kas dedasi? – paklausė Ema.

– Jie šukuoja namus, – atsakė jis. – Nebegalime ilgai čia gaišuoti.

– Bet išeiti iš čia irgi nelabai galime!

– Manau, tikriausiai galime, – nesutiko jis. – Vis dėlto tam, kad įsitikinčiau, reikėtų užmesti akį į knygutę.

Kilstelėta užuolaida vėl nusileido į vietą, ir netrukus pastebėjau, kaip nuo stalo pakilo nedidelė užrašų knygutė odiniais viršeliais ir atsivertė, pakibusi ore. Niūniuodamas sau po nosimi Milardas sklaidė puslapius. Po minutės knygelė pokštelėdama užsivėrė.

– Taip ir maniau! – paskelbė vaikinas. – Reikia palaukti dar kokią minutę – ir galėsime išeiti tiesiog pro paradines duris.

– Gal išprotėjai? – pasišiaušė Ema. – Tie prisisprogėliai užnižusiais nagais visi kaip vienas prisistatys su savo kuokomis!

– Neprisistatys – jei atsitiks kas nors, kas sudomins juos gerokai labiau nei mes, – atsakė Milardas. – Užtikrinu: kita tokia proga per artimiausias valandas nepasitaikys.

Jie atrišo mane nuo viryklės ir nusitempė prie durų, ten visi ir sutūpėme laukti. Ir iš tiesų – iš lauko atsklido triukšmas, kaipmat užgožęs vyrų gerklojimą: variklių gausmas. Sprendžiant iš garso – bene kelių dešimčių variklių.

– Ak, Milardai! Nuostabu! – sušuko Ema.

Jis šnarpštelėjo.

– O tu vis sakydavai, kad mano tyrinėjimai – tik laiko švaistymas!

Ema sugniaužė durų rankeną ir grįžtelėjo į mane.

– Kibkis man į parankę. Nemėgink bėgti. Elkis lyg niekur nieko. – Ji paslėpė peilį, bet užtikrino mane: jeigu aš pamėginsiąs sprukti, išvysiąs jį dar vieną, paskutinį kartą – prieš pat jam susmingant į mano kūną.

– Iš kur man žinoti, kad, šiaip ar taip, manęs neparėši?

Ji kokią akimirką svarstė.

– Iš niekur.

Ir pastūmė duris.

*   *   *

Gatvėje mindžikavo visa minia: ne tik vyrai iš baro, kuriuos kaipmat pastebėjau susibūrusius vos už poros namų, bet ir niūriaveidžiai krautuvininkai, ir moterys, ir vadeliotojai; visi metė visus savo darbus ir, stypsodami vidury gatvės, atkraginę galvas žvelgė į dangų. Padangėje, ne taip ir aukštai virš galvos, tobula rikiuote skrido riaumojančių nacių naikintuvų eskadrilė. Tokių lėktuvų nuotraukų buvau matęs Martino muziejuje – ekspozicija vadinosi „Kairnholmo apsiaustis". Kaip keista turėtų būti, galvojau aš, kai vieną lyg ir ničniekuo neypatingą popietę tave staiga užkloja priešo mirties mašinų šešėlis, ir tada bet kurią akimirką iš dangaus gali pasipilti ugnies liūtis.

Kaip įmanydami nerūpestingiau perėjome į kitą gatvės pusę. Ema, įsikibusi man į parankę, pirštais taip įsikirto į alkūnę, kad nevertėjo nė mėginti spurdėti. Beveik spėjome pasiekti skersgatvį kitoje pusėje, bet kažkas mus galiausiai pastebėjo. Išgirdau riksmą, ir grįžtelėję pamatėme vyrus, jau skubančius mums įkandin.

Pasipustėme padus. Skersgatvis buvo siauras, abipus jo rikiavosi arklidės. Įveikus maždaug pusę, išgirdau Milardo balsą:

– Atsilieku – bent pakišiu jiems koją. Susitinkame už smuklės lygiai po penkių su puse minutės!

Jo žingsniai nutolo mums už nugarų, o kai pasiekėme skersgatvio galą, Ema mane sulaikė. Išvydome virvagalį: šis išsivyniojo ir nusidriekė skersai žvyruotą kelią maždaug čiurnų aukštyje. Įsitempė kaip tik tą akimirksnį, kai prie jo atgrumėjo mūsų persekiotojai – šie sėkmingai tėškėsi veidu į purvyną, akimoju virsdami chaotiška mostaguojančių galūnių krūva. Ema linksmai spygtelėjo, o aš bemaž galėjau prisiekti išgirdęs Milardo juoką.

Mudu nubėgome toliau. Nenumaniau, kodėl Ema sutiko laukti Milardo prie „Kunigų skylės" – smuklė nuo mūsų buvo uosto, ne vaikų namų pusėn. Bet lygiai taip pat negalėjau paaiškinti, kokiu būdu Milardas minutės tikslumu žinojo, kada laukti lėktuvų antskrydžio, o klausti net nesivarginau. Dar labiau sutrikau, kai Ema, užuot sėlinusi prie baro iš užpakalinės pusės – tuomet dar galėtume viltis likti nepastebėti – įstūmė mane vidun tiesiog pro paradines duris.

Viduje, be barmeno, nebuvo nė gyvos dvasios. Nusisukau, slėpdamas veidą.

– Barmene! – šūktelėjo Ema. – Kada atsuki savo čiaupą? Aš ištroškusi kaip kokia perdžiūvusi undinė!

Jis nusijuokė.

– Ne tokis čia paprotys, kad jaunas mergeles girdyčiau!

– Dėl to verčiau nekvaršink sau galvos! – ji delnu pliaukštelėjo per barą. – Šliūkštelėk man keturgubą geriausio viskio, tiesiai iš statinės. Tik ne to vandeniu skiesto myžaliuko, kuriuo paprastai girdai lankytojus!

Jau buvau bepamanąs, kad ji paprasčiausiai kvailioja ar, turėčiau sakyti, traukia aną per dantį, siekdama nušluostyti nosį Milardui dėl to jo triuko su nepastebimai ištempta per kelią virve.

Barmenas pasilenkė per barą arčiau jos.

– Ak tai rimto gėralo ištroškai, ne šiaip kokio skystalo, a? – gašliai issiviepė. – Tik žiūrėk, neišpliurpk mamai ir tėtei, o tai šventikas su konstebliu abudu prikirps man uodegą! – Jis išsitraukė butelį kažkokio tamsaus, grėsmingai atrodančio skysčio ir prikliukino pilną stiklą. – O tavo draugelis ko pageidautų, a? Ar jau pritvojęs kaip dūmas?

Apsimečiau, kad mane kažkuo itin sudomino židinys.

– Drovulis, ką? – neatlyžo barmenas. – Iš kur jį traukei?

– Pats sako esąs iš ateities, – atsakė Ema. – Mano nuomone – jis tiesiog trenktas kaip devynios katės maiše.

Barmeno veide pasirodė kažkokia keista išraiška.

– Jis sako – ką? – pasitikslino. Ir su tais žodžiais veikiausiai atpažino mane, mat surikęs dunkstelėjo į vietą viskio butelį ir jau buvo bešliaužiąs mano pusėn.

Susiruošiau raityti kulnus, tačiau barmenas net nespėjo išsirangyti iš už baro, mat Ema apvertė sklidiną stiklą, ištaškydama rudą skystį į visas puses. O paskui padarė kai ką neįtikėtino. Ištiesė ranką delnu žemyn virš sulaistyto baro, ir po akimirkos iš jo šoktelėjo geros pėdos aukščio liepsnų siena.

Barmenas sustaugė ir šoko rankšluosčiu tvatyti ugnies.

– Čionai, belaisvi! – paragino Ema ir, įsikibusi už parankės, nusitempė mane prie židinio. – O dabar pagelbėk! Mėginsime atkelti!

Ji parklupo ir įbruko pirštus į grindų plyšį. Aš įkišau greta savuosius, ir bendromis pastangomis mudu pakėlėme dangtį grindyse, atidengdami maždaug mano pečių pločio duobę – štai ir kunigų skylė.

Patalpą tvindė dūmai, smuklininkas vis dar grūmėsi su liepsnomis, tad mudu netrukdomi vienas po kito smukome į duobę ir išnykome iš akių.

Kunigų skylė buvo iš tiesų skylė, gal keturių pėdų gylio, o iš jos vedė urvas, kuriuo galėjai šliaužti ropomis. Tamsa čia tvyrojo juodut juodutėlė, bet, nespėjus man nė mirktelėti, ją praskiedė neryškus oranžinis švytėjimas. Emos ranka atstojo fakelą – mažytis liepsnos kamuoliukas, regis, tiesiog plūduriavo ore beveik liesdamas jos delną. Užsižiopsojau į jį, staiga užmiršęs visa kita pasaulyje.

– Judinkis! – ji bakstelėjo man. – Ten, priekyje, yra durelės.

Nusirabždinau pirmyn, bet urvas netrukus baigėsi aklina siena. Ema prasibrovė pro mane, klestelėjo žemėn ir abiem kulnais iš visų jėgų spyrė į sieną. Ši išvirto, vidun plūstelėjo dienos šviesa.

– Aha, štai ir jūs, – išgirdau Milardo balsą, vos išropojome į skersgatvį. – Neatsispyrei pagundai surengti spektaklį, ką?

– Nesuprantu, apie ką čia šneki, – atkirto Ema, nors plika akimi buvo matyti, kokia ji patenkinta savimi.

Milardas nusivedė mus prie vežimo su pakinkytu arkliu – galėjai pamanyti, kad vežimas tamtyč mūsų ir laukė. Įsiropštėme į jį, sulindome po brezentu. Bemaž tą pat akimirksnį kažkoks žmogus užšoko ant pasostės, pliaukštelėjo vadelėmis, ir mes kresčiodami nulingavome pirmyn.

Gerą valandėlę važiavome tylomis. Aplinkos garsai keitėsi, buvo aišku, kad išdardėjome iš miestelio.

Sukrapštęs drąsą ryžausi paklausti:

– O kaip tu sužinojai apie tą vežimą? Ir apie lėktuvus? Tu koks aiškiaregys, ar ką?

Ema prunkštelėjo:

– Vargu.

– Paprastai: visa tai atsitiko ir vakar, – atsakė Milardas. – Ir užvakar. Argi ne taip pat būna ir tavo kilpoje?

– Mano... kur?

– Jis – anei iš jokios kilpos, – pritildžiusi balsą pareiškė Ema. – Vis kalu tau į galvą: jis – prakeiktas padaras.

– Nemanau. Padaras niekad nebūtų pakliuvęs tau į nagus gyvas.

– Aišku tau? – sukuždėjau aš. – Aš – visai ne tas, kas ten toks, kur sakei. Aš Džeikobas.

– Tai mes dar išsiaiškinsime. O dabar verčiau nutilk.

Ištiesusi ranką ji atitraukė brezento kraštelį, atidengdama žydrą viršum mūsų slenkančio dangaus juostelę.

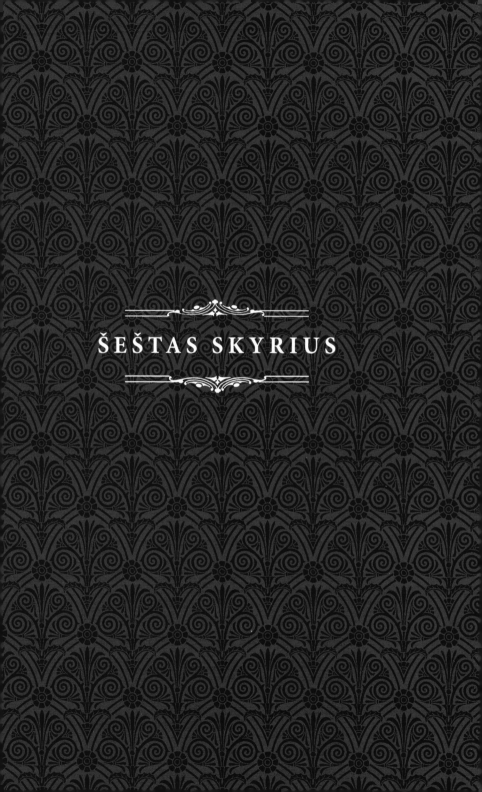

ŠEŠTAS SKYRIUS

*K*ai paskutinieji miestelio namai dingo už nugarų, mes patyliukais išsprūdome iš vežimo ir pėsčiomis ėmėme kopti į kalvagūbrį miško kryptimi. Ema žingsniavo šalia manęs iš vienos pusės, tyli, niauriai susimąsčiusi, nė akimirkai nepaleisdama mano alkūnės, o iš kitos – Milardas, niūniuodamas sau po nosimi, spardydamas akmenukus. Aš tuo pat metu buvau ir visiškai suglumęs, ir siaubingai nervinausi, ir netvėriau jauduliu. Man atrodė, kad tuojau šit įvyks kažkas neapsakomai reikšminga. Bet lygiai taip pat rodėsi, kad tuojau pabusiu iš šito karščiuojančių smegenų sapno, o gal streso sukeltos psichozės ar dar kaip tai pavadinsi, – pabusiu nosimi įsmigęs į savo paties seilių balą, susitelkusią ant stalo „Smart Aid" poilsio kambaryje, ir pamanysiu: *Nagi, o tai buvo išties keista*, – ir tada vėl sėkmingai būsiu tas pats, kas ir buvęs, senasis nuoboda aš.

Tačiau kaip nepabudau, taip nepabudau. Nesustodami žingsniavome pirmyn: mergaitė, gebanti rankomis įžiebti ugnį, nematomas vaikinas ir aš. Ėjome per mišką, taku, tokiu plačiu ir aiškiu kaip bet kuris kokio nacionalinio parko keliukas, o paskui išnirome į erdvią laukymę, nusėtą gėlių žiedais, ruožuotą daržo lysvėmis. Pasiekėme vaikų namus.

Apstulbęs žiūrėjau į tą namą, tik ne todėl, kad būtų buvęs šiurpus, o, priešingai, todėl, kad buvo labai gražus. Jokios atsilupusios

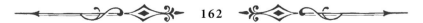

skiedros, nė vienas langas neišdužęs. Bokšteliai ir kaminai, kiek siekė mano atmintis, aptrupėję ir suzmekę, dabar, kupini pasitikėjimo savimi, stiebėsi į dangų. Miškas, sakytum rijęs namo sienas, dabar stūksojo pagarbiu atstumu nuo jo. Grįstu takučiu buvau nuvestas iki neseniai nudažytų verandos laiptelių. Ema, regis, jau nebelaikė manęs kažkuo itin grėsmingu kaip anksčiau, bet, prieš žengdama pro duris vidun, vis dėlto surišo rankas man už nugaros – įtariu, vien dėl akių. Tikriausiai jai patiko įsivaizduoti esant medžiotoja, grįžtančia iš sėkmingos medžioklės su laimikiu – manimi. Ji buvo besivedanti mane tiesiai į vidų, bet Milardas ją sulaikė.

– Jo batai apskretę purvais, – perspėjo. – Negalime leisti, kad šitaip pripėduotų. Paukštis nualptų pamačiusi.

Abu laukė, kol nusiausiu batus; nusimoviau ir kojines, mat šios irgi buvo tokios pat dumblinos. Milardo patarimu atsiraitojau ir džinsus, kad nesivilktų žeme, tada Ema, netekusi kantrybės, stvėrė mane ir įsitempė pro duris vidun.

Traukėme koridoriumi, kurį prisiminiau bemaž nepraeinamai užgrūstą baldų nuolaužomis, pro laiptus, dabar – nepriekaištingai nublizgintus, o pro turėklų statinius šmėžavo veidai, į mane dirsčiojo smalsios akys. Pasiekėme valgomąjį – nubyrėjusio tinko sniegas buvo ištirpęs, užtat stovėjo ilgas medinis stalas, aplink jį rikiavosi kėdės. Namas buvo tas pats, kurį tyrinėjau, tik dabar čia buvo atkurta derama tvarka. Ten, kur prisiminiau išsklidusias žalėsio dėmes, sienos dabar buvo apklijuotos tapetais, apkaltos plokštėmis, švietė smagiomis spalvomis. Vazose primerkta gėlių. Suzmekusios pūvančios medienos ir skarmalų kaugės atvirtusios į sofas ir krėslus, o pro aukštus langus, buvusius tokius purvinus, kad man pasirodė kaip uždažyti, sruvo platūs saulės šviesos pluoštai.

Galiausiai atsidūrėme nedideliame kambarėlyje priešingoje namo pusėje.

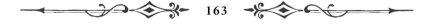

– Laikyk jį, kol aš pranešiu direktorei, – paliepė Ema Milardui, ir aš pajutau jo pirštus, sugniaužiančius man alkūnę. Bet, vos mergaitei išėjus, jie atsitraukė.

– Nebijai, kad surysiu tavo smegenis ar dar ką panašaus iškrėsiu? – paklausiau jo.

– Nelabai.

Nusigręžiau į langą – žvelgiau laukan ir negalėjau atsistebėti. Kieme knibždėte knibždėjo vaikų, ir beveik visus juos atpažinau iš anų pageltusių nuotraukų. Keletas jų tiesiog tinginiavo medžių paunksnėje, kiti mėtėsi kamuoliu ar lakstė tarp gėlių lysvių, trykštančių spalvomis. Tai buvo kaip tik tas rojus, apie kurį pasakodavo senelis. Užkerėta sala, stebuklingi vaikai. Jeigu tai iš tikrųjų sapnas, man visiškai nebesinorėjo pabusti. Bent jau – ne artimiausiu metu.

Kažkuris iš žalioje vejoje siaučiančių vaikų pernelyg stipriai spyrė kamuolį – šis nuskriejo į apkarpytą, gyvūno formą įgijusį krūmą ir įstrigo tarp šakų. Tokių figūrinių krūmų rikiavosi visa eilė – fantastiškos būtybės, aukštumo sulig namu, stovėjo sargyboje, sergėdamos nuo bet kokių atėjūnų iš miško; buvo čia ir sparnuotas grifas, ir piestu stojantis kentauras, ir undinė. Pora paauglių berniukų nubėgo prie kentauro papėdės gelbėti kamuolio, jiems iš paskos nusekė mažėlesnė mergaitė. Atpažinau „sklandančią mergaitę" iš senelio nuotraukos, tik dabar ji neplūduriavo ore. Žengė lėtai, tarsi kiekvienam žingsniui reikėtų didžiulių pastangų – galėjai pamanyti, kad prie žemės ją slegia kažkokia papildoma traukos jėga.

Atėjusi prie berniukų ji iškėlė rankas, o tie jai ant juosmens užnėrė virvinę kilpą. Tada ji atsargiai išsispyrė iš batelių – ir švystelėjo į orą lyg koks balionas. Reginys buvo kvapą gniaužiantis. Mergaitė kilo tol, kol įsitempė virvė, ir pakibo per geras dešimt pėdų nuo žemės, abiejų berniukų prilaikoma.

Ji kažką jiems pasakė, ir šie neskubėdami ėmė leisti virvę per rankas. Mergaitė lėtai kilo aukštyn palei kentauro šoną, o atsidūrusi sulig krūtine sukišo rankas tarp šakų siekdama kamuolio, bet šis buvo įsmukęs pernelyg giliai į tankmę. Ji dirstelėjo apačion ir papurtė galvą; berniukai, traukdami virvę, nuleido ją žemyn. Mergaitė vėl apsiavė batelius su svarmenimis, tik tada išsinėrė iš kilpos.

– Mėgaujiesi spektakliu? – paklausė Milardas. Aš tylomis linktelėjau. – Esama ir gerokai paprastesnių būdų iškrapštyti kamuolį, – pridūrė jis. – Bet jie žino turintys žiūrovų.

Dabar prie kentauro prisiartino kita mergaitė. Veikiau – jau mergina, ūgtelėjusi paauglė, pažiūrėti tikra laukinukė, jos plaukų kaltūnas jau buvo savaime bevirstąs virvelėmis sušiaušta šukuosena. Ji pasilenkė, įsikibo ilgos, lapotos krūmo uodegos, apsivijo ją apie ranką, o paskui užsimerkė, sakytum stengdamasi susitelkti. Dar po akimirkos išvydau krustelint kentauro ranką. Žiūrėjau pro lango stiklą, akis įbedęs į tą žalumos lopinėlį, dar tikindamas save, kad šakeles veikiausiai bus sujudinęs vėjas, bet netrukus kentauras pagniaužė pirštus, tarsi atslūgstant tirpuliui. Žado netekęs stebėjau, kaip didžiulė kentauro ranka susilenkia per alkūnę: jis susibruko plaštaką sau į krūtinę, ištraukė kamuolį ir numetė džiugiai krykštaujantiems vaikams. Žaidimas tuojau pat atsinaujino, mergaitė su plaukų kupeta paleido kentauro uodegą, ir šis vėl sustingo.

Nuo Milardo kvėpsnio aprasojo langas – visai šalia manęs. Vis dar neatitokęs atsigręžiau į jį.

– Nenorėčiau, kad nuskambėtų nemandagiai, – ištariau, – bet kas jūs, vyručiai, tokie?

– Mes – ypatingieji, – sprendžiant iš balso, mano klausimas jį kiek suglumino. – O tu – ne?

– Nežinau. Kažin.

– Kaip apmaudu.

– Kodėl jį paleidai? – mums už nugarų griežtai paklausė balsas, ir atsigręžęs išvydau tarpduryje išdygusią Emą. – Ak, tiek jau to, – ji priėjo prie manęs ir sugriebė už virvės. – Eime. Direktorė priims tave dabar pat.

* * *

Vėl nužingsniavome per visą namą, ir vėl – stebimi smalsių akių, žvilgčiojančių pro vos pravertų durų plyšius ar iš už sofų, kol pasiekėme saulėtą svetainę – čia krėsle aukšta atkalte, stovinčiame ant prašmatnaus persiško kilimo, sėdėjo garbios išvaizdos dama ir mezgė. Apsirengusi nuo galvos iki kojų buvo juodai, viršugalvyje pūpsojo smeigtukais sudaigstytas tobulos formos plaukų kuodelis, rankos apmautos nėriniuotomis pirštinėmis, palaidinė aukšta apykakle užsagstyta iki pat kaklo – pedantiškai tvarkinga iki panagių, kaip ir pats namas. Būčiau įspėjęs, kas ji tokia, net jei ir nebūčiau matęs jos nuotraukos tarp kitų, išbyrėjusių iš suskaldyto lagamino. Tai buvo panelė Peregrinė.

Ema nuvedė mane ant kilimo ir krenkštelėjo; ritmingas panelės Peregrinės virbalų dzingsėjimas kaipmat nutilo.

– Laba diena, – pasisveikino dama kilstelėjusi akis. – Tu, reikia manyti, Džeikobas.

Ema taip ir išpūtė akis.

– Iš kur jūs žinote jo...

– Aš – vaikų namų direktorė Peregrinė, – prisistatė ji, nutildžiusi Emą piršto krustelėjimu. – Bet tu, kadangi nesi šiuo metu mano globotinis, gali, jei nori, vadinti mane panele Peregrine. Malonu galų gale su tavimi susipažinti.

Panelė Peregrinė atkišo pirštinėtą ranką mano pusėn – ir, kadangi niekaip negalėjau jos paspausti, pastebėjo, kad aš surištas.

– Panele Blum! – suriko. – Ką dar šitai reiškia? Ar galima taip elgtis su svečiu? Tučtuojau jį išlaisvink!

– Bet, direktore! Jis čia kažko šniukštinėjo, jis šnipelis, melagis ir dar nežinau kas! – Nudelbusi mane nepatikliu žvilgsniu, Ema kažką sukuždėjo panelei Peregrinei į ausį.

– Na jau, panele Blum! – panelė Peregrinė netikėtai griausmingai nusijuokė. – Tauškalai gryniausi! Jei šis vaikinas būtų padaras, tu jau dabar troškintumeis jo sriubos katile. Aišku, kad jis – Abrahamo Portmano vaikaitis. Tu tik pažvelk į jį!

Man akmuo nuo širdies nusirito: galbūt man vis dėlto nereikės nieko aiškinti? Ji laukė manęs pasirodant!

Ema jau buvo besižiojanti prieštarauti, bet panelė Peregrinė užčiaupė ją nutvilkusi žvilgsniu.

– Gerai jau, gerai, – Ema atsiduso. – Tik paskui nesakykite, kad neperspėjau. – Ji pakrapštė mazgą ir virvė nukrito žemėn.

– Tikiuosi, atleisi panelei Blum, – tarė panelė Peregrinė, kol aš tryniausi nutirpusius riešus. – Jos polinkis į dramatizmą niekam nekelia abejonių.

– Jau ir pats pastebėjau.

Ema suraukė nosį.

– Jeigu jis iš tikrųjų yra tas, kas sakosi yrąs, kodėl tuomet ničnieko nenutuokia apie kilpas – netgi nežino, kuriuose metuose atsidūręs? Nagi, paklauskite jo!

– Kas sakosi *esąs*, o ne *yrąs*, – pataisė ją panelė Peregrinė. – O jeigu aš ką nors ir klausinėsiu, tai tave pačią, rytoj popiet – apie taisyklingą dalyvių vartojimą!

Ema suaimanavo.

– O dabar, jei neprieštarausi, – tęsė panelė Peregrinė, – mums su ponaičiu Portmanu reikėtų persimesti keliais žodžiais vienudviem. Mergaitė žinojo, kad ginčytis beviltiška. Atsiduso ir nusliūkino prie durų, bet prieš išeidama dar sykį grįžtelėjo per petį ir pažvelgė į mane. Dabar jos veide įžvelgiau tai, ko nebuvau matęs anksčiau: susirūpinimą.

– Ir tu taip pat, ponaiti Nalingsai! – paragino panelė Peregrinė. – Mandagūs asmenys nesiklauso svetimų pokalbių!

– Aš tiktai lūkuriavau norėdamas paklausti, ar nenorėtumėte arbatos, – atsiliepė Milardas – man pasirodė, kad jis iš tų, kurie nepraleidžia progos įsiteikti.

– Ačiū, nenorėsime, – trumpai atsakė panelė Peregrinė. Išgirdau, kaip grindimis nušlepsėjo basos jo kojos, o paskui trinktelėjo užsidarydamos durys.

– Pasiūlyčiau tau atsisėsti, – tarė panelė Peregrinė, mostelėdama į minkštą krėslą greta manęs, – bet tu, regis, visas išsivoliojęs purvyne.

Aš susipratau įsitaisyti ant grindų, klūpomis, prisėdęs kulnus – jaučiausi tarsi koks piligrimas, atvykęs pas visažinį orakulą melsti patarimo.

– Saloje tu jau kelios dienos, – pasakė panelė Peregrinė. – Ko taip ilgai delsei, kol prisiruošei mus aplankyti?

– Aš nežinojau, kad jūs vis dar čia, – pasiteisinau. – O kaip jūs sužinojote, kad *aš* čia?

– Stebėjau tave. Tu, beje, irgi mane matei, nors tikriausiai pats to nesupratai. Aplankiau tave kitu pavidalu. – Ji kilstelėjo ranką prie galvos, išsitraukė iš plaukų ilgą pilką plunksną. – Įgijus paukščio pavidalą, stebėti žmones nepalyginti patogiau, – paaiškino.

Man atkaro apatinis žandikaulis.

– Tai šįryt mano kambaryje buvote jūs? – šūktelėjau. – Tasai vanagas?

– Sakalas, – pataisė ji. – Savaime aišku, sakalas keleivis – *Falco peregrinus.*

– Vadinasi, tai tiesa! – išsprūdo man. – Jūs iš tikrųjų *esate* Paukštis!

– Šią pravardę aš pakenčiu, bet neskatinu ja piktnaudžiauti, – atsakė ji. – O dabar – mano klausimas, – panelė Peregrinė kalbėjo toliau. – Ko tu ieškojai tuose slegiančiuose namų griuvėsiuose?

– Jūsų, – atsakiau, ir ji vos vos kilstelėjo antakius. – Nenumaniau, kaip jus surasti. Aš tiktai vakar sužinojau, kad visi jūs... – užsikirtau sumojęs, kaip keistai nuskambės tolesni mano žodžiai. – Nesusigaudžiau, kad jūs visi mirę...

Jos lūpose šmėkštelėjo šypsena.

– Kad tave bala. Negi senelis *ničnieko* nepasakojo tau apie savo senuosius draugus?

– Kai ką pasakojo. Bet aš ilgai maniau, kad tai tik pasakėlės.

– Suprantu, – tarė ji.

– Tikiuosi, neužgavau jūsų taip sakydamas.

– Nebent šiek tiek keista, tik tiek. Bet mes patys iš esmės ir siekiame, kad apie mus galvotų kaip tik šitaip, tai padeda išvengti kai

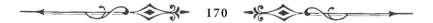

kurių nepageidaujamų lankytojų. Šiais laikais vis mažiau ir mažiau atsiranda tokių, kurie išvis tikėtų tokiais dalykais – fėjomis, goblinais ir panašiais niekais, – tad paprasti žmoneliai nė nebesineria iš kailio, mėgindami mus iššniukštinėti. O šitai gerokai palengvina mums gyvenimą. Neprastai pasitarnauja ir vaiduoklių istorijos bei seni, šiurpą keliantys namai – ką gi, akivaizdu, ne tavo atveju. – Ji nusišypsojo. – Matyt, širdies narsa jūsų šeimoje perduodama iš kartos į kartą.

– Taip, turbūt... – nervingai nusijuokiau aš, nors iš tikrųjų baiminausi, kad bet kurią akimirką galiu nualpti.

– Šiaip ar taip, kalbant apie *šituos* namus... – ji plačiai mostelėjo ranka, – būdamas vaikas manei, kad tavo senelis viską, kaip įprasta sakyti, laužia iš piršto? Kad meluoja net nerausdamas. Taip?

– Na, gal ne visai *meluoja*, bet...

– Paisto, kabina makaronus ant ausų, skiedžia niekus – vadink kaip nori. O kada supratai, kad Abrahamas vis dėlto sakė tiesą?

– Na... – nutęsiau, įbedęs akis į kilime išaustą persipynusių ornamentų labirintą, – ko gero, dabar jau pradėjau suprasti.

Panelė Peregrinė, dar ką tik tokia gyva ir susijaudinusi, šiek tiek apsiblausė.

– Taip, aišku.

Ir staiga jos veidas visai apniuko, tarsi trumputės tarp mūsų tvyrojusios tylos jai būtų pakakę užjusti baisią tiesą, kurią turėjau pranešti. O man teks susigraibyti žodžių tam išsakyti.

– Manau, jis ketino viską paaiškinti, – tariau. – Bet jis laukė per ilgai. Tad atsiuntė mane čionai susirasti jūsų. – Ištraukiau iš striukės užančio sumaigytą laišką. – Jūsų rašytas. Jis ir atvedė mane čionai.

Ji kruopščiai išlygino laišką pasidėjusi ant krėslo ranktūrio, paskui pakėlė prie akių ir ėmė krutinti lūpas skaitydama.

– Labai jau nerangu, gali sakyti, tiesiai maldauju jo atsiliepti! – Ji palingavo galvą, akimirką pasidavusi ilgesiui. – Mes visi kraustėmės

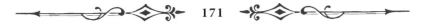

iš galvos, laukdami kokių nors žinių apie Abę. Kartą paklausiau jo, ar jis tikrai norėtų, kad nusigaluočiau iš nerimo – jis taip atkakliai veržėsi gyventi išorėje. Kartais būdavo toks pasiutusiai užsispyręs! Ji perlenkė laišką, įdėjo atgal į voką; man pasirodė, tarytum viršum jos būtų praslinkęs juodas debesis.

– Jo nebėra, ar ne?

Aš linktelėjau. Kliuvinėjančiu liežuviu papasakojau, kas atsitiko, – tai yra išklojau istoriją, kuri galiausiai pasirodė įtikimiausia policijai ir kuria, po baisybės psichoterapijos seansų, įtikėjau aš pats. Kad nepravirkčiau, smulkmenų vengiau, paminėjau tik esminius dalykus: jis gyvenęs priemiestyje, buvo užslinkusi sausra, tad miške slankiojo gaujos perbadėjusių žvėrių, o senelis atsidūręs netinkamoje vietoje netinkamu metu.

– Nevalia buvo leisti jam gyventi vienam, – pridūriau. – Bet, kaip jūs ir sakėte, jis buvo pasiutusiai užsispyręs.

– Šito aš ir baiminausi, – tarė ji. – Įspėjau, kad niekur kojos nekeltų iš čia. – Ji abiem kumščiais sugniaužė ant kelių gulinčius virbalus, lyg svarstydama, ką jais nusmeigti. – O paskui dar priverčia vargšą savo vaikaitį atvežti šią kraupią žinią mums!

Jos pyktį puikiausiai galėjau suprasti. Pats tai išgyvenau. Bandžiau guosti ją iš atminties berdamas tas pusiau tiesas, kurias regzdavo mano tėvai ir daktaras Golanas praėjusį rudenį, kai nugrimzdavau į juodžiausią neviltį.

– Jam jau buvo atėjęs metas. Buvo labai vienišas. Senelė – mirusi prieš daugelį metų, o ir jo protas jau silpo. Nuolat tai šį, tai tą užmiršdavo ar supainiodavo. Dėl to ir į mišką tada išklydo...

Panelė Peregrinė linktelėjo:

– Jis leido sau pasenti.

– Tam tikra prasme jam net pasisekė. Tai neužsitęsė pernelyg ilgai. Nereikėjo mėnesių mėnesius gulėti ligoninėje, prijungtam prie visokių aparatų... – Tai, žinoma, buvo absurdas – senelis anaiptol dar neturėjo mirti, ir dar tokia pasibaisėtina mirtimi – bet, manau, šitaip pasakius mes abu pasijutome gerėliau.

Panelė Peregrinė padėjo mezginį į šalį ir nuklibikščiavo prie lango. Ėjo susikausčiusi, šlubčiodama, lyg viena jos koja būtų trumpesnė už kitą.

Ji pažvelgė į kiemą, į žaidžiančius vaikus.

– Vaikai neturi apie tai sužinoti, – tarė. – Bent jau kol kas. Tik susikrimstų.

– Gerai. Kaip pasakysite.

Valandėlę ji pastovėjo prie lango, jos pečiai krūpčiojo. Tačiau kai vėl atsigręžė į mane, buvo suėmusi save į nagą ir nusiteikusi labai dalykiškai.

– Ką gi, ponaiti Portmanai, – tarė gyvai. – Tu, man regis, jau deramai iškvostas. Reikia manyti, ir pats norėtum ko nors paklausti.

– Tik kokio tūkstančio dalykų.

Ji išsitraukė iš kišenės laikrodį, dirstelėjo į jį.

– Dar turime valandėlę laiko iki vakarienės. Tikiuosi, pakaks tau apšviesti.

Panelė Peregrinė staiga nutilo ir pakreipė galvą. O paskui pripuolusi prie durų jas atlapojo – ir aptiko Emą, prilipusią prie jų iš kitos pusės, įraudusiu, ašarų takeliais ruožuotu veidu. Ji girdėjo viską.

– Panele Blum! Slapčia klauseisi?

Ema ne be vargo atsistojo ir balsu sukūkčiojo.

– Mandagūs asmenys niekada nesiklauso pokalbių, skirtų ne... – Bet Ema nebelaukė, tekina pasileido tolyn, tad panelė Peregrinė tik atsiduso, taip ir nebaigusi sakinio. – Tai nesėkmė. Reikia pripažinti, kad ji gana jautriai reaguoja į viską, kas susiję su tavo seneliu.

– Pastebėjau, – atsakiau. – O kodėl? Ar jie?..

– Išvykdamas iš čia į karą Abrahamas su savimi išsinešė visų mūsų širdis, bet panelės Blum – ypač. Taip, jiedu žavėjosi vienas kitu, dūsavo vienas dėl kito, buvo kits kitą įsižiūrėję.

Tik dabar pradėjau suprasti, kodėl Ema taip atkakliai nenorėjo manimi tikėti: jeigu aš tikrai sakąs tiesą, tai, reikia manyti, reiškia, kad atvykau pranešti prastų žinių apie senelį. Panelė Peregrinė pliaukštelėjo delnais, šitaip tarytum suardydama kerus.

– Ką gi, – ištarė, – nieko nebepakeisi.

Nusekiau paskui ją iš kambario prie laiptų. Panelė Peregrinė kopė aukštyn kupina niauraus ryžto, abiem rankomis įsikibusi turėklo, vis prisitraukdama, ant kiekvienos pakopos užlipdama abiem kojomis – pagalbos ji kategoriškai atsisakė. Kai pagaliau pasiekėme laiptų aikštelę, ji nusivedė mane koridoriumi į biblioteką. Patalpa dabar priminė kuo tikriausią mokyklos klasę: eile išrikiuoti suolai, lenta viename kampe, knygos anaiptol neapdulkėjusios, tvarkingai išrikiuotos lentynose. Panelė Peregrinė mostelėjo į suolą ir ištarė:

– Sėskis.

Šiaip ne taip įsigrūdau į ankštą suolą. O ji įsitaisė savo vietoje klasės priekyje, veidu į mane.

– Gal leistum pirmiausia keliais žodžiais supažindinti tave su svarbiausiais dalykais? Manau, kad tuo pačiu atsakysiu ir į daugelį tavo klausimų.

– Gerai.

– Žmonių padermės sudėtis – kur kas įvairesnė, nei įtaria daugelis pačių žmonių, – ėmėsi dėstyti ji. – Tikroji *Homo sapiens* sistematika yra paslaptis, žinoma vos keletui, kurių vienas nuo šiolei būsi ir tu. Pirminis skirstymas gana paprastas – žmoniją sudaro dvi dalys: viena jų – *coerlfloc*, kitaip tariant, paprasčiausi žmonės, jų yra

174

didžioji dauguma, o kita, slaptoji atšaka – *crypto sapiens*, jei nori gali sakyti ir taip – garbinga mano protėvių kalba vadinami *syndrigast*, arba „ypatingos sielos". Kaip tu, be jokios abejonės, jau įspėjai, mes čionai esame pastarosios atšakos atstovai.

Pamaksėjau galva tarytum supratęs, nors jau spėjau visiškai susipainioti. Norėdamas kiek sulėtinti tempą, uždaviau klausimą:

– O kodėl kiti žmonės nieko apie jus nežino? Ar jūs – vieninteliai tokie?

– Ypatingųjų aptiktum visame pasaulyje, – atsakė ji. – Tiesa, toli gražu nebe taip gausiai, kaip kadaise. O tie, kurie sugebėjo išlikti, slapstosi – taip pat, kaip ir mes. – Jos balsas pritilo, kalbėjo ji apgailestaudama. – Buvo tokie laikai, kai galėjome atvirai rodytis tarp paprastų žmonių. Kai kuriuose pasaulio kampeliuose mus laikydavo šamanais ar mistikais, kreipdavosi patarimo bėdai prispaudus. Viena kita kultūra iki pat šiol išsaugojo harmoningus santykius su mūsų paderme, bet tiktai ten, kur nepavyko įkelti kojos nei modernumui, nei kuriai nors iš pagrindinių religijų, tarkim, juodosios magijos Ambrimo sala Naujuosiuose Hebriduose. Tačiau platusis pasaulis mus puldinėti ėmė jau seniai. Musulmonai mus išgujo. Krikščionys mus degindavo kaip raganas. Net Velso bei Airijos pagonys ilgainiui nutarė, kad mes – piktavalės pasakų būtybės ir pavidalus keičiančios šmėklos.

– Tai kodėl jūs ne... na, nežinau... kodėl neįsikūrėte kur nors atskirai... kokioje nors savoje šalyje? Kur galėtumėte gyventi nuošaliai nuo visų, niekieno nekliudomi?

– Ne taip jau viskas paprasta, – pasakė ji. – Ypatingųjų pasitaiko toli gražu ne kiekvienoje kartoje: būna – kas antroje, o būna – ir kas dešimtoje. Ypatingi vaikai anaiptol nebūtinai gimsta ypatingų tėvų šeimose – tai netgi reta. O ypatingi tėvai anaiptol ne visada, netgi retai kada, susilaukia ypatingų vaikų. Ar gali įsivaizduoti, kaip pa-

saulyje, paniškai bijančiame kitokių, šitai būtų pavojinga visai ypatingųjų padermei?

– Dėl to, kad normalūs tėvai pakrauptų, jei jų vaikas netikėtai imtų, tarkime, svaidytis ugnimi?

– Kaip tik taip, ponaiti Portmanai. Normalių tėvų ypatingi vaikai dažnai lieka atstumti, būna skriaudžiami pačiais baisiausiais būdais. Ne tiek jau daug šimtmečių praslinko nuo anų laikų, kai ypatingųjų vaikų tėvai tikėdavo, kad „tikruosius" jų sūnus ar dukteris pagrobusios laumės, o vietoj jų pakišusios pakeistinukus – užkerėtus, piktavalius, reikia pasakyti, ir visiškai pramanytus, tik atrodančius lygiai taip pat. Tamsybių laikais tatai prilygo leidimui pamesti tokį vaiką likimo valiai ar išvis nužudyti.

– Siaubinga.

– Dar ir kaip. Trūks plyš reikėjo ko nors griebtis, tad aš, o ir kiti tokie kaip aš, sukūrėme uždarų vietelių, kuriose jauni ypatingieji galėtų gyventi atskirti nuo paprastų žmonių – tiek erdvėje, tiek laike izoliuotos teritorijos, tokios kaip štai ši, kuria aš nepaprastai didžiuojuos.

– Kiti – tokie kaip jūs?

– Mes, ypatingieji, esame apdovanoti gebėjimais, kokių paprasti žmonės neturi ir kurių deriniai bei įvairovė tokie pat begaliniai, kaip kitų – odos pigmento ar veido bruožų. Bet čia reikėtų pridurti: kai kurie talentai pasitaiko dažnai, tarkime, gebėjimas skaityti mintis, o kai kurie kiti – retenybė, pavyzdžiui, toks kaip manasis – manipuliuoti laiku.

– Laiku? O aš maniau, kad jūs sugebate pasiversti paukščiu!

– Žinoma, ir kaip tik tai lemia mano gebėjimą. Manipuliuoti laiku gali tik paukščiai. Taigi, kiekvienas laiko tvarkytojas privalo sugebėti įgyt paukščio pavidalą.

Ji pasakė visa tai taip paprastai ir dalykiškai, kad man prireikė valandėlės sugromuliuoti, ką išgirdęs.

– Paukščiai yra... keliautojai laiku? – pats pajutau, kaip mano veide tįsta kvaila šypsena.

Panelė Peregrinė rimtai linktelėjo.

– Vis dėlto dauguma šokteli pirmyn ar atgal tik retkarčiais, atsitiktinai. Mus, gebančiuosius sąmoningai manipuliuoti laiko laukais – ir ne tik persikelti patiems, bet perkelti ir kitus, – vadina *ymbrines*. Mes sukuriame laiko kilpas, kuriose ypatingieji gali gyventi neribotai.

– Kilpas, – pakartojau aš, prisiminęs senelio priesaką: *Surask paukštį kilpoje*. – Ar kaip tik ši vieta ir yra – kilpa?

– Taip. Nors tau ji veikiausiai geriau žinoma kaip 1940-ųjų rugsėjo trečioji.

Palinkau viršum ankšto suolo arčiau jos.

– Ką norite pasakyti? Tik viena diena? Ir ji nuolat kartojasi?

– Taip, ji be paliovos vis pasikartoja, bet mes suvokiame tęstinumą. Kitaip nė nebeprisimintume pastarųjų... nagi, septyniasdešimties metų, pragyventų čia.

– Neįtikėtina, – išsprūdo man.

– Savaime suprantama, čia, Kairnholme, mes gyvenome ir iki 1940-ųjų rugsėjo trečiosios, kokį dešimtmetį, galbūt ilgiau – dėl salos palankios geografinės padėties puikiausiai fiziškai izoliuoti, tačiau kaip tik tą dieną mums prireikė ir izoliacijos laike.

– Kodėl?

– Todėl, kad kitaip visi būtume žuvę.

– Jus būtų užmušusi ta numesta bomba...

– Tai jau taip.

Įbedžiau žvilgsnį į suolo paviršių. Viskas ėmė dėliotis į savo vietas, nors vis dar sunkiai tilpo galvoj.

– Ar yra ir daugiau tokių kilpų kaip ši?

– Jų yra daug, – atsakė ji. – O beveik visos jas sergstinčios ymbrynės – mano draugės. Nagi, pažiūrėkime: panelė Ganet – arba paukštis padūkėlis – Airijoje, 1770-ųjų birželis; panelė Naitdžar – arba lėlys – Svonsis, 1901-ųjų balandžio trečioji; panelės Avocetė ir Banting – avocetė ir starta – Derbišyre, abi drauge, 1867-ųjų šventojo Svituno, Vinčesterio vyskupo, dieną... birželio penkioliktąją; panelė Trikriper, miškinis liputis... jau tiksliai nebeprisimenu kur. Ak taip, ir dar mieloji panelė Finč, kikilis. Kažkur turiu labai gražią jos nuotrauką.

Panelė Peregrinė nugriozdino nuo lentynos įspūdingo dydžio nuotraukų albumą ir dunkstelėjo jį ant suolo priešais mane. Palinkusi man per petį ėmė versti standžius lapus, ieškodama konkrečios nuotraukos, bet vis padelsdama ir prie kitų, o balse buvo justi svajingas ilgesys. Žvelgdamas į šmėžuojančias prieš akis nuotraukas, daugelį atpažinau: mačiau pažirusias iš suskaldyto lagamino rūsyje, senelio cigarų dėžutėje. Panelė Peregrinė buvo susirinkusi jas visas. Keista ir pagalvoti: juk tas pačias nuotraukas ji prieš šitiek metų rodė ir mano seneliui, kai jis buvo mano amžiaus – galbūt šitoje pačioje patalpoje, prie šito paties suolo, – o dabar štai rodo ir man, lyg būčiau kažkaip įžengęs į jo praeitį.

Galiausiai ji atvertė puslapį su reikiama nuotrauka: pažiūrėti trapi, kone perregima moteris su apvalainu paukščiuku, tupinčiu jai ant rankos, – ir pasakė:

– Tai panelė Finč, kikilis, ir jos tetulė, irgi panelė Finč.

Man pasirodė, kad moteris su paukščiuku bendrauja.

– O kaip jūs jas atskirdavote? – paklausiau.

– Vyresnioji panelė Finč beveik visąlaik ir būdavo kikilis. Tiesą sakant – anoks ir skirtumas. Ne kažin kokia buvo pašnekovė.

Panelė Peregrinė pervertė dar keletą lapų ir šįsyk stabtelėjo prie grupinio portreto: moteris ir keli vaikai, susispietę apie popierinį mėnulį, veiduose – nė vienos šypsenos.

– Ak taip! Vos neužmiršau šitos... – Ji ištraukė nuotrauką iš albumo voko, pagarbiai paėmė į rankas. – Dama štai čia, priekyje – tai panelė Avocetė. Ji iš visų mūsų, ypatingųjų, bene tauriausio kraujo. Ištisus penkiasdešimt metų jai buvo siūlomos ymbrynių tarybos pirmininkės pareigos, bet ji taip ir nesutiko atsisveikinti su darbu akademijoje, kurią įkūrė abi su panele Banting ir kurioje abi dėstė. Šiandien neaptiksi nė vienos ymbrynės, vertos savo sparnų, kurios vienu ar kitu metu nebūtų mokiusi panelė Avocetė – viena iš jų esu ir aš! Jeigu pažvelgtum itin įdėmiai, galbūt net atpažintum štai tą mergaičiukę su akiniais.

Įsižiūrėjau net prisimerkęs. Veidas, kurį ji rodė, buvo tamsus, neryškus.

– Tai jūs?

– Aš buvau viena jauniausiųjų iš visų, kuriuos panelė Avocetė kada nors priglaudė po savo sparnu, – pareiškė ji išdidžiai.

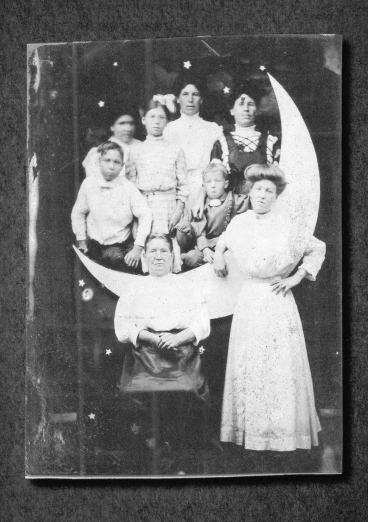

– O tie berniukai nuotraukoje? – paklausiau. – Atrodo netgi jaunesni už jus.

Panelės Peregrinės veidas apniuko.

– Kalbi apie mano suklaidintus broliukus. Užuot mus atskyrę, brolius jie pasiuntė į akademiją kartu su manimi. Išpaikinti buvo kaip du princiukai, abu. Drįstu tvirtinti, kaip tik dėl to ir nušleivojo kreivomis vėžėmis.

– Jie nebuvo ymbrynai?

– Oi ne! – pasipiktino ji. – Ymbrynės būna tiktai moterys – ir ačiū Aukščiausiajam už tai! Vyrai pernelyg lengvapėdžiai, jiems stinga rimtumo, būtino norint užsikrauti šitokią atsakomybę. Mes, ymbrynės, privalome išnaršyti kraštą, surankioti pagalbos reikalingus ypatinguosius vaikus, laikytis atokiau nuo visų tų, kurie mielai mums pakenktų, rūpintis, kad mūsų globotiniai būtų pamaitinti, aprengti, paslėpti, ir dar persiimtų mūsų padermės išmintimi. Tarsi negana būtų viso šito, dar turime užtikrinti, kad mūsų kilpos kasdien būtų nustatytos iš naujo – panašiai kaip prisukame laikrodį.

– O kas atsitiktų to nepadarius?

Ji kilstelėjo virpančią ranką prie kaktos ir atšlijo, vaizduodama apimtą siaubo.

– Katastrofa, kataklizmas, baisi nelaimė! Nenoriu net pagalvoti apie tai. Laimė, mechanizmas kilpai prisukti yra visai paprastas: tereikia kaskart iš naujo į ją įžengti. Tam, kad ji išliktų tampri. Suprask, įėjimo angą galima palyginti su duobute tešloje: jei protarpiais nepagilinsi jos pirštu, ji veikiausiai greitai išvis užsitrauks. Taigi, jeigu į kilpą niekas neįeina ir niekas iš jos neišeina – jeigu nesukuriamas vožtuvas nuleisti slėgiui, kuris neišvengiamai kaupiasi uždaroje laiko sistemoje... – Ji mostelėjo rankomis – *bum!* – lyg vaizduodama fejerverko pokštelėjimą. – Ką gi, tuomet visas darinys netenka stabilumo.

Ji vėl pasilenkė prie albumo, pasklaidė lapus.

– Jei jau prašnekome apie tai, man rodos, kažkur turėjau nuotrauką... a, štai ji. Įėjimo anga – pati tikriausia. – Ji ištraukė iš voko dar vieną nuotrauką. – Tai – panelė Finč ir viena jos globotinių prie įspūdingos angos į panelės Finč kilpą – įsirengė ją beveik nebenaudojamame Londono metro ruože. Kilpą prisukus, tunelį užtvindo nenusakomas švytėjimas. Mūsiškis, mano išmanymu, palyginti atrodo gana kukliai, – pridūrė ji gal vos vos pavydžiai.

– Aš tik norėčiau pasitikslinti, ar teisingai supratau... – ištariau. – Jei šiandien čia – 1940-ųjų rugsėjo trečioji, vadinasi, rytoj... vis tiek bus rugsėjo trečioji?

– Tiesą sakant, kelios valandos iš dvidešimt keturių kilpos trukmės valandų dar priklauso rugsėjo antrajai, bet iš esmės – taip, rugsėjo trečioji.

– Vadinasi, čia niekada neateina rytojus.

– Galima ir taip pasakyti.

Lauke nugrumėjo tarytum tolimas griaustinis, ir aptemęs langas sutirtėjo rėme. Panelė Peregrinė atsitiesė ir išsitraukė laikrodį.

– Deja, kol kas negaliu skirti tau daugiau laiko. Bet viliuosi, kad liksi vakarienės.

Patikinau mielai pavakarieniausiąs drauge; mintis, kad manęs gali pasigesti tėtis, šmėkštelėjo ir išnyko. Išsikepurnėjau iš suolo ir buvau bežengiąs paskui ją prie durų, bet staiga susizgribau kai ko nepaklausęs, nors tas klausimas jau seniai nedavė ramybės.

– Ar mano senelis atsidūrė čia iš tikrųjų bėgdamas nuo nacių?

– Taip, – patvirtino ji. – Nemaža vaikų pakliuvo pas mus per tuos kelerius siaubingus prieškario metus. Netrūko visokių suiručių, – jos balsas nuskambėjo skausmingai, lyg prisiminimai apie tai būtų dar visai švieži. – Abrahamą aptikau perkeltųjų asmenų stovykloje didžiojoje saloje. Buvo toks varganas, iškankintas berniukas, bet toks stiprus. Iš pirmo žvilgsnio supratau: mūsiškis.

Lengviau atsikvėpiau: bent jau toji senelio gyvenimo dalis buvo būtent tokia, kokią ir įsivaizdavau. Vis dėlto niežėjo liežuvį paklausti dar kai ko, tik nesumojau, kaip suformuluoti klausimą.

– Ar jis... mano senelis... ar jis buvo toks pat...

– Toks pat kaip mes?

Linktelėjau.

Ji keistai nusišypsojo.

– Jis buvo toks kaip tu, Džeikobai.

Tai tarusi apsisuko ir nuklibikščiavo laiptų link.

* * *

Panelė Peregrinė primygtinai pareikalavo, kad, prieš sėsdamas prie stalo, nusigremžčiau pelkių dumblą, ir paprašė Emos prileisti man vonią. Spėju, vylėsi, kad šnektelėjusi su manimi Ema pasijus gerėliau. Bet mergaitė net nedirstelėjo į mane. Mačiau, kaip ji prileido vonią šalto vandens, o paskui užkaitino jį plikomis rankomis – paprasčiausiai maišydama, kol ėmė kilti garas.

– Fantastika, – įvertinau. Bet ji išėjo taip ir neatsiliepusi nė žodžiu.

Gerai išmirkęs ir nudažęs vandenį vonioje sodriai ruda spalva, galiausiai nusišluosčiau ir aptikau ant durų pakabintus švarius drabužius: plačias kaip maišas tvido kelnes, susagstomus marškinius ir petnešas, kurios buvo man gerokai per trumpos, bet taip ir nesusigaudžiau, kaip jas pailginti. Tad rinktis liko iš dviejų variantų: vaikščioti su kelnėmis arba nusmukusiomis iki pat kulnų, arba užtemptomis kone iki ausų. Nutariau, kad pastarasis variantas – vis mažesnė iš dviejų blogybių, tad nulipau žemyn, kaip numaniau, keisčiausių pietų savo gyvenime, apsirengęs kaip klounas, tik be klouno grimo.

Pietūs virto svaiginančiu vardų ir veidų margumynu: daugelį jų miglotai prisiminiau iš nuotraukų ir kažin kada girdėtų senelio apibūdinimų. Vos man įžengus į valgomąjį, vaikai, kurie dar ką tik triukšmingai bruzdėjo, taisydamiesi prie stalo, ūmai sustingo ir sužiuro į mane. Iškart dingtelėjo mintis, kad svečių per pietus jie sulaukia nedažnai. Panelė Peregrinė, jau sėdinti stalo gale, pasinaudojo netikėtai stojusia tyla ir pristatė mane visiems.

– Tiems iš jūsų, kurie dar nepatyrėte džiaugsmo su juo susipažinti, – paskelbė ji, – mielai pranešu: tai – Abrahamo vaikaitis, Džeikobas. Jis – garbingas mūsų svečias, sukoręs labai tolimą kelią, kad mus aplankytų. Viliuosi, deramai jį priimsite.

Tai tarusi, ėmėsi rodyti kiekvieną, esantį kambaryje, ir pasakydavo jo ar jos vardą, bet dauguma vardų man kaipmat išrūko iš galvos – visada taip nutinka, kai smarkiai nervinuosi. Iškart po pristatymo pasipylė ištisa klausimų lavina, bet panelė Peregrinė pridengė mane pati atsakinėdama.

– Ar Džeikobas dabar liks su mumis?

– Kiek žinau – ne.

– O kurgi Abė?

– Abė Amerikoje, užsiėmęs.

– Kodėl Džeikobas su Viktoro kelnėmis?

– Viktorui jos nebereikalingos, o ponaičio Portmano drabužiai skalbiami.

– Ką Abė veikia Amerikoje?

Pastebėjau, kad sulig šiuo klausimu Ema, lig šiol piktai dėbsojusi iš kampo, pakilo nuo kėdės ir išdrožė iš kambario. Visi kiti, matyt, įpratę prie permainingų jos nuotaikų, nė nekreipė dėmesio.

– Nekvaršinkit galvos dėl to, ką Abė veikia, – mestelėjo panelė Peregrinė.

– O kada jis grįš?

– Dėl šito irgi nekvaršinkit galvos. O dabar – valgyt!

Visi subildino kėdes. Susiradęs vieną, lyg ir neužimtą, jau buvau besisėdąs, bet čia pat kažkas bakstelėjo šakute man į šlaunį.

– Atsiprašau! – šūktelėjo Milardas.

Bet panelė Peregrinė vis tiek atėmė iš jo šakutę, o patį išgujo apsirengti.

– Kiek sykių dar turėsiu kartoti, – suriko jam pavymui, – kad mandagūs žmonės nesėda pietauti nuogi!

Vaikai, tą dieną budėję virtuvėje, atnešė padėklus su maistu, visus – uždengtus blizgančiais sidabriniais dangčiais, tad nebuvo matyti, kas po jais yra. Vaikai suskato spėlioti, kas paruošta pietums, – variantų išgirdau pačių netikėčiausių.

– Velingtono ūdra! – sušuko vienas berniukas.

– Sūdyta katiena ir kirstuko kepenys! – nesutiko kitas, ir jaunesnieji vaikai vieningai sužiaukčiojo. Tačiau kai dangčiai galiausiai buvo nukelti, pasimatė valgiai, verti išties karališkos puotos: kepta žąsis – idealiai apskrudusi, rusvai auksinio atspalvio; visa lašiša ir visa menkė – apibarstytos šviežiais krapais, apdėtos citrinų griežinėliais ir gumulėliais akyse tęžtančio sviesto; dubuo šutintų midijų; pusdubeniai su keptomis daržovėmis; duonos kepalai – ką tik iš krosnies, dar dorai neatvėsę; o ką ir kalbėti apie drebučius bei įvairiausius padažus, kokių nebuvau net regėjęs, bet pažiūrėti atrodančius nepaprastai gardžius. Ir visos šios seilę drykinančios vaišės garavo ant stalo mirgančioje dujinių lempelių šviesoje, regis, viso pasaulio atstu nuo anų riebių, neaiškios kilmės troškinių, kuriais buvau priverstas misti „Kunigų skylėje“. Nuo pat pusryčių nebuvau nė kąsnio burnoje turėjęs, tad dabar kimšau už abiejų žandų.

Manęs lyg ir neturėjo labai stebinti tai, kad ypatingų vaikų ir valgymo įpročiai ypatingi, ir vis dėlto tarp kąsnių vogčia vis apsidairydavau po kambarį. Olivą – sklandančią mergaitę – reikėjo diržais pririšti prie kėdės, pritvirtintos prie grindų, kitaip būtų nusklendusi į palubę. Hjugas – tasai, kurio pilve gyveno bičių spiečius – valgė vienas prie staliuko kampe, apsisiautęs tinklu nuo uodų – kad vabzdžiai neapniktų mūsų visų. Klerė, dailutė kaip lėlė mergaitė su tvarkingai susuktomis auksinėmis garbanomis, sėdėjo greta panelės Peregrinės, bet neparagavo nė kąsnelio.

– Negi tu nealkana? – paklausiau jos.

– Klerė niekad nevalgo su visais, – neprašomas įsikišo Hjugas, jam iš burnos išsprūdo bitė. – Ji drovisi.

– Visai aš nesidroviu! – Ji taip ir nutvilkė jį žvilgsniu.

– Tikrai? Tai imk ir užvalgyk ko nors!

– Niekas *nesidrovi* to, kuo yra apdovanotas, – atkirto panelė Peregrinė. – Panelė Densmor tiesiog labiau mėgsta pietauti viena. Tiesa, panele Densmor?

Mergaitė įbedė akis į tuščią lėkštę priešais ją, akivaizdžiai trokšdama, kad nepageidaujamas dėmesys kuo greičiau išsivadėtų.

– Klerė turi užpakalinę burną, – paaiškino Milardas, sėdįs greta manęs, dabar jis vilkėjo švarką (ir nieko daugiau).

– Turi... ką?

– Nagi, parodyk jam! – paragino kažkuris. Netrukus jau visi, sėdintys prie stalo, suskato mygti Klerę ką nors suvalgyti. Galiausiai – vien tam, kad juos užčiauptų – ji taip ir padarė.

Jai į lėkštę tuojau buvo įdėta žąsies šlaunelė. Mergaitė atbula apsižergė kėdę, įsikibusi ranktūrių atsilošė ir pakaušiu siektelėjo lėkštės. Visiškai aiškiai išgirdau, kaip sučepsėjo, o kai vėl išsitiesė, plika akimi buvo matyti, koks didelis kąsnis išplėštas iš šlaunelės. Po auksinėmis garbanomis slėpėsi aštriadančiai nasrai. Dabar jau supratau, kodėl tokia keista buvo Klerės nuotrauka, matyta panelės Peregrinės albume, tikriau, kodėl jos buvo dvi: vienoje – dailutis mergaitės veidelis, o kitoje – pakaušis su vešliomis garbanomis, patikimai jį dengiančiomis.

Claire
has go
curl

Auksinės Klerės
garbanos

Klerė vėl atsisuko į stalą ir sunėrė rankas ant krūtinės, suirzusi, kam pasidavė spaudimui pademonstruoti, ką turinti, ir leidosi šitaip pažeminama. Ji nepratarė nė žodelio, o kiti tuo tarpu apipylė mane klausimais. Dar keletą – apie senelį – atmušė panelė Peregrinė, o paskui vaikai suskato kamantinėti apie kitus dalykus. Ypač juos domino, kaip atrodo dvidešimt pirmo amžiaus pasaulis ir gyvenimas jame.

– Papasakok, kokių yra sukurta skraidančių automobilių, – paprašė bemaž subrendęs vaikinas, vilkįs tamsų kostiumą – dėl šio atrodė panašus į laidotuvininko padėjėją.

– Jokių, – atsakiau. – Bent kol kas.

– Galbūt Mėnulyje jau pristatyta miestų? – viltingai paklausė kitas.

– Įsmeigėme ten vėliavą septintajame dešimtmetyje ir palikome keletą nuolaužų – tai maždaug ir viskas.

– Ar Britanija vis dar valdo pasaulį?

– Na... ne visai.

Jie, regis, nusivylė. Užjutusi palankią progą, panelė Peregrinė pasiskubino įsiterpti:

– Na, matote, vaikai? Ateitis iš tikrųjų ne tokia jau didinga. Senas geras čia ir dabar – iš tikrųjų ne taip jau blogai!

Nuojauta man pakuždėjo, kad tokią mintį ji bando diegti jiems dažnai, tik gal nelabai sėkmingai. Ir tai pakišo dar vieną mintį: o kiek laiko trunka tasai „senas geras čia ir dabar"?

– Gal galėčiau paklausti, kiek jums visiems metų? – ryžausi.

– Man – aštuoniasdešimt treji, – pareiškė Horacijus.

Oliva susijaudinusi pakėlė ranką.

– O man kitą savaitę sukaks septyniasdešimt penkeri su puse!

Nusistebėjau, kaip jiems pavyksta susigaudyti mėnesiuose ir metuose, jei visąlaik gyvena tą pačią dieną.

– O man šimtas septyniolika arba šimtas aštuoniolika, – tarė berniukas užgriuvusiais akių vokais, vardu Enochas. Atrodė ne daugiau nei trylikos. – Anksčiau gyvenau kitoje kilpoje, – paaiškino.

– Man – beveik aštuoniasdešimt septyneri, – pareiškė Milardas su pilna burna žąsies taukų – apkramtyta masė liulėjo nematomoje jo burnoje tiesiog visiems prieš nosį. Daugelis tik suaimanavo ir skubiai nusigręžė prisidengę akis.

Atėjo ir mano eilė. Man šešiolika, pasisakiau jiems. Pastebėjau, kaip bent keli vaikai išpūtė akis. Oliva net nusijuokė iš nuostabos. Jiems buvo keista, kad aš iš tikrųjų toks jaunas, savo ruožtu mane stebino, kokie jauni atrodė jie. Floridoje pažinojau į valias aštuoniasdešimtmečių, bet šie vaikai elgsena nė iš tolo jų nepriminė. Galėjai pamanyti, kad jų gyvenimo čia pastovumas, niekada nesikeičiančios dienos, amžina vasara, kurioje nėra mirties, pažabojo jų jausmus taip pat, kaip ir kūnus, užsklęsdama juos amžinos jaunystės kiaute – visai taip, kaip nutiko Piteriui Penui ir jo berniukams pamestinukams.

Lauke staiga driokstelėjo – jau antras griausmas šiandien, tik dar garsesnis, o ir arčiau, net sutarškėjo lėkštės ir stalo sidabras.

– Pasiskubinkite baigti valgyti! – balsiai paragino visus panelė Peregrinė, ir iškart po šių jos žodžių dar vienas smūgis supurtė namą, man už nugaros nuo sienos nubildėjo įrėmintas paveikslas.

– Kas gi tai? – žioptelėjau aš.

– Vėl tie prakeikti fricai! – suniurnėjo Oliva, trinktelėdama kumštuku į stalą – akivaizdžiai suaugusio ir gerokai suirzusio žmogaus judesys. O paskui kažką išgirdau, tarsi iš tolo atsklindantį švilpuko skardenimą, ir staiga sumojau, kas dedasi. Rugsėjo trečiosios naktis – 1940-ieji! Dar minutė kita – ir iš dangaus nukritusi bomba nuneš gerą dalį pastato. O švilpukas buvo visai ne švilpukas – sirena, perspėjanti apie antskrydį, pasiekianti mus nuo kalvagūbrio.

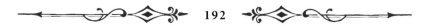

– Reikia nešdintis iš čia! – sušvokščiau jusdamas, kaip panika veržia gerklę. – Turime suskubti, kol bomba dar nenukrito ant galvos!

– Jis nežino! – sukikeno Oliva. – Mano, kad visi tuojau žūsime!

– Tai tiktai virsmas, – tarė Milardas, o jo švarkas gūžtelėjo pečiais. – Nesuk sau plaučių, nėra ko.

– Ir šitaip atsitinka kiekvieną naktį?

Panelė Peregrinė linktelėjo.

– Kiekvieną mielą naktį, – patvirtino. Bet man kažkodėl ramiau nepasidarė.

– Gal galėtume išeiti laukan ir parodyti Džeikobui? – paklausė Hjugas.

– Tikrai, gal galėtume? – ėmė melsti Klerė; geras dvidešimt minučių niūrojusi, dabar jau kunkuliavo entuziazmu. – Virsmas visada būna toks gražus!

Panelė Peregrinė nesutiko: vaikai dar nepabaigė valgyti, bet šie kaulijo tol, kol ji galiausiai nusileido.

– Gerai jau, tik turėsite užsidėti kaukes, – pasakė.

Vaikai pašoko nuo kėdžių ir tekini puolė iš kambario, palikdami vargšelę Olivą likimo valiai, bet pagaliau kažkuris susiprato grįžti atrišti jos nuo kėdės. Aš nukurnėjau paskui juos per visą namą iki medžio plokštėmis apmušto vestibiulio – ten visi kažin ką stvėrė iš spintelės, ir tik tada nėrė laukan. Panelė Peregrinė vieną tokį daiktą padavė ir man – valandėlę tiesiog stovėjau vartaliodamas jį rankose. Atrodė lyg koks subliūškęs juodos gumos veidas su didžiuliais stikliniais iliuminatoriais, primenančiais iš siaubo išsprogusias ir taip sustingusias akis, ir su nukarusiu šnipu, užsibaigiančiu skylėta dėžute.

– Nagi, – paragino panelė Peregrinė. – Užsidėk.

Pagaliau susigaudžiau, kas tai yra – dujokaukė.

Užsimaukšlinau ją ir nusekiau paskui panelę Peregrinę laukan, kur vaikai jau stoviniavo išsibarstę pievoje lyg šachmatų figūros ant

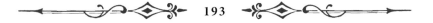

nesubraižytos langeliais lentos, neatpažįstami po kaukėmis – atkraginę galvas visi stebėjo besiritančius padange juodų dūmų tumulus. Pasimiglojusiuose toliuose liepsnojo medžių viršūnės. Lėktuvų nebuvo matyti, bet jų variklių griausmas, sklido, regis, iš visų pusių.

Protarpiais atgrumėdavo slopus sprogimo driokstelėjimas, atsiliepiantis man krūtinėje, lyg ten būtų sutvaksėjusi antra širdis, jam iš paskos plūstelėdavo tvilkančio karščio banga, tarsi kažkas tiesiog priešais mane būtų atidarinėjęs ir vėl uždarinėjęs orkaitę. Aš tūptelėdavau sulig kiekvienu sprogimu, bet kiti vaikai nė nemirktelėjo. Negana to, net uždainavo, ir dainos ritmas puikiausiai atitiko bombų griausmą.

Ak, triušeli, bėki bėk, bėk, triušeli, BĖK!
Šaulio šautuvas pykšt POKŠT, bėki paskubėk!
Be pyrago su triušiena gali jis apsieit šiandieną
Bėk, triušeli, bėk, bėki BĖK!

Vos dainai pasibaigus, dangų ėmė raižyti ryškūs trasuojančių kulkų pėdsakai. Vaikai pašėlo ploti, tarsi žiūrovai, ką tik išvydę įspūdingą fejerverką; šviesos tvyksniai atsispindėjo jų dujokaukėse. Šis naktinis antskrydis jiems buvo jau toks įprastas, kad nėmaž nebebaugino – po nuotrauka, kurią mačiau panelės Peregrinės albume, puikavosi netgi toks užrašas: „Mūsų gražusis fejerverkas". Reikia pripažinti – kad ir koks šiurpus tai buvo reginys, atrodė iš tiesų gražiai.

our beautiful display

Mūsų gražusis fejerverkas

Pradėjo lašnoti, tarytum visos tos lakstančios metalo skeveldros būtų praurbinusios skyles debesyse. Sprogimų drioksėjimas praretėjo. Atrodė, antskrydis baigiasi.

Vaikai ėmė skirstytis. Maniau, grįžta vidun, bet į duris jie nepasuko, patraukė į kitą kiemo pusę.

– Kur einame dabar? – paklausiau dviejų kaukėtųjų.

Jie neatsakė, bet, ko gero, užjutę mano nerimastį, draugiškai paėmė už abiejų rankų ir nusivedė drauge su visais. Apėjome namą iš kitos pusės ir sustojome prie kampo – čia augo milžiniškas figūrinis krūmas, aplink kurį visi ir susispietė. Šis įspūdingai apkarpytas augalas vaizdavo ne mitinę būtybę, kaip kiti, o žmogų, išsitiesusį žolėje: pasirėmęs viena ranka, antrąją jis buvo iškėlęs į dangų. Man prireikė valandėlės suvokti, kad tai – lapota Adomo iš Mikelandželo tapytos Sikso koplyčios freskos kopija. Turint omeny, kad figūra buvo suformuota iš krūmų, jos panašumas į originalą atrodė tiesiog pribloškiantis. Beveik galėjai įžiūrėti romią išraišką Adomo veide, kuriame vietoj akių žydėjo dvi gardenijos.

Atkreipiau dėmesį į netoliese stovinčią mergaitę išsitaršiusiais plaukais. Ji vilkėjo gėlėmis margintą suknelę, bet tokią sulopytą, kad atrodė beveik kaip pasiūta iš skiautinių antklodės. Priėjau prie jos, parodžiau į Adomą:

– Tavo darbas?

Mergaitė linktelėjo.

– Kaip tu tai darai?

Ji pasilenkė, ištiesė ranką viršum žolės. Po kelių akimirkų plaštakos formos žolės sklypelis sujudo, žolynai ėmė stiebtis ir netrukus jau siekė jos delną.

– Beprotiška, – leptelėjau aš. Regis, buvau apgailėtinai pristigęs iškalbos.

Kažkas šnypštelėjimu mane nutildė. Vaikai stovėjo tylėdami ir užvertę galvas visi žiūrėjo į tą patį dangaus sklypą. Atkraginau galvą ir aš, bet išvydau tik dūmų tumulus ir juose blyksinčius oranžinius liepsnos atšvaitus.

O paskui išgirdau vieno lėktuvo variklio riaumojimą, stelbiantį visus kitus. Jis grumėjo visai arti... ir dar labiau artėjo. Mane sukaustė panika. *Juk tai ta pati naktis, kai visi jie žuvo. Ne tik ta naktis – kaip tik tas akimirksnis.* Ar gali būti, lindo mintis, kad tie vaikai žūsta kiekvieną vakarą, o paskui, dėl kilpos, prisikelia iš mirusiųjų, lyg kokio bergždžio savižudžių kulto išpažintojai, pasmerkti ištisą amžinybę būti ištaškomi, paskui vėl sulipdomi, vėl ištaškomi, vėl sulipdomi?

Kažkas pilkas ir visai nedidelis perskrodė debesis ir nušvilpė žemyn – tiesiai į mus. Akmuo, dingtelėjo man. Bet akmenys krisdami nešvilpia.

Bėk, triušeli, bėk, bėki bėk. Būčiau ir pasipustęs padus, bet nebeliko laiko, visa, ką dar spėjau padaryti, tai suklykti ir parpulti ant žemės, mėgindamas kur nors užsiglausti. Tačiau užuoglaudos nebuvo jokios, tad tik prisiplojau prie žolės ir rankomis apsiglėbiau galvą, lyg taip būčiau galėjęs išsaugoti ją neatitrūkusią nuo kūno.

Sukandau dantis, užsimerkiau ir sulaikiau kvapą, bet kurtinančio sprogimo, kurį buvau pasiruošęs sutikti, taip ir neišgirdau, priešingai, stojo visiška, gūdi tyla. Išnyko variklių riaumojimas, nebešvilpė bombos, tolumoje nebepokšėjo šautuvai. Galėjai pamanyti, kad kažkas atėmė iš pasaulio bet kokius garsus.

Gal aš jau miręs?

Patraukiau rankas nuo galvos, lėtai atsigręžiau. Vėjo nulenktos medžių šakos buvo taip ir sustingusios. Dangus – nejudri liepsnų, laižančių debesų tumulo kraštą, nuotrauka. Nekrintantys lietaus lašai kybojo man prieš akis. O vidury vaikų rato, lyg kokio paslaptingo ritualo objektas, tiesiog ore kabojo bomba, žemyn nukreiptu smailiuoju galu ji, atrodė, remiasi į ištiestą Adomo pirštą.

O paskui, tarsi bežiūrint filmą tiesiog projektoriuje būtų užsiplieskusi juosta, siūbtelėjo kaitri, tobula baltuma ir prarijo viską.

* * *

Pirmiausia, ką išgirdau, kai mano ausis vėl pasiekė garsai, buvo juokas. Paskui baltuma išblėso, ir pamačiau, kad visi mes, kaip ir anksčiau, pulkeliu spiečiamės aplink Adomą, tik bomba pradingusi, naktis tyki, o vienintelis šviesos šaltinis giedrame danguje – mėnulio pilnatis. Priešais mane išdygo panelė Peregrinė, ištiesė ranką. Vis dar apdujęs įsikibau jos ir šiaip ne taip atsistojau.

– Maloniai prašyčiau man atleisti, – tarė ji. – Reikėjo geriau tave paruošti. – Vis dėlto jai taip ir nepavyko nuslėpti šypsenos, šypsenos švietė ir veiduose vaikų, nusiėmusių dujokaukes. Nė kiek neabejojau, kad nutylėjo jie tyčia – man tai buvo tarsi koks „krikštas".

Man svaigo galva, jaučiausi sudirgęs.

– Nakčiai man reikėtų grįžti namo, – pasakiau panelei Peregrinei. – Tėtis nerimaus. – O paskui skubomis paklausiau: – Juk aš *galiu* grįžti namo, tiesa?

– Žinoma, – užtikrino ji, o paskui garsiai paklausė visų, kas apsiimtų palydėti mane atgal prie piramidės. Mano nuostabai, savanore pasisiūlė Ema. Panelė Peregrinė, regis, liko patenkinta.

– Ar tikrai leisite jai mane lydėti? – kuždomis paklausiau vaikų namų direktorės. – Vos prieš kelias valandas ji dar kėsinosi perrėžti man gerklę.

– Panelė Blum – gal ir karštakošė, bet ji – viena patikimiausių mano globotinių, – pasakė panelė Peregrinė. – Be to, manau, judviem reikėtų apie šį tą pasišnekučiuoti atokiau nuo smalsių ausų.

Dar po penkių minučių mudu iškeliavome, tik šįsyk mano rankos nebebuvo surištos, o Ema nebebaksnojo peiliu man į stuburkaulį. Keli jaunesnieji vaikai palydėjo mus iki kiemo pakraščio. Jiems rūpėjo sužinoti, ar aš grįšiąs rytoj. Miglotai pažadėjau, nors iš tikrųjų man netilpo galvoj netgi tai, kas vyko tą pat akimirką, tad ką ir kalbėti apie rytojų.

Į miško glūdumą mudu įžengėme vieni. Kai namas dingo už nugarų, Ema ištiesė ranką delnu į viršų, sprigtelėjo riešą, ir virš pat jos pirštų tiesiog iš niekur radosi mažytis ugnies kamuoliukas. Mergaitė nešė jį ištiestoje priešais save rankoje, panašiai kaip padavėjas – padėklą, apšviesdama taką ir svaidydama mūsų šešėlius ant medžių kamienų.

– Kietai tu čia, aš apšalęs, – tarstelėjau – vien tam, kad sudrumsčiau tylą, kuri su kiekviena akimirka darėsi vis nesmagesnė.

– Nuo šito tikrai negalėjai apšalti, – atsakė ji, prikišdama ugnelę prie pat manęs – pajutęs tvilkantį karštį, net atšokau žingsnį atatupstas.

– Aš visai nenorėjau pasakyti... tai yra neatsistebiu, kad tu šitaip sugebi.

– Jeigu šnekėtum žmoniškai, gal tuomet tave ir suprasčiau, – atsikirto ji ir staiga sustojo.

Valandėlę taip ir stovėjome – gana saugiu atstumu vienas nuo kito.

– Tau nėra ko manęs bijoti, – pasakė ji.

– O, tikrai? O iš kur man žinoti, gal tu tebemanai, jog aš – koks nelabas baisuoklis, ir tiesiog sumetei būdą mums pasilikti vieniems, kad galėtum pribaigti?

– Nevaidink kvailio, – atrėžė ji. – Prisistatei čionai nieko nepranešęs, kažkoks svetimas nepažįstamasis, ir puolei manęs vaikytis kaip koks beprotis. Ką aš turėjau pamanyti?

– Gerai jau, aišku, – pasakiau toli gražu ne visai nuoširdžiai.

Ji panarino galvą ir ėmė batuko galu rausioti duobutę žemėje. Liepsnelė jos delne pakeitė spalvą: buvusi oranžinė nusidažė vėsiu indigo mėliu.

– Netiesą pasakiau. Atpažinau tave iš karto. – Ji pažvelgė į mane. – Tu toks panašus į jį.

– Esu jau tai girdėjęs ir iš kitų.

– Atleisk, kad prišnekėjau tokių bjaurių dalykų. Nenorėjau tavimi tikėti – nenorėjau patikėti, kad tu tikrai tas, kas sakaisi esąs. Žinojau, ką tai reikštų.

– Nieko tokio, – atsakiau. – Būdamas dar mažas aš taip troškau su visais jumis susipažinti. O dabar, kai tai pagaliau įvyko... – Palingavau galvą. – Labai gaila, kad ne dėl kokios kitos priežasties.

Staiga ji puolė prie manęs ir abiem rankomis apsivijo kaklą, liepsnelė delne užgeso akimirką anksčiau, nei ji palietė mane – delnas tebebuvo karštas. Valandėlę taip ir stovėjome tamsoje: aš ir šita senutė paauglė, gana daili mergaitė, mylėjusi mano senelį kadaise, kai jis buvo tokio amžiaus, kokio dabar esu aš. Neliko kas darą: pats apkabinau ją, ir netrukus, man regis, verkėme abu.

Paskui išgirdau, kaip ji įtraukė gerą oro gurkšnį, tada atšlijo nuo manęs. Delne vėl įsižiebė ugnies kamuoliukas.

– Atleisk, – pratarė ji. – Paprastai aš nebūnu tokia...

– Nusiramink, viskas gerai.

– Reikėtų eiti.

– Rodyk kelią, – paraginau ją.

Žingsniavome per mišką tylėdami, bet tyla nebeslėgė. Priėjus liūgynus, Ema perspėjo:

– Žiūrėk, kad žengtum tik ten pat, kur ir aš.

Taip ir dariau: stengiausi statyti koją tiksliai į jos paliktą pėdą. Tolumoje žalzganomis čiurkšlėmis pliūpčiojo pelkių dujos, sakytum antrindamos Emos švieselei.

Pasiekę piramidę smukome vidun: vienas paskui kitą nušliurinome iki patalpos jos gilumoje, o paskui atgal – į miglos apgaubtą pasaulį. Ema palydėjo mane iki tako, o tada sunėrė pirštus su manaisiais, spustelėjo man ranką. Valandėlę taip ir stovėjome tylomis, nekrustelėdami. O paskui ji apsisuko ir patraukė atgalios; rūkas prarijo ją taip greitai, kad akimirką net suabejojau, ar jos išvis būta.

* * *

Grįždamas į miestelį bemaž tikėjausi susidurti su gatvėmis dardančiais arklių traukiamais vežimais. Nieko panašaus: mane pasitiko generatorių ūžimas ir televizoriaus ekrano mirgėjimas dažname lange. Aš vėl buvau namie – ten, kur šiuo metu buvo mano namai.

Prie baro vėl šeimininkavo Kevas; man įėjus, jis sveikindamasis kilstelėjo bokalą mano pusėn. Nė vienas iš smuklėje mirkstančių vyrų nesikėsino griebti manęs už gerklės. Pasaulyje, regis, vėl viskas grįžo į savas vietas.

Užlipęs viršun, tėtį aptikau įmigusį prie staliuko, priešais nešiojamąjį kompiuterį. Man trinktelėjus durimis, jis krūptelėjo ir pabudo.

– Labas labukas! O tu vėlyvas! Bet ar tikrai vėlyvas? Kiek valandų?

– Nežinau, – atsakiau. – Bet, manau, dar nėra devynių. Generatoriai vis dar ūžia.

Jis pasirąžė, prasikrapštė akis.

– Ką šiandien nuveikei? Lyg ir laukiau tavęs pareinant vakarienės.

– Dar šiek tiek patyrinėjau senąjį namą, tik tiek.

– Aptikai ką nors verta dėmesio?

– Na... nelabai, – sumurmėjau tik dabar susizgribęs, kad veikiausiai derėjo sukurpti kokią įtikimesnę priedangą.

Jis keistai nužvelgė mane.

– O šituos iš kur gavai?

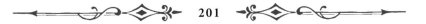

– Šituos – ką?

– Drabužius, – patikslino jis.

Nudelbęs akis į save ūmai sumojau, kad man visiškai išrūko iš galvos tos maišiškos tvido kelnės su petnešomis, kurias ir mūvėjau.

– Radau tame name, – leptelėjau, nes nebebuvo kada sumesti kokį nors ne tokį kreivą atsakymą. – Jėga, ką?

Tėtis susiraukė.

– Apsivilkai drabužius, kuriuos *radai*? Džeikai, tai nehigieniška. O kas ištiko tavo paties džinsus ir striukę?

Trūks plyš reikėjo kuo skubiausiai keisti temą.

– Išsipurvinau nežmoniškai, taigi, na... – Taip ir nepabaigiau sakinio, mat visut visą mano dėmesį staiga prikaustė dokumentas, kurį labai patogiai pastebėjau kompiuterio ekrane. – Oho – naujoji knyga? Ir kaip sekasi?

Jis pokštelėdamas užvožė nešiojamojo kompiuterio dangtį.

– Mano knyga dabar nesvarbu. Svarbiausia – tavo būklė ir terapijos procesas. Nemanau, kad ištisomis dienomis vienas šniukštinėdamas po tą seną namą darai kaip tik tai, ką turėjo omeny daktaras Golanas – tada, kai uždegė žalią šviesą šitai kelionei.

– Tai bent, ko gero, buvo rekordas, – pareiškiau aš.

– Ką?

– Ilgiausias laiko tarpas, per kurį nė žodžiu neužsiminei apie mano psichiatrą. – Dirstelėjau į riešą, apsimesdamas žiūrįs į laikrodį, kurio iš tikrųjų neturėjau. – Keturios dienos, penkios valandos ir dvidešimt šešios minutės. – Atsidūsėjau. – Gerai buvo. Bet baigėsi.

– Tasai žmogus nepaprastai tau padėjo, – pasakė tėtis. – Vienas Dievas težino, kokios būklės būtum dabar, jei mums nebūtų pasisekę rasti jo.

– Teisybė, tėti, daktaras Golanas tikrai man labai padėjo. Bet tai dar nereiškia, kad privalau įsileisti jį į kiekvieną savo gyvenimo kertelę. Turiu galvoj... dievulėliau! Būtų tas pat, jei judu su mama nupirktumėte man tokią apyrankę su užrašu: *O kaip pasielgtų Golanas?* Tada galėčiau užduoti sau tą klausimą kaskart prieš ką nors darydamas, tegul ir menkiausią smulkmeną. Tarkim, prispyrus reikalui. Kažin, kaip, daktaro Golano manymu, geriausia būtų kakoti? Taikyti labiau į skylės kraštą ar į vidurį? Koks būtų psichologiškai naudingiausias kakojimo būdas?

Tėtis kelias sekundes patylėjo, o kai galiausiai prabilo, balsas nuskambėjo slopiai ir gargždžiai. Pranešė man, kad, noriu to ar ne, bet rytoj aš eisiąs drauge su juo stebėti paukščių. Kai patikinau, kad šitaip tvirtindamas jis net labai klysta, tėtis atsistojo ir patraukė žemyn, į barą. Pamaniau – nuėjo išgerti ar dar ko, tad pats nėriau į kambarį persirengti savais drabužiais, bet po kelių minučių jis pabeldė į duris ir pakvietė prie telefono.

Pamaniau, kad skambina mama, tad sukandęs dantis nupėdinau paskui tėtį laiptais žemyn į telefono kabiną tolimajame baro kampe. Tėtis padavė ragelį man, o pats pasišalino ir atsisėdo prie staliuko. Aš užstūmiau kabinos duris.

– Klausau!

– Ką tik šnekėjausi su tavo tėčiu, – tarė vyriškas balsas. – Jis, regis, šiek tiek susikrimtęs.

Kalbėjau su daktaru Golanu.

Karštai troškau drėbti, kad jiedu abu su tėčiu gali sėkmingai susikišti visa tai į pasturgalius, bet gerai žinojau: šiomis aplinkybėmis verčiau elgtis taktiškai. Jeigu užknisiu daktarą Golaną dabar, mano viešnagei čia – galas. O išvykti kol kas niekaip negalėjau, nieku gyvu – juk atsivėrė tokios galimybės sužinoti daugiau apie ypatingus vaikus. Tad uoliai laikiausi man pasiūlytų žaidimo taisyklių: išaiškinau viską, ką nuveikiau ir dar ketinau veikti – praleidau tik vieną nereikšmingą detalę, vaikus laiko kilpoje – mėgindamas sudaryti įspūdį, esą baigiu

įsitikinti, jog nieko ypatinga neaptiksiu nei saloje, nei apie senelį. Tai buvo lyg koks psichoterapijos mini seansas telefonu.

– Tikiuosi, nepasakoji tyčia kaip tik to, ką ir norėčiau išgirsti, – tarė jis. Tai jau spėjo virsti būtina jo repertuaro fraze. – Galbūt man reikėtų atvažiuoti pačiam pasižiūrėti, kaip tu ten laikaisi? Tikrai neatsisakyčiau trupučiuką paatostogauti. Ką pasakysi?

Tebūnie tai tik pajuokauta, tylomis ėmiau melsti aš.

– Aš sveikas ir gerai jaučiuosi, – patikinau jį.

– Nusiramink, Džeikobai, nesakiau to rimtai, nors, Dievas mato, ištrūkti kelioms dienoms iš kabineto man tikrai būtų neprošal. Be to, aš tavim tikiu. Iš to, ką sakai, neatrodo, kad būtų dėl ko nuogąstauti. Tiesą pasakius, ką tik įtikinau tavo tėtį, kad, mano nuomone, būtų užvis geriausia, jeigu jis nevaržytų tau laisvės ir leistų pačiam viską susidėlioti į lentynėles.

– Tikrai?

– Tiek tavo tėvai, tiek ir aš užtektinai ilgai sėdėjome tau ant sprando, sekdami kiekvieną žingsnį. Anksčiau ar vėliau ateina metas, kai tokia taktika nebepasiteisina, dargi atvirkščiai.

– Nuoširdžiai už tai dėkingas.

Jis pridūrė dar kažką, ko nebeišgirdau dėl triukšmo aname laido gale.

– Nelabai jus girdžiu, – pasakiau. – Jūs prekybos centre ar dar kur?

– Oro uoste, – atsakė jis. – Atvažiavau pasitikti sesers. Šiaip ar taip, nieko ypatinga ir nesakiau: tiesiog smagiai leisk laiką. Tyrinėk, ką tinkamas, ir pernelyg nekvaršink galvos. Netrukus pasimatysime, sutarta?

– Dar kartą ačiū, daktare Golanai.

Padėjęs ragelį pasijutau nesmagiai, kam anksčiau stačiau šerį prieš gydytoją. Tasai žmogus jau dukart mane parėmė tokiais atvejais, kai iš tėvų supratimo nebuvo ko nė tikėtis.

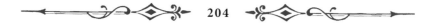

Tėtis priešingame baro gale kilnojo alaus bokalą. Traukdamas laiptų link, stabtelėjau prie jo staliuko.

– Taigi, dėl to rytojau... – prasižiojau.

– Manau, gali daryti, ką tik nori, – atsakė jis.

– Tikrai taip manai?

Jis suniukęs gūžtelėjo pečiais.

– Daktaro nurodymu.

– Vakarienės grįšiu, pažadu.

Jis tiktai linktelėjo. Palikau jį sėdėti bare, o pats užkopiau viršun ir atsiguliau.

Jau grimzdau į miegą, kai mintys vėl nuklydo prie ypatingų vaikų – prisiminiau patį pirmą jų klausimą, vos panelei Peregrinei mane pristačius: *Ar Džeikobas dabar liks su mumis?* Pats tuo metu pagalvojau: *Aišku, kad ne.* Bet... kodėl gi ne? Jeigu niekad nebegrįžčiau namo – ką prarasčiau? Įsivaizdavau šaltus, urvą primenančius namus, miestą, kuriame neliko jokių draugų, užtat apstu bjaurių prisiminimų, absoliučiai niekuo neišsiskiriantį man numatytą nykų gyvenimėlį. Staiga sumojau, kad iki šiol man nė į galvą neateidavo jo tiesiog atsisakyti.

SEPTINTAS SKYRIUS

*D*rauge su rytu atūžė vėjas, atslinko lietus ir rūkas – oras, tikrai nežadinantis optimizmo, man netgi ėmė rodytis, kad visa vakarykščia diena buvo ne kas kita, tik keistas ir nuostabus sapnas. Stačiais kąsniais surijau pusryčius ir pranešiau tėčiui, kad išeinu. Jis dėbtelėjo į mane taip, lyg būčiau staiga kuoktelėjęs.

– Šitokiu oru? Ir ką tu veiksi?

– Sutaręs susitikti su... – prasižiojau nepagalvojęs. Dar mėginau išsisukti užsikosėdamas – neva kąsnis užstrigo gerklėje. Bet šaukštai popiet: tėtis girdėjo, ką pasakiau.

– Susitikti – su kuo? Tikiuosi, ne su tais repuojančiais nenaudomis?

Kito kelio išlipti iš balos nebuvo, nebent bristi giliau.

– Ne. Tu jų tikriausiai nesi net matęs. Jie gyvena kitoje salos... eee... pusėje ir...

– Tikrai? O aš maniau, kad ten išvis niekas negyvena.

– Na taip, tik keletas vyrukų. Piemenys, ar kas ten dar... Bet jie – jėga, iš tikrųjų. Kol naršau po namą, jie žiūri, ar nesiartina kas neprašytas.

Draugai ir saugumas. Du dalykai, dėl kurių tėtis tikrai neturėtų priekaištauti.

– Norėčiau su jais susipažinti, – jis pamėgino nutaisyti griežtą išraišką. Dažnai tokią užsimaukšlindavo: protingo ir dalykiško tėčio, koks, manau, svajojo būti.

– Būtinai. Bet mes susitinkame ten, tad gal kitą kartą.

Jis linktelėjo ir nugurkė dar vieną pusryčių kąsnį.

– Žiūrėk, kad grįžtum vakarienės, – tarė.

– Klausau ir vykdau, tėti.

Iki pat pelkės bemaž bėgte bėgau. O paskui moklinau per liulantį dumblyną, mėgindamas prisiminti beveik neįžiūrimas žolės saleles, kuriomis lyg brastos akmenimis žengė Ema, nuogąstaudamas, kad kitapus nerasiu nieko kita, vien tik tą patį lietų ir namo griuvėsius.

Tad iš visos širdies lengviau atsidūsėjau, kai išnirę iš akmenų piramidės aptikau 1940-ųjų rugsėjo trečiąją lygiai tokią pat, kokią palikęs: diena šilta ir saulėta, nė menkiausio rūko skivyto, dangus – vaiskiai mėlynas, o debesėliai susimetę gniutulais, kurių pavidalai atrodo jaukiai atpažįstami. Dar geriau – manęs jau laukė Ema: sėdėdama ant kauburio krašto, ji svaidė į pelkę akmenėlius.

– Pačiu laiku! – Ji išsyk pašoko. – Eime, visi tavęs laukia!

– Tikrai?

– Taaip, – nutęsė nekantriai užversdama akis ir, pastvėrusi už rankos, nusitempė mane iš paskos. Jaudulys tiesiog sprogdino mane iš vidaus – ne vien dėl jos prisilietimo, bet dar ir nuo minčių apie priešaky laukiančią dieną, kupiną neribotų galimybių. Nors milijonu paviršutiniškų detalių ji ničniekuo nesiskirs nuo praėjusios – pūs toks pat vėjas, kris ta pati nulūžusi medžio šaka, – bet tai, ką patirsiu, bus nauja. Nauja atrasiu ir apie ypatinguosius vaikus. Jie – šio keisto mažyčio rojaus dievai, o aš – jų svečias.

Mudu nuliuoksėjome per pelkę ir protekine pasileidome mišku, tarytum vėluotume į skirtą susitikimą. Kai galiausiai pasiekėme namą, Ema nusivedė mane tiesiai į užpakalinį kiemą – ten išvydau suręstą nedidelę medinę sceną. Vaikai zujo iš kiemo į namą ir atgal, tvarkė butaforiją, sagstėsi kostiumų švarkus, tvarkėsi žvyneliais nusagstytas suknutes. Orkestrėlis derino instrumentus: toks ten ir orkestrėlis: akordeonas, aplamdytas trombonas ir muzikinis pjūklas, kuriuo griežė Horacijus braukydamas stryku.

– Kas gi tai? – paklausiau Emos. – Ką – jūs suruošėte spektaklį?

– Pamatysi, – atsakė ji.

– O kas vaidins?

– Pamatysi.

– Apie ką jis?

Ji man įžnybė.

Suskardėjo švilpukas, ir visi nukūrė prie sulankstomų kėdžių, sustatytų priešais sceną. Mudu su Ema susėdome kaip tik laiku: užuolaida prasiskleidė, ir išvydome plokščią šiaudinę skrybėlę, plūduriuojančią ore viršum blizgaus, raudonai ir baltai dryžuoto kostiumo. Tiktai išgirdęs balsą sumojau, kad tai Milardas – kas gi daugiau.

– Poooonios ir ponai! – pragydo jis. – Man neapsakomai malonu jums pranešti, kad jūsų dabar laukia toks vaidinimas, kokio dar neregėjo istorija! Neprilygstamas spektaklis ir magijos meistrystė – nepatikėsite savo akimis! Garbieji piliečiai, pristatau jums panelę Peregrinę ir jos ypatinguosius vaikus!

Žiūrovai suskato griausmingai ploti. Milardas kryptelėjo skrybėlę.

– Pirmasis triukas: tuojau iškviesiu jums pačią panelę Peregrinę! – Jis šmurkštelėjo už užuolaidos, bet po akimirkos vėl išniro, per vieną ranką persimetęs sulankstytą audeklo atraižą, o ant kitos pasitupdęs sakalą keleivį. Milardas linktelėjo orkestrui, ir šis gargždžiai trenkė kažką panašaus į karnavalo muziką.

Ema bakstelėjo man alkūne.

– Žiūrėk įdėmiai! – šnipštelėjo.

Milardas nukėlė sakalą nuo rankos ir ištiesė priešais jį audeklą, pridengdamas paukštį nuo žiūrovų. Ir ėmėsi skaičiuoti atgaline tvarka:

– Trys, du, vienas!

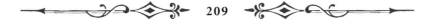

Sulig jo ištartu „vienas!" išgirdau neabejotiną sparnų plastelėjimą, o po akimirkos iš už užsklandos išniro panelės Peregrinės galva – jos *žmogiškoji* galva; siūbtelėjo dar griausmingesnių plojimų audra. Jos plaukai buvo susitaršę, matėsi tik galva ir pečiai, regis, už tos užuolaidos ji buvo nuoga. Reikia manyti, kai virsti paukščiu, drabužiai nedalyvauja procese. Suglobusi užuolaidos kraštus, panelė Peregrinė kuo padoriausiai į ją susisupo.

– Ponaiti Portmanai! – kreipėsi į mane, žvelgdama nuo scenos. – Labai džiaugiuosi, kad sugrįžai. Šitą spektakliuką senais gerais laikais vežiodavome po žemyną. Vyliausi, kad tau jis pasirodys pamokomas. Tai tarusi įmantriai apsisuko ir patraukė į namą apsirengti.

O paskui ypatingieji vaikai vienas po kito kilo iš savo vietų, kopė į sceną ir demonstravo savo sugebėjimus. Milardas, nusimetęs švarką, taigi, išvis nematomas, žongliravo stikliniais buteliais. Oliva, nusiavusi švininius batelius, parodė tokių gimnastikos triukų ant lygiagrečių, tarsi jokia traukos jėga nė neegzistuotų. Ema sukurpė ugnies kamuoliuką, prarijo jį, o paskui vėl išspjovė nėmaž neapdegusi. Aš plojau taip energingai, kad, maniau, pūslės iššoks ant delnų.

Emai grįžus į savo vietą, atsisukau į ją.

– Nesuprantu. Visa šitai jūs rodydavote žmonėms?

– Žinoma, – atsakė ji.

– *Normaliems* žmonėms?

– Aišku, kad normaliems žmonėms. Negi manai, kad ypatingieji mokėtų pinigus už teisę pažiūrėti tai, ką sugeba patys?

– Bet negi šitai... na, negi nebuvo pernelyg pavojinga, kad jus kas nors gali išvilkti į dienos šviesą?

Ji sukikeno.

– Niekas ničnieko neįtarė, – pasakė. – Žmonės ateidavo į mūsų spektaklius pasižiūrėti triukų ir fokusų, na, ir panašiai, ir kaip tik tai, tvirtu jų įsitikinimu, mes jiems ir rodydavome.

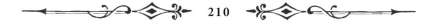

– Vadinasi, slapstėtės visų akivaizdoje.

– Kadaise dauguma ypatingųjų kaip tik taip užsidirbdavo pragyvenimui.

– Ir niekas niekada taip ir nesusigaudė?

– Būdavo, koks pimpagalvis atslenka į užkulisius, kaišioja visur nosį, kamantinėja, tad kaip tik dėl to ten visada lūkuriuodavo mūsų stipriarankė – taip blokšdavo juos lauk, kad tėkšdavosi ant šikinės. A, vilką mini, vilkas čia – štai ji!

Scenoje gana berniokiškai atrodanti mergaičiukė iš už užuolaidos vilko akmenį, didumo sulig šaldytuvu.

– Gal ji ir ne kažin koks proto bokštas, – sukuždėjo Ema, – bet širdis jos didžiulė, dėl draugo ji gyva į kapą gultų. Mudvi su Bronvina vandeniu neperliejamos.

Iš rankų į rankas keliavo pluoštelis atvirukų su nuotraukomis – juos panelė Peregrinė andai naudodavo spektaklio reklamai. Mane jie pasiekė kaip tik su Bronvinos atvaizdu ant viršaus. Nuotraukoje ji stovėjo basa, tvilkydama fotoaparato akį lediniu žvilgsniu. Kitoje pusėje švietė rėksmingas užrašas: *NEĮTIKĖTINA GALIŪNĖ IŠ SVONSIO!*

– Kodėl ji nelaiko iškėlusi kokio akmens, jei kaip tik toks būdavo jos triukas? – paklausiau.

– Buvo bjauriai nusiteikusi, mat Paukštis privertė ją prieš fotografuojantis „apsirengti kaip damai". Tad ji griežčiausiai atsisakė ką nors kilnoti – nė skrybėlių dėžutės nebūtų kėlusi!

– Atrodo, atsisakė ir apsiauti, nesvarbu, kaip apsirengusi.

– Batų ji dažniausiai išvis nepripažįsta.

Bronvina atsitempė akmenį į scenos vidurį ir valandėlę tiesiog nejaukiai dėbsojo į žiūrovus, tarsi jai kas iš anksto būtų paliepęs stabtelėti – dėl dramatinio efekto. Paskui pasilenkė, įsikibo akmens stambiomis rankomis ir, lėtai atsitiesusi, iškėlė jį virš galvos. Visi pasiuto ploti ir ūbauti; nors vaikai, reikia manyti, buvo tūkstančius kartų matę šį triuką, dėl to jų entuziazmas nė kiek neblėso. O aš jaučiausi lyg pakliuvęs į kokios svetimos mokyklos mokinių susibūrimą prieš varžybas. Bronvina nusižiovavo ir nupėdino sau, akmenį pasikišusi po pažastimi. Dabar į sceną užkopė mergaitė išsitaršiusiais plaukais. Fiona, – pristatė ją Ema man. Fiona atsistojo veidu į žiūrovus, už dekoratyvinio lovelio, kupino žemių, ir pakėlė viršum jo rankas lyg dirigentė. Orkestras užgrojo „Kamanės skrydį" – taip, kaip sugebėjo, – o Fiona ėmėsi gniaužyti orą viršum lovelio perkreiptu nuo susitelkimo ir įstangos veidu. Dainai aidint vis garsiau, iš po žemių ėmė kyščioti galvas saulutės, visa jų virtinė – jos skleidėsi ir stiebėsi mergaitės delnų linkui. Reginys šiek tiek priminė pagreitintai paleistą kino juostą, kuomet augalai pražysta tiesiog bežiūrint. Išskyrus nebent tai, kad Fiona, regis, už nematomų siūlelių traukė gėles iš jų molingo guolio. Vaikai ryte rijo reginį akimis, šokčiodami nuo kėdžių, ragindami Fioną džiugiais šūkčiojimais.

Ema pasklaidė atvirukų pluoštą, surado Fionos nuotrauką.

– Jos atvirukas man labiausiai patinka, – tarė. – Kostiumą jai siuvome ne vieną dieną.

Pažvelgiau į nuotrauką. Fiona, apsirengusi kaip elgetėlė, glėbyje laikė vištą.

– Tai ką gi ji vaidina? – paklausiau. – Benamę valstietę?

Ema man įgnybo.

– Visa tai tam, kad ji atrodytų kaip tikras gamtos vaikas, tokia laukinukė. Džilė iš džiunglių – taip mes ją vadiname.

– O ji tikrai iš džiunglių?

– Iš Airijos.

– O džiunglėse tikrai veisiasi vištos?

Ji ir vėl man įžnybė. Mudviem besikuždant, prie Fionos scenoje prisidėjo Hjugas. Stovėjo prasižiojęs, leisdamas iš burnos bites, kad šios apdulkintų Fionos išaugintas gėles – išėjo tarytum koks keistas poravimosi ritualas.

– O ką dar Fiona augina – be krūmų ir gėlių?

– Visas daržoves čia, – Ema mostelėjo į lysves, sukastas kieme. – Kartais – ir medžius.

– Eik tu, rimtai? Ji gali išauginti visą medį?

Ema dar sykį pasklaidė atvirukų pluoštą.

– Kartais mes žaidžiame Džilę ir pupos stiebą. Kas nors įsikimba ūglio pamiškėje, o tada žiūrime, kokio aukštumo Fiona sugebės jį išauginti su vienu iš mūsų, apsižergusiu stiebą. – Ji surado norimą nuotrauką ir pabarbeno ją pirštu. – Tai buvo rekordas, – pranešė išdidžiai. – Dvidešimt metrų.

– O jūs, vyručiai, gerokai čia nuobodžiaujate, ką?

Ji kėsinosi įžnybti man ir dar sykį, bet šįsyk apsigyniau atmušdamas jos ranką. Apie mergaites aš išmanau nelabai daug, bet jei kuri bando įžnybti tau keturis kartus, kaip kažin ką, gali drąsiai tvirtinti: flirtuoja.

Po Fionos ir Hjugo pasirodymo į sceną lipo dar keletas vaikų, bet žiūrovai jau ėmė nenustygti vietoje, tad netrukus išsibarstėme kas sau tiesiog leisti laiko palaimingoje vasaros šilumoje: drybsojome saulėkaitoje gurkšnodami citrininį limonadą, žaidėme kroketą, triūsinėjome darže, kuriame, dėkui Fionai, nebuvo beveik jokio darbo, aptarinėjome, ką gausime priešpiečių. Troškau pakamantinėti panelę Peregrinę apie senelį – su Ema šios temos vengiau, mat ji, vos paminėjus jo vardą, tuojau apniukdavo, – bet vaikų namų direktorė kaip tik vedė pamoką jaunesniesiems. Vis dėlto atrodė, kad laiko turiu į valias; tąsi apatija ir vidudienio šutra slopino norą imtis bet ko, kam reiktų skirti pastangų, galėjau nebent slampinėti po teritoriją apdujęs, lyg sapne.

Po dekadentiškų priešpiečių – gavome sumuštinių su žąsiena ir šokoladinio pudingo – Ema ėmėsi niukinti vyresniuosius vaikus traukti maudytis.

– Nieku gyvu, – suaimanavo Milardas, jo kelnių saga, neatlaikiusi spaudimo, išsmuko iš kilputės. – Aš prisikimšęs kaip kalėdinis kalakutas.

Visi mes drybsojome aksominiuose krėsluose, išsibarsčiusiuose po svetainę, prisirįję tiek, kad kone irome per siūles. Bronvina gulėjo susirangiusi, galvą įbrukusi tarp dviejų pagalvių.

– Aš sugebėčiau nuplaukti nebent tiesiai į dugną, – suvogravo neaiškiai, neištraukdama galvos.

Tačiau Ema neatlyžo. Kokias dešimt minučių bakštinus gražiuoju ir piktuoju, galiausiai jai pavyko pažadinti prisnūdusius Hjugą, Fioną ir Horacijų, o Bronviną įveikė siūlymu palenktyniauti plaukte – toks iššūkis buvo per didelė pagunda, Bronvina, regis, neįstengdavo atsisakyti jokių varžybų. Pamatęs mus visus, traukiančius iš namo laukan, išsijudino ir Milardas, bumbėdamas, esą palikome jį likimo valiai.

Geriausia vietelė paplaukioti buvo visai šalia uosto, bet norint patekti ten, reikėjo kulniuoti per patį miestelį.

– O ką, jei pastebės anie prisisprogę puspročiai, palaikę mane vokiečių šnipu? – sunerimau. – Nesijaučiu šiandien pajėgus lakstyti nuo lazdomis mosuojančių kvėšų.

– Pats kvankt, – atšovė Ema. – Juk tai atsitiko *vakar*. Jie nieko neprisimins.

– Tik apsisiausk rankšluosčiu, kad niekas nepamatytų tavo... na, ateities drabužių, – pasiūlė Horacijus. Aš buvau su džinsais ir marškinėliais, įprasta man apranga, o Horacijus, kaip visada, vilkėjo juodą kostiumą. Tikras panelės Peregrinės rengimosi stiliaus atstovas: bemaž liguistai superoficialus, nesvarbu, kokia proga. Jo nuotrauką buvau aptikęs tarp kitų, pabirusių iš ištiškusio lagamino; ruošdamasis fotografuotis, ta proga jis pasistengė iš peties, tik iš didelio rašto išėjo iš krašto: skrybėlė, lazdelė, monoklis – netrūko nė menkiausios detalės.

– Tavo tiesa, – sutikau kryptelėdamas antakį Horacijaus pusėn. – Nenorėčiau, kad kas nors pamanytų, jog vaikštau keistai apsirengęs.

– Jei tau užkliuvo mano liemenė, – išdidžiai atsakė jis, – taip, prisipažįstu: aš paisau mados. – Visi kiti ėmė prunkšti. – Gerai jau, gerai, galite sau juoktis iš vargšo Horacijaus! Vadinkite mane puošeiva, jei taip norite. Bet jei kaimiečiai vis tiek neprisimins, ką vilki, tai dar nereiškia, kad gali vaikščioti skarmaluotas kaip koks valkata! – Tai taręs, jis dar patimpčiojo švarko atlapus, tuo sukeldamas dar smarkesnį juoko protrūkį. Suirzęs jis kaltinamai dūrė pirštu mano pusėn. – O kalbant apie jį... Sergėk Dieve, jeigu tik šitokia ateitis laukia mūsų drabužių spintų!

Juokui galiausiai nuslopus, timptelėjau Emą į šalį ir kuždomis paklausiau:

– O kuo ypatingas yra Horacijus? Turiu galvoj – neminint drabužių?

– Jis regi pranašiškus sapnus. Dažnai sapnuoja siaubingus košmarus, kurie, nejauku ir sakyti, ima ir išsipildo.

– Dažnai? Daug jų išsipildo?

– Verčiau paklaustum jo pats.

Tačiau Horacijus nebuvo nusiteikęs pamaloninti manęs atsakymais į klausimus. Tad atidėjau juos geresniems laikams.

Pasiekus miestelį, apsijuosiau vienu rankšluosčiu, kitą užsimečiau ant pečių. Tegul ir ne visai pranašystė, bet dėl vieno dalyko Horacijus nesuklydo: niekas manęs neatpažino. Eidami centrine gatve susilaukėme keleto kreivų žvilgsnių, bet niekas mūsų neužkabinėjo. Prasilenkėme netgi su storuliu, kuris tada taip nuožmiai užsipuolė mane bare. Jis kimšosi pypkę kėpsodamas prie tabako krautuvėlės ir kažką zaunijo apie politiką moteriškei, kuri, panašu, leido jo plepalus pro ausis. Praeidamas neatsispyriau pagundai į jį įsispitryti. Savo ruožtu ir jis įsistebeilijo į mane, bet akyse neišvydau nė menkiausios kibirkšties, kuri bylotų, kad galbūt atpažino.

Galėjai pamanyti, kad visą miestelį kažkas sugebėjo „nustatyti iš naujo". Į akis krito visokios smulkmenos, kurias buvau pastebėjęs vakar: gatvele beprotišku greičiu pragrumėjo tas pats vežimas krivuliuojančiu užpakaliniu ratu; tos pačios moterys, išsirikiavusios eilute, stoviniavo prie šulinio laukdamos, kol galės pasisemti vandens, tas pats vyriškis derva tepė valties dugną ir per dvidešimt keturias valandas nėmaž nebuvo pasistūmėjęs į priekį. Beveik tikėjausi išvysiąs net savo paties antrininką, skutantį per miestelį su minančia ant kulnų minia, bet nieko panašaus tikriausiai nė negalėjo nutikti.

– O jūs, vyručiai, tikriausiai labai gerai žinote, kas čia dedasi, – pasakiau jiems. – Panašiai kaip vakar žinojote apie lėktuvus ir tą vežimą. – Milardas ir iš tikrųjų viską žino, – pranešė man Hjugas.

– Teisybė, – nesiginčijo Milardas. – Iš tikrųjų rengiu pirmąją pasaulyje smulkią ataskaitą apie vieną miestelio gyvenimo dieną, apie tai, kokia ji buvo kiekvienam jo gyventojui. Fiksuoju viską: kiekvieną veiksmą, kiekvieną pokalbį, kiekvieną garselį, viską, ką veikė šimtas penkiasdešimt devyni Kairnholme gyvenantys žmonės ir trys šimtai trisdešimt du gyvuliai – kiekvieną minutę nuo saulėtekio iki saulėlydžio.

– Neįtikėtina, – išsprūdo man.

– Negaliu nesutikti, – atsakė jis. – Per vos dvidešimt septynerius metus suskubau įdėmiai susekti pusės gyvulių ir beveik visų žmonių gyvenimus.

Nejučia prasižiojau:

– Per dvidešimt septynerius *metus*?

– Trejus metus jis sugaišo vien kiaulėms! – įsiterpė Hjugas. – Diena po dienos, kiekvieną mielą dienelę jis užsirašinėjo kiekvieną smulkmeną apie *kiaules*! Įsivaizduok sau! „Šita iš pasturgalio papylė srautą kvapių pyragėlių!", „Ana sukriuksėjo ir išsidrėbė savo pačios šūduose!"

– Užrašai – esminė proceso dalis, – kantriai paaiškino Milardas. – Bet aš puikiai suprantu, kodėl tu pavyduliauji, Hjugai. Juk tai bus toks darbas, kokio nebūta per visą akademinės veiklos istoriją.

– Na jau, tik neriesk nosies, – subarė jį Ema. – Reikėtų pridurti, kad tai bus tokia nuobodybė, kokios nebūta per visą nuobodybių istoriją. Iki šiol tikrai nėra parašyta nieko nuobodesnio!

Užuot tiesiai atsakęs, Milardas ėmėsi vardyti dalykus, prieš pat jiems atsitinkant.

„Ponią Higins tuojau suries kosulio priepuolis", – žiūrėk, pasako, ir po akimirkos moteriškė gatvėje taip užsikosėja, kad visa išrausta.

Arba: „Netrukus žvejys ims verkšlenti, su kokiais sunkumais tenka galynėtis dirbant savo darbą per karą." Vos jam tai ištarus, vyriškis, atsirėmęs į karutį, prikrautą tinklų, grįžteli į kitą ir sako:

– Gelmėje prisigrūdę tiek povandeninių laivų, kad doram žmogeliui nebesaugu net žuvį iš savo tinklo mėginti išgriebti!

Man tai padarė įspūdį – taip jam ir pasakiau.

– Džiugu, kad bent *kas nors* įvertina mano darbą, – atsakė jis.

Žingsniavome per veikla kunkuliuojantį uostą, o paskui, praėję paskutinį molą, traukėme uolėta pakrante tolyn iškyšulio linkui, kol pasiekėme smėlėtą įlankėlę. Mes, berniukai, išsirengėme iki apatinių (išskyrus Horacijų, kuris malonėjo tiktai nusiauti batus ir nusirišti kaklaraištį), o mergaitės, kažkur prašapusios, persirengė kukliais, senamadiškais maudymosi kostiumėliais. Paskui visi šokome į vandenį. Bronvina su Ema lenktyniavo, o visi kiti tiesiog taškėmės ar plaukiojome šen ir ten; nuvargę išlipome į krantą ir prisnūdome tiesiog smėlyje. Saulei ėmus nepakenčiamai kepinti, vėl pūkštelėjom į vandenį, o pradėję drebėti žvarbioje jūroje vėl išsiropštėme į paplūdimį; šitaip ir tęsėsi tol, kol ilgėjantys mūsų šešėliai nusidriekė per įlanką.

Tada pradėjome šnekučiuotis. Jie norėjo paklausti milijono dalykų, o aš, atokiau nuo budrios panelės Peregrinės ausies, galėjau atsakinėti nuoširdžiai. Kaip atrodąs manasis pasaulis? Ką žmonės valgo, geria, vilki? Kada mokslas įveiksiąs ligas ir mirtį? Ypatingieji vaikai gyveno apsupti tikros prabangos, bet alko naujų veidų, naujų istorijų. Pasakojau jiems viską, ką tik galėjau, karštligiškai naršydamas po smegenis kokių nors dvidešimto amžiaus istorijos grynuolių, ypatingos svarbos įvykių, apie kuriuos per pamokas būtų pasakojusi ponia Džonston, – išsilaipinimas Mėnulyje! Berlyno siena! Vietnamas! – bet visa tai mano klausytojams pasirodė nelabai suprantama.

Užvis labiausiai juos žavėjo mano laikų technologijos ir gyvenimo lygis. Tarkim, kad ir žinia apie namuose įrengtus oro kondicionierius. Jie buvo jau girdėję apie televiziją, bet niekad nematę tikro televizoriaus, tad neteko amo sužinoję, kad mano namuose rastum po kalbančią, paveikslėlius rodančią dėžę mažne kiekviename kambaryje. Kelionės oro transportu mums – tokios pat įprastos ir visiems prieinamos, kokios jiems buvo kelionės traukiniais. Mūsų armija mūšiams galėjo pasitelkti nuotoliniu būdu radijo bangomis valdomus aparatus. Mes turime telefonus-kompiuterius, be vargo telpančius į kišenę, – nors maniškis čia neveikė (atrodė, neveikia jokia elektronika), vis tiek išsitraukiau bent parodyti jiems dailų blizgantį korpusą.

Atgal susiruošėme tik artėjant saulėlydžiui. Ema prilipo prie manęs lyg ištepta klijais, jos pirštai einant vis brūkštelėdavo man ranką. Miestelio pakrašty pakeliui pasitaikė obelis, ir ji sustojo nusiskinti obuolio, bet net ir pasistiebusi ant pirštų galiukų nepasiekė netgi paties žemiausio, tad padariau tai, ką būtų padaręs bet kuris džentelmenas: abiem rankomis apglėbiau ją per juosmenį ir, labai stengdamasis nepūkšti, kilstelėjau – iškelta balta ranka, saulės šviesoje žaižaruojančiais šlapiais plaukais. Kai vėl nuleidau ją ant žemės, Ema pakštelėjo man į skruostą ir padavė obuolį.

– Štai, – ištarė. – Nusipelnei.

– Obuolio ar bučinio?

Ji nusijuokė ir tekina nusivijo kitus. Taip ir neradau žodžio pavadinti tam, kas mezgėsi tarp mūsų, bet man tai patiko. Jausmas buvo kvailokas, trapus ir malonus. Įbrukęs obuolį į kišenę nuskuodžiau jai iš paskos.

Kai, pasiekus pelkę, pranešiau, kad man jau metas namo, Ema pabrėžtinai patempė lūpą.

– Bent jau leistum tave palydėti, – pasakė.

Mudu pamojome kitiems atsisveikindami ir nušokavome prie akmenų piramidės; aš kaip įmanydamas stengiausi įsiminti, kur ji stato kojas.

Galiausiai pasiekus tikslą, pakviečiau ją:

– Eikš su manim anapus – tiktai minutei.

– Man nederėtų taip elgtis. Privalau tuojau pat grįžti, kitaip Paukštis ims įtarinėti.

– Įtarinėti – dėl ko?

Ji koketiškai nusišypsojo.

– Dėl... ko nors.

– Ko nors?

– Ji visąlaik budri, kad tik ko nors nepražiopsotų, – Ema nusijuokė.

Pamėginau keisti taktiką.

– O kodėl tau rytoj neaplankius manęs?

– Aplankyti tave? Ten?

– Kodėl gi ne? Panelės Peregrinės ten nebus, tad nebus kas nenuleidžia nuo mūsų akių. Galbūt net supažindinčiau tave su tėčiu. Aišku, nesakytume jam, kas tu tokia. Viliuosi, tuomet jis tiek nekvaršintų sau galvos, kur aš visąlaik vaikštau ir ką veikiu. Leidžiu laiką su dailia panele – aš? Ko gero, tai pati karščiausia tėtiška jo svajonė.

Maniau, kad išgirdusi apie dailią panelę ji nusišypsos, bet ji staiga surimtėjo.

– Žinok, kad Paukštis leidžia mums nukeliauti ten vienu kartu vos kelioms minutėms, vien tam, kad neužaktų kilpa.

– Tai ir pasakysi jai, kad kaip tik tai ir darei!

Ji atsiduso.

– Norėčiau. Tikrai. Bet tai prastas sumanymas.

– Regis, ji laiko tave prisirišusi ant labai jau trumpo pasaito.

– Pats nenutuoki, apie ką šneki! – ji kaipmat surūstėjo. – Ir labai ačiū, kad palyginai mane su šunimi. Išties žavu.

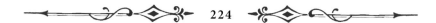

Pats nesusigaudžiau, kaip flirtas galėjo šitaip ūmai virsti ginču.

– Visai ne tai turėjau galvoj.

– Nemanyk, kad nenorėčiau, – tarė ji. – Tiesiog negaliu.

– Gerai, o ką, jei pasiūlyčiau šitaip? Pamiršk kvietimą apsilankyti visai dienai. Užtat eime su manim dabar – vos minutei.

– Vos minutei? Ką galima nuveikti per minutę?

Aš išsišiepiau.

– Nustebsi.

– Pasakyk! – Ji stumtelėjo mane.

– Nufotografuosiu tave.

Jos šypsena išnyko.

– Kažin, ar dabar itin patraukliai atrodau, – suabejojo.

– Visai ne, atrodai puikiai. Tikrai.

– Vos vienai minutei? Pažadi?

Praleidau ją į piramidę pirmą. Pasaulis, į kurį išnirome, buvo ūkanotas ir šaltas, laimė, bent nebelijo. Išsitraukiau telefoną ir pradžiugau įsitikinęs, kad mano teorija pasitvirtino. Šiapus kilpos elektroniniai prietaisai veikia nepriekaištingai.

– Kurgi tavo fotoaparatas? – ji visa drebėjo. – Greičiau!

Kilstelėjęs telefoną nufotografavau ją. Ji tik palingavo galvą: suprask, šitame keistame mano pasaulyje jos jau niekuo nebenustebinsi. Ir driuoktelėjo į šalį; aš šokau iš paskos – taip ir vaikiausi ją aplink piramidę, ir abu leipome juokais: Ema pradingdavo iš akiračio, bet tuoj pat vėl išnirdavo, masindama fotografuoti. Per minutę pripliauškinau tiek kadrų, kad bemaž išseko telefono atmintis.

Ema nubėgo prie piramidės angos ir pasiuntė man oro bučinį.

– Pasimatysime rytoj, vaikine iš ateities!

Kilstelėjau ranką pamojuoti, ir ji nėrė į akmeninį tunelį.

* * *

Nuliuoksėjau atgal į miestelį visas sustiręs, peršlapęs ir išsišiepęs kaip koks kvailys. Nuo baro mane dar skyrė keli kvartalai, kai net per generatorių ūžesį išgirdau kai ką netikėta – kažkas šaukė mane vardu. Pasukęs ten link, iš kur sklido balsas, aptikau gatvėje stovintį tėtį su įmirkusiu megztiniu; jam iš burnos veržėsi garas tarsi iš duslintuvo speiguotą rytą.

– Džeikobai! Ieškojau tavęs!

– Sakei, kad grįžčiau vakarienės – ir grįžau!

– Pamiršk tą vakarienę. Eime.

Kad tėtis nepaisytų vakarienės – negirdėta. Kažkas negerai, aišku kaip dieną.

– Kas dedasi?

– Paaiškinsiu pakeliui, – tarstelėjo jis, guidamas mane baro linkui. Paskui įsižiūrėjo įdėmiau. – Tu kiaurai peršlapęs! – sušuko. – Dėl Dievo meilės, negi būsi praganęs ir *kitą* striukę?

– Aš, na...

– O kodėl veidas toks įraudęs? Atrodai lyg būtum nusvilęs saulėje.

Tai šūdliava. Visą popietę kiurksojau paplūdimyje – saulėkaitoje, be jokio apsauginio kremo.

– Gerą galą bėgau tekinas, dėl to ir užkaitęs, – mėginau aiškintis, nors rankos buvo pašiurpusios nuo šalčio. – Kas dedasi? Bene numirė kas nors, ar ką?

– Ne, ne, ne, – suskubo neigti tėtis. – Na... nebent tam tikra prasme. Kelios avys.

– O mes kuo dėti?

– Jie mano, vaikiščių darbas. Maždaug, vandalizmas.

– Kas tie jie? Avių policija?

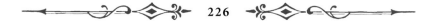

– Ūkininkai, – atsakė jis. – Apklausė visus, jaunesnius nei dvidešimties metų. Savaime suprantama, jiems labai įdomu, kur ištisą dieną šlaisteisi tu.

Man širdis nuriedėjo į kulnus. Jokios įtikimos istorijos pasiteisinti nebuvau sukurpęs, tad artėdamas prie „Kunigų skylės" skubomis mėginau ką nors suregzti.

Lauke prie baro jau buvo susirinkusi visa minia, žmonės spietėsi apie pulkelį iš pažiūros netgi labai įpykusių avių augintojų. Vienas, su dumblinu kombinezonu, stovėjo grėsmingai pasirėmęs šakėmis. Kitas, pastvėręs už pakarpos, laikė Kirmį. Šis mūvėjo blizgias treningines kelnes, vilkėjo palaidinę su užrašu: *KAIP SMAGU, KAI MANE VADINA TĖTUKU.* Plika akimi buvo matyti, kad Kirmis verkęs: ant viršutinės lūpos tebetįso snarglys.

Trečias ūkininkas – liesas kaip kartis, su megzta kepure ant galvos – išvydęs besiartinančius mus, dūrė pirštu į mane.

– Štai jis! – suriko. – Ir kurgi tu buvai, sūnau?

Tėtis patapšnojo man per nugarą.

– Pasakyk jiems, – paragino be jokio nerimo.

Labai stengiausi, kad balsas skambėtų taip, lyg neturėčiau ko slėpti:

– Tyrinėjau aną salos pakraštį. Didįjį namą.

Megztoji Kepurė suglumo.

– Kokį didįjį namą?

– Taigi tą seną griuveną miške, – atsakė Šakės. – Tik paskutinis idiotas su oficialia diagnoze keltų ten koją. Tas griozdas užkerėtas, negana to, ir šiaip sprandą nusisuktum, vos koją įkėlęs.

Megztoji Kepurė paskersakiavo į mane.

– Landžiojai po didįjį namą – su *kuo*?

– Su niekuo, – atsakiau ir pastebėjau keistą tėčio žvilgsnį.

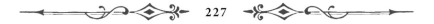

– Kliedalas. Manau, leidai laiką su šituo, – pareiškė vyras, laikantis už apykaklės Kirmį.

– Nepjoviau aš jokių avių! – suspiegė Kirmis.

– Pričiaupk srėbtuvę! – užriko vyriškis.

– Džeikai... – tarstelėjo tėtis. – O tavo draugai?..

– Ai, pliurpalai, tėti.

Megztoji Kepurė atsigręžė ir nusispjovė.

– O tu melagėlis ilgaliežuvėlis? Reikėtų man nusijuosti diržą ir čia pat gerai išskalbti tau kailį Dievo ir visų akivaizdoje.

– Tik pamėgink prikišti prie jo nagus, – tėtis kaip sugebėdamas nutaisė Griežto Tėčio balsą. Megztoji Kepurė nusikeikė ir žingtelėjo jo link. Tačiau pakelti rankos nespėjo nei vienas, nei kitas, juos sulaikė pažįstamas balsas.

– Palūkėk, Deni, tuoj viską išsiaiškinsime. – Iš minios išniręs Martinas įsiterpė tarp juodviejų. – Gal pradėkime nuo to, kad pasakysi, ką tau pasakojo tavo vaikas?

Tėtis nutvilkė mane žvilgsniu.

– Sakė eisiąs susitikti su draugais į aną salos pusę.

– *Kokiais* draugais? – rūsčiai pasiteiravo Šakės.

Buvo jau visiškai aišku: viskas krypsta tik į bloga, ir visai netrukus bjauruma bus kaip reikiant, nebent sumesčiau ką nors drastiško. Aišku, teisybės apie vaikus sakyti negalėjau – šiaip ar taip, niekas nebūtų manimi patikėjęs, – tad ryžausi rizikuoti.

– Iš tikrųjų – jokiais, – nudelbiau akis apsimesdamas, kad man labai gėda. – Tie draugai įsivaizduojami.

– Ką jis pasakė?

– Pasakė, kad jo draugai įsivaizduojami, – pakartojo tėtis, jo balse skambėjo nerimas.

Ūkininkai suglumę susižvalgė.

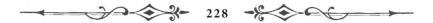

– Dabar jums aišku? – pratrūko Kirmis, jo veide šmėkštelėjo viltis. – Tas vaikis – suknistas psichas! Jo darbas, ne kieno kito!

– Nieko aš neliečiau, – pratariau, nors niekas manęs nesiklausė.

– Ne, amerikoniukas niekuo dėtas, – vėl prašneko ūkininkas, gniaužiantis Kirmio apykaklę. Gerai krestelėjo jį už pakarpos. – Štai šitas – jam būtų nebe pirmas kartas. Prieš keletą metų teko regėti, kaip nuspyrė ėriuką nuo uolos. Nė patikėt nebūčiau patikėjęs, jei savais veizolais nebūčiau matęs! Paklausiau jo paskui – kodėl? Nagi norėjau pažiūrėti, ar jis moka skraidyti, – ir sako man tasai. Galvoj anam skysta, ne kitaip.

Visi pasipiktinę sušurmuliavo. Kirmis neatrodė labai patenkintas, bet ir nebandė ginčytis.

– O kur ano draugelis žuvų pardaliotojas? – paklausė Šakės. – Jei šitas buvo prisiplakęs, gali galvą guldyt: neapsieita ir be ano.

Kažkas užsiminė matęs Dilaną uoste, ir keletas vyrų tuojau buvo išsiųsta jo atvesti.

– O ką, jei pasipynė koks vilkas? Ar laukinis šuo? – bandė pakišti mintį tėtis. – Mano paties tėvą papjovė šunys.

– Kairnholme esama tik vienos rūšies šunų – aviganių, – atsakė Megztoji Kepurė. – O aviganiui šuniui šit prigimtin neįdėta pjauti avis.

Karštai troškau, kad tėtis nebetęstų šitos temos, kad atsitrauktų, kol tai dar buvo įmanoma, bet jis įknibo į tą paslaptį kaip koks Šerlokas Holmsas.

– O kiek avių buvo papjauta? – paklausė.

– Penkios, – atsakė ketvirtas avių augintojas, žemaūgis gižaus veido vyriškis, iki šiol neprataręs nė žodžio. – Ir visos mano. Papjautos tiesiog aptvare. Vargšės neturėjo galimybės net mėginti bėgti.

– Penkios avys. Kaip manote, kiek kraujo galima nuleisti iš penkių avių?

– Nenustebčiau, jei ir sklidiną kubilą pripiltum, – atsakė Šakės.

– Tuomet ar tasai avižudis neturėtų būti įmirkęs krauju?

Ūkininkai susižvalgė. Dėbtelėjo į mane, paskui – į Kirmį. Sugūž-
čiojo pečiais, pasikrapštė viršugalvius.

– Lapės gal, manyčiau, – tarstelėjo Megztoji Kepurė.

– Visa lapių ruja – galbūt, – abejojančiai atsiliepė Šakės. – Jei tik
saloje išvis tiek esama.

– Vis tiek pjūviai, mano galva, pernelyg švarūs, – neatlyžo tasai,
kuris laikė Kirmį. – Peiliu rėžta, ne kitaip.

– Netikiu, nors tu ką, – atsiliepė tėtis.

– Tuomet eime, patys pamatysit, – pasiūlė Megztoji Kepurė.

Minia ėmė sklaidytis, o mes nedidele grupele patraukėme pas-
kui ūkininkus į nusikaltimo vietą. Perkopėme nedidelę pakilumą, o
paskui per lauką prisiartinome prie nedidelės rusvos pašiūrės, prie
kurios iš kitos pusės šliejosi gyvulių aptvaras. Atsargiai prisiartinę
užmetėme akį pro plyšį tarp tvoros lentų.

Smurto scena kitapus tvoros priminė kone karikatūrą, tapytą
kokio kuoktelėjusio impresionisto, pripažįstančio vien tik raudoną
spalvą. Ištryptoje žolėje telkšojo kraujo balos, kruvini buvo ir nu-
drengti aptvaro statramsčiai, ir pastirusios baltos pačių avių mai-
tos, išdrabstytos po aptvarą – avys, matyt, kurį laiką dar blaškėsi iš
skausmo. Viena tiesiogine prasme mėgino persiropšti per tvorą, ir
laibos jos nagelės įstrigo tarp skersinių. Taip ir liko kaboti pakrypusi
nei šiokiu, nei tokiu kampu – tiesiog man prieš akis – lyg atverta
moliusko geldelė, perrėžta nuo gerklės iki pilvo apačios, sakytum kas
būtų atitraukęs užtrauktuką.

Buvau priverstas nusigręžti. Kiti sušurmuliavo linguodami gal-
vas, kažkas pratisai sušvilpė. Kirmis tik sužiaukčiojo ir pravirko, bet
ašaros buvo palaikytos bežodžiu kaltės prisipažinimu: nusikaltėlis,

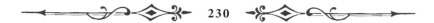

nebeįstengiąs pažvelgti į tai, ką pats padarė. Vyrai Kirmį nusivedė tiesiog į cypę – tikriau, į Martino muziejų: buvusi zakristija dabar atstojo miestelio kalėjimo kamerą, ten Kirmiui teksią sėdėti tol, kol būsiąs perduotas tardyti pagrindinės salos policijai.

Palikome ūkininką gailauti išskerstų avių, o patys patraukėme atgal į miestelį, plūkdami pažliugusiomis kalvomis per skalūno pilkumo apyblandą. Vos atsidūręs namuose išsyk supratau: laukia griežtas pokalbis su tėčiu, tad pasistengiau nuginkluoti jį anksčiau, nei jis suskubs užsipulti mane.

– Pamelavau tau, tėti. Atsiprašau.

– Tikrai? – rėžė jis sarkastiškai, mesdamas šalin permirkusį megztinį ir vilkdamasis sausą. – Tau tai – jau nemenkas žygdarbis. Tiktai, sakyk, apie kurį melą kalbame? Aš spėjau ir susipainioti tarp jų visų.

– Apie tai, kad ėjau susitikti su draugais. Jokių kitų vaikų saloje nėra. Išgalvojau juos, nes nenorėjau, kad jaudintumeis, jog leidžiu ten laiką vienas.

– Ką gi, aš iš tikrųjų jaudinuosi, nors daktaras ir tikino, kad nuogąstauti nėra ko.

– Žinau, kad jaudiniesi.

– O kokių ten įsitaisei įsivaizduojamų draugų? Daktaras Golanas žino apie tai?

Papurčiau galvą.

– Tai irgi netiesa. Aš tik norėjau kaip nors nusipurtyti tuos vyrukus nuo sprando.

Tėtis sunėrė rankas ant krūtinės nebesusigaudydamas, kuo tikėti.

– Nagi iš tikrųjų.

– Verčiau tegul jie laiko mane truputį kvankt nei avių skerdiku, ar ne?

Atsisėdau prie stalo. Tėtis ilgokai žiūrėjo į mane, ir aš negalėjau suprasti: tiki manimi ar ne. Paskui nuėjo prie kriauklės, apsišlakstė

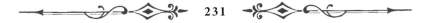

veidą. Kai nusišluostęs vėl atsisuko, regis, jau buvo apsisprendęs: tikėti – kur kas mažiau bėdos.

– Gal vis dėlto vertėtų dar sykį paskambinti daktarui Golanui? – paklausė. – Kad kaip reikiant iš širdies pasikalbėtumėte?

– Jeigu tu nori. Bet man tikrai viskas gerai.

– Kaip tik dėl to ir nenorėjau, kad trainiotumeis su tais repuojančiais vaikigaliais, – pasakė tėtis – tam, kad šneką galėtų užskaityti kaip tikrą griežtą pokalbį, būtinai reikėjo kokio nors pakankamai tėviško finalinio akordo.

– Iškart juos kiaurai permatei, tėti, ir nesuklydai, – pasakiau, nors širdies gilumoje netikėjau, kad bet kuris iš jų įstengtų nuveikti ką nors panašaus. Tiek Kirmis, tiek Dilanas šnekomis buvo kieti, bet ne daugiau.

Tėtis atsisėdo prie stalo priešais mane. Atrodė pavargęs.

– Man vis tiek maga sužinoti, kaip šitokią dieną įmanoma nusvilti saulėje.

Ak taip. Sugebėjau nusvilti saulėje.

– Tikriausiai mano oda labai jautri, – leptelėjau.

– Ką čia ir pridursi, – sausai pratarė jis.

Pagaliau jis mane paleido, ir aš palindau po dušu galvodamas apie Emą. Paskui valiausi dantis ir galvojau apie Emą, paskui prausiausi veidą ir galvojau apie Emą. Apsišvarinęs nuėjau į savo kambarį, išsitraukiau iš kišenės jos duotą obuolį, pasidėjau ant naktinio staliuko. O paskui, lyg norėdamas įsitikinti, kad ji tikrai egzistuoja, pasiėmiau telefoną ir peržiūrėjau tą pavakarę darytas jos nuotraukas. Vis dar žiūrinėjau jas, kai išgirdau, kaip tėtis bruzda gretimame kambaryje ruošdamasis gulti, žiūrėjau ir tada, kai nutilo generatoriai ir išsijungė lempa, ir net tada, kai nebeliko jokio šviesos atšvaito, išskyrus jos veidą telefono ekranėlyje, gulėdamas tamsoje vis dar žiūrėjau į ją.

AŠTUNTAS SKYRIUS

*V*ildamasis išvengti dar vieno pamokslo, atsikėliau su aušra pasiruošęs išsmukti iš namų anksčiau, nei pabus tėtis. Pakišau raštelį po jo durimis ir grįžau į savo kambarį pasiimti Emos obuolio, bet ant naktinio staliuko, kur palikau, jo nebebuvo. Įdėmiai apžiūrėjęs grindis aptikau tik daugybę dulkių vėpūtinių ir kažkokį apvalų susiraukšlėjusį, tarsi guminį daikčiuką, maždaug golfo kamuoliuko dydžio. Jau buvau bepradedąs svarstyti, kas galėjo nučiupti obuolį, bet staiga sumojau, kad tasai guminis kamuoliukas ir *yra* obuolys. Per naktį jis sugebėjo kažin kaip suvysti – šitaip sudžiūvusio vaisiaus kaip gyvas nebuvau regėjęs. Atrodė tarsi kokius metus laikytas maisto dehidratoriuje. Pamėginus paimti, jis subyrėjo man tarp pirštų it sausų žemių grumstas.

Nieko nesupratęs tik gūžtelėjau pečiais ir išėjau laukan. Įkyriai merkė lietus, bet netrukus palikau pilko dangaus niūrumą už nugaros ir išnirau į užtikrintą kilpos saulėkaitą. Tik šįsyk prie piramidės manęs nelaukė jokia daili mergaitė – tiesą sakant, nelaukė išvis niekas. Stengiausi vyti šalin nusivylimą, bet vis tiek jaučiausi nusivylęs, na, trupučiuką.

Vos pasiekęs vaikų namus, ėmiau dairytis Emos, bet panelė Peregrinė nusičiupo mane anksčiau, nei perėjau skersai vestibiulį.

– Porą žodžių, ponaiti Portmanai, – ištarė ji ir nusivedė mane į nuošalią vietelę, šiuo atveju – virtuvę, vis dar prakvipusią sočiais

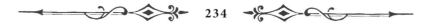

pusryčiais, kuriuos aš pražiopsojau. Jaučiausi bemaž kaip iškviestas pasiaiškinti į direktorės kabinetą. Panelė Peregrinė atsišliejo į įspūdingo dydžio viryklę.

– Ar tau patinka viešėti pas mus? – paklausė.

Patikinau, kad taip, netgi labai.

– Gerai, – atsakė ji, bet po to jos šypsena išnyko. – Kaip suprantu, vakar smagiai praleidai popietę su keletu mano globotinių. Ir įdomiai pasišnekėjote.

– Buvo puiku. Visi jie tikrai labai mieli. – Stengiausi kalbėti nerūpestingai, bet buvo aišku: tai tiktai įžanga į kažką rimčiau.

– Sakyk, – tarė ji, – kaip apibūdintum jūsų pokalbio temą?

Pamėginau prisiminti.

– Na, nežinau... kalbėjomės apie daugybę visokių dalykų. Kaip jūs gyvenate čia. Kaip viskas atrodo ten, iš kur atkeliavau aš.

– Iš kur atkeliavai tu.

– Taip.

– Ir tu tikrai manai, kad tai išmintinga – kalbėtis apie ateities įvykius su vaikais iš praeities?

– Vaikais? Jūs tikrai laikote juos vaikais? – šių žodžių pasigailėjau tą pat akimirksnį, kai jie nusprūdo man nuo liežuvio.

– Jie ir patys laiko save vaikais, – irzliai atšovė ji. – O kaip juos pavadintum tu?

Ji buvo akivaizdžiai nekaip nusiteikusi, tad aptarinėti subtilybių tikrai neketinau.

– Na taip, turbūt vaikais.

– Taigi. O dabar kartoju klausimą, – kiekvieną žodį ji pabrėžė, delnu nesmarkiai tekšnodama į krosnį, – ar tu tikrai manai, kad tai išmintinga – kalbėtis apie ateities įvykius su vaikais iš praeities?

Pasiryžau rizikuoti:

– Ne?..

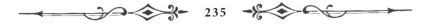

– Ir vis dėlto kaip tik taip ir darai! Žinau tai, kadangi vakar per vakarienę Hjugas mus pavaišino dar ir ilgu išsamiu pasakojimu apie dvidešimt pirmo amžiaus telekomunikacijų technologijas. – Sarkazmas jos balse tiesiog gildė. – Ar tu žinojai, kad dvidešimt pirmame amžiuje kieno nors siųstą tau laišką gali gauti kone akimirksniu?

– Manau, kalbate apie elektroninį paštą.

– Ką gi, Hjugas apie tai žinojo *viską*.

– Nesuprantu, – prisipažinau. – Ar tai blogai?

Ji atsiplėšė nuo viryklės ir šlubtelėjo žingsnį mano pusėn. Nors gera pėda žemesnė už mane, ji vis tiek baugino.

– Aš – ymbrynė, tad mano pareiga, kuriai esu prisiekusi, – rūpintis, kad tie vaikai būtų saugūs, o tai visų pirma reiškia – rūpintis, kad jie visada būtų *čia* – kilpoje – šioje saloje.

– Aišku.

– Tavajame pasaulyje jie niekad negalėtų gyventi, ponaiti Portmanai. Tad kam kvaršinti jiems galvas didžiomis šnekomis apie nuostabiausius ateities stebuklus? O kas vyksta dabar? Pusė vaikų kaulija kelionės reaktyviniu lėktuvu į Ameriką, kita pusė svajoja apie dieną, kada galės įsigyti telefoną-kompiuterį, tokį kaip tavasis.

– Atsiprašau. Net nepagalvojau apie tai.

– Čia yra jų namai. Stengiausi, kad jiems čia būtų jauku – tiek, kiek įmanoma. Bet nepakeičiama tikrovė yra tokia: išvykti iš čia jie negali, ir būčiau labai dėkinga, jei susilaikytum neįpūtęs jiems tokių norų.

– O kodėl jie negali išvykti?

Prisimerkusi ji nužvelgė mane, o paskui palingavo galvą.

– Meldžiu man atleisti. Vis dar nesugebu deramai įvertinti tavo žinių stygiaus.

Panelė Peregrinė, regis, iš prigimties negalinti ilgai nustygti nieko neveikusi, čiupo nuo viryklės prikaistuvį ir kibo šveisti plieniniu gremžikliu. Nesusigaudžiau, ar mano klausimas jai buvęs nebuvęs, ar tiesiog svarsto, kaip kiek įmanoma supaprastinti atsakymą.

Švarų, išgremžtą prikaistuvį dunkstelėjusi atgal ant viryklės, ji vėl prašneko:

– Tavajame pasaulyje jie negali užsibūti dėl to, kad ten labai greitai susentų ir numirtų.

– Ką tai reiškia – numirtų?

– Kaip galėčiau dar tiesiau pasakyti? Jie mirtų, Džeikobai, – kalbėjo ji glaustai, atžariai, lyg norėdama kuo skubiau baigti šią temą. – Gal tau ir atrodo, kad mes radome būdą apmulkinti mirtį, bet tai iliuzija. Jeigu vaikai per ilgai užgaištų tavojoje kilpos pusėje, visi tie metai, kurie neslegia jų pečių čia, užgriūtų iš karto, vos per kelias valandas.

Įsivaizdavau žmogų, staigiai vystantį ir galiausiai subyrantį į dulkes kaip tas obuolys ant mano naktinio staliuko.

– Siaubas, – net nusipurčiau.

– Keletą tokių atvejų man teko nelaimė matyti savo akimis, ir tai vieni kraupiausių prisiminimų per visą gyvenimą. O aš, patikėk manim, gyvenau pakankamai ilgai, kad prisižiūrėčiau iš tiesų baisių dalykų.

– Vadinasi, taip jau yra atsitikę?

– Taip nutiko vienai mergaitei, deja, mano pačios globotinei – prieš daugelį metų. Šarlotė – toks jos vardas. Tai pirmas ir paskutinis kartas, kai buvau išsiruošusi aplankyti vienos iš savo seserų ymbrynių. Per tą neilgą laiko tarpą, kol manęs nebuvo, Šarlotė sugebėjo išsprūsti iš vyresniųjų ją prižiūrinčių vaikų globos ir išklysti iš kilpos. Buvo, manding, kokie 1985-ieji, gal 1986-ieji. Šarlotę, vieną pačią nerūpestingai klajojančią po miestelį, aptiko konsteblis. Kadangi ji taip ir nesugebėjo paaiškinti, kas tokia esanti ar iš kur atsiradusi, – bent jau nesugebėjo suregzti tokio atsakymo, koks tenkintų konsteblį, –

vargšė mergaitė buvo nedelsiant išsiųsta į pagrindinę salą, į vaikų globos įstaigą. Kol prisikapsčiau iki jos, praslinko dvi dienos, ir per tą laiką ji paseno trisdešimt penkeriais metais.

– Jei neklystu, esu matęs jos nuotrauką, – ištariau. – Suaugusios moters mažos mergaitės drabužėliais.

Panelė Peregrinė niauriai linktelėjo.

– Po to ji jau niekad nebebuvo kokia buvusi. Jai pasimaišė galvoje.

– Kas jai nutiko?

– Dabar gyvena pas panelę Naidžar. Panelės Naidžar ir Traš imasi visų sunkiausių atvejų.

– Bet iš tikrųjų jie juk nėra įkalinti saloje, tiesa? – paklausiau. – Juk galėtų išvykti iš čia *dabar*, 1940-aisiais?

– Taip – ir pradėti normaliai senti. Tik kuriems galams? Tam, kad pakliūtų į patį pragaištingo karo sūkurį? Kad nuolat susidurtų su žmonėmis, kurie jų bijo ir nesupranta? Be to, esama ir kitų pavojų. Tad geriausia yra likti čia.

– Kokių kitų pavojų?

Jos veidas apniuko, atrodė, jau gailisi prasitarusi.

– Nieko tokio, dėl ko reikėtų nuogąstauti tau. Bent jau kol kas.

Tai tarusi, išgujo mane laukan. Dar sykį paklausiau, ką turėjusi galvoje sakydama „kitų pavojų", bet ji užvėrė durų širmą tiesiog man prieš nosį.

– Verčiau pasidžiaugtum gražiu rytmečiu, – suulbėjo šiaip taip išspaudusi šypseną. – Eik, pasiieškok panelės Blum. Neabejoju, jai labai maga tave pamatyti. – Tai tarusi, išnyko namo gelmėse.

Nuklydau į kiemą vis svarstydamas, kaip man išmesti iš galvos to sutrūnijusio obuolio vaizdinį. Vis dėlto neilgai trukus taip ir atsitiko. Užmiršti neužmiršau, tiesiog man tai nebeūpėjo. Ir tai buvo užvis keisčiausia.

Vėl leidausi ieškoti Emos ir iš Hjugo sužinojau, kad ji išėjusi į miestelį produktų, tad įsitaisiau medžio paunksnėje jos laukti. Nepraslinkus nė penkioms minutėms, jau snūduriavau žolėje šypsodamasis lyg koks priekvailis ir taikingai svarstydamas, ką gausime priešpiečių. Tarsi patirčiau kvaitinantį poveikį paprasčiausiai būdamas čia, lyg pati kilpa būtų koks narkotikas, tuo pat metu ir raminantis, ir žadinantis gerą nuotaiką – jei užsibūčiau čia per ilgai, tikriausiai niekad nebenorėčiau nė kojos iš čia iškelti.

Jeigu tikrai taip ir yra, svarsčiau, tai daug ką paaiškina, tarkim, kaip šitie vaikai gali ištisus dešimtmečius gyventi vis tą pačią dieną ir neišprotėti. Taip, čia gražu ir gyvenimas čia nuostabus, bet jeigu viena diena niekuo nesiskiria nuo bet kurios kitos ir jei, kaip sakė panelė Peregrinė, vaikai negali niekur išvykti, tuomet čia – ne vien tik rojus, bet ir tam tikras kalėjimas. Tik toks hipnotizuojančiai jaukus, kad metų metais gali to nepastebėti, o paskui jau bus per vėlu, iškeliauti – pernelyg pavojinga. Vadinasi, iš tikrųjų tai netgi ne sprendimas, priimtas laisva valia. Įklimpsti čia, ir tiek. Ir tik vėliau – gerokai vėliau, po ne vienų metų – imi svarstyti, kas būtų, jei nebūtum čia įstrigęs.

* * *

Veikiausiai iš tikrųjų buvau užsnūdęs, mat vėlyvą rytą mane pažadino kažkas, baksnojąs į koją. Praplėšęs vieną akį išvydau mažytę figūrėlę, gana panašią į žmogaus, matyt, mėginusią pasislėpti mano bate, bet susipainiojusią raištelyje. Ji buvo nevikri, nelanksčiomis rankomis ir kojomis, gal pusės rato gaubto augumo, apsirengusi darbiniais kareivio drabužiais. Stebėjau, kaip padarėlis dar valandėlę stengiasi išsilaisvinti, o paskui staiga sustingsta, visai kaip išsikvėpęs prisukamas žaisliukas. Atsirišau batą, kad galėčiau figūrėlę ištraukti, paskui ją apverčiau ieškodamas prisukimo raktelio, bet taip ir neradau. Iš arti žmogeliukas atrodė keistai, negrabaus darbo: galva – tik suminkyto molinio kūno iškyša, veidas – apsitrynęs nykščio įspaudas.

– Atnešk jį čionai! – kažkas šūktelėjo iš kiemo pakraščio. Ten, pamiškėje, ant kelmo sėdėjo berniukas ir mojo man.

Kadangi neturėjau jokių skubesnių reikalų, paėmiau molinį kareivėlį ir nuėjau tenai. Aplink berniuką spietėsi visas pulkas tokių prisukamų žmogeliukų, klupinėjančių lyg sugadinti robotai. Nespėjus man jo pasiekti, figūrėlė mano rankose vėl atgijo: sutrūkčiojo ir ėmė rangytis, lyg bandytų ištrūkti. Padėjau ją prie kitų, nusibraukiau į kelnes molio trupiniais aplipusį delną.

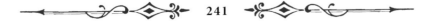

241

– Aš – Enochas, – prisistatė berniukas. – O tu tikriausiai – jis?

– Tikriausiai, – patvirtinau.

– Atleisk, jei šitas sudrumstė tau ramybę, – tarė berniukas, stumdamas grąžintąjį kareivėlį prie kitų. – Jie vis ko nors prisigalvoja, suprask. Dar kaip reikiant neapmokyti. Nulipdžiau juos tik praėjusią savaitę. – Kalbėjo jis su vos juntamu londoniečių prastakalbės akcentu. Akis supo numirėliški juodi ratilai, dėl to jis šiek tiek priminė meškėną. Berniuko kombinezonas – tas pats, kurį jis vilkėjo mano matytose nuotraukose, – buvo ištepliotas moliu ir žemėmis. Jei ne putlus veidas, jį visai galėtum palaikyti kaminkrėčiu iš „Oliverio Tvisto".

– Juos nulipdei tu? – Man tai išties padarė įspūdį. – Kaip?

– Tai homunkulai, – atsakė jis. – Kartais pritvirtinu jiems lėlių galvas, bet šįsyk skubėjau ir nesivarginau.

– Kas yra homunkulai?

– Daugiau nei vienas homunkulas, – atsakė jis, tarsi tai turėtų būti aišku kiekvienam nevispročiui. – Kai kas tvirtina, kad reikėtų sakyti homunkuliai, bet tai, man atrodo, skamba kvailai, ar ne?

– Tai jau taip.

Mano grąžintasis molinis kareivėlis vėl kažin kur nuklydo. Enochas koja stumtelėjo jį atgal į būrį. Man pasirodė, kad jie gerokai iškkero: sujudo sukruto, daužydamiesi vieni į kitus lyg kokie sužadinti atomai.

– Ei, kaukitės, ar jūs kokios mergiščios? – įsakė jiems Enochas, ir aš tik tada susizgribau, kad jie ne šiaip sau grumdosi, o daužo vieni kitus kumščiais ir spardo kojomis. Tiktai pagedęs molinukas nėmaž nesidomėjo kautynėmis, jis ir vėl nurisnojo kažkur į šalį. Enochas pastvėrė jį ir nulaužė kojas.

– Štai kas atsitinka tiems, kurie dezertyruoja iš mano armijos! – suriko ir nubloškė suluošintą figūrėlę į žolę, kur ši liko gulėti groteskiškai rangydamasi, kol ją užvirto kiti kariai.

– Ar šitaip tu elgiesi su visais žaislais?

– O ką? – paklausė jis. – Tau jų gaila?

– Nežinau. O turėčiau gailėti?

– Ne. Jeigu ne aš, jie nė nebūtų gyvi.

Aš nusijuokiau, ir Enochas iš padilbų dėbtelėjo į mane.

– Kas juokinga?

– Tu pajuokavai.

– O tu, pasirodo, gana bukas, ar ne? – tarė jis. – Pažvelk.

Pastvėręs vieną kareivį, Enochas nuplėšė jam drabužius. Tada abiem rankomis perlaužė jį pusiau ir iš lipnios krūtinės ištraukė mažytę plastančią širdutę. Kareivis išsyk suglebo. Suspaudęs nykščiu ir smiliumi, Enochas atkišo širdutę man.

– Pelės, – paaiškino. – Štai ką aš sugebu: atimti gyvybę iš vieno padaro ir atiduoti kitam: arba molio luistui, tokiam kaip šitie, arba kam nors, kas anksčiau buvo gyvas, bet dabar jau nebe. – Jis įsibruko nurimusią širdutę į kombinezono užantį. – Kai tiktai perprasiu, kaip juos deramai apmokyti, įsitaisysiu visą armiją. Tik tada jie bus *didžiuliai*. – Jis pakėlė ranką virš galvos rodydamas man, kokio dydžio.

– O ką sugebi tu? – paskui paklausė jis.

– Aš? Tiesą sakant, nieko. Tai yra nieko ypatingo – nieko tokio kaip jūs.

– Gaila, – pareiškė jis. – Bet vis tiek liksi gyventi su mumis? – Tai nuskambėjo anaiptol ne kaip draugiškas kvietimas, jam tiesiog buvo smalsu.

– Nežinau, – atsakiau. – Dar negalvojau apie tai.

Melavau, žinoma. Aišku, aš galvojau apie tai, bet veikiau svajojau nei iš tikrųjų galvojau.

Jis įtariai nužvelgė mane.

– Negi *nenori*?

– Dar nežinau.

Prisimerkęs jis lėtai linktelėjo, lyg būtų pagaliau mane perpratęs. O paskui pasilenkė arčiau manęs ir kvėptelėjo:

– Ema juk sakė tau apie miestelio antpuolį, ar ne?

– Miestelio... ką?

Jis tuojau nukreipė žvilgsnį į šalį.

– Et, nieko. Tai toks žaidimas, kai kurie iš mūsų jį žaidžiame.

Labai aiškiai pajutau, kad mane mėginama į kažką įklampinti.

– Ji nieko man nesakė, – pratariau.

Enochas, nenulipdamas nuo kelmo, pasislinko arčiau manęs.

– Kaip kažin ką, aišku, nesakė, – pareiškė. – Galvą guldau: čia esama *daugybės* dalykų, apie kuriuos ji nenorėtų, kad žinotum.

– Šit kaip? O kodėl?

– O todėl, kad čia visai ne taip jau nuostabu, kaip visi stengiasi tave įtikinti, o sužinojęs tu visai nebenorėtum pasilikti.

– O kokie tie dalykai? – paklausiau.

– Negaliu sakyti, – jis apdovanojo mane velniška šypsena. – Jei pasakysiu, pats pakliūsiu į bėdą.

– Nei man rūpi, nei ką, – numojau. – Pats užsiminei.

Pakilau eiti sau.

– Palauk! – jis stvėrė mane už rankovės.

– Ko man laukti, jei vis tiek neketini nieko man sakyti?

Jis mąsliai pasitrynė smakrą.

– Man nevalia nieko tau *sakyti*, tas tiesa... bet kažin ar įstengčiau tave sulaikyti, jeigu užkopęs laiptais į antrą aukštą užsuktum į kambarį koridoriaus gale.

– O ko? – paklausiau. – Kas ten yra?

– Ten mano draugas Viktoras. Jis norėtų su tavim susipažinti. Nueik, šnektelėk su juo.

– Gerai, – neprieštaravau. – Taip ir padarysiu.

Pasileidau namo linkui, bet Enochas dar švilptelėjo man pavymui. Atsigręžiau: jis mostu pavaizdavo braukiąs ranka per durų staktą. *Raktas*, ištarė be garso, vien lūpomis.

– Kam man raktas, jei kažkas yra viduje?

Jis nusisuko apsimesdamas, kad neišgirdo.

* * *

Nuslimpinau į namą ir lyg niekur nieko užlipau laiptais viršun, tarsi būčiau turėjęs ten kokių reikalų ir man visiškai nerūpėtų, ar kas nors apie tai žino. Niekieno nepastebėtas sėkmingai pasiekiau antrą aukštą, nustypčiojau į koridoriaus galą, patimpčiojau kambario durų rankeną. Užrakinta. Pabeldžiau – niekas neatsakė. Dirstelėjęs per petį ir įsitikinęs, kad niekas nežiopso, perbraukiau ranka durų rėmo viršų ir, žinoma, užčiuopiau raktą.

Atsirakinau duris ir smukau vidun. Kambarys niekuo nesiskyrė nuo kitų miegamųjų: spintelė su stalčiais, drabužių spinta, vazoje pamerktos gėlės ant naktinio staliuko. Vėlyvo ryto saulės spinduliai, besismelkiantys pro užtrauktas užuolaidas, atrodė garstyčių spalvos, šviesa buvo tokia sodriai geltona, kad visas kambarys atrodė užtvindytas skystu gintaru. Ne iš karto pastebėjau lovoje gulintį vaikiną užmerktomis akimis ir vos vos praČiaupta burna – jį slėpė nėrinių užuolaida.

Sustingau pabūgęs jį pažadinti. Atpažinau vaikiną iš nuotraukos panelės Peregrinės albume, nors nė sykio nebuvau matęs jo prie stalo ar sutikęs kur nors kieme, mudviejų niekas nesupažindino. Nuotraukoje jis buvo užfiksuotas miegantis lovoje – visai kaip dabar. Galbūt jis tyČia atskirtas nuo visų, gal užsikrėtęs kokia miego liga? Nejaugi Enochas siekė susargdinti ir mane?

– Ei... – sukuždėjau. – Nemiegi?

Jis nė nekrustelėjo. Paliečiau delnu jam ranką, atsargiai papurČiau. Jo galva bejėgiškai kryptelėjo į vieną pusę.

Staiga man į galvą šovė šiurpi mintis. Norėdamas patikrinti, ar prielaida teisinga, ištiesiau ranką, prikišau delną jam prie burnos. Taip ir nepajutau nė menkiausio kvėpsnio. Pirštu netyčia brūkštelėjau lūpas – šios buvo šaltos kaip ledas. Pritrenktas skubiai atitraukiau ranką.

Ir tada išgirdau žingsnius. Staigiai atsisukau – tarpduryje stovėjo Bronvina.

– Tau nedera čia būti! – sušnypštė ji.

– Jis miręs, – ištariau.

Bronvinos žvilgsnis nuslydo prie vaikino, veide susimetė raukšlės.

– Tai Viktoras.

Staiga prisiminiau, kur buvau matęs jo veidą. Senelio nuotraukoje: jis – tasai vaikinas, iškėlęs akmenį. Viktoras buvo Bronvinos brolis. Neįmanoma buvo įspėti, kiek laiko jis miręs: sumestoje kilpoje laikas sukosi ratu, taigi tai galėjo įvykti kad ir prieš penkiasdešimt metų, ir vis tiek atrodytų tartum vakar.

– Kas jam nutiko? – paklausiau.

– Gal man prikelti tau senutį Viktorą? – pasigirdo balsas už nugaros. – Galėtum paklausti jo pats.

Enochas. Jis įėjo vidun ir uždarė duris.

Bronvina nusišypsojo jam pro tvinkstančias ašaras.

– Tikrai jį prikeltum? Ak, *prašau tave*, Enochai.

– Neturėčiau to daryti, – pareiškė jis. – Ir šiaip jau imu stigti širdžių, o norint prikelti žmogų, tegul tik minutei, jų reikia baisybės.

Bronvina prisiartino prie negyvo vaikino, pirštais suglostė plaukus.

– Ak, prašau, – ėmė melsti. – Jau *senų seniausiai* nesišnekėjome su Viktoru.

– Ką gi, turiu keletą karvių širdžių rūsyje, mirksta užraugtos sūryme... – jis apsimetė svarstąs. – Negaliu pakęsti, kai tenka naudoti antrarūšes sudedamąsias dalis. Šviežia – visada geriau!

Bronvina ir iš tikrųjų pravirko. Viena ašara nutiško vaikinui ant švarkelio, ir mergaitė paskubomis nubraukė lašą rankove.

– Baik žliumbti, – sudraudė ją Enochas, – juk žinai, kaip šito nepakenčiu. Šiaip ar taip, žadinti Viktorą – žiauru. Jam patinka ten, kur jis yra dabar.

– O kur jis yra? – paklausiau aš.

– Kas žino? Bet, kai tik prikeliame jį persimesti keliais žodžiais, jis, regis, visada siaubingai veržiasi kuo skubiau ten grįžti.

– Iš tiesų žiauru yra tai, kad šitaip kamuoji Bronviną ir apgaudinėji mane, – atrėžiau jam. – O jeigu Viktoras tikrai mirė, kodėl jo nepalaidojate?

Bronvina sviedė man kuo tikriausios pajuokos kupiną žvilgsnį.

– Juk tuomet niekad jo nebepamatytume, – atsakė.

– Tu mane užgavai, bičiuli, – tarė Enochas. – Užsiminiau apie galimybę ateiti čionai tik todėl, jog norėjau, kad sužinotum faktus. Aš tavo pusėje.

– Tikrai? Kokie tuomet yra tie faktai? Nuo ko mirė Viktoras?

Bronvina pakėlė galvą.

– Jį nužudė... aiiii! – spygtelėjo taip ir nebaigusi sakinio, nes Enochas skaudžiai įžnybė jai į ranką.

– Nutilk! – riktelėjo. – Ne tau valia šnekėti!

– Tai jau visiška nesąmonė! – pasipiktinau aš. – Jei nė vienas nepasakysite, eisiu paklausti panelės Peregrinės.

Enochas išplėtęs akis žingtelėjo prie manęs.

– O ne, šito tikrai neturėtum daryti.

– Taip? Ir kodėl gi?

– Paukščiui nepatinka, kai mes kalbamės apie Viktorą, – pasakė jis. – Bet, žinok, kaip tik dėl jo ji visada vilki juodai. Šiaip ar taip, nieku gyvu neturi sužinoti, kad mes buvome čia. Oi pastatytų mus visus ant blakstienų!

Lyg tyčia kaip tik tą akimirką išgirdome su niekuo nesupainiojamus žingsnius: laiptais aukštyn šlubčiodama kopė panelė Peregrinė. Bronvina išblyško ir, prasmukusi pro mane, šovė pro duris. Enochas nespėjo – aš užtvėriau jam kelią.

– Pasitrauk! – sušnypštė jis.

– Pasakyk, kas atsitiko Viktorui!

– *Negaliu!*

– Tada papasakok apie miestelio antpuolį!

– To irgi negaliu! – Jis dar sykį mėgino prasibrauti pro mane, bet įsitikinęs, kad nepavyks, pasidavė. – Gerai jau, gerai, tik uždaryk duris, ir aš tau pakuždėsiu!

Duris suskubau užverti kaip tik tą akimirką, kai panelė Peregrinė pasiekė laiptų aikštelę. Pastovėjome prispaudę ausis prie durų: bene nugirsime kokį ženklą, kad įkliuvome? Vaikų namų direktorės žingsniai artėjo, bet daugmaž ties koridoriaus viduriu nutilo. Atsidarydamos girgžtelėjo kitos durys, paskui trakštelėjo užsidarydamos.

– Nuėjo į savo kambarį, – sukuždėjo Enochas.

– Taigi, – mygau aš, – miestelio antpuolis.

Regis, nuoširdžiai apgailestaudamas, kad išvis apie tai užsiminė, Enochas mostelėjo man atsitraukti nuo durų. Nusekiau paskui jį, o paskui pasilenkiau, prikišdamas ausį prie pat jo lūpų.

– Kaip jau sakiau, mes žaidžiame tokį žaidimą. Pats gali suprasti, koks jis – iš pavadinimo.

– Nori pasakyti, jūs iš tikrųjų *puldinėjate* miestelį?

– Ką nors sudaužome, vaikomės žmones, pasiimame, kas mums patinka, šį tą sudeginame. Labai smagu, būna iš ko pasijuokti.

– Juk tai siaubinga!

– Juk mes turime kaip nors lavinti savo gebėjimus, ar ne? O jeigu kada nors prireiktų gintis? Kitaip visai sustabarėtume. Be to, laikomės tam tikrų taisyklių. Nieko nevalia užmušti. Tiktai pagąsdiname

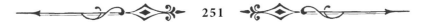

juos trupučiuką, ir viskas. O jei kas nors ir nukenčia, kitą dieną vis tiek būna kaip naujutėliai ir nieko neprisimena.

– Ema irgi dalyvauja?

– Nee. Tokio pat plauko kaip ir tu. Sako, kad tai *blogai.*

– Tai ir yra blogai.

Jis užvertė akis.

– O judu išties verti vienas kito.

– Ką dar *šitai* turėtų reikšti?

Jis išsitempė visu savo penkių pėdų keturių colių ūgiu ir pirštu dūrė man į krūtinę.

– Tai reiškia, kad verčiau nevaidintum man šikančio katino, drauguži. Mat jei protarpiais nepuldinėtume nelemto kaimo, dauguma mūsų kažin kada būtų visai nukvakę. – Jis priėjo prie durų, apgniaužė rankeną, bet dar atsigręžė į mane. – O jei manai, kad bjaurybės esame *mes,* palūkėk, kol susidursi su *jais.*

– Su kuo – su *jais?* Apie kokį velnią jūs čia visi šnekate?

Jis kilstelėjo vieną pirštą mane tildydamas ir išsprūdo lauk.

Vėl likau vienas. Žvilgsnis nejučia krypo prie lovoje gulinčio kūno. *Kas tau nutiko, Viktorai?*

Galbūt jis išprotėjo ir nusižudė? – atsliūkino mintis. Galbūt jį pribaigė šita džiaugsminga, bet jokios ateities nežadanti amžinybė ir jis prisirijo žiurknuodžių ar šoko nuo uolos? O gal nagus prikišo *jie?* Tie „kiti pavojai“, apie kuriuos užsiminė panelė Peregrinė?

Išlindau į koridorių ir patraukiau laiptų pusėn, bet staiga išgirdau panelės Peregrinės balsą už pravirų durų. Šmurkštelėjau į artimiausią kambarį ir tūnojau ten nekrustelėdamas, kol ji praklibikščiavo pro mane ir nušlumščiojo laiptais žemyn. Tik tada pastebėjau porą batų, stovinčių prie nepriekaištingai paklotos lovos. Tai buvo Emos batai. Atsidūriau jos kambaryje.

Prie vienos sienos glaudėsi komoda su veidrodžiu, prie kitos – rašomasis stalas su pastumta po juo kėde. Tvarkingos mergaitės kambarys – mergaitės, neturinčios ką slėpti, ar bent jau taip atrodė, kol spintelėje, prie pat krašto, neaptikau skrybėlių dėžutės. Ši buvo perrišta virvele, o ant dangtelio storu minkštu pieštuku užrašyta:

Asmeniška

Emos Blum

korespondencija
Neatidarykite

Man tai buvo tas pat, kas buliui – raudona skraistė, plazdanti prieš snukį. Atsisėdau, dėžutę pasidėjau ant kelių, atrišau virvelę. Dėžutė buvo prikimšta laiškų: šimtas, gal daugiau, ir visi – nuo mano senelio. Širdis taip ir pasiuto kūlvirsčiuoti man krūtinėje. Kaip tik šitokią aukso kasyklą aš ir tikėjausi aptiksiąs senojo namo griuvėsiuose. Žinoma, šniukštinėdamas nesijaučiau labai smagiai, bet jeigu visi čia taip atkakliai stengiasi saugoti paslaptis, man nė nelieka kitos išeities, tik mėginti viską išsiaiškinti pačiam.

Troškau perskaityti viską, bet pernelyg baiminausi, kad mane gali kas nors užklupti, tad kibau sklaidyti laiškus, kad bent susidaryčiau bendrą vaizdą. Daugelis rašyti 1940-ųjų pradžioje, kai senelis Portmanas buvo armijoje. Paskaitinėjęs šen ir ten įsitikinau: visi jie ilgi ir sentimentalūs, kupini meilės prisipažinimų ir ne itin grakščių Emos grožio aprašymų, suregztų anuomet dar nelabai sklandžia senelio anglų kalba („Tu graži kaip gėlė, skanus ir kvapas, ar galiu nusiskinti?"). Prie vieno laiško buvo pridėta ir nuotrauka: senelis pozavo atsisėdęs ant bombos, su cigarete dantyse.

Vėlesni laiškai vis trumpėjo, vis retėjo. Šeštajame dešimtmetyje jis rašė jau vos kokį kartą per metus. Paskutinis laiškas datuotas 1963-iųjų balandį; voke laiško išvis nebuvo, tik kelios nuotraukos. Dvi – pačios Emos, kurias ji buvo jam siuntusi, o jis parsiuntė atgal. Pirmoji – dar iš ankstyvojo laikotarpio, Ema pozavo juokais, nuotrauka atsakydama į jo nuotrauką: ji – skutanti bulves ir neva papsinti vieną iš panelės Peregrinės pypkių. Kita – jau kur kas liūdnesnė, spėju, Ema pasiuntė ją ilgokai nesulaukusi senelio laiško. Ir paskutinioji nuotrauka – iš tiesų paskutinė jo siųsta jai žinia – buvo mano senelio, jau pusamžio vyro, su mergaite ant rankų.

Pssss

Nieko tau neprimena?
Mano gražuolei bombikei –
myliu, Abė

Peeling spuds & dreaming of you. Come home soon.
Love, your potato.

*Skutu bulves ir svajoju apie tave. Grįžk greičiau namo.
Myliu. Tavo bulvelė*

Feeling caged without you.
Won't you write? I worry
so. Kisses, Emma.

Be tavęs jaučiuosi kaip įkalinta narve.
Negi niekad nebeparašysi? Man taip neramu.
Bučiuoju, Ema

This is Why

Štai kodėl

Gerą valandėlę stebeilijau į paskutiniąją nuotrauką, kol pagaliau susigaudžiau, kas ta mergaitė. Taigi mano teta Suzė, anuomet – gal kokių ketverių. Jokių vėlesnių laiškų nebebuvo. Susimąsčiau, ar ilgai dar Ema rašydavo seneliui, tegul ir nesulaukdama jokio atsako, ir kur jis dėjo jos laiškus. Tiesiog išmesdavo? Ar kur nors saugojo? Reikia manyti, vieną iš jos laiškų mano tėtis ir teta tada, vaikystėje, ir aptiko, dėl to laiško ir pamanė, kad senelis – svetimautojas ir melagis. Kaip skaudžiai jie klydo.

Staiga išgirdau kažką krenkštelint ir atsigręžęs išvydau Emą, svilinančią mane žvilgsniu iš tarpdurio. Paskubomis suglobiau laiškus jusdamas, kaip kaista veidas. Šaukštai popiet – įkliuvau.

– Atleisk. Tikrai neturėčiau būti čia.

– Ką jau žinau, tai žinau, – atrėžė ji. – Bet manęs gali nepaisyti, nenorėjau sutrukdyti tau skaityti. – Ji nudrožė prie komodos, išlupo vieną stalčių – šis nubildėjo ant grindų. – Sykį jau pradėjai, gal norėtum apžiūrėti ir mano kelnaites?

– Aš labai labai atsiprašau, – pakartojau. – *Niekada* šito nedarau.

– Nenuostabu. Tikriausiai pernelyg užsiėmęs kitkuo, pavyzdžiui, žvalgaisi pro damų langus! – Ji stypsojo prie pat manęs drebėdama iš pykčio, kol aš skubomis grūdau laiškus atgal į dėžutę.

– Žinok, kad jie buvo sudėti pagal tam tikrą tvarką! Duok šen, viską man suvelsi!

Ji atsisėdo, mane pastūmė į šalį, o dėžutės turinį išvertė ant grindų ir kibo rūšiuoti laiškus taip mitriai, lyg būtų tikra pašto darbuotoja. Nutaręs, kad užvis geriausia bus laikyti liežuvį už dantų, aš tiktai nuolankiai stebėjau ją triūsiančią.

Šiek tiek aprimusi ji tarė:

– Taigi, norėjai sužinoti apie Abę ir mane, tiesa? Galėjai paprasčiausiai paklausti.

– Aš nenorėjau šniukštinėti.

– Dabar tai skamba gana abejotinai, tau pačiam taip neatrodo?

– Turbūt kad taip.

– Na? Tai ką norėtum sužinoti?

Pagalvojau valandėlę. Nė nežinojau, nuo ko pradėti.

– Tiesiog... kas atsitiko?

– Ką gi, visus gražumynus praleisime, pradėsime nuo pačios pabaigos. Iš tikrųjų tai visai paprasta. Jis išvyko. Sakė, kad myli mane, pažadėjo kada nors sugrįžti. Bet nebegrįžo.

– Bet jis juk turėjo išvykti, ar ne? Kariauti?

– *Turėjo?* Nežinau. Sakė niekad nepajėgsiąs susitaikyti su savimi, jei saugiai pratūnosiąs karą užuoglaudoje, kai tuo tarpu jo artimieji ir tautiečiai persekiojami ir žudomi. Tvirtino, esą tai jo pareiga. Spėju, kad pareiga jam reiškė daugiau negu aš. Šiaip ar taip, aš laukiau. Laukiau, netverdama nerimu, per visą sumautą karą, ir kaskart, gavusi laišką, nutirpdavau, ar tik nebus tai pranešimas apie jo žūtį. O paskui karas baigėsi, ir jis parašė negalįs grįžti. Esą čia išsikraustytų iš proto. Tvirtino armijoje puikiausiai išmokęs apsiginti, ir jam visiškai nebereikią auklytės Paukščio, kad jį prižiūrėtų. Pranešė išvažiuojąs į Ameriką, ten įsikursiąs, o kai jau turėsiąs namus, kur galėtume gyventi, išsikviesiąs mane. Taigi, vėl laukiau. Laukiau taip ilgai, kad, jei vis dėlto būčiau išvažiavusi pas jį, ten būčiau atsidūrusi keturiasdešimtmetė. Bet paskui jis susidėjo su kažin kokia prasčioke. Ir tuo, kaip sakoma, padėjo tašką.

– Man taip gaila... Net nenutuokiau apie tai.

– Sena istorija. Kadai nugrimzdusi, nebebandau traukti jos į paviršių.

– Kaltini jį dėl to, kad likai įstrigusi čia, – ištariau aš.

Ji aštriai dėbtelėjo į mane.

– Kas pasakė, kad aš čia įstrigusi? – Ji atsiduso. – Ne, dėl nieko jo nekaltinu. Tiktai ilgiuosi jo, ir tiek.

– Vis dar?

– Kiekvieną mielą dieną.

Ji pabaigė rūšiuoti laiškus.

– Na štai, dabar jau žinai, – tarė ji užvoždama dangtelį. – Visa mano meilės istorija – sudulkėjusioje dėžutėje spintelėje. Ji giliai įkvėpė, tada užsimerkė ir sužnybė viršunosę. Vieną akimirksnį aš bemaž įžvelgiau seną moterį, slypinčią už jaunatviškų jos bruožų. Mano senelis sutrempė jos vargšę ilgesio kupiną širdį, ir žaizda tebekraujavo netgi dabar, praslinkus daugybei metų. Labai knietėjo ją apkabinti, bet kažkas mane sulaikė. Šalia manęs sėdėjo toji graži, smagi, nuostabi mergaitė, kuriai, stebuklų stebuklai, aš, regis, iš tikrųjų patikau. Vis dėlto suvokiau, kad patinku jai ne aš. Jos širdis ilgėjosi kito, o aš buvau tik tarsi koks senelio pakaitalas. O šitai sustabdytų bet ką, nesvarbu, kaip karštai jos trokštum. Pažinojau vaikinų, kuriems kėlė šleikštulį vien mintis apie artimus santykius su buvusia *draugo* mergina. Žvelgiant iš tokių pozicijų, įsimylėti senelio merginą būtų bemaž kraujomaiša.

Bet po akimirkos pats pajutau Emos delną ant savo rankos. Paskui – ir galvą ant peties, jos smakras lėtai slydo artyn mano veido. Jei kūno kalba išvis įmanoma pasakyti „pabučiuok mane", tai buvo kaip tik tai. Dar sekundė – ir mūsų veidai atsidurs visiškai vienas priešais kitą, ir tada man teks rinktis: įsisiurbti jai į lūpas ar rimtai užgauti atšlyjant, o sykį aš ją jau užgavau. Jokiu būdu netvirtinu, kad nenorėjau jos pabučiuoti, – iš tiesų nieko kita ir netroškau, – bet pagalvojęs, kad tai įvyks vos per dvi pėdas nuo dėžutės su kruopščiai saugomais mano senelio meilės laiškais, ėmiau nervintis, pasijutau nei šiaip, nei taip.

Jos skruostui prigludus prie manojo supratau: dabar arba niekad. Ir leptelėjau pirmą į galvą šovusį dalyką, galintį išsklaidyti apžavus.

– Ar kas nors vyksta tarp tavęs ir Enocho?

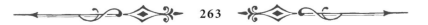

Ji akimoju atšoko ir pažvelgė į mane taip, lyg būčiau pasiūlęs keptų šunyčių pietums.

– Ką?! Ne! Iš kur ištraukei tokią nesąmonę?

– Iš jo paties. Apie tave jis kalba su kažkokiu karteliu, be to, aiškiai jaučiu, kaip jis nepageidauja manęs čia, lyg aš grasyčiau suardyti jo ketinimus, ar dar ką.

Jos akys vis labiau plėtėsi.

– Visų pirma, neturi jis jokių „ketinimų", kuriuos tu galėtum „suardyti", patikėk. Jis tiesiog pavydus kvailys ir melagis.

– Tikrai toks?

– Apie kurį variantą klausi?

– Jis melagis?

Ji prisimerkė.

– O ką? Kokių nesąmonių jis tau priskiedė?

– Ema, kas atsitiko Viktorui?

Mano klausimas ją, regis, pribloškė. Paskui, linguodama galvą, sumurmėjo:

– Kad jį galai, tą savanaudį vaikiščią.

– Žinau: esama kažkokios paslapties, apie kurią niekas nenori man pasakoti. O aš kaip tik ir noriu ją sužinoti.

– Negaliu sakyti ir aš, – tarė ji.

– Tik tai iš visų ir girdžiu! Aš negaliu kalbėti apie ateitį. Tu negali kalbėti apie praeitį. Panelė Peregrinė įstūmė mus į tikrai keblią padėtį. Paskutinis mano senelio pageidavimas buvo, kad atvažiuočiau čionai ir išsiaiškinčiau tiesą. Negi tai nieko nereiškia?

Ji paėmė mano ranką, pasidėjo ant kelių ir užsižiūrėjo į ją. Atrodė, ieško tinkamiausių žodžių.

– Tavo tiesa, – ištarė galiausiai. – Reiškia.

– Tai papasakok.

– Ne čia, – sukuždėjo ji. – Šiąnakt.

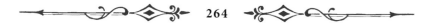

Mudu sutarėme susitikti tą pačią naktį, vėlai, kai tiek mano tėtis, tiek panelė Peregrinė jau turėtų miegoti. Ema primygtinai tvirtino, esą tai – vienintelė išeitis, kadangi sienos turinčios ausis, o išsprūsti vidury dienos nemačiomis ir nesukeliant įtarimų – visiškai neįmanoma. Siekdami sukurti kuo patikimesnę iliuziją, neva neturime ko slėpti, mudu tą popietę trainiojomės po kiemą visų akivaizdoje, o kai saulė ėmė krypti vakarop, aš patraukiau pelkės link vienas.

*   *   *

Dvidešimt pirmame amžiuje tai buvo dar vienas darganotas vakaras, ir aš, galiausiai pasiekęs barą, net apsidžiaugiau atsidūręs bent jau sausoje vietelėje po stogu. Tėtį aptikau vieną patį sėdintį prie staliuko ir globstantį alaus bokalą, tad prisitraukiau kėdę ir ėmiausi riesti istorijas, kaip praleidau dieną, tuo pat metu servetėlėmis šluostydamasis veidą. (Šį tą jau spėjau sužinoti apie melą: kuo daugiau meluoji, tuo lengviau darosi.)

Bet tėtis klausėsi tik viena ausimi.

– Aha, – protarpiais murmtelėdavo. – Labai įdomu. – O paskui žvilgsnis kažkur nuslysdavo, ir jis trūktelėdavo dar mauką alaus.

– O tau kas yra? – neiškenčiau. – Vis dar siunti ant manęs?

– Ne, ne, nieko panašaus, – jis jau buvo beimąs aiškinti, bet apsigalvojęs numojo ranka. – Et, kvailystė, ir tiek.

– Tėti... Nagi!

– Nieko tokio, tik... toksai vyrukas... pasirodė prieš porą dienų. Dar vienas paukščių stebėtojas.

– Kas nors pažįstamas?

Tėtis papurtė galvą.

– Nesu iki šiol jo matęs. Iš pradžių pamaniau: koks nors nesusitupėjęs mėgėjas, entuziastas... Bet jis vis ateina į tas pačias vietas, stebi

tas pačias perimvietes, užsirašinėja. Neabejotinai žino, ką daro. O ir turi „Predator", taigi, aišku – profas.

– „Predator"?

– Žiūronus „Predator". Čia tau ne juokas. – Jis jau trečią kartą sugniaužė ir vėl išlygino popierinę staltiesėlę – nervinis įprotis. – Tiesiog... supranti, maniau, ši paukščių populiacija – mano vieno atradimas. Išties norėjau, kad knyga apie juos būtų šis tas ypatinga.

– O tada ima ir pasirodo tasai šūdžius.

– Džeikobai...

– Turėjau galvoj – tasai niekdara kalės vaikas.

Jis nusijuokė.

– Ačiū, sūnau, šito užteks.

– Tavo knyga ir bus šis tas ypatinga, – mėginau jį padrąsinti.

Tėtis gūžtelėjo pečiais.

– Nežinau. Viliuosi. – Vis dėlto tvirto įsitikinimo balse nebuvo justi.

Aš labai gerai žinojau, kas bus toliau. Tai tik vienas etapas to apgailėtino ciklo, iš kurio tėtis negalėjo išsivaduoti. Jis amžiais aistringai susidomi kokiu nors projektu, neria į jį stačia galva, apie nieką kita nė nešneka, ir taip ištisus mėnesius. O paskui neišvengiamai išnyra kokia nors menka kliautis, kas nors ima kaišioti net ne pagalius, gal šiekštus jam į ratus, ir tėtis, užuot tai įveikęs, leidžiasi visiškai užvaldomas nevilties. O tada nė mirktelėti nespėji – projektas garma į kanalizaciją, o tėtis, žiūrėk, užsidega kuo nors kitkuo, ir ciklas prasideda iš pradžių. Jis amžiais pernelyg lengvai nuleidžia rankas. Kaip tik dėl šios priežasties jo stalčiuje nugulė gal šeši neužbaigti rankraščiai, o paukščių krautuvėlė, kurią ketino steigti su teta Suze, taip niekad ir nebuvo atidaryta; dėl tos pačios priežasties jis, turėdamas Azijos kalbų bakalauro diplomą, niekad taip ir nenuvažiavo į Aziją.

Jam jau keturiasdešimt šešeri, o jis vis dar tebeieško savo vietos pasaulyje, vis dar stengiasi įrodyti galįs išsiversti ir be mamos pinigų.

Dabar jam labiausiai reikėjo pokalbio nuotaikai pataisyti, bet aš tokiam pokalbiui – visai niekam tikęs pašnekovas, tad pasistengiau bent šiek tiek pakeisti temą.

– O kur tasai įsibrovėlis apsistojęs? – paklausiau. – Maniau, kad vienintelį miestelio viešbučio numerį esame užėmę mes.

– Tikriausiai palapinėje, – spėjo tėtis.

– Tokiu oru?

– Tokie jau tie užkietėję ornitologai. Kuo atšiauresnėmis sąlygomis įsikursi, tuo labiau priartėsi prie savo stebėjimų objekto – tiek fiziškai, tiek psichologiškai. Nepritekliai skatina siekti laimėjimų, ir panašiai.

Aš nusijuokiau.

– Tai ko pats neįsikuri palapinėje? – Vos spėjęs tai pasakyti, iškart pasigailėjau.

– Dėl tos pačios priežasties, dėl kurios mano knyga veikiausiai niekad neišvys dienos šviesos. Visuomet atsiranda kas nors, labiau atsidavęs darbui.

Nejaukiai pasimuisčiau kėdėje.

– Visai ne tai turėjau galvoj. Aš tik norėjau pasakyti...

– Šššš! – tėtis staiga įsitempė ir vogčia dirstelėjo į duris. – Užmesk akį, tik nepastebimai. Jis ką tik įėjo vidun.

Prisidengiau veidą valgiaraščiu ir žvilgtelėjau per viršų. Tarpduryje stypsojo toksai iš pažiūros nevalyvas barzdotas individas ir trepsėjo, purtydamas vandenį nuo batų. Galvą dengė gobtuvas nuo lietaus, jis buvo su tamsiais akiniais, vilkėjo, bent taip pamaniau aš, kelis megztinius, užmaukšlintus vienas ant kito, ir dėl to atrodė tiek storas, tiek ir tarsi koks laikinas.

– Kaip iš akies trauktas benamis Kalėdų Senis, man patinka, – šnipštelėjau. – Tik pamanyk, tokį įvaizdį susikurti turbūt nelengva. Tiesiog paskutinis mados klyksmas.

Tėtis nekreipė į mane dėmesio. Žmogynas nuspūdino prie baro, ir šnekos aplink jį kiek pritilo. Kevas paklausė, ko tasai norėtų, jis kažką atsakė, ir Kevas išnyko virtuvėje. Nepažįstamasis laukė įbedęs žvilgsnį tiesiai prieš save. Po minutės Kevas sugrįžo, padavė tam maišelį, į kokius paprastai dedami maisto likučiai išsinešti. Žmogus jį paėmė, numetė ant baro kelis banknotus ir pasuko prie durų. Prieš išeidamas dar atsigręžė, lėtai nužvelgė patalpą. Ir galiausiai, po užsitęsusios minutės, išėjo.

– Ko jis užsisakė? – šūktelėjo tėtis, vos tik dunkstelėjo užsidarančios durys.

– Porą žlėgtainių, – atsakė Kevas. – Sakė, jam nesvarbu, kaip paruošti, tad gavo apyžalius, dešimt sekundžių pačirškintu vienu šonu, dešimt – kitu. Nesiskundė.

Baro lankytojai sušurmuliavo, ėmė spėlioti, pokalbiai vėl gaudė garsiau.

– Žalias žlėgtainis, – pasakiau tėčiui. – Turėtum pripažinti: netgi ornitologui tai gana keista.

– Gal jis iš tų, kurie valgo žalią maistą, – atsakė tėtis.

– Aha, kurgi ne. O gal jam pakyrėjo gerti ėriukų kraują.

Tėtis tik subaltakiavo į mane.

– Tasai žmogus, nė kiek neabejoju, naudojasi turistine virykle. Turbūt jam patinka pačiam gamintis maistą po atviru dangumi.

– Pilant lietui? Įdomu, kodėl tu jį gini? Maniau, jis tavo priešas numeris vienas.

– Nė nesitikėjau, kad suprasi, – pasakė tėtis, – bet būtų labai miela, jei bent nustotum traukti mane per dantį. – Tai taręs jis pakilo ir nuspūdino prie baro.

Po kelių valandų tėtis klupinėdamas užsigriozdino laiptais aukštyn, iš tolo trenkdamas alkoholiu, ir drėbėsi į lovą. Užmigo akimoju, tuojau pat ir griausmingai užknarkė. Aš stvėriau striukę ir išmoviau susitikti su Ema – neprireikė nė išsmukti vogčia.

Gatvėse nebuvo nė gyvos dvasios, o tyla viešpatavo tokia, kad bemaž girdėjai rasą krintant. Danguje driekėsi skystoki debesys, pro kuriuos prasismelkė pakankamai mėnesienos man keliui nušviesti. Vos užsiropštus į kalvagūbrio keterą, apėmė keistas jausmas, lyg peršulys, lyg dilgčiojimas – apsidairęs pastebėjau žmogų, stebintį mane nuo tolimos atodangos. Jo rankos buvo pakeltos prie veido, alkūnės išskėstos į šalis, tarsi žvalgytųsi pro žiūronus. Pirmoji mintis, šovusi man į galvą, buvo tokia: *Tai velniava, įkliuvau.* Mat pamaniau, kad tai – kuris nors iš avių augintojų, apimtas įkvėpimo pabūti detektyvu. Bet jei tikrai taip, kodėl jis neprieina klausti, kur išsiruošiau? Žmogus tiesiog stovėjo ir žiūrėjo, o aš žiūrėjau į jį.

Galų gale nutariau: *Jeigu jau įkliuvau, tai įkliuvau, koks skirtumas.* Nesvarbu, ar sukčiau atgal, ar traukčiau pirmyn, žinia apie vėlyvą pasivaikščiojimą tėtį vis tiek pasieks. Tad kilstelėjau ranką atkišęs vieną pirštą ir patraukiau žemyn, į žvarbų rūką.

Išnirus iš piramidės man pasirodė, kad debesis kažkas nulaupė nuo dangaus, o mėnulį pripūtė lyg didžiulį geltoną balioną, tokį ryškų, kad man beveik teko prisimerkti. Po kelių minučių per pelkę atskubėjo Ema – atsiprašinėdama ir berdama žodžius it žirnius.

– Atleisk, vėluoju. Truko ištisą amžinybę, kol visi galiausiai sugulė! O paskui dar užsiroviau ant Hjugo ir Fionos, sode seilėjančių kits kitam veidus. Bet dėl to nesirūpink. Jie prižadėjo niekam nesakyti, jei aš neprasitarsiu apie juos.

Ji abiem rankomis apsikabino man kaklą.

– Pasiilgau tavęs, – ištarė. – Atleisk dėl to, kas buvo anksčiau.

– Ir tu man atleisk, – ištariau, negrabiai tapšnodamas jai nugarą. – Taigi, pasikalbėkime.

Ji atšlijo.

– Ne čia. Yra geresnė vietelė. Tokia ypatinga vietelė.

– Na, nežinau...

Ji paėmė mane už rankos.

– Nagi, nebūk toks. Tau patiks, pažadu. Ten viską tau ir papasakosiu.

Bemaž neabejojau: ji tiesiog kėslauja priversti mane su ja pasiglamžyti. Jei būčiau buvęs vyresnis ir išmintingesnis, ar bent vienas iš tų vyrukų, kuriems pasiglamžymų su dailiomis mergaitėmis nuskyla taip dažnai, kad paskui nuteka kaip vanduo nuo žąsies, galbūt man būtų pakakę emocinės, taip pat ir hormoninės stiprybės atsispirti ir pareikalauti kalbėtis ten pat ir tuojau pat. Bet aš toli gražu nebuvau toks. Be to, ji taip švytėjo šypsodamasi man visa savo esybe, ir tai, drauge su mažyčiais koketiškais judesiais, tarkime, rankos kilstelėjimu užsikišti plaukų sruogos už ausies, nejučia vertė mane trokšti sekti paskui ją, jai padėti, daryti viską, kad ir ko ji paprašytų. Jokios mano galios visam tam nė iš tolo negalėjo prilygti.

Eisiu su ja, bet nė už ką jos nepabučiuosiu, tariau sau. Ir, sekdamas jai pridurmui per pelkę, be paliovos kartojau it maldą: *Tik nebučiuok jos! Tik nebučiuok jos!* Mudu patraukėme miestelio linkui, bet paskui pasukome į pakrantės uolas, nuo kurių buvo matyti švyturys, ir stačiu takeliu nusiropštėme iki smėlėto paplūdimio ruožo.

Prie pat vandens ji paliepė man luktelėti ir nubėgo kažko paimti. Stovėjau ir žiūrėjau, kaip sukdamasis švyturio spindulys bruožia šviesos pluoštu per viską: milijonus vandens paukščių, miegančių raupuotų uolų įdubose, didžiulius akmenis, išnirusius per atoslūgį, apipuvusį, smėlyje nugrimzdusį luotą. O paskui grįžo Ema – persirengusi maudymosi kostiumu ir nešina dviem kaukėmis su kvėpavimo vamzdeliais.

– O ne, – ištariau. – Nieku gyvu.

– Manau, tau reikėtų nusirengti bent iki apatinio trikotažo, – tarė ji, abejodama nužvelgusi mano džinsus ir striukę. – Tavo apranga vargu ar tinkama plaukioti.

– Aš ir neketinu niekur plaukioti! Sutikau išsėlinti naktį iš namų susitikti su tavim, tas tiesa, bet – tik pasikalbėti, o ne...

– Mes ir kalbėsimės, – užtikrino ji.

– Po vandeniu. Aš – tik su apatiniais.

Ji spirtelėjo į mane smėlio ir žengė porą žingsnių šalin, bet tuojau pat apsisuko ir grįžo.

– Neketinu tavęs pulti, jei dėl to drebini kinkas. Nemanyk, kad tu jau kažin kas.

– Ir nemanau.

– Tai baik čiupinėtis ir lįsk iš tų kvailų kelnių!

Ji ir iš tikrųjų puolė mane, parvertė žemėn ir, viena ranka mėgindama atsegti džinsų diržą, antrąja žėrė man į veidą saują smėlio.

– Sukčiauji! – surikau springdamas ir spjaudydamas smėlį. – Taip kovoti negarbinga, negarbinga!

Nebeturėjau iš ko rinktis, liko tik atsilyginti jai geroka sauja, ir visai netrukus užvirė pats tikriausias smėlio mūšis be jokių apribojimų ar taisyklių. Jam pasibaigus, abu kvatojome ir bergždžiai stengėmės išsikratyti smėlį iš plaukų.

– Taigi – dabar tau būtinai reikia išsimaudyti, tad gali nieko nelaukęs ir lįsti į tą suknistą vandenį!

– Gerai jau, gerai, tebūnie.

Iš pat pradžių vanduo pasirodė toks šaltas, kad užgniaužė kvapą, – ne pati maloniausia padėtis, kai mūvėdamas tik trumpikes esi ne vienas, – bet su temperatūra apsipratau gana greitai. Nubridome

toliau nuo uolų, iki gylį ženklinančios karties, prie kurios buvo pririšta valtelė. Susiropštėme į ją, Ema padavė man irklą, ir abu kibome irtis švyturio linkui. Naktis buvo šilta, jūra – rami, ir aš kelias minutes visai užsimiršau, svaiginamas ritmingo irklų pliaukšėjimo. Tačiau iki švyturio likus gal šimtui jardų, Ema staiga liovėsi irklavusi ir išsirito per bortą. Apstulbęs išvydau, kad ji, užuot panirusi bangose, ramiausiai atsistojo – vanduo siekė jai vos iki kelių.

– Ar čia kokia smėlio sekluma, ar dar kas? – paklausiau.

– Ne. – Ji kyštelėjo ranką į valtelę, apsigraibė, užčiuopė nedidelį inkarą ir įmetė jį į vandenį. Šis nugrimzdo gal tris pėdas, ne daugiau, ir į kažką atsitrenkė, išgirdau metalo žvangtelėjimą. Po akimirkos prašliuožė švyturio spindulys, ir aš įžiūrėjau po vandeniu laivo korpusą – šis po mumis driekėsi į visas puses kiek akys užmatė.

– Nuskendęs laivas!

– Eikš čionai, – pakvietė ji, – visai nebetoli. Tik pasiimk kaukę.

Atsargiai išlipau iš valtelės ir nusekiau jai pridurmu. Jei kas nors matė mus nuo kranto, tokiam stebėtojui turėjo pasirodyti, kad mudu žengiame vandens paviršiumi.

– Tas laivas didelis? – paklausiau.

– Didžiulis. Sąjungininkų karo laivas. Užplaukė ant saviškių minos, čia pat ir nuskendo.

Ji sustojo.

– Nusisuk nuo švyturio, pažiūrėk minutę į kitą pusę, – tarė. – Kad akys apsiprastų su tamsa.

Mudu pastovėjome žvelgdami į krantą, smulkios bangelės skalavo mums šlaunis. Paskui Ema pasakė:

– Gerai. O dabar sek paskui mane, tiktai giliai įkvėpk.

Ji prisiartino prie tamsios skylės laivo korpuse – tikriausiai liuko, bent taip atrodė, – atsisėdo ant briaunos ir nėrė vidun.

Visiška beprotybė, dingtelėjo man. Bet užsimaukšlinau jos duotą kaukę ir nėriau jai iš paskos.

Nukreipęs žvilgsnį į juodymę, supstančią mano kojas, įžiūrėjau Emą, kuri, kabindamasi į kopėčių skersinius, leidosi dar giliau. Įsistvėriau viršutiniojo ir nusekiau paskui ją, leidausi rankomis kibdamasis į vieną skersinį po kito, kol pasiekiau metalines grindis – čia manęs laukė Ema. Man pasirodė, kad patekome į krovinių triumą, bet buvo pernelyg tamsu pamatyti ką nors daugiau. Paliečiau jai alkūnę ir parodžiau sau į burną. Juk reikia kuo nors kvėpuoti! Ji maloningai patapšnojo man ranką ir siektelėjo netoliese kadaruojančios plastikinės žarnelės; ši buvo sujungta su vamzdžiu, tįstančiu kopėčiomis iki pat paviršiaus. Įsikandusi žarnelę Ema iš visų jėgų pūstelėjo, net žandai išsipūtė, o paskui įkvėpė iš jos ir perdavė man. Su malonumu įtraukiau pilnus plaučius oro. Mes buvome po vandeniu, sename nuskendusiame laive, ir vis dėlto kvėpavome.

Ema bedė pirštu į liuką priešais – tiesiog dar juodesnę už tamsą skylę. Papurčiau galvą: *visai ten nenoriu*. Bet ji sugriebė mane už rankos lyg kokį išsigandusį mažių ir nusitempė prie skylės, nepaleisdama iš kitos rankos žarnelės.

Pro angą įplaukėme į visišką tamsą. Valandėlę tiesiog plūduriavome, dalydamiesi kvėpavimo žarnele. Girdėti nebuvo nieko, tik mūsų išpučiamo oro, burbulais kylančio aukštyn, gurgėjimas ir protarpiais iš laivo gilumos atsklindantis duslus dundesys – bildėjo srovės išjudintos sukiužusio korpuso nuolaužos. Net jei ir būčiau užsimerkęs, nebūtų pasidarę nė kiek tamsiau. Buvome tarytum du astronautai, pakibę bežvaigždėje visatoje.

O paskui kai kas atsitiko, ir tai buvo visiškai neįtikėtina, bet nuostabu. Viena po kitos ėmė žiebtis žvaigždės: tai čia, tai ten juodymėje plykstelėdavo žalia žiežirba. Pamaniau, kad man jau rodosi akyse.

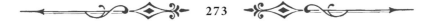

Bet jų žiebėsi vis daugiau, dar daugiau, kol galiausiai atsidūrėme tikrame žvaigždyne – milijonai žalių mirksinčių žiburiukų apšvietė mūsų kūnus, nuo kaukių tiško atspindžiai. Ema ištiesė ranką, sprigtelėjo riešą, bet šįsyk delne nesusimetė ugnies kamuoliukas, tik visa plaštaka sužioravo gyvybingu mėlynu spindesiu. Žaliosios žvaigždės susispietė aplink ją blykčiodamos ir sūkuriuodamos, kartodamos jos judesius visai kaip žuvų guotas – kaip tik žuvų guotas, sumojau, jos ir buvo.

Pakerėtas praradau bet kokį laiko pojūtį. Rodėsi, plūduriavome tenai ištisas valandas, nors veikiausiai užtrukome vos kelias minutes. Paskui Ema timptelėjo mane, ir mudu pro angą grįžome atgal prie kopėčių, užsikerioblinome aukštyn, o pirmas dalykas, kurį išvydau, vos galvai išnirus į vandens paviršių, buvo didinga, švytinti Paukščių Tako juosta, nutapyta dangaus skliaute, ir tada man dingtelėjo, kad žuvys ir žvaigždės drauge sukuria užbaigtą sistemą, kad vienos ir kitos yra kažkokios senovinės slėpiningos visumos dvi puikiai viena kitą atitinkančios dalys.

Išsiropštėme ant laivo korpuso, nusitraukėme kaukes. Valandėlę tiesiog taip ir sėdėjome ant liuko briaunos: vandens semiami, liesdamiesi šlaunimis, bežadžiai.

– Kas tai buvo? – paklausiau galų gale atgavęs amą.

– Mes jas vadiname žibintakėmis.

– Niekada nebuvau matęs tokių žuvų.

– Nenuostabu – jų beveik niekas nėra matęs, – atsakė Ema. – Jos slepiasi.

– Labai gražios.

– Taip.

– Ir ypatingos.

Ema nusišypsojo.

– Taip. Ir ypatingos.

Jos delnas lyg nejučia nusileido man ant kelio, ir aš nesipriešinau, nes malonu buvo justi jo šilumą šaltame vandenyje. Įsiklausiau: kur tasai balsas mano galvoje, kartojantis nė už ką jos nebučiuoti? Bet jis buvo nutilęs.

Dar akimirksnis – ir mudu jau bučiavomės. Mūsų lūpos susiliejo, liežuviai čiuopė vienas kitą, jos tobulas baltas skruostas tilpo mano saujoje – visa tai nušlavė bet kokias mintis apie tai, kas dera, o kas ne, bet kokius prisiminimus apie priežastį, išvis atginusią mus čionai. Bučinys užtruko amžinybę, o paskui staiga baigėsi. Jai atšlijus, pats palinkau į priekį, negalėdamas atitraukti veido nuo jos. Bet ji įrėmė delną man į krūtinę, tuo pat metu ir švelniai, ir primygtinai.

– Man juk reikia dar ir kvėpuoti, nuokvaka.

Nusijuokiau.

– Gerai jau.

Suėmusi už rankų įsižiūrėjo į mane, o aš žiūrėjau į ją. Šitaip susikabinus žvilgsniais mus sujungęs jausmas, ko gero, buvo netgi stipresnis nei bučiuojantis. O paskui ji tarė:

– Tau reikėtų pasilikti.

– Pasilikti, – pakartojau aš.

– Čia. Su mumis.

Jos žodžių tikrovė prasismelkė iki manęs, ir dar ką tik kvaitinę dilgčiojantys kerai išsisklaidė.

– Aš tai norėčiau, bet tikriausiai negaliu.

– Kodėl?

Mintyse ėmiau sverti visus už ir prieš. Saulės šviesa, puotos, draugai... ir nesibaigianti vienodybė, ničniekuo viena nuo kitos nesiskiriančios dienos. Kas per daug, visada nesveika, anksčiau ar vėliau apima šleikštulys – panašiai kaip mano mamą, nuolat perkančią visokius prašmatnius mažmožius, kurie tuoj pat jai nusibosta.

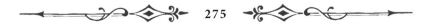

Bet... Ema. Čia yra dar ir Ema. Galbūt tai, kas galėtų būti tarp mūsų, nėra taip jau keista. Galbūt galėčiau šiek tiek užtrukti čia, mylėti ją, o paskui grįžti namo. Vis dėlto – ne. Kai panūsčiau traukti namo, būtų jau per vėlu. Ji – sirena. Privalau išlikti stiprus.

– Juk tu trokšti jo, ne manęs. Negaliu tau jo atstoti.

Užgavau ją, nukreipė žvilgsnį į šalį.

– Pasilikti turėtum ne dėl to. Tau skirta būti čia, Džeikobai.

– Ne. Aš ne toks kaip jūs.

– Kaip tik toks, – neatlyžo ji.

– Ne. Aš – paprastų paprasčiausias, kaip ir mano senelis.

Ema palingavo galvą.

– Tikrai taip manai?

– Jei sugebėčiau ką nors ypatinga, ką nors, ką galite jūs, negi tau atrodo, kad iki šiol nebūčiau pats to pastebėjęs?

– Neturėčiau tau šito sakyti, – tarė ji, – bet paprastas žmogus negali pakliūti į laiko kilpą.

Valandėlę gromuliavau, ką išgirdęs, bet taip ir neperpratau.

– Aš neturiu jokių ypatingų gebėjimų. Kito tokio vidutiniško kaip aš reikėtų dar paieškoti.

– Tuo aš labai smarkiai abejoju, – atsakė ji. – Abė buvo apdovanotas retu, ypatingu talentu, galėjo tai, ko negali beveik niekas kitas.

Pažvelgė tiesiai man į akis ir pridūrė:

– Jis galėjo matyti pabaisas.

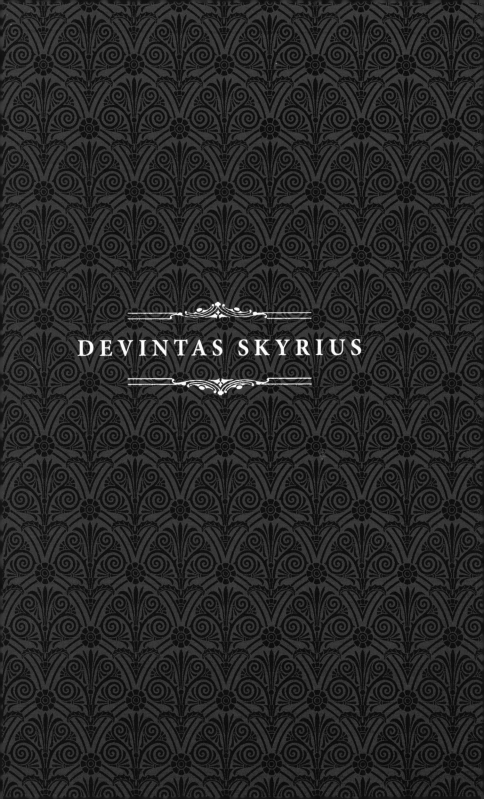

DEVINTAS SKYRIUS

Jis galėjo matyti pabaisas. Tą pat akimirksnį, kai ji ištarė šiuos žodžius, visi košmarai, kuriuos vyliausi palikęs praeityje, siūbtelėjo atgal. Pabaisos buvo tikros. Jos tikros ir jos nužudė mano senelį.

– Aš jas irgi matau, – sukuždėjau vos girdimai, lyg išpažindamas kokią gėdingą paslaptį.

Ji apkabino mane sklidinomis ašarų akimis.

– Taip ir žinojau, kad tu kažkuo ypatingas, – ištarė. – Ir tai iš mano lūpų – pats didžiausias komplimentas.

Visą gyvenimą žinojau esąs keistokas. Tačiau kad būčiau ypatingas – šito nė sapne nebuvau sapnavęs. Vis dėlto, jei man duota regėti tai, ko nemato beveik niekas kitas, tuomet aišku, kodėl aną naktį, kai žuvo senelis, miške nieko neįžiūrėjo Rikis. Aišku, kodėl, visų nuomone, man pasimaišė galvoje. Bet man nepasimaišė galvoje, neapniko haliucinacijos, nekamavo reakcija į stresą; vidurius gniaužiantis siaubas joms prisėlinus, taip pat ir kraupus reginys jas išvydus – štai kokia man tekusi dovana.

– O jūs išvis jų nematote? – paklausiau.

– Tik jų šešėlius, ir kaip tik dėl to jos dažniausiai medžioja naktį.

– O kas jas sulaiko, kodėl nepuola jūsų dabar pat? – Vos tai ištaręs, tuojau pasitaisiau: – Tai yra mūsų visų?

Ji surimtėjo.

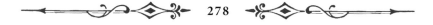

– Jos nežino, kur mūsų ieškoti. Ir dar, jos negali prasiskverbti į kilpas. Taigi, saloje mes saugūs. Bet negalime niekur iš jos pasitraukti.

– Vis dėlto Viktoras taip ir padarė.

Ema liūdnai linktelėjo.

– Pats tvirtino, neva čia kraustosi iš proto. Sakė nebegalįs ištverti nė akimirkos. Vargšė Bronvina. Manasis Abė irgi išvyko, bet jo bent jau nepribaigė kiaurymės...

Prisiverčiau pažvelgti į ją.

– Man tikrai labai gaila, kad tenka šitai tau sakyti...

– Ką? O ne.

– Visi mane įtikino, neva tai – žvėrių darbas. Bet jei tu sakai tiesą, kaip tik tosios nužudė ir mano senelį. Tą naktį, kai jis žuvo, buvo pirmas ir vienintelis kartas, kai mačiau baidyklę savo akimis.

Ji apsiglėbė kelius, prisitraukė juos prie krūtinės ir užsimerkė. Apkabinau ją viena ranka, ir ji kryptelėjo galvą, priglusdama prie manosios.

– Taip ir žinojau, kad jos anksčiau ar vėliau jį pričiups, – sukuždėjo. – Jis prisiekinėjo man Amerikoje būsiąs saugus. Sugebėsiąs apsiginti. Bet mes niekad negalime jaustis saugūs – nė vienas iš mūsų... visiškai saugūs – ne.

Šitaip sėdėjome šnekučiuodamiesi ant nuskendusio laivo korpuso, kol ėmė leistis mėnulis, kylantis vanduo jau teškeno palei kaklą, o Emą ėmė krėsti drebulys. Tada susikibę už rankų patraukėme atgal prie valtelės. Dar irdamiesi išgirdome kažką šaukiant mūsų vardus, o apiplaukę uolėtą kyšulį išvydome Hjugą ir Fioną – juodu mojo mums nuo kranto. Netgi iš tolo buvo aiškiai matyti, kad atsitiko kažkas negera.

Pririšome valtelę ir tekini nuskuodėme pas juos. Hjugas sunkiai gaudė kvapą, įjaudrintos bitės šmaižiojo aplink jį į visas puses.

– Kai kas atsitiko! Turi tučtuojau grįžti drauge su mumis!

Ginčytis nebuvo kada. Ema užsitempė drabužius ant šlapio maudymosi kostiumėlio, aš klupinėdamas įsirangiau į smėlėtus džinsus. Hjugas abejodamas dėbtelėjo į mane.

– Jam verčiau neiti, – ištarė. – Tai rimta.

– Ne, Hjugai, – nesutiko Ema. – Paukštis neklydo. Jis – mūsiškis. Hjugas net prasižiojęs įsistebeilijo į ją, paskui – į mane.

– Tu jam *pasakei*?!

– Turėjau pasakyti. Šiaip ar taip, jis beveik viską įspėjo pats.

Hjugas kokiai akimirkai neteko žado iš nuostabos, bet paskui ryžtingai pakratė man ranką.

– Ką gi – sveikas, dabar tu šeimos narys.

Nesusizgribau, ką sakyti, tad tiktai tarstelėjau:

– Ačiū.

Atgal į namą bėgome bėgte, tad apie tai, kas nutiko, iš Hjugo išgavome tik vieną kitą nuotrupą. Kai galiausiai miške stabtelėjome atsikvėpti, jis pasakė:

– Prisistatė viena iš Paukščio draugių ymbrynių. Atplasnojo prieš kokią valandą, klaikios būklės, plyšodama visa gerkle – visus išvertė iš lovų. Bet nė nespėjome suprasti, ką nori pasakyti – susmuko be sąmonės. – Susikrimtęs jis pagniaužė rankas. – Tikrai žinau: atsitiko kažkas siaubinga!

– Viliuosi, klysti, – pratarė Ema, ir mes vėl pasipustėme padus.

* * *

Koridoriuje, prie pat uždarų svetainės durų, apie žibalinę lempelę spietėsi vaikai, neapsirengę, su suglamžytais naktiniais marškiniais; jie dalijosi spėlionėmis, kas galėję atsitikti.

– Tikriausiai užmiršo iš naujo nustatyti kilpą, – pareiškė Klerė.

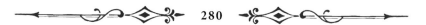

– Prasmuko kiaurymės, galvą guldau, – nesutiko Enochas. – Galvą guldau: prasmuko ir surijo juos visus, nė kaulelių nepaliko.

Klerė ir Oliva kūkčiodamos užsidengė veidus delnais. Horacijus pritūpė prie jų ir neva pamėgino guosti:

– Na jau, na jau. Enochas pučia jums miglą, nesiklausykite. Kaip visiems gerai žinoma, kiaurymėms skaniausia jaunikliai. Štai kodėl jos paleido panelės Peregrinės draugę – jos skonis kaip padegusių kavos tirščių!

Oliva praskėtė pirštus ir pro plyšelį dirstelėjo į jį.

– O koks vaikų skonis?

– Kaip bruknių, – visiškai rimtai atsakė jis. Mergaitės vėl apsipylė ašaromis.

– Atstok nuo jų! – užriko Hjugas, ir Horacijus žvygtelėjęs spruko koridoriumi, kai jo link siūbtelėjo visas debesis bičių.

– Kas ten dedasi? – iš svetainės atsklido panelės Peregrinės balsas. – Ar tik ne ponaitis Apistonas triukšmauja? O kur panelė Blum ir ponaitis Portmanas?

Ema tik susigūžė ir nervingai dėbtelėjo į Hjugą.

– Ji žino?

– Vos tik paaiškėjo, kad tu kažin kur išgaravusi, ji visai nuo koto nusprūdo. Pamanė, kad tave pagrobė padarai ar šiaip koks bjauras. Atleisk, Ema. Turėjau jai pasakyti.

Ema palingavo galvą, bet neliko kas darą, tik eiti vidun ir garbingai ištverti pylą, kad ir kokia ji būtų. Fiona mostelėjo mums, tarytum linkėdama sėkmės, ir mudu atidarėme duris.

Svetainėje tvyrojo prietema; vienintelis šviesos šaltinis buvo liepsna židinyje, svaidanti ant sienų virpančius šešėlius. Sunerimusi Bronvina šokinėjo apie senutę, kuri apdujusi sverdėjo krėsle visa susupta į antklodę. Panelė Peregrinė, įsitaisiusi ant plačios sofos, šaukštu pylė jai į burną kažkokį tamsų skystį.

Išvydusi senutės veidą Ema taip ir sustingo.

– Viešpatie Dieve, – kuštelėjo. – Panelė Avocetė.

Tik tada ją atpažinau ir aš, tiesa, ne be vargo – iš panelės Peregrinės albumo nuotraukos, kurioje, dar vaikystėje, buvo įamžinta ir ji pati. Nuotraukoje panelė Avocetė atrodė tvirta ir nepalenkiama, bet dabar – silpna ir sugniužusi.

Mums bežiūrint, panelė Peregrinė prikišo panelei Avocetei prie lūpų sidabrinį buteliuką, pakreipė jį, kad tekėtų skystis, ir vyresnioji ymbrynė, regis, atsigavo, išsitiesė, akys sužvilgo. Bet tai truko vos akimirką: tuojau pat ji vėl apsiblausė ir suglebo krėsle.

– Panele Brantli, – panelė Peregrinė kreipėsi į Bronviną, – eik, pataisyk panelei Avocetei sofą atsigulti, o grįždama atnešk kokos vyno ir dar vieną brendžio buteliuką.

Bronvina išdrožė iš kambario, praeidama oriai linktelėjo mums. Tada jau atėjo ir mūsų eilė – panelė Peregrinė tarė prislopintu balsu:

– Didžiai mane apvylei, panele Blum. Didžiai. Ir dar iš visų naktų pasirinkai slapčia pasivaikštinėti būtent šią!

– Atsiprašau, panele. Bet iš kur galėjau žinoti, kad nutiks kas nors bloga?

– Derėtų tave nubausti. Bet, įvertinus aplinkybes, kažin ar verta prasidėti. – Ji paglostė žilus savo buvusios globėjos plaukus. – Panelė Avocetė nieku gyvu nepaliktų savo globotinių, kad atkeliautų čionai, – nebent būtų atsitikę kas nors tikrai pragaištinga.

Židinyje ūžė kaitri ugnis, man net kakta išrasojo, bet krėsle susmukusi panelė Avocetė visa virpėjo. Nejaugi ims ir numirs? Nejaugi pasikartos tragiška scena, kurios pagrindiniai dalyviai buvome mano senelis ir aš, tik šįsyk – panelei Peregrinei ir jos mokytojai? Vaizduotė nupiešė man reginį: aš su senelio kūnu ant rankų, apimtas siaubo, sutrikęs, nė neįtariantis kai ko, ką turėjau žinoti, neįtariantis nei apie jį, nei apie save. Tai, kas vyksta dabar, nusprendžiau, nė iš tolo neprimena to, kas atsitiko man. Panelė Peregrinė visada gerai žinojo, kas esanti.

Kažin, ar kaip tik dabar buvo tinkamiausias metas apie tai užsiminti, bet supykęs neįstengiau prikąsti liežuvio.

– Panele Peregrine... – ištariau, o kai ji pažvelgė į mane, paklausiau: – Kada ketinote man pasakyti?

Ji buvo jau besižiojanti klausti: „Ką pasakyti?", bet jos žvilgsnis nukrypo į Emą, ir atsakymą ji veikiausiai išskaitė mergaitės veide. Panelė Peregrinė plykstelėjo įtūžiu, bet išvydus, koks supykęs aš, jos įniršis kaipmat atlėgo.

– Jau greit, vaikine. Suprask, prašau tave. Jei visą tiesą būčiau užvertusi tau ant pečių jau per pirmąjį susitikimą, tave būtų ištikęs šokas. Neįmanoma buvo įspėti, kaip pasielgsi. Gal būtum sprukęs neatsigręždamas ir niekada nebesugrįžęs. Negalėjau šitaip rizikuoti.

– Tad nutarėte verčiau sugundyti mane linksmybėmis, maistu ir mergaitėmis, o viską, kas bloga, paprasčiausiai nuslėpti?

Ema aiktelėjo.

– *Sugundyti?* Ak, Džeikobai, tik negalvok šitaip apie mane. Aš to neištverčiau.

– Drįstu tvirtinti, kad smerki mus labai nepelnytai, – tarė panelė Peregrinė. – Jeigu kalbėsime apie gundymą – ką gi, tai, ką matei, ir yra mums įprastas gyvenimo būdas. Jokios apgaulės, tiesiog keletą dalykų mes nutylėjome.

– Ką gi, tada aš pasakysiu jums vieną dalyką, – pareiškiau aš. – Vienas iš tų bjaurybių nužudė mano senelį.

Panelė Peregrinė valandėlę žvelgė į ugnį židinyje.

– Labai liūdna tai girdėti.

– Tokią baidyklę esu matęs savo akimis. Bet vos kam nors apie tai užsimenu, visi bando mane įtikinti, kad išprotėjau. Tik štai aš visiškai neišprotėjęs, nebuvo išprotėjęs ir senelis. Visą gyvenimą jis kalbėjo

man tiesą, o aš juo netikėjau. – Mane nutvilkė gėda. – Jei būčiau patikėjęs, galbūt jis dar dabar būtų gyvas.

Panelė Peregrinė pastebėjo, kad pradedu drebėti, ir pasiūlė sėstis į krėslą priešais panelę Avocetę.

Klestelėjau į krėslą, Ema prisiglaudė greta ant grindų.

– Abė veikiausiai žinojo, kad tu ypatingas, – tarė. – Ir veikiausiai turėjo išties svarių priežasčių šito tau nesakyti.

– Iš tikrųjų žinojo, – patvirtino panelė Peregrinė. – Užsiminė apie tai laiške.

– Tuomet visai nieko nesuprantu. Jeigu viskas – visi jo pasakojimai – buvo tiesa ir jeigu jis žinojo, kad aš – toks pat kaip jis, kodėl slėpė tai iki paskutinės gyvenimo akimirkos?

Panelė Peregrinė sugirdė panelei Avocetei dar kelis šaukštus brendžio, ir ši suaimanavusi kilstelėjo, paskui vėl susmuko krėsle.

– Galiu nebent spėti, kad jis tikriausiai norėjo tave apsaugoti, – atsakė man panelė Peregrinė. – Mūsų gyvenime netrūksta išbandymų ir netekčių. Abei jų teko dvigubai, mat jis gimė žydų šeimoje pačiu netinkamiausiu laiku. Jam teko susidurti su dvigubu genocidu: naciai naikino žydus, o kiauramėklės – ypatinguosius. Jį pernelyg skausmingai slėgė mintis, kad saugus slapstosi čia tokiu metu, kai jo gentainiai – tiek žydai, tiek ypatingieji – be gailesčio žudomi.

– Jis sakydavo ėjęs į karą kovoti su pabaisomis, – ištariau.

– Taip ir buvo, – atsiliepė Ema.

– Nacių grėsmė po karo atslūgo, užtat kiauramėklės tik dar labiau sustiprėjo, – toliau kalbėjo panelė Peregrinė. – Taigi, kaip ir dauguma ypatingųjų, mes niekur nesitraukėme iš slėptuvės. Bet tavo senelis buvo negrįžtamai pasikeitęs. Pabuvęs kareiviu, tvirtai pasiryžo susikurti gyvenimą anapus kilpos. Tiesiog atsisakė slapstytis.

– Meldžiau jo neišvykti į Ameriką, – pasakė Ema. – Visi prašėme jo to paties.

– O kodėl jis pasirinko Ameriką? – paklausiau.

– Anuomet kiauramėklių ten buvo nedaug, – atsakė panelė Peregrinė. – Po karo gana daug ypatingųjų emigravo į Ameriką. Kurį laiką daugelis jų sugebėjo niekuo neišsiskirti iš kitų žmonių – taip, kaip tavo senelis. Jam tai buvo karščiausia svajonė – būti paprasčiausiu žmogumi, gyventi paprasto žmogaus gyvenimą. Dažnai apie tai rašydavo laiškuose. Neabejoju: kaip tik dėl to taip ilgai slėpė tiesą ir nuo tavęs. Norėjo, kad bent tau pavyktų tai, kas nebuvo skirta jam pačiam.

– Gyventi paprasto žmogaus gyvenimą, – ištariau aš.

Panelė Peregrinė linktelėjo.

– Bet pats nuo savo ypatingumo taip niekad ir nesugebėjo išsivaduoti. Jis buvo pernelyg vertingas kiaurymių medžiotojas: dėl unikalaus savo talento ir dėl įgytos per karą kovotojo patirties. Jo paslaugų prireikdavo gana dažnai, jo būdavo prašoma, netgi primygtinai, padėti išnaikinti ypač grėsmingus kiaurymių telkinius. Ir jis beveik niekad neatsisakydavo – tokios jau buvo prigimties.

Prisiminiau, kaip senelis Portmanas nuolat išvykdavo į ilgai trunkančią medžioklę. Šeimos albume buvo netgi medžioklės nuotrauka, tik nežinau, kas galėjo jį nufotografuoti, mat dažniausiai keliaudavo vienas. Būdamas vaikas manydavau, kad nuotrauka be galo juokinga, mat senelis joje vilki kostiumą. Kas gi išsiruošia į medžioklę su kostiumu?

Štai ir atsakymas: tas, kuris medžioti ruošiasi šį tą rimčiau nei paprastus žvėris.

Šis naujasis senelio įvaizdis mane sujaudino: iš paranojos apimto ginklų maniako, svetimautojo ir niekam tikusio vyro, nesugebėjusio pasirūpinti šeima, jis virto klajojančiu riteriu, visuomet pasiruošusiu rizikuoti gyvybe kitų labui, gyvenančiu automobiliuose ar pigiuose moteliuose, persekiojančiu mirtinai pavojingus šešėlius; jis grįždavo namo be keleto kulkų šovininėje, užtat paženklintas nuobrozdomis, kurių negalėdavo paaiškinti, o apie vis apninkančius košmarus niekam negalėjo prasitarti. Ir už visas sudėtas aukas iš tų, kuriuos mylėjo, jis susilaukė tik paniekos ir įtarinėjimų. Tikriausiai kaip tik dėl to prirašė šitiek laiškų Emai ir panelei Peregrinei. Jos bent jau suprato.

Grįžo Bronvina, nešina kokos vynu ir dar vienu buteliuku viskio. Išsiuntusi ją iš svetainės, panelė Peregrinė arbatos puodelyje paruošė abiejų gėrimų mišinį. Tada ėmėsi švelniai tapšnoti mėlynomis gysliukėmis išraizgytą panelės Avocetės skruostą.

– Esmeralda, – vis kartojo, – Esmeralda, privalai atsipeikėti ir išgerti tonizuojančio gėrimo, kurio tau štai paruošiau.

Panelė Avocetė sudejavo, ir panelė Peregrinė prikišo puodelį jai prie lūpų. Senolė kartą kitą gurkštelėjo; nors čia pat užspringo ir užsikosėjo, didžioji dalis rausvai violetinio skysčio vis dėlto nutekėjo stemple žemyn. Valandėlę atrodė, kad tuojau vėl nugrims į alpulį, bet staiga atsisėdo tiesiau, veidas prašvito.

– Kad tave kur, – prabilo sausu, gargždžiu balsu. – Negi būsiu užmigusi? Ak, kaip negražu. – Šiek tiek nustebusi ji apžvelgė mus, lyg būtume išdygę nežinia iš kur. – Alma? Tu?

Panelė Peregrinė suskato masažuoti kaulėtas senosios rankas.

– Esmeralda, tu atlėkei pas mus iš tokios tolybės ir dar vidur nakties. Esu priversta pasakyti, kad visus mus čia sukėlei ant kojų.

– Tikrai? – Panelė Avocetė prisimerkė, kaktoje susimetė raukšlės, o žvilgsnis smigo į sieną priešais, mirguliuojančią šmaižiojančiais šešėliais. Staiga jos veidas apniuko. – Ak taip, – tarstelėjo ji. – Skubinausi tavęs perspėti, Alma. Privalai būti budri. Negali leisti, kad ir tave užkluptų iš netyčių, kaip tai nutiko man.

Panelė Peregrinė liovėsi trynusi jai rankas.

– Užkluptų... kas?

– Padarai – kas gi kitas. Prisistatė naktį, dviese, apsimetę tarybos nariais. Tarybos narių vyrų, žinoma, nėra ir būti negali, bet apsimiegojusius mano globotinius jiems pavyko apmulkinti – pakankamai ilgam, kad suskubtų surišti ir patraukti iš kelio.

Panelė Peregrinė aiktelėjo.

– Ak, Esmeralda...

– Mudvi su panele Banting pažadino baimingi jų riksmai, – ėmėsi aiškinti panelė Avocetė, – bet netrukome įsitikinti, kad esame užremtos viduje. Užtrukome, kol išlaužėm duris, bet kai galiausiai ištrūkome ir sekdamos padarų tvaiką išnirome iš kilpos, kitapus pasaloje mūsų tykojo visa govėda žvėrių šešėlių. Staugdami jie puolė mus... – ji užsikirto springdama ašaromis.

– O kas nutiko vaikams?

Panelė Avocetė tik papurtė galvą. Paskutinis šviesos atšvaitas užgeso jos akyse.

– Vaikai tebuvo jaukas, – tarė.

Emos pirštai įsmuko į mano delną, spustelėjo. Pastebėjau, kad židinio ugniai nutvieskus panelės Peregrinės skruostus, ant jų sužvilga ašarų takeliai.

– Jie kėsinosi į panelę Banting ir mane. Man pavyko ištrūkti. Panelei Banting pasisekė mažiau.

– Ją nužudė?

– Ne. Pagrobė. Taip pat, kaip ir paneles Vren bei Trikriper, kai prieš dvi savaites buvo užpultos jų kilpos. Jie grobia ymbrynes, Alma. Ir veikia vieningai. Kokiu tikslu – apie tai baisu ir pagalvoti.

– Vadinasi, antpuolio reikia laukti ir mums, – tyliai ištarė panelė Peregrinė.

– Jei jiems pavyks jus surasti, – atsakė panelė Avocetė. – Jūs pasislėpę geriau nei daugelis, bet privalai būti viskam pasiruošusi, Alma.

Panelė Peregrinė linktelėjo. Panelė Avocetė bejėgiškai žvelgė į savo rankas, gulinčias ant kelių ir drebančias – tikras paukštis sulaužytais sparnais. Jos balsas ėmė trūkinėti.

– Ak, mano brangieji vaikeliai... Lieka tik melstis už juos... Dabar vienui vieni... – Ji nusigręžė ir pravirko.

Panelė Peregrinė apsiautė antklode senolės pečius ir pakilo. Mes išėjome jai iš paskos, palikdami panelę Avocetę vieną su jos sielvartu.

* * *

Vaikus aptikome susigrūdusius koridoriuje už svetainės durų. Jei jie ir negirdėjo kiekvieno panelės Avocetės žodžio, tai nugirdo pakankamai – apie tai aiškiai bylojo nerimo temdomi jų veidai.

– Vargšė panelė Avocetė... – sučiepsėjo Klerė, jos apatinė lūpa virpėjo.

– Vargšai panelės Avocetės vaikai, – paantrino Oliva.

– Ar dabar jie puls mus, panele? – paklausė Horacijus.

– Mums reikės ginklų! – šūktelėjo Milardas.

– Kovos kirvių! – įkišo savo trigrašį Enochas.

– Bombų! – pridūrė Hjugas.

– Liaukitės, tučtuojau! – suriko panelė Peregrinė ir kilstelėjo rankas reikalaudama tylos. – Privalome išlikti ramūs. Taip, tai, kas nutiko panelei Avocetei – kraupu, baisi tragedija, bet nereikia manyti, kad ji būtinai pasikartos čia. Vis dėlto budrumo prarasti nevalia. Taigi, iš namo išeiti galėsite tik man leidus ir tik poromis. Vos pastebėję kokį nepažįstamą asmenį, net jei jis pasirodytų esąs iš ypatingųjų, tučtuojau pranešite man. Apie tai ir apie kitas apsaugos priemones pasikalbėsime iš ryto. O dabar visi – tučtuojau į lovas! Vidunaktis – ne metas susirinkimams!

– Bet, panele... – prasižiojo Enochas.

– Marš į lovą!

Vaikai nukurnėjo į savo kambarius.

– Ką gi, o tu, ponaiti Portmanai... nejauku išleisti tave vieną. Manau, geriausia būtų, jei liktum čia, bent jau tol, kol viskas kiek aprims.

– Negaliu taip imti ir išnykti! Tėtis pasiustų.

Ji suraukė antakius.

– Tuomet pasilik čia bent šiąnakt. Primygtinai reikalauju.

– Sutinku – bet tik su sąlyga, jei papasakosite man viską apie tas baidykles, kurios nužudė senelį.

Ji pakreipė galvą, nužvelgė mane kone pralinksmėjusi.

– Ką gi, ponaiti Portmanai, negaliu užginčyti tavo noro žinoti. Įsitaisyk kol kas ant sofos, o rytą pirmų pirmiausia apie tai ir pasikalbėsime.

– Ne, papasakokite dabar, – aš dešimt metų laukiau progos išgirsti tiesą ir nebegalėjau laukti nė minutės. – Prašau jus.

– Retsykiais, jaunuoli, tu pavojingai priartėji prie tos labai jau nežymios ribos, skiriančios žavingą atkaklumą nuo nepakenčiamo kietakaktiško bukumo. – Ji grįžtelėjo į Emą. – Panele Blum, gal atneštum man kokos vyno butelaitį? Regis, šiąnakt liksiu nemigusi, tad prireiks gurkšnio kito pasižvalinti.

* * *

Direktorės kabinetas buvo pernelyg arti vaikų kambarių ir naktiniam pokalbiui visai netiko, tad mudu persikraustėme į nedidelę oranžeriją pačioje pamiškėje. Susėdome ant apverstų vazonų tarp vijokli-

nių rožių, žibalinę lempelę pasistatėme per vidurį ant žolės; už stiklo sienų dar nebuvo net justi brėkšmos. Panelė Peregrinė išsitraukė iš kišenės pypkę, pasilenkė prie lempos liepsnelės jos prisidegti. Keliskart mąsliai supapsėjo, pasiuntė palubėn mėlynų dūmų ratilų virtinę, ir galiausiai prašneko.

– Senais senais laikais žmonės klaidingai manė, kad mes esame dievai. Bet mes, ypatingieji – tokie pat mirtingi kaip ir paprasčiausi žmonės. Laiko kilpos tik padeda atidėti neišvengiamybę, ir mokėti už tai mums tenka brangiai – neatitaisomu atotrūkiu nuo pirmyn slenkančios dabarties. Kaip jau žinai, ilgalaikiai kilpų gyventojai į dabartį gali nebent kyštelėti nosies galiuką, kitaip tuojau pat susentų ir mirtų. Šitaip buvo visada, nuo neatmenamų laikų.

Dar sykį užtraukusi dūmą ji kalbėjo toliau:

– Prieš kurį laiką, maždaug sulig šimtmečių sandūra, tarp mūsų pačių susiformavo atskira grupuotė – būrelis nepatenkintų ypatingųjų, puoselėjančių pavojingas mintis. Jie manė radę būdą, kaip iškraipyti laiko kilpos veikimą, kad gebantieji ja naudotis taptų nemirtingi. Jie siekė ne tik sustabdyti senėjimo procesą, bet ir stumtelėti jį priešinga kryptimi. Kalbėjo apie amžiną jaunystę, kuria neva galėtų mėgautis nevaržomi uždaros kilpos, apie galimybę nekliudomai šokinėti iš praeities į ateitį ir atgal – ir išvengti pragaištingo šalutinio poveikio, iki šiol visada užkirsdavusio kelią tokiam lengvapėdiškumui. Kitais žodžiais tariant – kaip įvaldyti laiką, patiems tampant nepavaldžiais mirčiai. Jau vien tokia idėja – tikra beprotybė, tušti pliauškalai, siekis nepaisyti patirtinio pasaulio dėsnių, kuriems paklūsta viskas!

Ji aštriai iškvėpė ir valandėlę patylėjo, tramdydama jausmus ir rinkdamasi žodžius.

– Šiaip ar taip... Du mano broliai, apdovanoti neeiliniu protu, bet stokojantys išminties, susižavėjo šia idėja. Jiems net pakako įžūlu-

mo reikalauti, kad aš padėčiau ją įgyvendinti! Kalbate apie siekį tapti dievais, bandžiau tikinti juos, o šitai neįmanoma. O net jei ir būtų įmanoma, to nieku gyvu nederėtų daryti. Tačiau mano žodžiai neatgrasė jų nuo tokio tikslo.

Augę su panelės Avocetės globojamomis būsimosiomis ymbrynėmis jie apie unikalų mūsų meną nutuokė daugiau nei daugelis ypatingųjų vyrų – baisu ir pasakyti, bet kaip tik pakankamai, kad taptų pavojingi. Nepaisydami tarybos perspėjimų, netgi grasinimų, 1908-ųjų vasarą mano broliai ir dar keli šimtai tos persimetėlių grupuotės narių, tarp kurių būta ir keleto galingų ymbrynių – išdavikės, visos iki vienos, – patraukė į Sibiro tundrą pradėti savo šlykštaus eksperimento. Tam pasirinko seną, jau daugelį šimtmečių nenaudotą, net pavadinimo neturinčią kilpą. Vylėmės, kad po kokios savaitės jie sugrįš pabrukę uodegas, pažeminti ir atitokę, nekintančių gamtos dėsnių sutramdyti. Tačiau jų užmačios padariniai buvo kur kas dramatiškesni: driokstelėjo toks siaubingas sprogimas, kad langai sutarškėjo net Azorų salose. Visi, kas gyvas kokių penkių šimtų kilometrų spinduliu nuo epicentro, neabejotinai turėjo pamanyti, kad tai jau pasaulio pabaiga. Mes tarėme, kad visi jie turėjo žūti, kad tas klaikus, bemaž perskėlęs pasaulį griausmas – tik paskutinis bendras jų pasisakymas.

– Bet jie išgyveno, – spėjau aš.

– Tam tikra prasme – taip. Kiti šitokią jų egzistenciją tikriausiai pavadintų gyvu prakeiksmu. Po kelių savaičių prasidėjo puldinėjimai: ypatinguosius užgriūdavo kažkokios kraupios esybės, kurių buvo matyti tik šešėliai – juos pačius regėjo tik itin retas ypatingasis, toksai kaip tu. Tai ir buvo pirmieji mūsų susidūrimai su kiauramėklėmis. Tiktai praslinkus šiek tiek laiko susivokėme, kad tos šlykštynės čiuptuvais apžėlusiais nasrais iš tikrųjų – ne kas kita, tik mūsų išklydę iš tiesaus kelio broliai, iššliaužę iš rūkstančio kraterio, likusio po pragaištingo jų eksperimento. Užuot tapę dievais, jie virto veikiau tikromis velnio išperomis.

– Kas jiems nepasisekė?

– Ginčai dėl to netyla iki šiol. Viena teorijų skelbia, neva jie pastūmėjo savo amžių atgal taip toli, kad atsidūrė laike, kai dar nebuvo užmegztos netgi jų sielos, dėl to ir vadiname juos *kiauramėklėmis* – mat jų širdys, jų sielos tėra tuščios kiaurymės. Lemtis jiems iškrėtė žiaurų ironišką pokštą – jie iš tikrųjų gavo nemirtingumą, kurio taip siekė. Manoma, kad kiaurymės gali gyventi tūkstantmečius, bet jų gyvenimas – nesiliaujanti fizinė kankynė, nuolatiniai pažeminimai – jie priversti misti nuklydusių gyvulių mėsa, gyventi visiškai izoliuoti, negana to, kęsti niekad nemalštantį buvusiųjų savo gentainių kraujo alkį, mat tik mūsų kūnas ir kraujas gali įžiebti jiems šiokią tokią viltį išsigelbėti. Kiaurymė, prisirijęs užtenkamai ypatingųjų, tampa padaru.

– Padaras... – ištariau aš. – Kai susidūrėme pirmą kartą, Ema išvadino padaru mane.

– Tokiu tave turbūt būčiau palaikiusi ir aš pati, jei nebūčiau stebėjusi tavęs dar anksčiau.

– O kas yra tie padarai?

– Jei kiaurymės būklė prilygsta tikram pragarui – o taip, neabejoju, ir yra, – tai padaras gyvena tarytum skaistykloje. Padarai nedaug tesiskiria nuo paprastų žmonių. Jokių ypatingų gebėjimų jie neturi. Tačiau kaip tik dėl to, kad be vargo gali apsimesti žmonėmis, padarai tarnauja savo giminaičiams kiaurymėms, atstoja jiems ausis ir akis žvalgydamiesi ir šnipinėdami, be to, tiekia šviežią mėsą. Tai prakeiktųjų hierarchija, ir jų tikslas – vieną dieną paversti visus kiaurymes padarais, o visus ypatinguosius – lavonais.

– Kas gali jiems sutrukdyti? – paklausiau. – Jeigu anksčiau jie buvo ypatingieji, vadinasi, žino visas jūsų slėptuves, ar ne?

293

– Laimė, jie, regis, neišsaugojo jokių ankstesnio gyvenimo prisiminimų. Bet, nors padarai nėra nei tokie stiprūs, nei tokie bauginantys kaip kiaurymės, dažniausiai jie ne mažiau pavojingi. Jie, priešingai nei kiaurymės, nėra visiškai pavaldūs instinktams, be to, nesunkiai gali įsilieti į žmonių bendruomenę. Atskirti juos ne visada lengva, nors tam tikrų neabejotinų požymių esama. Tarkim, akys. Padarų akys keistos – be rainelių.

Pajutau, kaip šiurpsta oda: prisiminiau kaimyną visiškai baltomis akimis, kurį mačiau laistant pernelyg užžėlusią veją aną naktį, kai žuvo senelis.

– Manding, vieną tokį esu matęs. Pamaniau – aklas senukas, ir tiek.

– Vadinasi, tu pastabesnis už daugelį, – pasakė ji. – Padarai – tikri meistrai praslysti nepastebėti. Dažniausiai įsikūnija į pačius nežymiausius asmenis: tai gali būti koks žmogelis pilku kostiumu traukinyje, skurdžius, kaulijantis monetų – tiesiog veidai iš minios. Tiesa, būta ir tokių, kurie, nepaisydami rizikos pernelyg kristi į akis, ryžtasi iškilti aukščiau – tampa gydytojais, politikais, bažnytininkais: tam, kad jiems atsivertų galimybė bendrauti su kuo daugiau žmonių arba kad įgytų tam tikros galios, taigi, kad būtų lengviau aptikti ypatinguosius, išsislapsčiusius tarp paprastų žmonių – tokius kaip Abė.

Panelė Peregrinė siektelėjo atsinešto nuotraukų albumo ir ėmė sklaidyti lapus.

– Šios nuotraukos buvo padaugintos ir paskleistos tarp ypatingųjų – panašiai kaip plakatai su ieškomų asmenų atvaizdais. Štai, pažvelk, – ji parodė vieną nuotrauką: dvi mergaitės, raitos ant netikro šiaurės elnio, o pro jo ragus dėbso kraupus Kalėdų Senis tuščiomis akimis. – Šis padaras buvo užkluptas Amerikoje – per Kalėdas įsidarbinęs universalinėje parduotuvėje. Šitaip jis per visai trumpą laiko tarpą sugebėjo pabendrauti su galybe vaikų: liesdavo juos, kamantinėdavo, mėgindamas įžvelgti ypatingumo požymių.

Ji pervertė lapą – kitoje pusėje buvo gana sadistiškai atrodančio dantų gydytojo nuotrauka.

– Šitas padaras dirbo burnos chirurgu. Nėmaž nenustebčiau sužinojusi, kad kaukolė, su kuria pozuoja, priklausė kam nors iš jo aukų ypatingųjų.

Pervertusi dar vieną lapą, parodė mažos mergaitės, susigūžusios priešais grėsmingą šešėlį, nuotrauką.

– Tai Marsė. Ji paliko mus prieš trisdešimt metų – apsigyveno kaime su normalių žmonių šeima. Meldžiau jos niekur neišvykti – bergždžiai. Neilgai trukus ją, laukiančią mokyklinio autobuso, pastvėrė padaras. Įvykio vietoje buvo aptiktas fotoaparatas su neišryškinta nuotrauka.

– O kas fotografavo?

– Pats padaras. Jie linkę mėgautis dramatiškais gestais, neretai pajuokai palieka kokį suvenyrą.

Žiūrinėjau nuotraukas jusdamas, kaip manyje pampsta gerai pažįstamo siaubo kamuoliukas.

Pristigęs jėgų ilgiau stebeilyti į nuotraukas, užverčiau albumą.

– Pasakoju tau ne vien todėl, kad tai žinoti yra prigimtinė tavo teisė, – tarė panelė Peregrinė, – o dar ir todėl, kad man reikia tavo pagalbos. Tu – vienintelis iš mūsų, galintis keliauti anapus kilpos nesukeldamas įtarimų. Taigi, kol tu su mumis ir kol dar linkęs tik apsilankyti, o paskui primygtinai veržiesi grįžti atgal, man ypač reikia, kad akylai stebėtum, ar nepasirodys saloje koks prašalaitis. Ir jeigu pamatytum kokį svetimą, nedelsdamas praneštum man.

– Anądien kaip tik ir pasirodė vienas toks, – pratariau prisiminęs paukščių žinovą, taip nuliūdinusį tėtį.

– Matei jo akis? – paklausė panelė Peregrinė.

– Nemačiau. Buvo tamsu, be to, jis buvo su plačiakrašte skrybėle, slepiančia gerą pusę veido.

Panelė Peregrinė sukando krumplį, kaktą išvagojo raukšlės.

– O ką? Manote, galėjo būti vienas iš tų?

– Nepamačius akių, tvirtinti sunku, – tarė ji. – Bet tikimybė, kad kažkas atsekė tave į salą, verčia labai labai sunerimti.

– Ką norite pasakyti? Kad paskui mane galėjo čionai atsekti padaras?

– Galbūt netgi tas pats, kurį, kaip minėjai, matei senelio žūties naktį. Tuo būtų nesunku paaiškinti, kodėl jie nesigviešė tavo gyvybės – tu galėjai atvesti juos iki kur kas riebesnio grobio: čionai.

– Bet iš kur jie galėjo žinoti, kad aš ypatingas? Nė pats to nežinojau!

– Jei jie žinojo apie tavo senelį, gali neabejoti: žinojo ir apie tave.

Susimąsčiau, kiek jie turėjo progų mane nužudyti. Prisiminiau visus tuos atvejus, kai po senelio Portmano žūties ištisas savaites jusdavau juos esant netoliese. Nejaugi išties mane stebėjo? Laukė, kad pasielgčiau kaip tik taip, kaip galiausiai ir pasielgiau – atkeliaučiau čionai?

Sukrėstas įrėmiau kaktą į kelius.

– Turbūt neverta tikėtis, kad pasiūlysite ir man gurkštelėti to vyno? – paklausiau.

– Nieku gyvu.

Staiga pajutau, kaip kažkas sugniaužė krūtinę.

– Ar kada nors kur nors dar galėsiu pasijusti saugus? – paklausiau.

Panelė Peregrinė palietė man petį.

– Tu saugus čia, – atsakė. – Ir gali gyventi su mumis tiek, kiek panorėsi.

Mėginau dar kažką sakyti, bet gerklėje stringantys žodžiai byrėjo tik paskiromis nuotrupomis:

– Bet aš... negaliu... mano... tėvai...

– Tikriausiai jie tave myli, – sukuždėjo ji. – Bet niekada nesupras.

* * *

Kai parslinkau į miestelį, pirmieji ilgi rytmečio šešėliai jau tįso skersai gatves, visą naktį bare mirkę girtuokliai suko ratus aplink žibintų stulpus, nenoromis traukdami namo, blaivutėliai žvejai, avintys masyvius ilgaaulius batus, žingsniavo uosto linkui, o tėtis tik dabar po truputį budo iš sunkaus miego. Kaip tik tuo metu, kai jis išsivertė iš lovos, aš šmurkštelėjau į savąją ir paskubomis užsiklojau, slėpdamas po antklode smėlėtus drabužius; kad kiek – būčiau įkliuvęs: dar kelios sekundės, ir tėtis pravėrė duris pažiūrėti, kaip laikausi.

– Viskas gerai?

Sumykęs kažką neva per miegus apsiverčiau ant kito šono, nusisukdamas nuo jo, ir tėtis išėjo. Kai pavakary pabudęs išlindau į svetainę, ant stalo radau užuojautos raštelį ir pakuotę tablečių nuo peršalimo. Šyptelėjau, nors ir nusmelkė kaltės jausmas, kad jam primelavau. Bet tuojau pat apniko nerimas: juk tėtis vienas pats karstosi

po uolėtus kyšulius su žiūronais ir užrašų knygute – galbūt nepastebimai lydimas išprotėjusio avių skerdiko.

Prasikrapštęs užmiegotas akis apsivilkau neperšlampamą striukę ir patraukiau į žygį: apėjau miestelį, paskui – pašniukštinėjau po artimiausias uolas bei paplūdimius, vildamasis užtikti arba tėtį, arba keistąjį ornitologą – galbūt netgi pavyktų įsižiūrėti šiam į akis, – bet taip ir neradau nei vieno, nei kito. Jau bemaž temo, kai netekęs vilties numojau ranka ir grįžau į „Kunigų skylę"; tėtis sėdėjo prie baro, kilnodamas bokalą drauge su nuolatiniais gėrovais. Sprendžiant iš jį supančių tuščių butelių kiekio, ten jis laiką leido jau ilgokai.

Prisėdau greta jo ir paklausiau, ar matęs barzdotąjį paukščių stebėtoją. Atsakė nematęs.

– Ką gi, – tariau, – jei kada dar jį pamatysi, prašau, nė nesiartink prie jo, gerai?

Jis keistai nužvelgė mane.

– Kodėl?

– Tiesiog užuodžiu kažką negera. Nepatinka jis man – o ką, jei koks trenktas? O ką, jei tai jis papjovė tas avis?

– Kur sugebėjai prisigraibstyti tokių keistų įtarimų?

Labai norėjau iškloti jam tiesą. Geidžiau paaiškinti viską, ir kad paskui jis pasakytų viską supratęs, kad nepagailėtų kokio nors tėviško patarimo. Tą akimirksnį labiau nei bet ko kito troškau, kad viskas vėl būtų taip, kaip buvo iki mums atvykstant čionai, dar iki man aptinkant panelės Peregrinės laišką, troškau grįžti į tuos laikus, kai dar buvau apynormalis, gal šiek tiek nevėkšla turtingas vaikis iš priemiesčio. Bet tik pasėdėjau su tėčiu valandėlę; mudu kalbėjomės apie nieką, o aš mėginau prisiminti, koks buvo mano gyvenimas anais neatmenamai senais laikais vos prieš keturias savaites, mėginau įsivaizduoti, koks galėtų būti po keturių savaičių, bet taip ir nepavyko nei viena, nei kita. Galiausiai išseko ir pokalbių apie nieką temos, ir aš atsiprašęs užkopiau viršun pabūti vienas.

DEŠIMTAS SKYRIUS

A ntradienio naktį paaiškėjo, kad bemaž viskas, ką maniau žinąs apie save, yra netiesa. O kito sekmadienio rytą mudu su tėčiu turėjome krautis daiktus ir keliauti namo. Tad liko vos kelios dienos apsispręsti, ką daryti. Likti čia ar išvažiuoti – nei viena, nei kita neatrodė gera išeitis. Kaip galėčiau pasilikti čia, atsižadėjęs visko, ką iki šiol pažinojau? Kaip galėčiau iškeliauti namo žinodamas visa tai, ką sužinojau čia?

Negana to, nebuvo nė vieno žmogaus, su kuriuo būčiau galėjęs apie tai pasikalbėti. Apie tėtį nėra ko ir užsiminti. Ema kur buvusi, kur nebuvusi vis aistringai pažerdavo argumentų pasilikti, bet nė sykio neatsižvelgė į tai, kad ir iki šiol turėjau šiokį tokį gyvenimėlį (tegul ir labai pilką), kurį prarasčiau amžiams, ir į tai, kaip jaustųsi mano tėvai, taip staigiai ir nepaaiškinamai pradingus jų vieninteliam sūnui, ir netgi į tai, kad gyvendamas kilpoje jautiesi it prismaugtas, nors pripažino, kad šitaip jaučiasi ir pati. Galutinis jos argumentas visada būdavo toks pat: „Jeigu tu būsi čia, bus geriau."

Panelė Peregrinė pagelbėjo dar mažiau. Šitokio sprendimo priimti už mane ji negalinti – tai būdavo vienintelis jos atsakas, nors to aš ir neprašydavau, norėdavau tik pasikalbėti. Vis tik buvo akivaizdu: ji nori, kad pasilikčiau; negana to, jei saugesnis būčiau pats, su manimi kilpoje saugiau pasijustų ir kiti. Bet perspektyva visą gyvenimą tarnauti jiems sarginiu šunimi mane ne itin masino. (Po truputį budo įtarimas, kad lygiai taip pat jautėsi ir senelis, galbūt tai buvo viena priežasčių, dėl kurių po karo jis atsisakė grįžti.)

Ir dar, jeigu apsigyvenčiau su ypatingais vaikais, tai reikštų, kad niekada nebaigsiu vidurinės mokyklos, niekad nestudijuosiu universitete, niekada nedarysiu nieko, kas įprasta bet kuriam normaliam suaugusiajam.

Kita vertus – turėjau nuolatos šitai sau priminti, – aš ir *nesu* normalus, ir tol, kol mane medžios kiaurymės, vargu ar vertės tikėtis, kad mano gyvenimas anapus kilpos bus ilgas, nesvarbu, kaip jis susiklostytų. Visas man likusias dienas turėčiau tirtėti iš baimės, be paliovos žvalgytis per petį, naktimis strykčioti apniktas košmarų ir kiekvieną akimirką tikėtis, kad šįsyk galbūt jau mano korta mušta. Visa tai atrodė nepalyginti bjauriau už prarastą galimybę studijuoti universitete.

Paskui atklydo ir tokia mintis: *O gal esama ir trečios išeities? Galbūt ir aš galėčiau gyventi taip, kaip senelis Portmanas – šiaip ar taip, jis penkiasdešimt metų lyg niekur nieko klestėjo anapus kilpos, sėkmingai gindamasis nuo visų kiaurymių.*

Tačiau šią mintį nušlavė griežtai jai prieštaraujantis vidinis balsas: *Senelis buvo karo ragavęs užgrūdintas kareivis, mulki. Kietas ir šaltas kaip akmuo, ne koks išvėpėlis. Turėjo spintą, prigrūstą nupjautavamzdžių šautuvų. Tikrų tikriausias Rembo, palyginti su tavimi.*

Galėčiau užsirašyti į kokią šaudyklą mokytis šaudyti, atkakliai lindo optimistinė mintis. *Treniruotis karatė. Kaip nors susitvarkyčiau.*

Bene juokus mėgsti? Net vidurinėje mokykloje nesugebėdavai apsiginti pats! Turėjai brukti kyšius tam prasčiokui kietasprandžiui, kad pabūtų tau asmens sargybiniu. O sykį pamėginęs atkišti į ką nors šautuvą, čia pat prileistum kelnes.

Visai neprileisčiau.

Tu silpnas. Tu nevykėlis. Dėl to jis ir vengė sakyti tau, kas esi iš tikrųjų. Žinojo, kad visai suskystum tai išgirdęs.

Užsičiaupk. Užsičiaupk.

Ištisas dienas taip ir blaškiausi iš vieno galo į kitą. Pasilikti ar išvažiuoti? Apsėstas abejonių niekaip negalėjau rasti sprendimo. Tėčiui tuo tarpu išgaravo paskutiniai įkvėpimo rašyti knygą likučiai. Kuo mažiau jis dirbo, tuo labiau zmeko jo ryžtas ir tuo daugiau laiko jis mirkdavo bare. Niekada nebuvau matęs jo šitiek geriančio – ištuštindavo po šešis, po septynis alaus butelius per vakarą – ir man visiškai nesinorėjo būti šalia jo šitokio. Jo nuotaika buvo kuo juodžiausia, tad jeigu kartais ir išsikapstydavo iš vienišo niūrojimo, pradėdavo paistyti man tokius dalykus, kokių visiškai nepageidavau girdėti.

– Pamatysi, vieną gražią dieną tavo motina mane paliks, – sykį pareiškė. – Jei artimiausiu metu nenuveiksiu ko nors ypatinga, manau, kaip tik taip ir atsitiks.

Ėmiau vengti net susidurti su juo. Nesu tikras, kad jis tai pastebėjo. Riesti, kur išeinu ar iš kur pareinu, dabar buvo taip lengva, kad tai net ėmė slėgti.

Tuo pat metu ypatingų vaikų namuose panelė Peregrinė įdiegė vos ne karantiną. Galėjai pamanyti, kad paskelbta karinė parengtis: mažesnieji vaikai nė žingsnio nebežengdavo kieno nors nelydimi, vyresnieji vaikščiodavo tiktai po du, o panelė Peregrinė turėjo kiekvieną akimirką žinoti, kur kas yra ir ką veikia. Tikru žygdarbiu tapo vien iškaulyti jos leidimą išeiti laukan.

Buvo paskirta ir sargyba: atrinkti vaikai budėdavo pamainomis stebėdami, kas vyksta tiek priešais namą, tiek už jo. Bet kuriuo dienos metu, taip pat ir beveik visą naktį, languose išvysdavai nuobodulio apniauktus veidus. Vos pastebėję ką nors artinantis, sargybiniai turėjo trūktelėti virvelę, ir tada sutilindžiuodavo varpelis panelės Peregrinės kambaryje, o tai reiškė, kad kiekvieną mielą kartą mane,

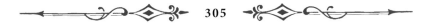

305

vos atėjusį, ji pasitikdavo prie pat durų ir tuojau imdavosi kvosti. Kas dedasi anapus kilpos? Gal aš matęs ką nors keista? Ar manęs tikrai niekas nesekęs? Nenuostabu, kad vaikai ėmė netverti savame kailyje. Mažiukai nevaldomai įsidūkdavo, o vyresnieji slampinėjo prislėgti, vis bumbėdami dėl naujųjų taisyklių – pusbalsiu, bet pakankamai garsiai, kad jų skundai pasiektų reikiamas ausis. Kitąsyk, žiūrėk, tiesiog ore staiga išsprogsta koks nors įspūdingas netikėtumas – dažnai tai būdavo vienintelis ženklas, liudijantis į kambarį užklydus Milardą. Hjugo bitės nerimo, blaškėsi ir vis kam nors įgeldavo; baigėsi tuo, kad visas spiečius buvo išguitas laukan, ir nuo pat tos akimirkos Hjugas ištisas dienas leisdavo prie lango, o jo bitės – aplipusios stiklą iš kitos pusės.

Oliva, pareiškusi, neva kažkur užmetusi švininius batelius, įjunko rėplioti lubomis it musė; ji barstydavo ryžių kruopas kitiems į plaukus, kol galiausiai kas nors susizgribdavo pakelti galvą ir ją pastebėdavo. Tada ji taip įsikvatodavo, kad valandėlei prarasdavo gebėjimą sklandyti ir turėdavo įsikibti sietyno ar užuolaidos strypo, idant nesitėkštų ant grindų. Užvis keisčiausiai naujoji tvarka paveikė Enochą: jis bemaž visam laikui prasmego į rūsį ir savo laboratorijoje ėmėsi doroti molinius kareivėlius – išvydęs kai kurias iš jo eksperimentinių operacijų, pažaliavęs būtų net pats daktaras Frankenšteinas. Tarkim, nurėžęs kojas dviem kareiviams, Enochas sulipindavo kraupų šešiakojį voražmogį iš trečio, kartais į vieną krūtinės ertmę sugrūsdavo keturias vištos širdis, siekdamas sukurti molinį supermeną, kuris niekada nepristigtų energijos. Vienas po kito pilki kūneliai krisdavo neatlaikę įtampos, ir rūsys neilgai trukus tapo panašus į Pilietinio karo laikų lauko ligoninę.

Savo ruožtu panelė Peregrinė nė akimirkos nebenusėdėdavo vienoje vietoje. Dūmydama pypkes vieną po kitos, ji vis šlubčioja iš vie-

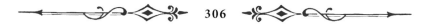

no kambario į kitą tikrindama, ką veikia vaikai, tarsi jie būtų galėję prasmegti skradžiai vos jai nusigręžus. Panelė Avocetė dabar irgi buvo čia; protarpiais ji atitokdavo iš stingulio ir patraukdavo klaidžioti koridoriais, ilgesingai šaukdamasi savo vargšų apleistų globotinių, kol galiausiai susmukdavo į glėbį kam nors, kas nunešdavo ją atgal į lovą. Neišvengiamai pasipylė ir paranojiškos spėlionės apie tragišką įvykį, kliuvusį panelės Avocetės daliai, visiems rūpėjo perprasti, kodėl kiaurymėms prireikė grobti ymbrynes, ir versijų buvo prikurta įvairiausių, nuo išvis beprotiškų (tam, kad sukurtų didžiausią istorijoje laiko kilpą, tokią didelę, kad apjuostų visą planetą) iki absurdiškai optimistiškų (tam, kad palaikytų kiaurymėms draugiją, mat būdamas siaubinga sielaėdė baidyklė kitąsyk pasijunti graudžiai vienišas).

Galiausiai name įsiviešpatavo gūdi ramybė. Po dviejų kalėjimo dienų visus apėmė letargas. Tvirtai tikėdama, kad geriausias vaistas nuo depresijos yra įprasti darbai, panelė Peregrinė darė, ką galėjo, stengdamasi sudominti vaikus kasdienėmis savo pamokomis, kasdieniu valgio gaminimu, kasdiene ruoša, kad viskas namuose spindėtų ir tvaskėtų. Tačiau vaikai paklusdavo tiktai tiesioginiam įsakymui, o neliepiami tuojau sudribdavo krėsluose, vangiai dėbsodavo pro langus, sklaidydavo šimtus kartų perskaitytas knygas užlankstytais lapų kampučiais ar paprasčiausiai miegodavo.

Iki šiol dar niekad nebuvau patyręs, kaip veikia ypatingasis Horacijaus talentas, bet vieną vakarą vaikinas netikėtai pratrūko rėkti. Visu būriu nuskuodėme laiptais aukštyn į mansardą, kur jis budėjo sargyboje, ir aptikome jį pastirusį krėsle, surakintą, regis, nemiegant užklupusio košmaro, siaubo apimtą, draskantį orą nagais. Iš pat pradžių jis tiktai rėkė visa gerkle, o paskui riksmas virto nerišliais žodžiais apie užvirusias jūras, iš dangaus žyrančių pelenų lietų, apie begalinį dūmų uždangalą, apsiautusį ir dusinantį visą žemę. Tokios ir panašios apokaliptinės pranašystės truko gal kelias minutes, paskui jis išsikvėpė ir nugrimzdo į neramų miegą.

Visi kiti jau buvo matę tai nutinkant – tiesą sakant, netgi pakankamai dažnai, kad panelės Peregrinės albume atsirastų tai liudijančių nuotraukų, – taigi žinojo, ką daryti. Vaikų namų direktorės nurodymu, nunešė jį už rankų ir kojų į lovą. Pabudęs po kelių valandų Horacijus pareiškė visiškai nebeprisimenąs sapno, o sapnai, neišliekantys atmintyje, labai retai teišsipildo. Kiti šiuos jo žodžius nurijo nesvarstę – rūpesčių ir be to buvo iki kaklo. Bet aš užjutau, kad jis kažką nutyli.

Jei tokiame mažame miestelyje kaip Kairnholmas kas nors pradingsta, tai niekad nelieka nepastebėta. Tad kai trečiadienį Martinas nei atvėrė muziejaus durų, nei užsuko į „Kunigų skylę" išlenkti tradicinio stiklelio, žmonės ėmė svarstyti, ar nebus apsirgęs, o po to, kai Kevo žmona, nuėjusi jo aplankyti, aptiko laukujes duris atlapotas, piniginę ir akinius besimėtančius virtuvėje ant stalo ir nė gyvos dvasios namuose, visi ėmė kuždėtis, ar nebus numiręs. Kadangi Martinas nepasirodė ir kitą dieną, būrelis vyrų leidosi į žygį: apžiūrėti atvirų pašiūrių, dirstelėti po apverstomis valtimis, pašniukštinėti visur, kur galėjo priglausti galvą per smarkiai ant kamščio užmynęs žmonos neturintis viskio mėgėjas. Tačiau netrukus paieškos buvo nutrauktos, mat trumpųjų bangų radijo ryšiu atkeliavo žinia: Martino kūnas ką tik ištrauktas iš vandenyno.

Kaip tik buvau su tėčiu bare, kai atėjo kūną radęs žvejys. Buvo dar anksti, apie vidudienį, bet žvejys iškart gavo pelnytą bokalą alaus ir po kelių minučių jau porino, kas jam nutiko.

– Kaip sykis vyniojau tinklus ana ten prie Ganeto kyšulio, – pradėjo jis pasakojimą. – O sunkūs buvo, nors pasiusk, keista baisiausiai, mat anoj vietoj paprastai nebent kokios smulkmės ištrauksi, kokių krevečių gyvą galą ar dar ko. Maniau, būsiu bene spąstus krabams užkabinęs, tad šit grybšteliu kobinį ir grabalioju po valtimi, ir žiū, užkabinu kažką. – Mes su visomis kėdėmis prisislinkome arčiau jo, lyg klausytume pasakos kokiame pakaruokliškame vaikų darželyje. – Tataigi, va Martino ten ir būta, ne kitaip. Atrodė lyg pernelyg spėriai nuo uolos nugarmėjęs, o paskum apkramtytas ryklių. Viešpats Dievas težino, kokį galą anas veikė uolose pačioj nakties aky vien tik su chalatu ir trauzais.

– Neapsirengęs? – pasitikslino Kevas.

– Nebent naktiniu rūbu, susiruošęs gulti, – atsakė žvejys. – Tik jau ne valkiotis po šlapumą.

Pusbalsiu buvo skubiai sukalbėta trumpa maldelė už Martino vėlę, o paskui visi suskato dalytis įvykių versijomis. Dar kelios minutės – ir baras virto pridūmyta pakaušusių šerlokų holmsų irštva.

– Galėjo būti prisisrėbęs, – išsakė nuomonę vienas.

– O gal slimpinėjo kur palei uolas, pastebėjo avių skerdiką ir nutarė jį pričiupti? – pakišo mintį kitas.

– Ką pasakysit apie aną nerimstantį atsibastėlį? – tarė žodį ir žvejys. – Aną, kur stovyklauja gamtoj?

Tėtis, kiurksantis ant aukštos taburetės prie baro, atsisėdo tiesiau.

– Buvau su juo susidūręs, – tarė. – Prieš porą dienų.

Nustebęs atsigręžiau į jį.

– Nieko man apie tai nesakei.

– Traukiau pas vaistininką, norėjau suskubti, kol dar neužsidaręs, o tasai vyrukas drožė priešinga kryptimi, iš miestelio. Bemaž tekinas. Prasilenkdamas kliudžiau jam petį, tyčia, vyliausi, gal susierzins. Tasai tiktai sustoja ir dėbso į mane. Bando atrodyt kietas, pagąsdins mat. Aš ir rėžiu jam į akis: noriu žinoti, ką čia darąs, kokius darbus dirbąs. Mat žmonės visaip pasišneka, sakau jam.

Kevas net palinko per barą arčiau jo.

– Ir?..

– Jau maniau – voš man. Bet ne – ėjo ir nuėjo.

Iš visų pusių pasipylė klausimai: ką veikia ornitologai, kodėl tasai tipas stovyklauja gamtoje – ir panašiai; aš visa tai jau žinojau. Pačiam knietėjo paklausti vieno vienintelio dalyko.

– O jis tau niekuo nepasirodė keistas? Nieko keista nepastebėjai jo veide?

Tėtis pagalvojo valandėlę.

– Aha, tiesą sakant, taip. Jis buvo su saulės akiniais.

– Naktį?

– Keistenybė keisčiausia.

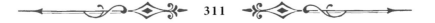

Pajutau stemple kylant šleikštulį: regis, tėtis buvo atsidūręs per plauką nuo kai ko gerokai blogiau nei paprasčiausios pliektynės. Apie tai būtina pranešti panelei Peregrinei – ir nedelsiant.

– Kelmas griebtų, nesąmonė, – pareiškė Kevas. – Kairnholme žmogžudystės nebūta jau gerą šimtą metų. Kuriems galams kažkam pritvoti senį Martiną? Nei velnias, nei gegutė. Pareis skrodimo rezultatai, matysit, bus pasakyta, kad anas buvo tiesiog perspirtas į kitą šimtmetį. O kad ne, statau visiems po bokalą.

– Va šito gali tekti ir palūkėti, – atsiliepė žvejys. – Atsirita audra, meteorologas sako, pasiautės iš peties. Tokia, kokios šiais metais dar nebūta.

– Meteorologas sako, – nusišaipė Kevas. – Tuo pusgalviu nepatikėčiau, net jei sakytų, kad už lango lyja *dabar*.

* * *

Saliečiai dažnai nešykštėdavo niauriausių pranašysčių apie tai, ką jiems ir visam Kairnholmui yra pataupiusi Motušė Gamta – šiaip ar taip, jie buvo tiesiogiai priklausomi nuo stichijos ir pesimistai iš prigimties – bet šįsyk pasitvirtino pačios bjauriausios prognozės. Visą savaitę salą košę vėjai ir skalbę lietūs tą naktį itin įsisiautėjo, virsdami pačia tikriausia audra, užklojusia juoduma visą dangų ir suplakusia jūrą į putų kalnus. Prie sklandančių gandų apie Martino nužudymą prisidėjus dar ir siaubingiems orams, miestelis užsisklendė – labai panašiai, kaip ir vaikų namai. Niekas nekišo nosies iš namų. Langai buvo užvarstyti langinėmis, durys užsklęstos kuo tvirčiau. Bangų blaškomos tratėjo prirakintos valtys, bet nė viena neišplaukė iš uosto – išplaukti per tokią vėtrą būtų tikra savižudybė. Pagrindinės salos policija niekaip negalėjo paimti Martino kūno, kol neaprims bangavimas, tad kairnholmiečiams iškilo neatidėliotinas klausimas, ką su negyvėliu daryti. Galiausiai buvo nuspręsta, kad juo turėtų pasirūpinti žuvų pardavėjas, sukaupęs didžiausias miestelyje ledo atsargas – tegul saugoja jį užšaldęs savo krautuvėlėje drauge su lašišomis, menkėmis ir kitomis gėrybėmis. Ištrauktomis – kaip ir Martinas – iš jūros.

Tėtis buvo griežčiausiai prisakęs man nė kojos nekelti iš „Kunigų skylės", bet mane saistė ir kiti, ne mažiau primygtiniai nurodymai – apie bet kokį keistą įvykį tuoj pat pranešti panelei Peregrinei. O jei įtartina mirtis – ne toks įvykis, tuomet išvis nežinia, ką laikyti tokiu. Tad tą naktį suvaidinau kažką panašaus į gripą ir užsirakinau savo kambaryje, tada išsmukau pro langą ir lietvamzdžiu nusliuogiau žemėn. Antro tokio kvailio, kuris slampinėtų lauke, tiesiog nebuvo, tad aš nukūriau pagrindine gatve nė nesibaimindamas kam nors kristi į akis, nuo lietaus pylos gindamasis striukės gobtuvu.

Vos man pasiekus vaikų namus, panelė Peregrinė iš pirmo žvilgsnio suprato, kad kažkas negerai.

– Kas atsitiko? – paklausė nužvelgusi krauju pasruvusiomis akimis mane nuo galvos iki kojų.

Išklojau jai viską – pabiromis detalėmis, tiek faktais, tiek nugirstais gandais. Ji išblyško. Paskubomis nuvijo mane į svetainę ir, panikos apimta, susišaukė visus vaikus, kuriuos tik rado, paskui iššiūrino ieškoti kelių likusių, kurie neatsiliepė šaukiami. Susirinkusieji tiesiog liko stoviniuoti sutrikę ir išsigandę.

Ema su Milardu užspeitė mane į kampą.

– Dėl ko ji šitaip pašėlo? – paklausė Milardas.

Pusbalsiu papasakojau jiems apie Martiną. Milardas tiktai giliai, triukšmingai įkvėpė, Ema sunėrė rankas ant krūtinės – mačiau, kad jai neramu.

– Tikrai taip blogai? – paklausiau. – Juk negali būti kiaurymių darbas, ar ne? Jie medžioja tik ypatinguosius, tiesa?

Ema nurijo dejonę.

– Tu jam pasakysi, ar reikės man?

– Jeigu tik gali rinktis, kiaurymės, aišku, griebia ypatinguosius, šie jiems nepalyginti vertingesni, – paaiškino Milardas. – Bet tam, kad palaikytų gyvastį, jie suris bet ką – svarbu, kad būtų šviežia ir mėsinga.

– Tai vienas požymių įtarti, kad kažkur netoliese esama kiaurymės, – pridūrė Ema. – Tuomet apylinkėse daugėja lavonų. Dėl šios priežasties jie paprastai linkę klajoti iš vienos vietos į kitą. Kitaip juos būtų lengva susekti.

– O... dažnai? – pratariau jusdamas nugara slenkantį šaltuką. – Tai yra – ar jie dažnai išalksta?

– O, gana dažnai, – atsakė Milardas. – Parūpinti kiaurymėms maisto – tam padarai sugaišta didžiąją laiko dalį. Kai tik gali, aišku, ieško ypatingųjų, bet jų energijos bei pastangų vilko dalis tenka paprastų aukų, skirtų kiaurymių maistui, medžioklei – tinka tiek gyvuliai, tiek ir žmonės. Paskui dar, aišku, tenka iškuopti, ko pridirbę. – Jis kalbėjo mokslininko intonacija, lyg aiškindamas netgi ne itin įdomios graužikų veislės dauginimosi principus.

– Nejaugi padarai neįkliūva? – neatlyžau aš. – Tai yra, jeigu jie padeda *žudyti* žmones, lyg ir reikėtų manyti...

– Vienas kitas įkliūva, – atsakė Ema. – Galvą guldau: apie bent keletą būsi girdėjęs, jei klausaisi žinių. Buvo vienas toks: kai jį pričiupo, policija aptiko ledo dėžėje visą rinkinį žmonių galvų, o visokie žarnokai ir panašūs kunkuliavo sau puode ant lėtos ugnies, tarytum būtų ruošęs sau Kalėdų vakarienę. Tavo laike tai turėjo įvykti nelabai seniai.

Miglotai prisiminiau sensacija paverstą vėlyvo vakaro specialią televizijos laidą apie žudiką maniaką, kanibalą iš Milvokio, sulaikytą kaip tik panašiomis aplinkybėmis.

– Kalbi apie... Džefrį Damerį?

– Taip, regis, ponulio vardas buvo kaip tik toks, – patvirtino Milardas. – Pribloškiantis atvejis. Rodos, kartą pamėgęs žalią mėsytę taip ir nebegalėjo pamiršti skonio, nors kiauryme buvo ne tiek jau daug metų.

– Maniau, kad jums, vyručiai, užginta žinoti apie ateitį, – tarstelėjau.

Emos veide šmėkštelėjo gudri šypsena.

– Paukštis nutyli tik gerus dalykus apie ateitį. Apie visa tai, nuo ko gali kelnes prikrauti, išgirsi net ir su smulkmenomis.

Sugrįžo panelė Peregrinė, už rankovių tempdamasi Enochą ir Horacijų. Visų dėmesys iškart nukrypo į ją.

– Ką tik sulaukėme žinios apie naują grėsmę, – pranešė ji linktelėdama mano pusėn. – Anapus mūsų kilpos ką tik įtartinomis aplinkybėmis žuvo žmogus. Tikrosios jo mirties priežasties nežinome, taip pat negalime tvirtinti, kad rimtas pavojus gresia mūsų saugumui, bet atsarga gėdos nedaro, tad elgsimės taip, lyg pavojus nekeltų abejonių. Kol nebus paskelbta kitaip, nė vienam jūsų nevalia nė kojos iškelti iš namo – netgi parsinešti daržovių ar žąsies vakarienei.

Visi sutartinai suaimanavo, tad panelė Peregrinė pakėlė balsą:

– Kelios pastarosios dienos buvo nelengvas išbandymas mums visiems. Meldžiu jus neprarasti kantrybės.

Kambaryje iškilo tikras rankų miškas, bet ji iššyk atmetė bet kokius klausimus ir nušlubčiojo rakinti durų. Panikos apimtas nuskuodžiau jai iš paskos. Jei saloje išties įsiveisė kažkas pavojingas, mane jis gali nužudyti tą pat akimirksnį, kai išnirsiu iš kilpos. Bet pasilikti čia reikštų pamesti likimo valiai tėtį – be jokios apsaugos, negana to, nesitveriantį nerimu dėl manęs. O tai man kažkodėl atrodė dar blogiau.

– Man reikia eiti, – sušvokščiau pasivijęs panelę Peregrinę.

Ji įstūmė mane į tuščią kambarį ir uždarė duris.

– Nuo šiol tu prikąsi liežuvį, – įsakė ji, – ir laikysies mano nustatytų taisyklių. Mano paliepimai galioja ir tau. Niekas neišeis iš šito namo.

– Bet...

– Iki šiol leidau tau turėti negirdėtai daug laisvės, galėjai nevaržomas ateiti ir išeiti – šitaip elgiausi iš pagarbos, tavo padėtis vis dėlto ypatinga. Tačiau gali būti, kad kai kas atsekė paskui tave čionai, o tai užtraukia grėsmę visiems mano globotiniams. Neketinu leisti, kad dar labiau stumtum juos į pavojų – juos ar pats save.

– Nejaugi nesuprantate? – supykau aš. – Per audrą keltas neplaukia. Miestelio žmonės niekur negali iš ten pajudėti. Ten pat įstrigęs ir mano *tėtis*. Jeigu tasai žmogėnas iš tikrųjų yra padaras, o aš manau, kad kaip tik taip ir yra, tuomet žinokite: tėtis ir šiaip jau kartą vos su juo nesusimušė! Jei tasai padaras jau sušėrė kiaurymei visiškai niekuo dėtą žmogų, kaip manote, kas bus kita jo auka?

Jos veidas atrodė iškaltas iš akmens.

– Miestelio gyventojų gerovė – ne mano rūpestis, – tarė ji. – Užtat savo globotinių stumti į pavojų – neleisiu. Dėl jokio kito žmogaus.

– Kalbu ne tik apie vietos gyventojus. Ten mano *tėtis*! Negi tikrai manote, kad pora užrakintų durų mane sustabdys?

– Turbūt ne. Bet jei tu primygtinai veršies iškeliauti iš čia, aš taip pat primygtinai pareikalausiu, kad niekada nebegrįžtum.

Buvau toks priblokštas, kad neiškenčiau nenusijuokęs.

– Bet aš jums *reikalingas*, – tariau.

– Taip, – sutiko ji. – Ir net labai.

*   *   *

Tekinas įsigrioviau į Emos kambarį antrame aukšte. Čia išvydau tikrą liūdesio sceną: sakytum, tikras Normano Rokvelo paveikslas, jei tik Normanas Rokvelas kada nors būtų tapęs nevilties slegiamu kalinius. Bronvina sustingusiu žvilgsniu dėbsojo pro langą. Enochas sėdėjo ant grindų gremždamas sudžiūvusio molio grumstą. Ema, įsitaisiusi ant paties lovos krašto, alkūnėmis įsirėmusi į kelius, plėšė užrašų knygelės lapus ir po vieną padeginėjo tarp pirštų.

– Grįžai! – šūktelėjo ji vos man įžengus vidun.

– Niekur ir nebuvau išėjęs, – atsakiau. – Panelė Peregrinė neišleido. – Kol aiškinau, iš ko turiu rinktis, sukluso visi. – Jei bent pamėginsiu keliauti sau, man bus uždrausta čionai grįžti.

Dabar jau plykstelėjo visa Emos užrašų knygelė.

– Ji negali šitaip pasielgti! – suriko mergaitė, nė nejusdama, kad liepsna laižo ranką.

– Ji gali elgtis kaip panorėjusi, – nesutiko Bronvina. – Ji – Paukštis. Ema bloškė užrašų knygelę žemėn, užtrypė ugnį.

– Atėjau jums pranešti, kad iškeliauju, nesvarbu, leidžia ji man ar ne. Niekas nesulaikys manęs uždaryto nelaisvėje, be to, neketinu kišti galvos į smėlį, kai mano tėčiui galbūt gresia kuo tikriausias pavojus.

– Tuomet aš einu su tavim, – tarė Ema.

– Turbūt nerimtai šneki? – išsigando Bronvina.

– Kuo rimčiausiai.

– Gal tu ir ne kvaiša, bet puskvaišė tai tikrai, – pareiškė Enochas. – Virsi sena raukšlėta nuokvaka, ir dėl ko? Dėl jo?

– Nevirsiu, – užginčijo Ema. – Tam, kad tave pasivytų laikas, turi praleisti nemaža valandų anapus kilpos. O šitiek ilgai juk tikrai netruktume, ar ne, Džeikobai?

– Blogas sumanymas, – pasakiau aš.

– *Kas* yra blogas sumanymas? – nesiliovė Enochas. – Ji net nežino, ką turėtų nuveikti, dėl ko rizikuoja gyvybe.

– Direktorei tai visiškai nepatiks, – Bronvina išsakė tai, kas buvo savaime suprantama. – Ji mus *užmuš*, Ema.

Ema atsistojo ir uždarė duris.

– Ji mūsų neužmuš, – pasakė. – Užtat tie padarai – užmuš, dar ir kaip. O net jeigu ir neužmuš, šitoks gyvenimas gali taip apkarsti, kad verčiau jau mirti. Paukštis mus taip suėmė į nagą, jog nebeturime nė kuo kvėpuoti, ir viskas tik dėl to, kad jai neužtenka smarvės stoti akis į akį su tuo, kuris ten tyko, kad ir kas tai būtų!

– O gal net ir ne ten, – įsiterpė Milardas – tik dabar sumojau, kad jis išvis yra kambaryje.

– Bet jai tai visiškai nepatiks, – pakartojo Bronvina.

Ema kovingai žingtelėjo draugės linkui.

– Kiek tu gali slapstytis tai moteriškei po sijonu?

– Jau užmiršai, kas atsitiko panelei Avocetei? – paklausė Milardas. – Jos globotiniai buvo nužudyti tik išėję iš kilpos, taip pat anapus kilpos buvo pagrobta panelė Banting. Jeigu būtų tūnoję ausis suskliaudę, nieko bloga nebūtų atsitikę.

– Nieko bloga nebūtų atsitikę? – suabejojo Ema. – Taip, tiesa, kiaurymės įžengti į kilpą negali. O štai padarai – gali, taip jiems ir pavyko išsivilioti anuos vargšus vaikus. Negi mums iš tikrųjų derėtų sėdėti, kol prisitrinsime nuospaudų ant užpakalio, ir laukti, kol jie įžengs pro paradines duris? O kas, jei šįsyk jie vietoj gudrios maskuotės pasirinks šautuvus?

– Štai ką padaryčiau aš, – pranešė Enochas. – Palūkėčiau, kol visi sumigs, tada įsmukčiau vidun pro kaminą kaip Kalėdų Senis ir – PYKŠT! – jis iššovė iš įsivaizduojamo pistoleto į Emos pagalvę, – ištaškyčiau smegenis ant sienos.

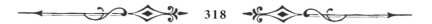

– Tai dėkui, – atsiduso Milardas.

– Smogti turėtume anksčiau, nei jie susigaudys, kad mes žinome, jog jie čia, – pasakė Ema. – Kol dar galime pasinaudoti netikėtumo veiksniu.

– Bet iš tikrųjų mes net nežinome, ar jie tikrai čia! – priminė Milardas.

– Išsiaiškinsime.

– O kaip siūlai tai padaryti? Vaikštinėsi šen ir ten, kol susidursi su kokiu kiauryme? Ir kas tada? „Atleiskite, mums labai maga sužinoti, kokie yra jūsų ketinimai, taip sakant, prieš mus suėdant?"

– Su mumis yra Džeikobas, – pabrėžė Bronvina. – O jis juos pamatytų.

Man užgniaužė gerklę; sumojau: jei iš tikrųjų susiruošime į medžioklę, nuo manęs, bent iš dalies, priklausys visų saugumas.

– Esu matęs vos *vieną*, – perspėjau juos. – Taigi vargu ar galiu vadintis prityrusiu specialistu.

– O jeigu jis taip nė vieno ir nepamatys? – svarstė Milardas. – Tai galėtų reikšti, kad jų čia ir nėra, bet taip pat galėtų reikšti, kad jie slapstosi. Tuomet žinosite tiek pat, kiek žinote dabar: nieko.

Visi suraukė antakius. Su Milardo logika, regis, nepasiginčysi.

– Ką gi, atrodo, sveikas protas bus nugalėjęs ir šį sykį, – tarė jis. – Einu, atnešiu košės vakarienei, jei kas nors iš jūsų, būsimųjų maištininkų, norėtų pavakarieniauti su manim.

Sugirgždėjo lovos spyruoklės: Milardas atsistojo ir pasuko prie durų. Bet išeiti taip ir nespėjo – Enochas staiga pašoko ir riktelėjo:

– Žinau!

Milardas sustojo.

– Ką žinai?

Enochas atsisuko į mane.

– Tasai vyrukas, kurį surijo, o gal ir nesurijo, kiaurymė... Gal žinai, kur laikomas jo kūnas?

– Žuvų pardavėjo krautuvėlėje.

Enochas pasitrynė delnus.

– Tuomet žinau, kaip galime įsitikinti.

– O kaip? – parūpo Milardui.

– Jo paties ir paklausime.

* * *

Neilgai trukus buvo surinkta ir žygio grupė. Kartu su manim trauksianti Ema, mat ji kategoriškai atsisakė išleisti mane vieną, taip pat Bronvina, kuri, nors nėmaž netrošo užsitraukti panelės Peregrinės pykčio, visgi primygtinai tvirtino, kad jos apsauga mums praversianti, ir galiausiai Enochas – kaip tik jo planą ir turėsime įgyvendinti. Milardas, kurio paslaugos irgi galėjo būti neprošal jau vien dėl to, kad buvo nematomas, prisidėti atsisakė, mums netgi teko jam prisigerinti, kad niekam neišpliurptų.

– Jei trauksime į žygį visi, – balsu svarstė Ema, – Paukštis negalės uždrausti grįžti vien tik Džeikobui. Jai teks išvyti mus visus keturis.

– Bet aš visai nenoriu, kad mane išvytų! – pasiskundė Bronvina.

– Ji nė už ką šitaip nepasielgs, Bronvina. Čia šuo ir pakastas. O jei suskubsime grįžti iki gesinant šviesas, ji gal net nesusigaudys, kad buvome kažkur prašapę.

Dėl šito aš šiek tiek abejojau, bet visi sutarėme: rizikuoti verta.

Tai buvo bemaž tikras pabėgimas iš kalėjimo. Po pietų, kai namuose tvyrojo didžiausia sumaištis, o panelė Peregrinė nebespėjo visiems dalyti dėmesio, Ema apsimetė traukianti į svetainę, o aš – į darbo kabinetą. Susitikome po kelių minučių antro aukšto koridoriaus gale, kur lubose buvo atvožiamas dangtis su įtaisytomis kopėčiomis. Ema užsiropštė pirma, aš – iš paskos; užkopęs tuojau pat dangtį uždariau. Atsidūrėme ankštoje, tamsioje palėpės ertmėje. Jos gale buvo orlaidė, atkrapštyti ją – vienas juokas; pro ją išlindome ant stogo plokščiosios dalies.

Išlindę į tyrą nakties orą, kitus radome jau laukiančius. Bronvina kiekvieną mūsų apglėbė ir spustelėjo taip, kad kaulai sutreškėjo, paskui visiems padalijo slapčia nusičiuptus juodus neperšlampamus apsiaustus – sumanymas buvo mano, mums juk prireiks bent šiokios tokios apsaugos nuo audros, siaučiančios anapus kilpos. Jau buvau besižiojąs klausti, kaip teks nusirabždinti žemėn, bet nespėjau: iš už stogo krašto atsklendė Oliva.

– Gal kas norėtų pažaisti parašiutininkus? – ji plačiai nusišypsojo. Buvo basa, juosmenį apsirišusi virve. Susidomėjęs, prie ko galėtų būti pririštas antras virvės galas, dirstelėjau per stogo kraštą ir išvydau Fioną: persisvėrusi pro langą su virve rankoje, ji mojo man. Ką gi – akivaizdu: turime bendrininkų.

– Tu pirmas, – paliepė man Enochas.

– Aš? – nervingai pratariau, nejučia žingtelėdamas toliau nuo briaunos.

– Kibkis Olivos ir šok žemyn, – tarė Ema.

– Neprisimenu, kad pagal planą man būtų numatyta susilaužyti kaulus.

– Nieko nesusilaužysi, kvanka, jei tik tvirtai laikysies Olivos. Baisiausiai smagu. Daugybę kartų esame tai darę. – Ji padelsė akimirką. – Na, vieną kartą.

Rinktis, regis, nebuvo iš ko, tad sukandęs dantis prisiartinau prie stogo krašto.

– Nebijok! – paguodė Oliva.

– Gera tau šnekėti, – atsakiau. – Tu tai nenukrisi.

Ji apglėbė mane abiem rankomis, tą pat padariau ir aš, tuomet ji kuštelėjo:

– Nagi, šok.

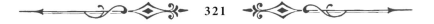

Užsimerkiau ir žengiau į tuštumą. Bet, užuot, kaip baiminausi, nušvilpęs žemyn, leistis ėmiau lėtai: žemėn nutūpėme it koks prakiuręs balionėlis, iš kurio lėtai srovena helis.

– Smagumėlis, – pareiškė Oliva. – O dabar paleisk mane! Taip ir padariau, ir ji nušvilpė atgal ant stogo, pakeliui džiugiai spygaudama. Visi kiti skubomis ją nutildė, o paskui, vienas po kito, ją apglėbę nusileido žemėn pas mane. Susirinkę visi, nutykinome mėnesienos skalaujamo miško linkui, Fiona su Oliva mojavo mums atsisveikindamos. Gal tai buvo tiktai vaizduotės pokštas, bet man pasirodė, kad vėjo šiaušiamos karpytinių medžių figūros irgi moja mums, o Adomas santūriai linksi galva.

* * *

Kai pelkės pakraštyje stabtelėjome atsikvėpti, Enochas pasigraibstė išsipūtusio švarkelio užantyje ir išsitraukęs ėmėsi dalyti mums po ryšuliuką, susuktą į marlę.

– Paimkite, – ištarė. – Nesitikėkite, kad vienas nešiu visas.

– Kas tai? – paklausė Bronvina, atskleidusi audeklą: ryšulėlyje buvo rusvas mėsgalis su keliais iš jo styrančiais vamzdeliais. – Fui, smirda! – šūktelėjo patraukdama jį nuo savęs tiek, kiek siekė rankos.

– Nusiramink, tiktai avies širdis, – atsakė Enochas ir dar vieną panašų įbruko į rankas man. Ryšuliukas trenkė formaldehidu ir net per marlę nemaloniai žliugsėjo.

– Mesiu šliauką, jeigu turėsiu šitą nešti, – pasiskundė Bronvina.

– Norėčiau tai pamatyti, – Enochas, regis, užsigavo. – Kišk po lietpalčiu ir keliaujam.

Vingiavome per pelkę neregimu kietos žemės kaspinu. Pakankamai dažnai čia vaikščiojęs spėjau beveik užmiršti, kaip tai gali būti pavojinga, kiek gyvybių pelkė pasiglemžė per šimtmečius. Galiau-

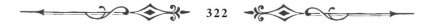

322

siai, užkėlęs koją ant piramidės gūbrio, perspėjau visus, kad iškart užsisegiotų lietpalčius.

– Ką daryti, jei su kuo nors susidursime? – paklausė Enochas.

– Elkitės lyg niekur nieko, – atsakiau aš. – Pasakysiu, kad jūs – mano draugai iš Amerikos.

– O ką daryti, jei pamatysime padarą? – parūpo Bronvinai.

– Bėk.

– O jei Džeikobas pamatys kiaurymę?

– Tuomet, – atsakė jai Ema, – bėk taip, lyg pats velnias mintų ant kulnų.

Vienas po kito nėrėme į piramidę, traukdamiesi iš tos tykios vasaros nakties. Visur buvo tylu ramu – tol, kol pasiekėme vidinės ertmės galą: tada oro slėgis staiga krito, taip pat ir temperatūra, vidun įsiveržė visa gerkle stūgaujančios audros kauksmas. Išgąstingai grįžtelėjome garso pusėn ir valandėlę tiktai stovėjome nekrustelėdami, klausydamiesi tunelio angoje kunkuliuojančio, grumančio šėlsmo. Galėjai pamanyti, kad ten blaškosi koks narve uždarytas išbadėjęs plėšrūnas, kuriam ką tik iš tolo užkvipo pietūs. Neturėjome kitos išeities – tik šokti tiesiai jam į gerklę.

Parpuolę ant kelių keturpėsti nuropojome į tą, kaip rodėsi, juodąją skylę: pro juodų audros debesų kalnus nespingsojo nė žvaigždelė, negailestingai pliekė lietus, stingdantis vėjas skverbėsi po apsiaustais; tvykstelėjus žaibo zigzagui visi sušvytėdavome akinančiu baltumu, bet jam užgesus tamsa atrodydavo tik dar juodesnė. Ema mėgino įžiebti liepsnelę, bet jos pastangos priminė spragsėjimą sulūžusiu žiebtuvėliu: ant riešo sumirksėjusi kibirkštis tuoj pat užgesdavo, taip ir nešoktelėjusi liepsnele, tad mes, stipriau įsisiautę į lietpalčius, stačia galva nėrėme į vėtrą ir tekini pasileidome per išpampusią, už kojų graibstančią pelkę, kelią rinkdamiesi veikiau iš atminties nei kliaudamiesi regėjimu.

Miestelyje lietus beldėsi į kiekvienas duris, kiekvieną langą, bet niekas neįsileido jo vidun: visi tūnojo namuose užsisklendę, užvarstę langines, tad mes niekieno nepastebėti teškenome tvinstančiomis gatvėmis, pro išblaškytas vėtros nuo stogų nuplėštų čerpių nuolaužas, pro vienišą, pasimetusią, lietaus akinamą ir gailiai bliaunančią avį, pro pakrypusią lauko išvietę, liejančią savo turinį į gatvę, kol galiausiai pasiekėme žuvies krautuvėlę. Durys, aišku, buvo užrakintos, bet neatlaikė poros galingų Bronvinos spyrių. Viduje nusišluosčiusi ranką į apsiausto pamušalą, Ema galų gale įžiebė liepsnelę. Lydimas išverstakių eršketų, dėbsančių į mus iš stiklinių vitrinų, žvilgsnių, įsivedžiau draugus vidun: nėrėme už prekystalio, kur marmaliuodamas prakeiksmus ir skusdamas žvynus dienas leisdavo Dilanas, o iš ten – pro rūdžių dėmelėmis išmargintas duris. Kitapus jų buvo nedidelė ledainė: paprasčiausia prie pastato prigludusi pašiūrė plūktinio molio grindimis ir skardiniu stogu, iš nelygiai išpjautų lentų sukaltomis sienomis; lentos buvo išklypusios it kreivi dantys, pro plyšius vidun kapsėjo lietaus lašai. Ankštoje patalpoje grūdosi šeši ožiai malkoms pjauti, o ant jų buvo užrioglinta po keturkampę geldą, prikrautą ledo.

– Kurioje? – paklausė Enochas.

– Nežinau, – prisipažinau.

Ema kaip įmanydama apšvietė patalpą, o mes slampinėjome tarp ožių mėgindami įspėti, kurioje geldoje galėtų būti ne tik negyvos žuvys, bet visos jos atrodė vienodai – paprasčiausi ledo karstai be dangčių. Teks apieškoti kiekvieną, kol jį surasime.

– Aš neieškosiu, – pareiškė Bronvinas. – Nenoriu jo matyti. Man nepatinka negyvėliai.

– Nepatinka ir man, bet neturime kitos išeities, – atsakė Ema. – Visi kartu pradėjome, visi kartu ir užbaigsime.

Kiekvienas pasirinkome po geldą ir kibome knistis kaip kokie šunys, rausiantys išpuoselėtą gėlių lysvę, rieškučiomis semdami ledą ir žerdami ant grindų. Ištuštinęs pusę savosios jau beveik nebejaučiau sustirusių pirštų, bet staiga išgirdau klyktelint Bronviną. Atsigręžęs išvydau, kaip ji, prispaudusi rankas prie burnos, žingteli atatupsta nuo geldos.

Susispietėme aplink ją pažiūrėti, ką bus suradusi. Iš ledo kyšojo pastirusi ranka plaukuotais krumpliais.

– Drįstu tvirtinti: aptikai mūsų vyruką, – pasakė Enochas.

Užsidengę veidus, pro praskėstus pirštus žiūrėjome, ką jis daro. Enochas nugremžė dar daugiau ledo – pamažu išniro visa ranka, paskui liemuo ir galiausiai – visas sumaitotas Martino kūnas.

Reginys buvo šiurpus. Rankos ir kojos išsukiotos sunkiai suvokiamais kampais. Kūnas perplėštas išilgai ir ištuštintas – ten, kur būta vidaus organų, dabar prigrūsta ledo. Galiausiai atidengus veidą, visi nejučia aštriai įkvėpėme. Pusė jo virtusi violetine makalyne su kadaruojančiais odos skivytais, tarsi kokia suraižyta kaukė. Kita pusė – apysveikė, bent jau tiek, kad būtų įmanoma jį atpažinti: barzdaplaukiais apšepęs smakras, skruosto dalis nelygiai nurėžtu kraštu, kakta ir viena žalia, plėvele aptraukta ir tuščiu žvilgsniu dėbsanti akis. Visas jo apdaras – tik apatinės trumpikės ir draiskanomis virtęs kilpinis chalatas. Visiškai, tiesiog visiškai neįmanoma, kad šitaip apsirengęs pats naktį būtų išėjęs pasikarstyti uolomis. Kažkas – žmogus ar kas kita – turėjo jį ten nutempti.

– Jis jau tolokai nukeliavęs, – pranešė Enochas, įvertinęs Martino būklę – visai kaip koks chirurgas, apžiūrėjęs ligonį, kuriam beveik nebeliko vilties. – Iškart sakau: gali ir nesuveikti.

– Vis tiek reikia mėginti, – pareiškė Bronvina, narsiai žengdama prie geldos drauge su visais. – Jeigu jau šitiek nuveikėme, reikia bent pamėginti.

Enochas praskleidė lietpaltį ir iš vidinės kišenės išsitraukė ryšuliuką su širdimi. Pažiūrėti širdis ne kažin kiek skyrėsi nuo susuktos rudos beisbolininko pirštinės.

– Jeigu jis prabus, – perspėjo Enochas, – tikrai nebus džiugiai nusiteikęs. Jumis dėtas kiek atsitrauksiau, ir paskui nekaltinkite, kad neperspėjau.

Visi draugiškai žingtelėjome atatupsti – visi, išskyrus Enochą, kuris prisiplojo prie geldos ir, sugrūdęs ranką į ledą Martino krūtinėje, ėmė makaluoti, tarsi ieškodamas gėrimo skardinės šaldiklyje. Po valandėlės kažką, regis, užčiuopė, tada antrąja ranka iškėlė avies širdį virš galvos.

Staiga visą Enocho kūną nukrėtė drebulys, ir avies širdis ėmė plastėti, taškydama smulkulyčius kruvino konservuojamojo skysčio lašelius. Enochas gaudė orą tankiais, negiliais kvėpsniais. Rodėsi, bando nukreipti kažkokį srautą. Įdėmiai žvelgiau į Martino kūną: bene krustelės? Bet jis tebegulėjo sustingęs.

Galiausiai širdis Enocho rankoje ėmė plastėti vis lėčiau, vis labiau traukėsi, bluko ir jos spalva, virsdama juozganai pilka, kaip mėsos gabalo, per ilgai užmiršto šaldiklyje. Enochas bloškė ją žemėn ir atkišo ranką mano pusėn. Išsitraukęs iš kišenės kitą širdį, padaviau jam. Procesas pasikartojo: širdis valandėlę plakė, dulksnodama kraujo miglą, kol pagaliau suzmeko kaip ir pirmoji. Tas pat nutiko ir trečią kartą – su širdimi, kurią Enochas buvo davęs nešti Emai.

Liko vienintelė širdis – atneštoji Bronvinos, paskutinė galimybė Enochui. Jo veidas dar labiau įsitempė, jis iškėlė širdį virš improvizuoto Martino karsto, spausdamas ją taip, lyg norėtų pirštais pertrėkšti kiaurai. Širdis suspurdo, ėmė tirtėti lyg pernelyg energingai sukant rankeną užvedamas variklis, tuomet Enochas užriko:

– Kelkis, negyvėli! Kelkis!

Dabar jau akis kliudė krustelėjimą. Kažkas sujudėjo po ledu. Pasilenkiau taip arti, kaip tik drįsau, laukdamas kokių nors gyvybės ženklų. Nežinia kiek užsitęsusią valandėlę niekas nesikeitė, bet paskui kūnas visas išsitempė, taip staigiai, su tokia jėga, lyg būtų pavaišintas tūkstančio voltų stiprumo elektros iškrova. Ema suriko, atšokome visi. Kai ryžausi vėl nuleisti rankas ir dirstelėti, Martino galva jau buvo pasisukusi mano pusėn; viena valkčio aptraukta akis it pašėlusi sukiojosi į visas puses, kol galiausiai sutelkė žvilgsnį, regis, į mane.

– Jis tave mato! – sušuko Enochas.

Pasilenkiau arčiau karsto. Negyvėlis trenkė išrausta velėna, jūros vandeniu ir dar kažkuo, kur kas bjauresniu. Nuo rankos pažiro ledas – ranka pakilo, akimirksnį virpėjo pakibusi ore, išsukiota, pamėlusi, o paskui nusileido ant manosios. Kaip įmanydamas tramdžiausi nebloškęs jos šalin.

Negyvėlio lūpos prasiskyrė, apatinis žandikaulis atsikabinęs smuktelėjo žemyn. Prisikišau dar arčiau norėdamas išgirsti, ką jis sakys, bet išgirsti nebuvo ko. *Na žinoma, nėra ko ir tikėtis*, pagalvojau, *juk jam ištiško plaučiai.* Bet paskui jam ištrūko kažkoks garselis – pasilenkiau dar arčiau, dabar ausimi beveik liečiau ledines jo lūpas. Keistos mintys lindo į galvą – prisiminiau lietaus nuotaką, įrengtą prie pat namų: prikišęs ausį prie pat grotelių ir sulaukęs akimirkos, kai pritilsta transporto gausmas, gali išgirsti tylutėliai gurgantį požeminį upokšnį, užverstą dar statant miestą, bet vis tiek srovenantį po žeme, tegul ir įkalintą amžinoje naktyje.

Kiti susispietė aplinkui, bet negyvėlio balsą girdėjau tik aš. Pirmiausia jis ištarė mano vardą.

– Džeikobai.

Mane persmelkė baimė.

– Taip, čia aš.

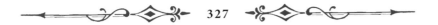

– Aš buvau miręs. – Žodžiai sunkėsi lėtai, varvėjo it tirštas sirupas. Tuojau jis pasitaisė: – Aš miręs.

– Papasakok, kas atsitiko, – paraginau aš. – Prisimeni?

Jis patylėjo. Pro plyšius sienose švilpavo vėjas. Negyvėlis kažką ištarė, bet aš nenugirdau.

– Pakartok. Martinai, prašau.

– Jis mane nužudė, – sukuždėjo negyvėlis.

– Kas?

– Mano senutis.

– Nori pasakyti – Ogis? Tavo dėdė?

– Mano senutis, – pakartojo jis. – Jis taip išaugo. Ir sustiprėjo. Buvo toks stiprus.

– Kas tai padarė, Martinai?

Jis užsimerkė ir aš pabūgau, kad jau bus pasitraukęs su visam. Dirstelėjau į Enochą. Šis linktelėjo. Širdis jo rankoje vis dar plastėjo.

Martino akis krustelėjo po nuleistu voku. Jis ir vėl prašneko, lėtai, monotoniškai, tarsi kartodamas atmintinai išmoktą tekstą:

– Keturis šimtus kartų jis miegojo ramiai, susirietęs it gemalas slėpiningose žemės įsčiose, virškinamas šaknų, rūgdamas tamsoje, vasaros vaisius, saugiai užkonservuotas ir pamirštas podėlyje lig pat tol, kol kliudė jį valstiečio kastuvas – šiurkšti pribuvėja netikėtam naujagimiui priimti...

Martinas nutilo, jo lūpos virpėjo. Ema dirstelėjo į mane ir sukuždėjo:

– Ką jis čia šneka?

– Nesuprantu, – atsakiau. – Bet panašu į kažkokį eilėraštį.

Martinas vėl prabilo – drebančiu balsu, bet jau pakankamai garsiai, kad girdėtų visi:

– Juodu kūnu anam skirta ilsėtis: jaunas jo veidas suodžių spalvos, suvytusios rankos ir kojos – tarytum anglies gyslos, pėdų luis-

tai – lyg upės nešami papuvę medgaliai, apkibę sudžiūvusiomis vynuogėmis...

Galų gale atpažinau tekstą – sukurtą jo paties apie pelkių berniuką.

– Ak, Džeikobai, o juk aš taip uoliai, taip rūpestingai juo rūpinausi, – kalbėjo jis. – Ir stiklą nušluostydavau, ir žemes pakeisdavau, įkurdinau kuo patogiausiai, kad jaustųsi kaip namie – tarytum savo paties dičkį aptalžytą kūdikį. Aš taip rūpestingai juo rūpinausi, bet... – Jis ėmė visas drebėti; iš akies išširito ašara, bet netrukus sustingo, prišalusi prie skruosto. – Bet jis mane užmušė.

– Turi galvoj – pelkių berniukas? Senutis?

– Siųsk mane atgal, – ėmė melsti Martinas. – Man skauda. – Šalti jo pirštai gniaužė man petį, balsas vėl slopo.

Dirstelėjau į Enochą, žvilgsniu prašydamas pagalbos. Jis stipriau suspaudė širdį ir papurtė galvą.

– Dabar jau pasiskubink, bičiuli, – tarstelėjo.

Ir staiga man nušvito akyse. Nors negyvėlis kalbėjo apie pelkių berniuką, ne pelkių berniukas jį nužudė. *Mums jie matomi tampa tik tada, kai maitinasi,* andai sakė man panelė Peregrinė, *kitaip tariant, tada, kai jau per vėlu.* Martinas matė kiauramėklę – naktį, lietui lyjant, ir dar taršančią jį patį į skutus – ir klaidingai palaikė ją savo vertingiausiu eksponatu.

Manyje ėmė tvenktis seniai pažįstama baimė, užkaitindama visus vidurius. Atsisukau į kitus.

– Kiauramėklės darbas, – pasakiau. – Ir ji yra kažkur čia, saloje.

– Paklausk – kur, – patarė Enochas.

– Martinai – kur? Man būtinai reikia žinoti, kur tu jį matei.

– Prašau... Skauda.

– Kur tu jį matei?

– Jis atėjo prie mano durų.

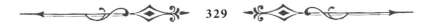

– Senutis?

Jis keistai šniūkštelėjo oro gurkšnį. Žiūrėti į jį buvo sunku, bet prisiverčiau, ir tada pasekiau jo akį: atitrūkęs nuo manęs, žvilgsnis susitelkė į kažką man už nugaros.

– Ne, – pasakė negyvėlis. – *Jis.*

Tą pat akimirksnį mus užliejo šviesa, ir kažkas garsiai užriko:

– Kas čia?

Ema tučtuojau sugniaužė kumštį, liepsnelė šnypštelėjusi užgeso, o mes visi, skubiai atsisukę, išvydome tarpduryje stovintį žmogų: su žibintuvėliu vienoje rankoje ir šautuvu – kitoje.

Enochas trūktelėjęs išlaisvino ranką iš ledo, o Ema su Bronvina susiglaudė prie geldos, kad užstotų Martiną.

– Mes visai neketinome įsilaužti! – patikino Bronvina. – Ir jau ėjome sau, tikrai tikrai!

– Stovėkite ir nejudėkite! – suriko tasai tarpduryje. Jo balsas buvo kažkoks negyvas, be intonacijos. Veido neįžiūrėjau – žibintuvėlis plieskė tiesiai į akis, – bet jį akimoju išdavė keli megztinių sluoksniai. Tai buvo ornitologas.

– Pone, mes visą dieną nieko nevalgę, – suinkštė Enochas, šįsyk – kaip tikras dvylikametis. – Norėjome tik kokią žuvį pasiimti, garbės žodis!

– Iš tiesų? – atsiliepė žmogus. – Atrodo, vieną net išsirinkote. Nagi, pažiūrėkime kokią. – Jis pašvytravo žibintuvėliu į šalis, lyg norėdamas praskirti mus jo spinduliu. – Pasitraukite!

Padarėme, ką liepti, ir dabar žibintuvėlio spindulys nutvieskė Martino kūną – akį rėžiantį pragaišties kraštovaizdį.

– Kad tave bala, tai keista žuvelė, ką? – Jis nemaž nesutriko. – Tikriausiai ką tik ištraukta, šviežutėlė. Žiū, dar netgi kruta! – Spindulys kliudė Martino veidą ir sustojo. Negyvėlio akis užvirto, lūpos be garso trūkčiojo – tiktai refleksas, senkant paskutiniesiems Enocho įpūstos gyvybės lašams.

– O jūs kas toks? – parūpo Bronvinai.

– Priklauso nuo to, ko paklausi, – atsakė žmogus. – Be to, tai visiškai nesvarbu – kur kas svarbiau yra tai, kad aš žinau, kas esate *jūs.* – Žibintuvėlio spinduliu durdamas į kiekvieną mūsų paeiliui, jis kalbėjo lyg skaitydamas duomenis iš kažkokios slaptos bylos: – Ema Blum, žiežirba, pamesta cirke, kai tėvams nepavyko ten pat jos parduoti. Bronvina Brantli, iš didžiavyrių padermės, kraujotroškė, pati nesuvokusi savo jėgos iki pat to vakaro, kai nusuko sprandą savo bjaurybei patėviui. Enochas O'Konoras, gebantis prikelti iš numirusiųjų, gimęs laidotuvininkų šeimoje – tie niekaip negalėdavo suprasti, kodėl jų klientai vis netikėtai atsikelia ir išpėdina sau. – Pastebėjau, kad kiekvienas iš mano draugų, tai išgirdęs, atšlyja. Galiausiai jis nukreipė spindulį į mane. – Ir dar Džeikobas. Labai jau ypatingą draugiją esi pasirinkęs šiomis dienomis.

– Iš kur žinote mano vardą?

Jis atsikrenkštė, o kai vėl prašneko, jo balsas buvo iš esmės pasikeitęs.

– Nejaugi taip greitai spėjai mane pamiršti? – Naujosios Anglijos tartis skambėjo nepriekaištingai. – Tiesa, aš – tik varganas seniokas autobuso vairuotojas, kur jau mane prisiminsi.

Atrodė visiškai neįmanoma, bet šitas žmogus tiesiog tobulai mėgdžiojo mano mokyklinio autobuso vairuotoją, poną Baroną. Pelniusį tokią visuotinę panieką, tokio bjauraus būdo, tokį kietakaktį, kad mes sankabėlėmis suniokojome jo nuotrauką iš mokyklinio albumo ir paskutinę aštuntos klasės dieną palikome prikibdę prie jo sėdynės kaip atminimo paveikslą. Vos spėjau prisiminti, ką jis sakydavo kiekvieną mielą popietę, prieš pat man išlipant, ir žmogus tarpduryje užsuokė kaip tik tuos žodžius:

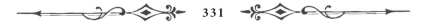

– Paskutinė maršruto stotelė, Portmanai!

– Ponas Baronas? – ištariau abejodamas, iš paskutiniųjų mėgindamas per švysčiojantį spindulį įžvelgti jo veidą.

Žmogus nusikvatojo ir vėl atsikrenkštė – ir jo balsas pasikeitė dar kartą.

– Arba tasai, arba anas, pagalbinis darbininkas. – Tęsiamo floridietiško greblavimo su niekuo nesupainiosi. – Medžiokus ana kirpti pats metas. Pinigėlio manis gražaus paklosi! – Jo balsas ničniekuo nesiskyrė nuo balso darbininko, daugelį metų prižiūrėjusio mūsų namų veją ir valiusio baseiną.

– Kaip jūs tai darote? – neištvėriau. – Iš kur pažįstate visus tuos žmones?

– Aš ir *esu* visi tie žmonės, – jis vėl prašneko negyvu, bejausmiu balsu. Ir nusijuokė, akivaizdžiai mėgaudamasis mano siaubu – iš tiesų jaučiausi visiškai priblokštas.

Staiga man dingtelėjo mintis. Ar esu kada matęs pono Barono akis? Ko gero, ne. Jis visada būdavo užsimaukšlinęs seniokiškus, pusę veido dengiančius akinius. Sodo darbininkas irgi visuomet būdavo su saulės akiniais ir dar su plačiakrašte skrybėle. Ar kada nors į kurį nors jų esu įdėmiau įsižiūrėjęs? Kiek dar vaidmenų mano gyvenime sukūrė šitas chameleonas?

– Kas čia dedasi? – sukruto Ema. – Kas tas žmogus?

– Nutilk! – amtelėjo jis. – Ateis ir tavo eilė.

– Jūs mane stebėjote, – tėškiau aš. – Tai jūs papjovėte visas tas avis. Tai jūs nužudėte Martiną.

– Kas, aš? – kuo nekalčiausiai nustebo jis. – *Aš nieko nežudžiau.*

– Bet jūs – padaras, ar ne?

– Taip mane vadina *jie*, – atsakė jis.

Negalėjau šito suprasti. Sodo darbininko nė akyse nebuvo matęs po to, kai mama prieš trejetą metų nusamdė kitą; ponas Baronas iš mano gyvenimo išnyko po aštuntos klasės. Nejaugi jie... jis... iš tikrųjų visąlaik mane sekė?

– Kaip jūs sužinojote, kur mane surasti?

– Nagi, Džeikobai, – jo balsas dar sykį pasikeitė. – Juk pats man pasakei. Akis į akį, žinoma. – Vidurio Amerikos tartis, taisyklinga išsilavinusio žmogaus kalba. Dabar jis pakreipė žibintuvėlį į save – spindulys apšvietė jo paties veidą.

Anądien, kai mačiau jį, buvo užsiželdinęs barzdą, dabar barzdos nebebuvo. Neatpažinti jo buvo tiesiog neįmanoma.

– Daktaras Golanas... – pralemenau aš, bet mano balsą nustelbė lietaus barbenimas.

Prisiminiau mūsų pokalbį telefonu vos prieš keletą dienų. Tasai triukšmas fone... daktaras sakė esąs oro uoste. Tik ne sesers pasitikti buvo atvažiavęs. Skristi ketino pats – paskui mane.

Atšlijau ir, kad nesverdėčiau, atsirėmiau į Martino geldą, jutau, kaip visą kūną ima kaustyti stingulys.

– Kaimynas... – ištariau. – Tasai senis, laistęs veją senelio žūties vakarą, irgi buvote jūs.

Jis nusišypsojo.

– Bet jūsų akys... – dar tariau.

– Glaustiniai lęšiai, – paaiškino jis. Spustelėjo vieną paakį nykščiu – lęšis iššoko, atidengdamas baltą akies obuolį be rainelės. – Neįtikėtina – ko tik nepadirbama šiomis dienomis! O jeigu leistum man nuspėti dar keletą klausimų, atsakysiu neklausiamas: taip, aš tikrai psichoanalitikas, turiu licenciją – mane seniai traukė perprasti paprastų žmonelių protus, – ir ne: nors visi mūsų seansai buvo grįsti melu, nemanau, kad būtume tik tuščiai gaišę laiką. Iš tiesų netgi manau, kad galėčiau ir toliau siūlyti tau pagalbą ar veikiau mudu abu galėtume padėti vienas kitam.

– Džeikobai, prašau tave, – įsiterpė Ema. – Neklausyk jo.

– Nesibaimink, – atsakiau jai. – Kartą juo jau pasitikėjau. Antrąsyk tos pačios klaidos nepadarysiu.

Golanas lyg niekur nieko kalbėjo toliau, tarsi nė nebūtų išgirdęs:

– Galiu pasiūlyti tau saugumą, pinigų. Galiu grąžinti tau gyvenimą, Džeikobai. Visa, ką turėtum daryti – tai dirbti mums.

– Mums?

– Mudviem su Malfusu, – atsakė jis ir grįžtelėjęs per petį pašaukė: – Eikš, Malfusai, pasisveikink.

Tarpduryje jam už nugaros sujuodavo šešėlis, ir po akimirksnio mums į nosis smogė nepakeliamas tvaikas. Bronvina sužiaukčiojo ir žingtelėjo atatupsta; pastebėjau, kaip susigniaužė Emos kumščiai – atrodė, ji svarsto galimybę pulti. Vogčia paliečiau jai ranką ir ištariau be garso, vien lūpomis: *Palauk*.

– Štai ką tau siūlau, – toliau kalbėjo Golanas, vis dar taip pat dalykiškai. – Padėk mums surasti daugiau tokių kaip tu. Už tai tau bus atlyginta: galėsi visiškai nesibaiminti nei Malfuso, nei kurio kito iš jo padermės. Galėsi ir toliau gyventi namuose. Laisvu laiku keliausi drauge su manimi, pamatysi pasaulio, o ir sumokėsime tau dosniai. Tavo tėvams pasakysime, kad man tyrinėjimams prireikė asistento.

– O jeigu sutiksiu, – prasižiojau, – kas laukia mano draugų? Jis tik atsainiai mostelėjo šautuvu.

– Jie jau pasirinko, seniai. Svarbu štai kas, Džeikobai: jau sudarytas didis planas, ir tu padėsi jį įgyvendinti. Ar aš svarsčiau pasiūlymą? Tikriausiai – taip, tegul tik mirksnį. Daktaras Golanas siūlė man kaip tik tai, ko taip karštligiškai ieškojau: trečią variantą. Ateitį, kuri nebuvo nei *pasilik čia amžiams*, nei *išvyk ir mirk*. Tačiau pakako vos vieno žvilgsnio į draugus, į nerimo aptemdytus jų veidus, kad bet kokia pagunda prarastų galią.

– Nagi? – paragino Golanas. – Ką atsakysi?

– Verčiau jau mirsiu, nei bent pirštą pakrutinsiu jums padėti.

– Na jau, – pareiškė jis. – Juk tu man jau padėjai. – Jis žengė žingsnį atatupstas durų linkui. – Labai gaila, kad daugiau seansų su tavimi nebebus. Vis dėlto netektis, ko gero, ne tokia ir baisi. Jūsų keturių gal ir pakaks, kad Malfusas galiausiai pakeistų šį apgailėtiną pavidalą, kuriame buvo įstrigęs taip ilgai.

– Oi ne, – sušniurkščiojo Enochas. – Visai nenoriu būti suėstas!

– Nežliumbk, nėra ko žemintis, – subarė jį Bronvina. – Mums tereikia juos užmušti, štai ir viskas.

– Smagu būtų dar kiek užtrukti ir pasižiūrėti, – tarė Golanas iš tarpdurio. – Puikus reginys, man patinka!

Tai taręs pranyko už durų, mes likome vieni su anuo. Girdėjau baidyklės alsavimą tamsoje, tąsų ir lipnų lyg gurguliavimas įtrūkusiame vamzdyje. Mes žingtelėjome atbuli: žingsnį, po to antrą, kol galiausiai pečiais atsirėmėme į sieną ir likome stovėti lyg mirčiai pasmerkti kaliniai, išrikiuoti priešais būrį ginkluotų kareivių.

– Man reikia šviesos, – kuštelėjau Emai, kuri, regis, buvo tokia priblokšta, kad net užmiršo savąją galią.

Jos plaštaka kaipmat sužioravo, ir tarp mirgančių šešėlių išvydau baidyklę, tūnančią tarp ožių su geldomis. Ta pati, iš mano košmarų.

Gunksojo susikūprinusi, nuoga, beplaukė, pilkšvai juoda, dėmėmis išmušta oda kadaravo palaidomis klostėmis, akys apgliaumijusios tąsiu puviniu, kojos issirietusios lanku, pėdos šleivos, plaštakos išsiklaipiusiais pirštais virtusios niekam tikusiomis nagomis – visos jos kūno dalys atrodė perkriošusios ir suvytusios tarsi neįtikėtinai seno žmogaus. Visos, išskyrus vieną. Tai, kas labiausiai krito į akis, buvo siaubingo dydžio nasrai – žiojinti ertmė, kupina dantų, ilgiu ir aštrumu nenusileidžiančių peiliams kepsniui pjaustyti; sutalpinti juos užčiauptuose nasruose buvo visiškai neįmanoma, tad lūpas amžiams buvo ištempusi beprotiška šypsena.

O paskui tie kraupūs dantys prasiskyrė, ir iš gerklės gelmių išorėn šovė trys standūs liežuviai, kiekvienas storumo sulig mano riešu. Staigiai išsivynioję jie pasirodė esą ne mažiau dešimties pėdų ilgio, pasiekė bene patalpos vidurį ir raivydamiesi pakibo ore, o baidyklė, švogždžiai dvėsuodama pro dvi tarsi raupų išėstas skyles snukyje, atrodė, uodžia mus, lyg svarstydama, kaip būtų patogiausia suryti. Mes iki šiol dar buvome gyvi tik dėl to, kad pribaigti mus atrodė taip lengva; pabaisa neskubėjo – kaip koks tikras išrankus gurmanas, susiruošęs kaip reikiant pasimėgauti ypatingu patiekalu.

Mano draugai negalėjo to įžvelgti, bet aš tarp kitų išsyk atpažinau baidyklės šešėlį ant sienos, taip pat ir virves primenančių liežuvių. Ema pagniaužė kumštį, liepsna tvykstelėjo skaisčiau.

– Ką tasai daro? – sukuždėjo. – Kodėl nepuola?

– Žaidžia, – atsakiau. – Puikiausiai žino užspeitęs mus į kampą.

– Užspeitęs, išgraužk, – sumurmėjo Bronvina. – Leistumėt man bent kartelį gerai vožtelėti jam į snukį. Dantys išlįstų per pakaušį.

– Tavim dėtas prie tų dantų net nesiartinčiau, – tarstelėjau.

Kiaurymė nudrimblino kelis žingsnius į priekį – tiek pat, kiek mes buvome atsitraukę. Liežuviai tįstelėjo dar ilgesni, atsiskyrė vie-

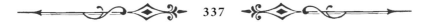

nas nuo kito: vienas šovė link manęs, kitas – link Enocho, trečias nusitaikė į Emą.

– Palik mus ramybėj! – suspiegė Ema švystelėdama ranka tarsi deglu. Liežuvis trūktelėjo tolyn nuo liepsnos, bet tuojau vėl ėmė slinktis artyn lyg kirsti pasirengusi gyvatė.

– Reikia mėginti pasiekti duris! – surikau aš. – Kiaurymė – prie trečiosios geldos kairėje, tad laikykitės dešinės!

– Nepavyks! – sudejavo Enochas. Liežuvio galiukas palietė jam skruostą, Enochas suspigo.

– Skaičiuoju iki trijų! – šūktelėjo Ema. – Vienas...

Bet tuomet baidyklės pusėn metėsi Bronvina, spiegdama kaip kokia banšė. Pabaisa žviegdama išsitiesė, sudribusi jos oda išsitempė. Ir kaip tik tą akimirksnį, kai buvo jau beužsimojanti perlieti Bronviną trišakiu liežuviu, toji visu kūno svoriu rėžėsi į Martino ledo karstą, kyštelėjo rankas po juo, kilstelėjo, pakreipė ir galiausiai nustūmė nuo ožio – gremėzdiška gelda su visu ledu, žuvimis ir Martino kūnu apsivertė ore ir su kurtinančiu dundesiu tvojosi į kiaurymę.

Bronvina vienu gaistu apsisuko ir metėsi atgal prie mūsų.

– PASITRAUK! – sustugo, ir aš vos spėjau atšokti; ji vienu spyriu išmušė nemenką skylę papuvusiose lentose. Enochas, mažiausias iš mūsų, nėrė laukan pirmas, jam pridurmu – Ema, o paskui, nespėjus man nė prasižioti prieštarauti, Bronvina griebė mane už pečių ir išbloškė į pažliugusią naktį. Tėškiausi tiesiai pilvu į balą. Nuo šalčio užgniaužė kvapą, tačiau bet kas buvo geriau, nei pajusti, kaip kiaurymės liežuvis vyniojasi apie kaklą.

Ema su Enochu vienu trūktelėjimu pastatė mane ant kojų; nieko nebelaukę pasipustėme padus. Dar akimirksnis, ir Ema sustojo, šūktelėjusi Bronviną vardu. Tik dabar susizgribome, kad ji neišbėgo drauge su mumis.

Šūkaudami žvilgsniais skvarbėme tamsą, tiesa, grįžti pristigome drąsos. Bet čia Enochas šūktelėjo:

– Štai ten!

Dabar jau ir mes išvydome Bronviną, atsišliejusią į ledainės kampą.

– Ką ji ten daro? – nesusigaudė Ema. – BRONVINA! BĖK!

Pažiūrėti atrodė, kad ji staiga sumąstė apglėbti trobesį. Bet paskui kelis žingsnius atsitraukė ir įsibėgėjusi rėžėsi pečiu į kampinį statramstį – ledainė sukiužo lyg iš degtukų suramstytas namelis, siūbtelėjusį į miltus sutrinto ledo, sumišusio su medienos skiedromis, debesį vėjo gūsis nubloškė gatve tolyn.

Džiaugsmingai būbaudami laukėme Bronvinos, skutančios mūsų link su maniakiška šypsena veide, o paskui, juokdamiesi kiaurai merkiančiame lietuje, puolėme jos glėbesčiuoti. Vis dėlto džiaugsmas truko neilgai: vos ėmėme suvokti, kas iš tikrųjų atsitiko, nuotaika išsyk subjuro, o paskui Ema atsigręžė į mane ir uždavė klausimą, kuris veikiausiai sukosi galvose jiems visiems:

– Džeikobai, iš kur padaras tiek daug žinojo apie tave? Ir apie mus?

– Pavadinai jį daktaru, – įkišo savo trigrašį Enochas.

– Jis buvo mano psichiatras.

– Psichiatras! – Enochas vos nepaspringo. – Tiesiog nuostabu! Šitas ne tik išduoda mus padarui, bet, pasirodo, dar ir psichas!

– Atsiimk savo žodžius! – užriko Ema, stipriai jį stumtelėdama.

Enochas jau kėsinosi atsakyti tuo pačiu, bet aš įsibroviau tarp jų abiejų.

– Liaukitės! – sudraudžiau, pats stumdamas juos į skirtingas puses. Tada atsigręžiau į Enochą. – Tu klysti. Aš ne beprotis. Tiesa, jis mane tuo beveik įtikino, nors pats, reikia manyti, nuo pat pradžių žinojo, kad aš – iš ypatingųjų. Vis dėlto dėl kitko neapsirikai.

Aš iš tikrųjų jus išdaviau. Senelio pasakojimus perpasakojau svetimam žmogui.

– Tu dėl to nekaltas, – bandė guosti mane Ema. – Juk negalėjai žinoti, kad mes – tikrų tikriausi.

– Aišku, jis galėjo ir turėjo žinoti! – pasišiaušė Enochas. – Abė viską jam papasakojo! Netgi parodė jam suknistas mūsų nuotraukas! – Golanas žinojo viską, išskyrus tai, kaip jus surasti, – pasakiau. – Ir aš atvedžiau jį nosies tiesumu čionai.

– Jis tave pergudravo, – tarė Bronvina.

– Aš tik norėjau pasakyti, kad man tikrai labai gaila.

Ema apkabino mane.

– Viskas gerai. Mes gyvi.

– Kol kas – taip, – atkirto Enochas. – Bet anas maniakas vis dar blaškosi kažkur netoliese, o kadangi labai jau uoliai veržėsi sušerti mus savo numylėtinei kiauramėklei, galime drąsiai spėti: veikiausiai jau bus ir pats sumąstęs, kaip įsibrauti į kilpą.

– Dievulėliau, tavo teisybė, – sutiko Ema.

– Ką gi, – pasakiau aš, – tuomet verčiau pasiskubinkime atsidurti ten anksčiau už jį.

– Anksčiau už jį ir dar *tą*, – pridūrė Bronvina. Atsisukome: ji rodė į sugriuvusią ledainę – lentgalių krūvoje kažkas jau krusčiojo. – Spėju, tasai nieko nelaukęs pasileis mums įpėdžiui, o man gali ir nepasitaikyti po ranka kito namo uždrėbti jam ant galvos.

Kažkuris šūktelėjo: „Bėgam!" – ir visai be reikalo, nes mes jau skutome kiek įkabindami link vienintelės saugios vietos, kur kiaurymė negalėjo mūsų pasiekti – link kilpos. Purškiančio lietaus košiamoje tamsoje pasiekėme miestelio pakraštį, išnyko blausiai melzganos trobesių apybrėžos, užleisdamos vietą šlaituose išsidriekusiems dirbamos žemės laukams, o paskui suskatome rabždintis į kalvagūbrį; vandens srovelės skalavo mums kojas, takas buvo toli gražu nebepatikimas.

Enochas slystelėjo ir pargriuvo. Sugriebę pakėlėme jį ir bėgome toliau. Jau beveik pasiekus keterą neišsilaikė ant kojų ir Bronvina – nuslydo geras dvidešimt pėdų atgal, kol galiausiai sugebėjo sustoti.

Mudu su Ema nubėgome žemyn jai į pagalbą, ir aš, įsikibęs Bronvinos rankos, pasinaudojau proga apsižvalgyti – vyliausi pastebėsiąs kur nors užnugaryje šmėžuojančią baidyklę. Bet nepamačiau nieko, tik tamsias, verpetuojančias lietaus čiurkšles. Mano talentas įžiūrėti kiaurymes be šviesos ne kažin kiek galėjo praversti. Bet, kai vos atgaudami kvapą galiausiai užsiropštėme ant keteros, dangų perskrodė žaibo kirtis, nušviesdamas viską aplinkui – aš spėjau atsisukti ir pamačiau jį. Kiaurymė tebebuvo gerokai žemiau mūsų, bet viršun krapštėsi sparčiai: spirdamasis į dumbliną žemę ne tik kojomis, bet ir raumeningais liežuviais, ropojo tarsi koks voras.

– *Dingstam!* – surikau, ir mes nusiritome kitu šlaitu žemyn, čiuožėme ant užpakalių, kol pasiekėme lygią vietą ir vėl galėjome bėgti.

Dar vienas žaibo tvyksnis. Kiaurymė buvo gerokai priartėjęs. Jei šitaip mus vysis ir toliau, mes niekaip nespėsime pasiekti saugios vietos. Vienintelė viltis – apdumti jį kaip nors sumėčius pėdas.

– Jeigu jis mus pagaus, nudobs visus! – surikau. – Bet jeigu išsiskirsime, jam teks rinktis. Nuviliosiu tolimesniu keliu, tikiuosi, pelkėje pavyks jo atsikratyti. O jūs visi – kiek kojos įkerta į kilpą!

– Išprotėjai! – sušuko Ema. – Jei kam nors ir verta bent pamėginti jį užgaišinti, tai nebent man! Aš galiu kirsti jam ugnimi!

– Ne, tokiame lietuje – negali, – paprieštaravau aš. – Be to, negali kirsti jam jo nematydama!

– Nesitikėk, kad leisiu tau nusižudyti! – užriko ji.

Ginčytis nebuvo kada, tad Bronvina su Enochu nukūrė pirmyn, o mudu su Ema pasukome iš tako vildamiesi, kad baidyklė seks paskui

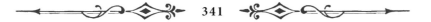

mus – taip ji ir padarė. Buvo jau visai arti, tad nereikėjo jokių žaibo tvyksnių, kad žinočiau, kur ji yra, – visiškai pakako skausmingų spazmų viduriuose.

Bėgome susikibę už rankų, klupinėdami grioviais ir duobėmis raupuotame lauke, griuvinėdami ir vis sugriebdami vienas kitą lyg du epileptikai šokio sūkuryje. Neatitraukiau žvilgsnio nuo žemės vildamasis pamatyti kokį stambesnį akmenį, kuris prireikus praverstų kaip ginklas, bet netikėtai iš tamsos priekyje išniro kažkoks griozdas – nedidelė pakiužusi pašiūrė išdaužytais langais, su žiojinčia durų skyle; panikos genamas jos net neatpažinau.

– Reikia slėptis! – sušniokščiau gaudydamas kvapą.

Ak, kad taip toji baidyklė būtų kvaila, patyliukais meldžiau skusdamas trobesio linkui. *Tegul tik ji būna kvaila, ak, prašau, prašau, prašau, kad tik ji būtų kvaila.* Mes bėgome plačiu lankstu, vildamiesi įsmuksią vidun nepastebėti.

– Palauk! – šūktelėjo Ema, mums jau sukant prie durų angos. Ji išsitraukė iš užančio vieną Enocho skarmalų, pakėlė nuo žemės akmenį, aprišo jį skuduru – išėjo šiokia tokia laidynė. Tada palaikė tarp delnų, kol skuduras užsiliepsnojo, ir įsukusi sviedė kuo toliau. Akmuo dunkstelėjo į tižę gana atokiai nuo mūsų ir liko blausiai žioruoti tamsoje.

– Klaidinantis pėdsakas, – paaiškino Ema, ir mudu smukome į murkšliną pašiūrės prieglobstį.

* * *

Vos įžengę pro atviras, ant vyrių kadaruojančias duris, mudu pasijutome įbridę į tamsios, aromatingos pliurės jūrą. Ir tik tada, kai kojos, šleikščiai žliurgtelėjusios, paniro į tižę, aš susigaudžiau, kur atsidūrėme.

– Koks čia trobesys? – sukuždėjo Ema, ir čia pat tvokstelėjo toks gyvulių alsavimo garas, kad abu vos nešoktelėjome. Pašiūrėje grūdosi visa banda avių, kurioms, kaip ir mums, tokią bjaurią naktį prireikė prieglobsčio. Kai akys apsiprato su tamsa, įžiūrėjome ir blausiai blizgančias jų akis, dėbsančias į mus – avių čia buvo bene kelios dešimtys.

– Tai ir yra tai, ką pamaniau, ar ne? – tarstelėjo Ema, atsargiai pakeldama vieną koją.

– Verčiau net negalvok apie tai, – patariau. – Eikš, reikia trauktis nuo durų.

Suspaudžiau jai ranką, ir mudu ėmėme brautis į trobesio gilumą, skindamiesi kelią per baikščių gyvulių grūstį; avys, vos paliestos, stengėsi atsitraukti. Siauru koridoriuku pasiekėme ankštą kambarėlį su langu bemaž pačioje palubėje ir durimis, vis dar tebesilaikančiomis pakankamai tvirtai, kad būtų galima užsisklęsti nuo nakties – kitos pašiūrės patalpos tuo negalėjo pasigirti. Nusikapstę iki tolimiausio kampo mudu sutūpėme ir įsiklausėme, slepiami gyvos įsijaudrinusių avių sienos.

Kaip įmanydami stengėmės labai giliai neįsmukti į mėšlą, bet šito išvengti buvo visiškai neįmanoma. Kokią minutę aklai spitrijęs į tamsą, galiausiai ėmiau skirti viduje esančių daiktų pavidalus. Vienas patalpos kampas buvo užkrautas krepšiais ir dėžėmis, ant sienos už nugarų kabojo kažkokie surūdiję įnagiai. Ėmiausi ieškoti ko nors aštresnio – tokio, kad prireikus atstotų ginklą. Pamačiau kažką panašaus į milžiniškas žirkles, tad atsistojau jų nusikabinti.

– Bene susiruošei apkirpti vieną kitą avį? – neiškentė Ema.

– Vis geriau negu nieko.

Vos spėjau nukabinti nuo sienos žirkles, už lango pasigirdo bruzdesys. Neramiai subliuvo avys ir tuojau pat pro bestiklį lango keturkampį vidun įslydo ilgas juodas liežuvis. Kaip įmanydamas tyliau sudribau ant žemės. Ema delnu užsispaudė burną, kad nebūtų girdėti jos alsuojant.

Liežuvis žvalgėsi po patalpą lyg koks periskopas, galbūt uostinėjo orą. Savo pačių laimei, mudu pataikėme prisiglausti pačioje kvapiausioje salos užuoglaudoje. Avių tvaikas tikriausiai užgožė mūsų kvapą, mat po valandėlės baidyklė, atrodo, nusivylė ir liežuvis atsitraukė. Išgirdome tolstančius jos žingsnius.

Ema atitraukė delną nuo burnos ir išleido ilgą, virpantį atodūsį.

– Galbūt vis dėlto griebs jauką, – sukuždėjo.

– Norėčiau kai ką tau pasakyti, – tariau. – Jeigu išsikapstysime iš viso šito, lieku su jumis.

Ji stvėrė mane už rankos.

– Rimtai sakai?

– Nebegaliu grįžti namo. Po visko, kas atsitiko – niekaip nebegaliu. Tegul ir ne kažin kiek iš manęs naudos, aš jums skolingas viską, kuo tik galiu padėti, ir dar daugiau. Kol čia nepasirodžiau aš, jums negrėsė jokie pavojai.

– Jeigu išsikapstysime iš viso šito, – pasakė ji atsišliedama į mane, – tuomet aš visiškai nesigailiu dėl vieno dalyko.

Tarsi veikiamos kažkokio paslaptingo magneto, mūsų galvos ėmė artėti viena prie kitos, bet, kai buvo jau besusiliečiančios lūpos, tyla ištiško – gretimoje patalpoje pratrūko klaikiai bliauti avys. Mudu išsyk atšlijome vienas nuo kito, nes avys, siaubingo triukšmo įbaugintos, pašėlo bruzdėti ir stumdytis, kartu spausdamos prie sienos mus.

Pabaisa nebuvo tokia buka, kaip vyliausi.

Girdėjome, kaip ji braunasi per trobesį vis labiau artėdama prie mūsų. Jei kada ir buvo tinkama akimirka sprukti, mes ją pražiopsojome, tad neliko nieko kita, tik prisiploti prie dvokios žlegsinčios aslos ir viltis, kad neganda praslinks pro šalį.

Dar valandėlė – ir ją užuodžiau: aštri jos smarvė persmelkė visus kitus viduje tvyrančius kvapus; jutau ją jau esant ant slenksčio. Visos avys kaipmat atšlijo nuo durų ir susigrūdo pasienyje kaip žuvyčių guotas, suslėgdamos mus taip, kad darėsi sunku kvėpuoti.

Įsikibę vienas kito nedrįsome išleisti nė garselio, ir vieną neįtikėtinos įtampos akimirksnį negirdėjome nieko, tik avių bliovimą ir trepinėjančių kanopėlių tekšlenimą. O paskui – šiurpus netgi nebe bliovimas, tikras riksmas, skausmingas ir beviltiškas, staigiai pratrūkęs, taip pat staigiai ir nutilęs. Tada – kraują gyslose stingdantis dryksnis, kaulų treškėjimas. Man nereikėjo net žiūrėti, kad nuspėčiau, kas atsitiko: viena avių buvo perplėšta perpus.

Užkunkuliavo tikras chaosas. Panikos apimti gyvuliai blaškėsi lipdami vieni ant kitų, vis blokšdami mus į sieną – nuo begalinio trankymo man apkvaito galva. Kiaurymė sukliegė taip, kad užgulė ausis, ir kibo doroti avis vieną po kitos: sugriebdavo, pakeldavo prie seilėtų nasrų, išplėšdavo kąsnį, trykštelėdamas debesį kraujo purslų, ir blokšdavo auką šalin – tikras besotis viduramžių karalius, ryjantis viską iš eilės rūmų puotoje. Pjovė avis be gailesčio, nedvejodamas, per jų maitas skindamasis kelią mūsų link. Mane sukaustė baimės paralyžius. Dėl to ir negaliu dorai paaiškinti to, kas atsitiko paskui.

Instinktas primygtinai ragino nelįsti iš užuoglaudos, kaip įmanoma giliau įsikasti į pliurę, bet staiga stingulį supurtė vienintelė aiški mintis: *Kad jūs nesulauktumėt – nebus taip, kad padėtume galvas šitoje šūdynėje!* Ir tuomet, pastūmęs Emą už pačios stambiausios į akis kritusios avies, pats ėmiau skverbtis durų linkui.

Durys buvo uždarytos, negana to – už gerų dešimties pėdų, nuo jų mane skyrė besigrumdančių gyvulių masė, bet aš yriausi per ją kaip koks ledlaužis. Pagaliau pečiu rėžiausi į duris ir šios atsilapojo.

Išvirtau laukan į lietų ir užrikau iš visų plaučių:

– Nagi eikš, stverk mane, šlykštyne tu neraliuota!

Man pavyko atkreipti kiaurymės dėmesį – supratau tai iš šiurpaus riksmo, o paskui mane pro duris plūstelėjo visas srautas avių. Atsistojęs luktelėjau, kol nebeliko abejonių, kad baidyklė nusitaikė į mane, ne į Emą, tuomet nuskuodžiau pelkės link. Jutau jį, kuduliuojantį man už nugaros. Būčiau galėjęs bėgti ir greičiau, bet nepaleidau iš rankų žirklių – rodos, negalėjau prisiversti jų paleisti, – o pajutęs, kaip žemė po kojomis ima zmekti, supratau pasiekęs pelkę.

Dukart kiaurymė buvo priartėjęs tiek, kad pasiektų perlieti liežuviais man nugarą, dukart jau buvau tvirtai įsitikinęs: tuojau liežuvis apsivys man kaklą ir užverš taip, kad galva nusiris nuo pečių, tačiau abu kartus baidyklė kluptelėjo ir atsiliko. Sėkmingai su visa sveika galva pasiekiau piramidę tik dėl to, kad labai tiksliai žinojau, kur statyti koją; Emos dėka galėjau uraganu perskrieti pelkę netgi bežvaigždę naktį.

Užsikerioblinęs ant kauburio vienu šuoliu pripuoliau prie angos ir nėriau vidun. Tamsa ten buvo juodų juodžiausia, bet tai ir nebuvo svarbu: jeigu nusikapstysiu iki vidinės patalpos, niekas man nebegrės. Ropojau keturpėsčias, mat netgi stodamasis būčiau sugaišęs daugiau, nei galėjau sau leisti; maždaug pusiaukelėje, kai jau spėjau pajusti po truputį bundant optimistinį požiūrį į galimybes išgyventi, staiga sumojau, kad nebejudu į priekį. Vienas liežuvių apsivijo man apie čiurną.

Dviem liežuviais įsikibusi akmenų viršum tunelio angos, kad neslydinėtų purve, baidyklė pričiupo mane trečiuoju, o jos kūnas užtvėrė angą, užvožė kaip dangtis puodynę. Liežuvis vyniojosi, vilkdamas mane pas ją, buvau lyg žuvis, prarijusi kabliuką.

Dar mėginau už ko nors graibstytis, bet tunelio grindys buvo vienas žvyras, pirštai slydo, nerasdami ko įsikibti. Apsiverčiau aukštielninkas, laisvąja ranka bandžiau stvertis akmenų, tačiau slydau pernelyg greitai. Pamėginau nurėžti liežuvį žirklėmis, tačiau liežuvis buvo gyslotas, kietas, tikra iš raumenų suvyta virvė, o žirklės – labai jau atšipusios. Tad galiausiai kietai užsimerkiau – nesinorėjo, kad paskutinis reginys šiame pasaulyje man būtų žiojintys baisyklės nasrai, – ir, sugriebęs žirkles abiem rankomis, atkišau prieš save. Laikas tarytum ištįso, kaip, sako, būna per automobilių avarijas ar geležinkelio katastrofas, ar laisvuoju kritimu krintant iš lėktuvo, o paskui – visus kaulus supurtęs trenksmas: aš rėžiausi į kiaurymę. Nuo smūgio man užgniaužė kvapą, išgirdau ir baidyklės riksmą. Skriete išskriejome iš tunelio angos ir nusiritome kauburio šlaitu į pelkę, o kai galiausiai ryžausi atsimerkti, išvydau savo žirkles – iki pat rankenos susmigusias pabaisai į akiduobes. Kiaurymė žviegė lyg dešimt vienu metu kastruojamų paršų, spardydamasis, raičiodamasis po lietaus ištižintą dumblyną, pats skiesdamas jį srūvančia dvokaus skysčio upe, pliūpčiojančia per surūdijusią žirklių rankeną.

Jutau, kaip baidyklė dvesia – gyvybė seko, silpo ir mano čiurną užveržęs liežuvis. Kažkas keitėsi ir manyje: pajutau, kaip pamažėle atsileidžia skrandį spaudę siaubo gniaužtai. Galiausiai kiaurymė pastiro ir netrukus dingo iš akių – nugrimzdo į juodą pliurę, kuri netrukus jau liulėjo jam virš galvos, tarsi nė būt nebuvę jokios pabaisos, jį tikrai buvus liudijo tik paviršiuje plūduriuojanti tamsaus kraujo dėmė.

Jaučiau, kad drauge su baidykle pelkė kėsinasi įsiurbti ir mane. Ir kuo energingiau spurdėjau, tuo atkakliau ji stengėsi manęs nepaleisti. Tai bent keistas radinys būtume, dingtelėjo mintis, jei mus abu drauge po kokio tūkstantmečio kas aptiktų užkonservuotus durpėse.

Bandžiau irtis kieto grunto linkui, bet pešiau tik tiek, kad įklimpau dar giliau. Atrodė, kad pliurė kopia mano kūnu viršun, ropščiasi rankomis, krūtine, o netrukus užverš ir kaklą it kartuvių kilpa.

Plyšodamas visa gerkle ėmiau šauktis pagalbos ir, stebuklai, sulaukiau – pagalba, kaip man šmėkštelėjo iš pradžių, pasirodė jonvabalio pavidalu, jis blykčiodamas skriejo artyn. O paskui išgirdau Emos šūksnį ir atsiliepiu.

Į vandenį tekštelėjo medžio šaka. Įsistvėriau jos, o Ema iš visų spėkų suskato traukti; galų gale išsiplėšęs iš pelkės žabangų tirtėjau taip, kad neįstengiau išsilaikyti ant kojų. Ema sudribo žemėn greta manęs, ir aš susmukau jai į glėbį.

Aš užmušiau baidyklę, galvoje sukosi vienintelė mintis. *Iš tikrųjų ją užmušiau.* O šitiek laiko, baimės kamuojamas, nė manyt nepamaniau, kad galėčiau pabaisą *užmušti!*

Staiga pasijutau stiprus. Dabar aš jau įstengsiu apsiginti. Žinojau: seneliui savo galiomis niekada neprilygsiu, tačiau nesu ir koks skystablauzdis išvėpėlis. Galiu baidyklę ir *užmušti.*

Išmėginau, kaip tie žodžiai nuskambės ištarti garsiai.

– Baidyklė negyva. Aš ją *užmušiau.*

Staiga suėmė juokas. Ema apkabino mane, skruostu prisispaudė prie manojo.

– Žinau, jis tavimi didžiuotųsi, – ištarė.

Mudu pasibučiavome; tai buvo mielas, švelnus bučinys, lietaus srovelės, virvenančios mūsų nosims, šiltais lašais tiško į vos vos praviras burnas. Bet Ema atšlijo nuo manęs pernelyg greitai ir pakuždomis paklausė:

– Ką tu sakei anksčiau... sakei rimtai?

– Lieku su jumis, – patvirtinau. – Jei tik panelė Peregrinė mane priims.

– Priims, dar ir kaip. Aš tuo pasirūpinsiu.

– Bet pasirūpinsi vėliau, o kol kas verčiau suraskim mano psichiatrą ir atimkim iš jo šautuvą.

– Teisingai, – Ema išsyk surimtėjo. – Ir geriau negaiškime.

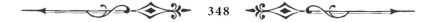

⁂

Palikę lietų už nugarų, mudu išnirome į dūmų aptrauktą, triukšmo purtomą kraštovaizdį. Kilpa dar nebuvo nustatyta iš naujo, tad visa pelkė buvo raupuota nuo bombų skeveldrų smūgių, danguje grumėjo lėktuvai, oranžinių liepsnų sienos lėtai slinko tolumoje dunksančių medžių fone. Jau žiojausi siūlyti verčiau palūkėti, kol šiandiena taps vakardiena ir visa šitai pradings, ir tik tada mėginti pasiekti namus, bet nespėjau: mane apglėbė pora raumeningų rankų.

– Tu gyvas! – sušuko Bronvina. Drauge su ja buvo Enochas ir Hjugas, ir, jai galiausiai mane paleidus, abu priėjo paspausti man rankos, nužvelgę mane nuo galvos iki kojų.

– Atleisk, kad išvadinau tave išdaviku, – atsiprašė Enochas. – Džiaugiuosi, kad likai gyvas.

– Ir pats džiaugiuosi, – atsakiau.

– Netrūksta nei rankos, nei kojos? – nužvelgė mane ir Hjugas.

– Rankos abi, ir kojos abi, – aš krestelėjau iš eilės visas galūnes rodydamas, kokios jos sveikos. – Ir dėl to kiaurymės galite nebekvaršinti galvos. Mes jį užmušėme.

– Štai kur kuklumo įsikūnijimas! – išdidžiai pranešė Ema. – Juk tai *tu* jį užmušei.

– Nuostabu, – įvertino Hjugas, bet nei jis, nei kiti du neįstengė išspausti nė šypsenėlės.

– Kas atsitiko? – paklausiau. – Palaukite. O kodėl jūs visi trys ne namuose? Kur panelė Peregrinė?

– Dingo, – Bronvinos lūpa suvirpėjo. – Panelė Avocetė – taip pat. Jis pagrobė jas.

– O Dieve, – išsprūdo Emai. Mes pavėlavome.

– Jis įsiveržė čionai su šautuvu, – ėmė pasakoti Hjugas, įdėmiai apžiūrinėdamas žemę po kojomis. – Bandė paimti įkaitę Klerę, bet

349

ji gerai krimstelėjo jam užpakaline burna, tad jis pristvėrė mane. Bandžiau grumtis, bet gavau šautuvu per pakaušį. – Jis pasičiupinėjo už ausies, parodė sukruvintus pirštus. – Tada visus uždarė rūsyje ir pagrasino: jei mūsų direktorė ir panelė Avocetė nepasiversiančios paukščiais, jis praurbinsiąs dar vieną skylę mano galvoje. Tad jos taip ir padarė, o jis sukišo jas į narvelį.

– Jis turėjo pasiruošęs narvelį? – paklausė Ema.

Hjugas linktelėjo.

– Visai nedidelį, jos vos sutilpo – nepakako vietos vėl atsiversti žmonėmis, netgi sparnų išskleisti. Maniau, vis tiek įsodins man kulką, bet ne: nugrūdo į rūsį pas kitus ir spruko su visais paukščiais.

– Ten grįžę juos ir suradome, – karčiai pridūrė Enochas. – Tūnojo rūsyje kaip kokie bailiai.

– Visai netūnojome! – pasišiaušė Hjugas. – Jis mus užrakino! Būtų nušovęs!

– Užmiršk, – riktelėjo Ema. – Kur jis nubėgo? Kodėl nesivijote?

– Kur jis patraukė – net nenutuokiame, – atsakė Bronvina. – Vylėmės, gal jūs būsite jį sutikę.

– Ne, nė akyse jo nematėme. – Ema iš nevilties spyrė į piramidės akmenį.

Hjugas kažką išsitraukė iš marškinių užančio. Nedidelę nuotrauką.

– Šitą įbruko man į kišenę prieš išeidamas. Sakė: mėginsime jį persekioti – štai kas atsitiks.

CAW CAW CAW

KAR KAR KAR

Bronvina išplėšė nuotrauką jam iš rankų.

– Ooo, – žioptelėjo. – Ar tai panelė Reiven, varnas?

– Man rodos, tai panelė Krou, varna, – atsakė Hjugas, abiem rankomis trindamasis veidą.

– Tai reiškia, gali sakyti, kad jų nebėra tarp gyvųjų, – suaimanavo Enochas. – Taip ir žinojau, kad sulauksime tokios dienos!

– Nereikėjo mums nė kojos kelti iš namų, – visai suniuro Ema. – Teisybę sakė Milardas.

Kitapus pelkės krito bomba, prislopintą driokste
lėjimą palydėjo ištėkštos pliurės švirkštimas.

– Palūkėkite minutę, – įsikišau aš. – Visų pirma, iš kur mums žinoti, kad tai tikrai panelė Reiven ar panelė Krou? Galbūt tai paprasčiausios varnos nuotrauka? Be to, jei Golanas būtų ketinęs žudyti paneles Peregrinę ir Avocetę, kam tuomet šitiek vargintis jas grobti? Būtų norėjęs jų atsikratyti, jos jau dabar būtų negyvos. – Pažvelgiau į Emą. – O jei nebūtume išsprukę, dabar sėdėtume rūsyje su visais kitais, o kiaurymė vis dar slampinėtų sau gyva ir sveika!

– Nesitikėk, kad nuo tavo šnekų pasijusiu geriau! – tėškė ji. – Tai *tu* kaltas, kad visa tai dedasi!

– Dar prieš dešimt minučių sakei, kad *džiaugiesi!*

– Prieš dešimt minučių nežinojau, kad panelė Peregrinė pagrobta!

– Ar nesiliausite! – pertraukė mus Hjugas. – Dabar svarbu tik tai, kad Paukščio nebėra ir mums reikia ją susigrąžinti!

– Gerai, – nesiginčijau. – Tuomet pasukime smegenis. Jei pats būtum padaras, kur dėtum porą pagrobtų ymbrynių?

– Nelygu, ką ketinčiau su jomis daryti, – pasakė Enochas. – O kaip tik šito ir nežinome.

– Visų pirma reikėtų išgabenti jas iš salos, – pakišo mintį Ema. – Vadinasi, neapsieitum be valties.

– Tik iš *kurios* salos? – paklausė Hjugas. – Tos, kuri kilpoje, ar tos, kuri anapus kilpos?

– Anoje, kitapus kilpos, siaučia audra, – tariau aš. – Iš jos valtimi toli nenuplauksi.

– Vadinasi, jis turėtų vis dar būti čia, – tarė Ema, jau bemaž viltingai. – Tai ko mes trinamės čia? Dumiam į prieplauką!

– Gal jis ir prieplaukoje, – tarė Enochas. – Tai yra – jeigu dar neišplaukęs, štai kas. Be jei ir neišplaukęs, net jei kaip nors ir suseksime jį šitoje tamsybėje pakeliui neprakiurdinti skeveldrų, jis dar turi ir šautuvą, neužmirškite. Gal visai nuo proto nušokote? Kas geriau – pagrobtas Paukštis ar Paukštis, nušautas tiesiog jums prieš nosį?

– Nuostabu! – suriko Hjugas. – Ką gi, tuomet numokime ranka ir pėdinkime namučio, niekas neprieštarauja? O gal kas nors norėtų karštos kavos puodelio prieš miegą? Tai pasiutimas, Paukščio tai nėra, galime vietoj kavos išgerti punšo! – Jis kalbėjo verkdamas, paskui piktai ranka nusibraukė ašaras. – Kaip galime nuleisti nosis netgi nepamėginę – ir dar kai ji šitiek yra nuveikusi dėl mūsų?

Enochui nespėjus atsakyti, išgirdome nuo tako mus šaukiantį balsą. Hjugas prisimerkęs žingtelėjo ten link ir po akimirkos jo veide išsklido kažkokia keista išraiška.

– Tai Fiona, – tarstelėjo jis.

Iki pat šiol nebuvau girdėjęs Fionos nė cyptelint. Neįmanoma buvo suprasti, ką ji šaukia – žodžius stelbė lėktuvų griausmas ir tolimų sprogimų aidas – tad bėgte pasileidome per pelkę.

Pasiekę taką jau sunkiai dvėsavome, o Fiona spėjo užkimti nuo riksmo; jos akys buvo tokios pat paklaikusios, kaip ir išsitaršę plaukai. Nieko nelaukusi ji suskato tempti ir stumti mus taku miestelio linkui, taip karštligiškai kažką berdama su sodriu airišku akcentu, kad nė vienas nesupratome, ką sako. Hjugas sugriebė ją už peties ir paprašė kalbėti lėčiau.

Ji giliai atsikvėpė visa drebėdama kaip lapas, paskui dūrė pirštu sau už nugaros.

– Milardas jį pasekė! – tarė. – Spėjo pasislėpti, kai tasai užrakino mus visus rūsyje, o kai jis spruko, Milardas – iš paskos!

– Kur? – paklausiau.

– Tasai turėjo valtį.

– Ar nesakiau! – sušuko Ema. – Į prieplauką!

– Ne, – paprieštaravo Fiona. – Tai *tavo* valtis, Ema. Toji pati, apie kurią, tavo manymu, niekas nenutuokia, kurią laikai užkišusi seklumoje prie uolų. Jis išplaukė su visu narvu ir bandė irtis lankstais, bet neįveikė kylančio potvynio, tad sustojo prie švyturio uolos. Ir dabar dar ten.

Strimgalviais nuskuodėme arčiau švyturio. Pasiekę uolas viršum jo išvydome visus kitus vaikus, susispietusius prie pat krašto sužėlusių šakotųjų ratainyčių tankmėje.

– Griūkit žemėn! – sušnypštė Milardas.

Mes parpuolėme ant kelių ir nuropojome pas kitus. Vaikai visi krūvoje tūnojo pasislėpę už tankios žolės ploto ir paeiliui po vieną dairėsi į švyturį. Atrodė pritrenkti, lyg apduję – ypač mažesnieji, – tarsi dar nebūtų kaip reikiant suvokę įsibėgėjančio košmaro. Mūsų pačių patirtas košmaras visai nublanko, bemaž išsivadėjo.

Nuropojau per žolę prie pat uolos briaunos, dirstelėjau žemyn. Anapus nuskendusio laivo griaučių išvydau Emos valtelę, pririštą prie uolos. Nei Golano, nei ymbrynių niekur nebuvo matyti.

– Ką jis ten daro? – paklausiau.

– O kas jį žino, – atsakė Milardas. – Gal laukia, kad jį kas nors paimtų, o gal – atoslūgio, kad galėtų išplaukti pats.

– Mano mažyte valtele? – suabejojo Ema.

– Kaip jau sakiau, šito mes nežinome.

Vienas paskui kitą nugriaudėjo trys sprogimai, dangų nudažė oranžinė pašvaistė, ir mes visi prisiplojome prie žemės.

– Ar netoliese krito kokia bomba, Milardai? – paklausė Ema.

– Aš tyrinėjau tik žmonių ir gyvulių elgseną, – atsakė jis. – Ne bombų.

– Šnipštas naudos iš tų tavo tyrinėjimų dabar, – drėbė Enochas.

– Gal esi išslapsčiusi čia ir daugiau valčių? – paklausiau Emos.

– Ko gero, ne, – atsakė ji. – Teks nuplaukti iki ten plaukte.

– Nuplauksi – ir kas tada? – paklausė Milardas. – Leisies prakiurdinama kaip rėtis?

– Ką nors sugalvosime, – nenusileido ji.

Milardas atsiduso.

– Žavumėlis. Improvizuota savižudybė.

– Nagi? – Ema nužvelgė mus visus paeiliui. – Kas nors pasiūlys geresnę mintį?

– Jei taip turėčiau čia savo kareivius... – pradėjo Enochas.

– Vandenyje jie kaipmat ištižtų, – neleido jam užbaigti Milardas.

Enochas panarino galvą. Visi kiti tylėjo.

– Taigi, nutarta, – pareiškė Ema. – Kas sutinka prisidėti?

Pakėliau ranką. Bronvina – taip pat.

– Jums praverstų toks, kurio padaras nepamatytų, – tarė Milardas. – Tad pasiimkite ir mane, jei būtinai reikia.

– Keturių visai pakaks, – pasakė Ema. – Tikiuosi, visi esate geri plaukikai.

Apsigalvoti nebuvo kada, taip pat – ir gaišti laiko atsisveikinimams. Kiti palinkėjo mums sėkmės, ir mes patraukėme į žygį.

Nusimetę juoduosius apsiaustus krabždinomės per žolėtą ruožą susirietę, kaip tikri komandosai, kol pasiekėme takelį, vedantį žemyn, į paplūdimį. Žemyn čiuožėme tiesiog ant užpakalių, kojomis žerdami į šalis smėlį, kuris čia pat lipo mums prie kelnių.

Staiga dangų virš galvų perplėšė toks žviegimas, lyg būtų įsijungę bent penkiasdešimt grandininių pjūklų; vos spėjome prisiploti prie žemės, virš pat mūsų pragriaudėjo lėktuvas – jis suvėlė mums plaukus, pašiaušė tikrą smėlio audrą. Sukandęs dantis laukiau sprogimo: tiesiai ant galvų veikiausiai tuojau kris bomba ir ištaškys mus į skutus. Nesulaukiau.

Vėl pajudėjome žemyn. Kai pasiekėme smėlėtą pakrantės ruožą, Ema susikvietė visus prie pat savęs.

– Tarp kranto ir švyturio esama nuskendusio laivo, – pasakė. – Plaukite paskui mane, parodysiu kur. Stenkitės pernelyg neišnirti iš vandens. Pasisaugokite, kad jis nepamatytų. Pasiekę laivą apsidairysime, kur tasai mūsų bičiulis yra, ir nutarsime, ką daryti toliau.

– Nagi pirmyn, susigrąžinkime ymbrynes, – paragino Bronvina.

Iki pakrantėje dūžtančių bangų šliaužėme šliaužte, taip ant pilvų ir įslydome į šaltą vandenį. Iš pradžių buvo visai nesunku, bet, juo labiau tolome nuo kranto, tuo stipresnė srovė nešė mus atgal. Virš galvų praūžė dar vienas lėktuvas, pažerdamas debesį skaudžiai geliančių purslų.

Kol atplaukėme iki nuskendusio laivo, jau sunkiai gaudėme kvapą. Įsikibę surūdijusio korpuso nelygumų, iš vandens iškišę tik galvas, sužiurome į švyturį ir mažytę dyką salelę, kurioje jis stovėjo. Tačiau to šunsnukio, neva mano psichoanalitiko, taip ir neišvydome nė ženklo. Mėnulis kybojo jau gana žemai, mėnesiena smelkėsi pro dūmų tumulus, o paskui išvydome ir pačią pilnatį, šviečiančią tarsi kokia šmėkliška švyturio antrininkė.

Laivo skenduolio korpusu rėpliojome iki pat jo krašto, o iš ten iki švyturio salelės uolų jau liko plaukte įveikti vos penkiasdešimties jardų pločio atviro vandens ruožą.

– Štai ką, mano manymu, reikėtų dabar daryti, – prašneko Ema. – Anas savo kailiu jau patyrė Bronvinos jėgą, tad jai gresia didžiausias pavojus. Taigi – mudu su Džeikobu surandame Golaną ir nukreipiame jo dėmesį, o Bronvina prislenka iš užnugario ir kaukšteli per galvą. Milardas tuo tarpu stveria narvelį su paukščiais. Prieštaravimų bus?

Tarsi atsakydamas jai, driokstelėjo šūvis. Iš pradžių net nesusigaudėme, kas tai – garsas buvo visai kitoks nei iki šiol girdėti šūviai, tolimi ir galingi. Šįsyk šaudyta iš smulkesnio kalibro ginklo, veikiau pykštelėjo nei driokstelėjo, tad tik išgirdę antrą šūvį – ir tekštelėjimą visai čia pat, kur kulka smigo į vandenį, susizgribome, kad tai Golanas – pleškina į mus.

– Atgal! – suriko Ema; dabar jau pašokę ant kojų tekini nuskuodėme laivo skenduolio korpusu ir, pasiekę kitą kraštą, nėrėme į vandenį kitapus. Dar po akimirksnio visi krūvoj iškišome galvas iš vandens, godžiais gurkšniais gaudydami orą.

– Taigi, papūsk, užklupti jo iš netyčių nebepavyks, – pratarė Milardas.

Golanas liovėsi šaudyti, bet dabar jau matėme jį, stypsantį prie švyturio durų su šautuvu rankoje.

– Gal jis ir pergedęs šiknius, bet ne kvailys, – įvertino Bronvina. – Žinojo, kad vysimės.

– Tai kad jau nebegalime jo prikirpti! – Ema piktai tekštelėjo vandenį delnu. – Jis tol pleškins, kol iš mūsų šlapios vietos neliks!

Milardas vėl užsiropštė ant laivo korpuso.

– Juk turbūt nešaus į tai, ko nematys? Aš eisiu.

– Vandenyne tu nesi visai nematomas, kvailiuk, – tarė Ema, ir tai buvo tiesa: atvirkščio žmogaus liemens pavidalo tuštuma siūbavo vandenyje kaip tik ten, kur stovėjo Milardas.

– Vis dėlto labiau nematomas nei bet kuris iš jūsų, – laikėsi savo jis. – Šiaip ar taip, atsekiau jį iki čia per visą salą, o jis nė galvos nepasuko. Manau, kaip nors įveiksiu ir tuos kelis šimtus metrų.

Ginčytis su juo nebuvo kaip; kitos dvi mums likusios išeitys buvo arba pasiduoti ir trauktis, arba lįsti tiesiai po kulkomis.

– Gerai, – galiausiai tarė Ema. – Jeigu tikrai manai, kad tau gali pavykti.

– Kam nors juk privalu tapti didvyriu, – pareiškė jis ir nužingsniavo laivo korpusu tolyn.

– Garsieji paskutiniai žodžiai, – tarstelėjau aš.

Dūmų temdomoje tolumoje pastebėjau, kaip Golanas priklaupia švyturio tarpduryje, kaip nusitaiko, ranką atrėmęs į turėklą.

– Saugokis! – sukliegiau, bet buvo per vėlu.

Driokstelėjo šūvis. Milardas suriko.

Dabar jau ant laivo korpuso susiropštėme visi trys ir tekini nutekšlenome prie Milardo. Nė trupučio neabejojau, kad mane tučtuojau pakirs kulka, gerą valandėlę atrodė, kad ne mūsų kojos, o žyrančios kulkos taško vandenį. Vis dėlto šūvių papliūpos netrukus baigėsi – *veikiausiai jam reikia užtaisyti šautuvą*, šmėkštelėjo mintis – tad mes laimėjome šiek tiek laiko.

Milardas apkvaitęs klūpojo vandenyje, jo liemeniu sroveno kraujas. Pirmą kartą išvydau tikrąsias jo kūno apybrėžas – nudažytas raudonai.

Ema sugriebė jį už rankos.

– Milardai! Girdi mane? Pasakyk ką nors!

– Man teks atsiprašyti, – ištarė jis. – Atrodo, būsiu palindęs po kulka.

– Būtina sustabdyti kraujavimą! – nerimo Ema. – Turime kaip nors partempti jį į krantą!

– Nesąmonė, – tuojau pat paprieštaravo Milardas. – Tasai bjaurybė niekada nebeleis šitaip prie jo prisiartinti. Jei atsitrauksime dabar, panelės Peregrinės mums neberegėti.

Vėl supokšėjo šūviai. Viena kulka prazvimbė man pro pat ausį.

– Čionai! – suriko Ema. – Nerkite!

Iš pradžių nesusigaudžiau, ką ji čia šneka, – nuo laivo skenduolio krašto mus skyrė geras šimtas pėdų, – bet paskui pastebėjau, kur link ji bėga. Prie juodos skylės korpuse – angos į krovinių triumą. Abu su Bronvina pakėlėme Milardą ir kaip įmanydami greičiau nubridome jai pridurmu. Aplink mus į korpuso metalą žvangčiojo kulkos. Garsas buvo toks, lyg kas spirčiotų metalinę šiukšliadėžę.

– Įkvėpk ir nekvėpuok! – perspėjau Milardą, kai pasiekėme angą, ir tuoj pat nėrėme kojomis pirmyn.

Nusikrabždinome per kelias pakopas žemyn ir likome kyboti ten. Stengiausi ištverti atsimerkęs, bet sūrus vanduo pernelyg graužė akis. Jutau vandenyje ir Milardo kraujo skonį.

Ema įbruko man kvėpavimo vamzdelį, įkvėpęs perdaviau jį kitiems. Tačiau po tokio pasilakstymo sekliame vandenyje buvau gerokai pridusęs, tad įkvėpti vos kartą per kelias sekundes toli gražu nepakako. Plaučius varstė skausmas, ėmė svaigti galva.

Kažkas timptelėjo mane už marškinių. *Aukštyn.* Kibdamasis rankomis į pakopas lėtai užsirabždinau iki viršaus. Visi trys: Bronvina, Ema ir aš – iškišome iš vandens tiktai nosis ir burnas, kad galėtume kvėpuoti ir kalbėtis; Milardas liko saugioje vietoje kelias pėdas žemiau, kvėpavimo vamzdelis dabar atiteko jam vienam.

Kalbėjomės pakuždomis, nenuleisdami akių nuo švyturio.

– Čia pasilikti negalime, – tarė Ema. – Milardas mirtinai nukraujuos.

– Kol parplukdytume jį į krantą, sugaištume geras dvidešimt minučių, – nesutikau aš. – Jis lygiai taip pat mirtinai nukraujuotų dar pakeliui.

– Tuomet nebežinau, ką daryti!

– Švyturio salelė visai čia pat, – tarė Bronvina. – Ten jį ir nuplukdysime.

– Tuomet Golanas pasirūpins, kad *visi* mirtinai nukraujuotume, – priminiau aš.

– Ne, tai jam neišdegs, – pareiškė Bronvina.

– Ką nori pasakyti? Gal tavęs kulka neima?

– Galbūt, – paslaptingai atsakė Bronvina ir, giliai įkvėpusi, prasmego kopėčiomis žemyn.

– Apie ką ji čia šnekėjo? – parūpo man.

Ema atrodė gerokai sunerimusi.

– Net nenutuokiu. Bet, kad ir ką būtų sumaniusi, verčiau pasiskubintų.

Pažvelgiau žemyn: bene įžiūrėsiu, ką veikia Bronvina, bet pamačiau ne ją, o Milardą, prilipusį prie kopėčių apačioje, apsuptą smalsių švytinčių žuvų. O paskui pajutau, kaip korpusu po kojomis nuvilnijo virpulys, ir po akimirkos paviršiun išniro Bronvina, nešina įspūdingu keturkampiu metalo luistu, kokių šešių pėdų ilgio ir keturių pločio, su užkniedyta apskrita skyle viršuje. Regis, Bronvina bus nurovusi nuo vyrių krovinių triumo liuko dangtį.

– Ir ką tu su šituo darysi? – nesusigaudė Ema.

– Ogi trauksiu į švyturio salą, – atsakė ta. Ir atsistojo, iškėlusi dangtį statmenai priešais save.

– Bronvina, jis tave nušaus! – suspigo Ema, ir su tais jos žodžiais driokstelėjo šūvis, bet kulka, cvangtelėjusi į metalą, lyg niekur nieko atšoko nuo jo.

– Neįtikėtina! – išsprūdo man. – Skydas!

Ema nusijuokė.

– Bronvina, tu tikras genijus!

– Milardas gali ropštis man ant nugaros, – tarė Bronvina. – Judu – plaukite iš paskos.

Ema atsitempė Milardą iš gilumos, permetė jo rankas Bronvinai per pečius.

– O koks grožis ten apačioje... – pratarė jis. – Ema, kodėl niekad nepasakojai apie angelus?

– Kokius dar angelus?

– Žaviuosius žalius angelus, gyvenančius vandenyje, visai negiliai, – Milardas visas drebėjo, kalbėjo lyg sapnuodamas. – Jie maloningai pasisiūlė pasiimti mane į rojų.

– Kol kas tiek tau, tiek mums visiems dar ankstoka į rojų, – atsakė Ema gerokai susirūpinusi. – Tiktai laikykis įsikibęs Bronvinos, ir tiek, gerai?

– Gerai jau, gerai, – ištarė jis lyg pats dorai nesuprasdamas, ką sako.

Ema nesitraukė nuo Milardo nė per žingsnį, spausdama jį Bronvinai prie nugaros, kad nenuslystų. Aš stojau į eilės galą, už Emos – šitokia keista, lyg kongos šokiui išrikiuota vora, ir nubridome laivo korpusu pirmyn, švyturio salos linkui.

Taikinys buvome tiesiog pavydėtinas, tad Golanas nieko nelaukęs suskato tuštinti apkabą. Nepaliaujamas kulkų dzingsėjimas į dangtį bemaž kurtino, bet – kažin kodėl dėl to pasijutau kiek narsiau – po kokių dešimties ar dvylikos šūvių jis liovėsi pleškinti. Vis dėlto pristigau optimizmo manyti, kad jam išsibaigė kulkų atsargos.

Pasiekus nuskendusio laivo kraštą, Bronvina apdairiai nusivedė mus į atvirus vandenis, visąlaik laikydama masyvų dangtį iškeltą prieš save. Kongos šokio grandinėlė virto draugėn sukibusių, „šuniuku" jai iš paskos besikapstančių plaukikų kezulu. Ema, graibstydama rankomis vandenį, be paliovos kalbino Milardą, bakštino jį klausimais, kad jis neleistų sau prarasti sąmonės.

– Milardai! Kas yra mūsų ministras pirmininkas?

– Vinstonas Čerčilis, – atsakė jis. – Ką – tu kvanktelėjai?

– Kas yra Birmos sostinė?

– Dievulėliau. Net nenuraukiu. Rangūnas.

– Gerai! Kada tavo gimimo diena?

– Gal liautumeisi stūgauti ir leistum man ramiai plūsti krauju?

Nuskendęs laivas nuo švyturio salelės buvo visai netoli, tad tą nuotolį įveikėme greitai. Kol Bronvina, parėmusi skydą pečiu, rabždinosi ant uolos, Golanas paleido dar kelis šūvius, ir ji nuo smūgių vos neprarado pusiausvyros. Susverdėjo ir vos nevirto aukštielninka – kadangi gūžėmės čia pat jai už nugaros, užgriuvusi su visu dangčiu būtų neabejotinai mus sutraiškiusi. Ema abiem delnais įsirėmė Bronvinai į strėnas ir ėmė stumti iš visų jėgų, ir mūsų galiūnė drauge su visu skydu pagaliau sėkmingai išplumpsėjo į sausumą. Sukibę draugėn mes kopėme jai iš paskos, virpėdami nuo nakties žvarbos.

Plačiausioje vietoje švyturio uolos plotis siekė gal penkiasdešimt jardų, tad neklydau vadindamas ją salele. Prie aprūdijusio švyturio pagrindo prigludę kokių dvylikos akmeninių pakopų laipteliai vedė prie atvirų durų, kurių angoje stovėjo Golanas, visai nedviprasmiškai nukreipęs šautuvą mūsų pusėn.

Ryžausi atsargiai dirstelėti pro užkniedytą skylę. Vienoje rankoje Golanas laikė narvelį su dviem spurdančiais paukščiais; narvelis buvo toks ankštas, o paukščiai taip susigrūdę, kad net sunku buvo atskirti vieną nuo kito.

Pro šalį pradūzgė kulka, ir aš tuoj pat niurktelėjau nuo skylės žemyn.

– Dar žingsnis artyn – ir ištaškau jas abi! – suriko Golanas, kratydamas narvelį.

– Meluoja, – tarstelėjau saviškiams. – Jos jam reikalingos.

– Ką gali žinoti, – suabejojo Ema. – Jis trenktas, dar ims ir iškrės ką nors.

– Juk negalime visai nieko nesiimti.

– Puolam! – šūktelėjo Bronvina. – Jis nesusigaudys, ką daryti. Bet išdegs tik tuomet, jei pulsime TUČTUOJAU!

Sugromuluoti, ką išgirdę, mes nespėjome – Bronvina jau šuoliavo prie švyturio. Kito varianto nebuvo – teko bėgti jai įpėdžiui, šiaip ar taip, vienintelė mūsų apsauga buvo jos rankose, – ir po akimirksnio į dangtį jau sucvaksėjo kulkos, kitos aižė uolas mums po kojomis.

Jausmas buvo toks, lyg bėgtum įsikibęs į visu greičiu lekiančio traukinio vagoną. Bronvina bet ką galėjo priversti suakmenėti iš siaubo: bėgo gerklodama kaip tikra barbarė, išsipūtusiomis kaklo venomis, Milardo krauju išterliotomis rankomis ir nugara. Tą akimirksnį jaučiausi neapsakomai laimingas, kad nesu kitoje dangčio pusėje.

Priartėjus prie švyturio, Bronvina užstaugė:

– Lįskite už sienos!

Mudu su Ema sugriebėme Milardą ir metėmės kairėn – nukirtę kampą, šmurkštelėjome už švyturio pagrindo. Bėgdamas dar spėjau pastebėti, kaip Bronvina iškėlė dangtį virš galvos ir bloškė į Golaną.

Smūgis buvo griausmingas, tuojau pat atsklido ir riksmas. Po akimirkos pas mus, prigludusius prie sienos, prisistatė ir Bronvina, įraudusi ir uždususi.

– Rods, pataikiau užvožti! – pranešė susijaudinusi, vos atgaudama kvapą.

– O kaip paukščiai? – sunerimo Ema. – Apie paukščius bent pagalvojai?

– Jis nudrėbė narvelį. Paukščiams nieko neatsitiko.

– Galėjai bent pasiklausti, paskui tiktai paklaikti ir rizikuoti visų mūsų gyvybėmis! – suriko Ema.

– Cit! – šnipštelėjau. Visi išgirdome, kaip kažkas tylutėliai skreba na į metalą. – O kas gi *tai*?

– Tai jis, kopia laiptais aukštyn, – paaiškino Ema.

– Verčiau jau vytumėtės, – sugargė Milardas. Nustebę sužiurome į jį. Jis tysojo sudribęs pusiaugula, atsišliejęs į sieną.

363

– Ne, pirmiausia pasirūpinsime tavimi, – nesutikau aš. – Kas nors nutuokiate, kaip padaryti varžtį?

Bronvina pasilenkė ir atplėšė kelnių kraštą.

– Aš žinau, ką daryti, – tarė. – Kraujavimą sustabdysiu, o jūs griebkite padarą. Neblogai jį pritvojau, bet vis dėlto nepakankamai. Neleiskite jam atsikvėpti.

Grįžtelėjau į Emą.

– Imsies?

– Jeigu tai reiškia galimybę nusvilinti tam padarui snukį, – pareiškė ji, o tarp delnų jau krūpčiojo liepsnos liežuvėliai, – tuomet – taip, be jokios abejonės.

*　*　*

Abu su Ema perlipome laivo liuko dangtį, kuris įlinkęs liko gulėti ant laiptelių, ir įėjome vidun į švyturį. Pastatą iš esmės sudarė viena vienintelė patalpa – labai siaura ir neapsakomai aukšta, iš tikrųjų ne kas kita, kaip gigantiška laiptų šachta, kurioje ir nebuvo beveik nieko daugiau, tik įviji metaliniai laiptai, spirale kylantys nuo grindų iki akmeninės aikštelės bene daugiau nei šimto pėdų aukštyje. Iškart išgirdome aukštyn dundančio Golano žingsnius, bet įžiūrėti, kiek jis užlipęs, buvo neįmanoma – per tamsu.

– Gal matai jį? – paklausiau, žvilgsniu slysdamas į svaiginantį aukštį.

Man atsakė šūvis: kulka atsitrenkė į sieną netoliese, o iš paskos atlėkusi kita smigo į grindis man prie pat kojų. Driuoktelėjau atatupstas, širdis pašėlo daužytis.

– Čionai! – šūktelėjo Ema. Pastvėrusi mane už rankos, trūktelėjo tolyn nuo durų, į tą vienintelę vietą, kur mūsų negalėjo pasiekti Golano kulkos – tiesiai po laiptais.

Palypėjome kelias pakopas aukštyn – laiptai jau dabar siūbavo lyg valtelė audringuose vandenyse.

– Baugoka! – šūktelėjo Ema, pirštais tvirtai įsikirtusi turėklo. – Net jei pasiektume patį viršų nenudribę pakeliui, peštume tiek tiek, kad jis mus nušautų!

– Jei patys negalime užkopti viršun, – tariau aš, – galbūt pavyktų jį nukrapštyti žemyn?

Ten pat, kur stovėjęs, ėmiau siūbuoti visu kūnu, tampydamas turėklą ir trepsėdamas, siųsdamas smūgių bangas aukštyn. Ema tik dėbtelėjo į mane, lyg būčiau ūmai kuoktelėjęs, bet tuojau perprato sumanymą ir pati suskato trypti bei siūbuoti tuo pačiu ritmu. Neilgai trukus visi laiptai jau taip įsisiūbavo, kad tik laikykis.

– O kas, jei grius visas tas gremėzdas? – šūktelėjo Ema.

– Tikėkimės, kad negrius!

Kibome dar pasiučiau purtyti laiptus. Žemyn pažiro visa varžtų bei kniedžių liūtis. Turėklas taip blaškėsi į visas puses, kad vos įstengiau nulaikyti. Iš viršaus staiga atsklido riebių keiksmų papliūpa, o paskui kažkas nutarškėjo laiptais žemyn ir liko gulėti kažkur nelabai toli.

Pirmoji kraują gyslose stingdanti mintis buvo tokia: *Dievulėliau, o jeigu tai paukščių narvelis?* Nusiritau žemyn ir puoliau žiūrėti, kas guli apačioje ant grindų.

– Ką darai! – suspiegė Ema. – Jis tave nudės!

– Nenudės! – atsiliepiau ir džiūgaudamas iškėliau Golano šautuvą. Jis tebebuvo šiltas nuo šaudymo ir svėrė ranką; aš net nenutuokiau, ar jame dar liko kulkų, nenumaniau, kaip beveik visiškoje tamsoje tai patikrinti. Veltui stengiausi atmintyje iškrapštyti ką nors naudingo iš keleto senelio šaudymo pamokų – tiek jų ir tebuvo, ne kažin kiek jam buvo leista mane mokyti. Ilgiau nekvaršinęs galvos parbėgau pas Emą po laiptais.

– Jis, šiaip ar taip, įstrigęs ten, viršuje, – pasakiau. – Verčiau neskubėkime, pamėginkime pasišnekėti su juo protingai, kitaip nežinia ką gali padaryti su paukščiais.

– Tuojau aš jį protingai įkalbėsiu nedelsiant tėkštis žemėn, – pro sukąstus dantis iškošė Ema.

Ryžomės kopti viršun. Laiptai siaubingai siūbavo; buvo tokie siauri, kad lipti galėjome tik vienas paskui kitą, ir dar susilenkę, kad viršugalviu nekaukštelėtume į viršutinę pakopą. Patyliukais meldžiausi, kad tik mūsų išpurtyti varžtai nebūtų jungę kokių svarbių jungiamųjų konstrukcijų.

Artėdami prie viršaus sulėtinome žingsnį. Nedrįsau net dirstelėti į apačią; mano kojos ant pakopų, delnas, slystantis tirtančiu turėklu, šautuvas kitoje rankoje – tik tai man terūpėjo. Visa kita paliovė egzistuoti.

Stengiausi būti pasirengęs atremti netikėtą antpuolį, bet jo taip ir nesulaukiau. Laiptai baigėsi anga į akmeninę laiptų aikštelę virš galvų – pro ją vidun sruvo žnybianti nakties žvarba, buvo girdėti vėjo švilpavimas. Buvau įsitempęs ir pasiruošęs kautis, bet Golano niekur nebuvo matyti. Vienoje aikštelės pusėje sukosi milžiniškas žibintas po storo stiklo gaubtu – jo šviesa iš taip arti akino, kol prašliuoždavo spindulys, tekdavo užsimerkti, – o kitoje stiebėsi turėklas. Už jo – tik tuštuma: dešimties aukštų namui prilygstanti bedugnė, jos dugne – uolos ir kunkuliuojanti jūra.

Užlipau ant siauro aikštelės krašto, grįžtelėjęs ištiesiau ranką Emai. Stovėjome nugaromis prisispaudę prie šilto žibinto gaubto, veidais atsisukę į žvarbą ir vėją.

– Paukštis visai čia pat, – sukuždėjo Ema. – Jaučiu ją.

Ji kepštelėjo riešą, ir tuoj pat šoktelėjo nirši raudona liepsnelė. Tiek jos spalva, tiek ryškus plyksnis leido suprasti: šįsyk Ema apsirūpino ne šviesa, o ginklu.

– Reikėtų išsiskirti, – tariau. – Tu eik aplinkui į vieną pusę, aš – į kitą. Tuomet jis tikrai negalės pro mus prasmukti.

– Man baisu, Džeikobai.

– Man irgi. Bet jis sužeistas, be to, jo ginklas jau mūsų rankose.

Ji linktelėjo, palietė man ranką ir nusigręžė.

Lėtai kėblinau lankstu apie žibintą, stipriai gniauždamas galbūt ir užtaisytą šautuvą, su kiekvienu žingsniu išvysdamas vis truputį daugiau, kas yra kitoje pusėje.

Golaną aptikau prisėdusį klūpomis, panarinusį galvą, nugara atsišliejusį į turėklą, narvelį su paukščiais suspaudusį tarp kojų. Iš prakirstos viršunosės sunkėsi kraujas, raudonos srovelės tekėjo veidu lyg ašaros.

Išvydau prie narvelio pritvirtintą raudoną žiburėlį. Kas kelios sekundės jis blykčiojo.

Žengiau dar vieną žingsnį, ir Golanas, pakėlęs galvą, pažvelgė į mane. Visas veidas buvo apgliaumijęs sukrešėjusiu krauju, krauju pasruvusi ir viena balta akis, lūpų kampučiuose blizgėjo seilės.

Sverdėdamas jis atsistojo, narvelį laikydamas vienoje rankoje.

– Padėk jį žemėn.

Jis pasilenkė, tarytum paklusęs, bet tai buvo klaidinantis judesys – jis mėgino sprukti. Riktelėjęs pasileidau jam iš paskos, bet, vos jam pradingus už žibinto gaubto, išvydau atšvaitą ant betono sienos – tai Ema švystelėjo ugnies papliūpą. Golanas sustugo ir metėsi atgal prie manęs viena ranka dangstydamasis veidą, jo plaukai rūko.

– Stok! – užrikau, ir jis, regis, tik dabar sumojo esąs užspeistas iš abiejų pusių. Pakėlė narvelį dangstydamasis juo, stipriai krestelėjo. Paukščiai piktai sučirškė, bandė kirsti jam į ranką pro grotų tarpus.

– Tai štai ko jūs pageidaujate? – suriko Golanas. – Nagi pirmyn, susvilinkite mane! Paukščiai tuomet irgi sudegs! Šaukite į mane – ir sviesiu narvelį žemyn!

– Nesviesi – jei paleisiu kulką tau tiesiai į kaktą!

Jis nusijuokė.

– Iššauti tu net ir norėdamas nesugebėtum. Užmiršti, kaip artimai man pažįstama tavo vargana, glebni dvasios būsena. Iššauk bent kartą – ir neatsiginsi košmarų!

Pamėginau tai įsivaizduoti: smiliumi paliečiu šautuvo gaiduką, nuspaudžiu; tada – atatranka, kurtinantis driokstelėjimas. Negi taip jau sunku? Kodėl mano ranka ima drebėti vos pagalvojus apie tai? Kiek padarų per gyvenimą išgalabijo mano senelis? Dešimtis? Šimtus? Jei vietoj manęs čia būtų jis, Golanas jau dabar būtų negyvas – patiestas, kol apkvaitęs tūnojo atsišliejęs į turėklą. Proga buvo pavydėtina, o aš ją pražiopsojau, ir tas ištižėliško neryžtingumo akimirksnis dabar ymbrynėms gali kainuoti gyvybes.

Mus perliejo milžiniško žibinto spindulys, šviesa bemaž smogė lyg kumščiu, visus paversdama švytinčiomis baltomis iškarpomis. Golanas, stovįs veidu kaip tik į žibintą, susiraukė ir nusigręžė. *Dar viena pražiopsota proga*, dingtelėjo man.

– Padėk narvelį žemėn ir lipame visi žemyn, – tariau aš. – Niekas daugiau neturi nukentėti.

– Na, nežinau, – suabejojo Ema. – Jei Milardas neišsikapstys, aš su tuo galiu ir nesutikti.

– Norite mane nužudyti? – paklausė Golanas. – Ką gi, pirmyn, juo greičiau, tuo geriau. Bet taip jūs tik šiek tiek atidedate, kas neišvengiama, nekalbant apie tai, kad kenkiate patys sau. Dabar mes jau žinome, kur jus surasti. Netrukus užplūs ir daugiau tokių kaip aš, ir galiu užtikrinti: tai, kas pakeliui beveik netyčia atsitiko jūsų draugui, dar pasirodys kaip didžiausias gailestingumas.

– Juo greičiau, tuo geriau? – pakartojo Ema, o nuo liepsnelės jos delne į dangų pažiro žiežirbų pliūpsnis. – Kas pasakė, kad tai bus greita?

Ji žingtelėjo arčiau jo.

– Man jau aštuoniasdešimt aštuoneri, – vėl prašneko. – Negi tau atrodo, kad man dar reikia poros auklyčių? – Griežtas jos veidas buvo visiškai neišskaitomas. – Negaliu net apsakyti, kaip seniai svajoju išsiveržti iš po tos moteriškės sparno. Garbės žodis, padarytum mums didžiulę paslaugą.

Golanas nervingai sukiojo galvą, mėgindamas įvertinti, kuris iš mudviejų grėsmingesnis. *Nejaugi ji šneka rimtai?* Kokį akimirksnį jis atrodė iš tikrųjų išsigandęs, bet paskui rėžė:

– Šūdą mali.

Ema pasitrynė delnus, paskui lėtai atitraukė vieną nuo kito, tempdama ugnies kilpą.

– Nagi, patikrinkime.

Nenutuokiau, kiek toli siekia Emos ketinimai, bet privalėjau įsikišti anksčiau, nei paukščiai pražus liepsnose ar su visu narvu nuskries per turėklą.

– Pasakyk, kam tau prireikė tų ymbrynių, ir tuomet ji galbūt pasielgs su tavimi švelniau, – ištariau.

– Tenorime užbaigti tai, ką pradėję, – atsakė Golanas. – Niekada nieko kito ir nesiekėme.

– Kalbi apie eksperimentą, – tarė Ema. – Kartą jau pabandėte – ir štai kas iš to išėjo! Virtote pabaisomis!

– Taip, – sutiko jis. – Bet ar vertėtų kalbėti apie gyvenimo iššūkius, jei viskas pavyktų kaip reikiant iš pirmo karto? – Jis nusišypsojo. – Šįsyk įkinkysime viso pasaulio talentingiausius laiko manipuliatorius, tokius šit kaip šios dvi damos. Kitos nesėkmės nebebus. Turėjome visą šimtmetį laiko išsiaiškinti, kas nepasisekė pirmąsyk. Pasirodo, tereikėjo sukelti galingesnę reakciją!

– *Galingesnę* reakciją? – nepatikėjau savo ausimis. – Anąsyk nunešėte bene pusę Sibiro!

– Jei nesėkmė neišvengiama, – pakiliai pareiškė jis, – lai ji bus įspūdinga!

Prisiminiau pranašingąjį Horacijaus sapną, pelenų debesis, plėnimis virtusią žemę, ir dabar jau supratau, ką iš tikrųjų jis regėjo. Jei padarus ir kiaurymes ištiks antra nesėkmė, sunaikinta bus kur kas daugiau nei penki šimtai kvadratinių mylių negyvenamo miško. O jeigu jiems vis dėlto pavyktų įgyvendinti savo siekius, jeigu jie taptų nemirtingais pusdieviais, kokiais ir troško tapti... Vien pamėginus tai įsivaizduoti nukrėtė drebulys. Gyventi valdant jiems savaime būtų tikras pragaras.

Vėl priartėjo besisukančio žibinto spindulys, vėl apakino Golaną – aš tūptelėjau ruošdamasis šuoliui, – bet spindulys prašliuožė pernelyg greitai.

– Visa tai nieko nereiškia, – tarė Ema. – Susigrobkite tiek ymbrynių, kiek tik panorėsite, tegul ir visas. Jos nė už ką nesutiks jums padėti.

– O, jos sutiks. Jos būtinai mums padės, kitaip išžudysime visas: vieną po kitos. O jeigu šitai pasirodys neveiksminga, vieną po kito išžudysime *jus* – o jos bus priverstos tai stebėti.

– Tu pamišęs, – pranešiau jam.

Panikos apimti paukščiai ėmė nerimastingai čerkšti. Golanas pakėlė balsą, kad juos perrėktų:

– Ne! Norite sužinoti, kas iš tikrųjų yra pamišėliška? Ogi tai, kad jūs, ypatingieji, slapstotės nuo pasaulio, nors galėtumėte jame viešpatauti, jūs leidžiatės įveikiami mirties, nors galėtumėte ją valdyti, jūs leidžiate paprasčiausioms genetinėms šiukšlėms sugrūsti jus į slėptuves, nors galėtumėte lengvai paversti juos savo vergais, kaip ir turėtų būti! – Kiekvieną teiginį jis pabrėždavo krestelėdamas narvelį. – Štai kas tikrai yra beprotybė!

– Liaukis! – užriko Ema.

– Aha, vadinasi, tau rūpi! – Jis dar smarkiau papurtė narvelį. Staiga prie grotų pritvirtintas raudonas žiburėlis tvykstelėjo dvigubai ryškiau, ir Golanas grįžtelėjęs nužvelgė tamsą sau už nugaros. Paskui vėl įbedė akis į Emą ir riktelėjo: – Nori jas pasiimti? Še, turėk! – Jis atšlijo ir užsimojo ranka, taikydamas narveliu jai į veidą.

Ema klyktelėjo ir pritūpė. Golanas, lyg koks disko metikas, lėtai sukosi, kol narvelis prašvilpė Emai virš galvos, tada paleido. Narvelis išsprūdo jam iš rankos, perskriejo turėklus ir vartaliodamasis dingo naktyje.

Aš issiplūdau, Ema suklykė ir prisiplojusi prie turėklo dar bandė rankomis graibstyti orą, bet narvelis jau krito į jūrą. Pasinaudojęs akimirka Golanas driuoktelėjo ir parbloškė mane žemėn. Rėžė kumščiu man į pilvą, paskui antrąsyk – į pasmakrę.

Man apsvaigo galva, užgniaužė kvapą. Golanas stvėrė šautuvą, ir man teko sutelkti visas jėgas, kad jį išlaikyčiau. Jeigu jau Golanas taip karštligiškai stengiasi susigrąžinti ginklą, šis tikrai turėtų būti užtaisytas. Būčiau sviedęs jį per turėklą, bet Golanas vos neišsuko man jo iš rankos, tad nieku gyvu negalėjau atgniaužti pirštų. Ema nesavu balsu suspiegė: „Šunsnuki tu, šunsnuki!", jos delnai tvykstelėjo ugnimi, ir ji, pripuolusi iš užnugario, stvėrė Golaną už gerklės.

Išgirdau šnypštimą ir spirgėjimą – garsas visai toks, koks būna padėjus šaltą pjausnį ant įkaitusių grotelių. Golanas staugdamas nusirito nuo manęs, skysti jo plaukai užsiliepsnojo, bet rankos jau gniaužė Emos kaklą – galėjai pamanyti, kad netgi liepsnos jam nė motais, jei tik dar spėtų pasmaugti ją. Pašokau ant kojų, pakėliau šautuvą ir nusitaikiau abiem rankomis.

Turėjau vos akimirksnį patogiai iššauti. Bandžiau iškratyti iš galvos bet kokias mintis ir sutelkti visą dėmesį į ranką, kad nevirpėtų, susikurti įsivaizduojamą liniją, per regėjimą jungiančią mano petį su taikiniu – žmogaus galva. Ne, ne žmogaus – žmogaus parodijos. Pa-

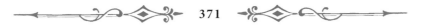

daro. Pragaištingos galios, lėmusios mano senelio žūtį, ištaškiusios viską, ką aš kukliai vadinau gyvenimu, kad ir koks varganas jis man buvo, atviliojusios mane patį į šią vietą ir šią akimirką – maždaug taip pat, kaip nepalyginti mažiau sugedusios ir smurtingos jėgos reguliavo mano gyvenimą ir viską sprendė už mane, vos man suspėjus ūgtelėti tiek, kad prireiktų kokių nors sprendimų. *Atpalaiduok plaštakas, įkvėpk, dabar sulaikyk kvapą.* Bet štai dabar ir aš sulaukiau progos visoms jėgoms atlyginti tuo pačiu – menkiausios, niekingos progos, kuri, jaučiu, štai jau baigia išslysti iš rankų.

Dabar spustelėk.

Ginklas šoktelėjo mano rankose, šūvis driokstelėjo taip, lyg būtų perplyšusi pati žemė – toks staigus, toks kurtinantis, kad nejučia užsimerkiau. Kai vėl praplėšiau akis, man pasirodė, kad regiu sustingusį paveikslą. Nors Golanas stovėjo Emai už nugaros sukaustęs gniaužtuose jos rankas ir mėgindamas nustumti ją prie turėklo, atrodė, kad jie – tiktai iš bronzos nulietos skulptūros. Nejaugi ymbrynės kažin kaip sugebėjo atgauti žmogišką pavidalą ir užleido mus savo magija? Tačiau sustingęs paveikslas tuojau vėl išsijudino: Ema išplėšė rankas iš Golano nagų, o šis trypčiodamas atsitraukė atatupstas, kluptelėjo ir sunkiai klestelėjo ant turėklo.

Dėbsodamas į mane nuostabos kupinomis akimis jis dar prasižiojo kažko sakyti, bet įsitikino nebegalįs pratarti nė žodžio. Dar prispaudė abi rankas prie monetos dydžio skylės, kuria prakiurdinau jo kaklą, o kraujas pro pirštus plūdo rankomis žemyn. O paskui jį apleido paskutinės jėgos, jis pasviro atbulas ir pradingo.

Vos spėjęs išnykti iš akių, Golanas tą pat mirksnį buvo užmirštas. Ema dūrė pirštu į jūrą ir suriko:

– Ten! Štai ten!

Prisimerkęs pasekiau jos žvilgsnį ir tolumoje tarytum įžiūrėjau žybsintį raudoną žiburėlį, šokčiojantį bangose. Dar akimirka – ir mudu jau kepėstavome prie aikštelės angos, o paskui, kiek įkabindami – begaline laiptų spirale žemyn, neturėdami nė menkiausios vilties kruopelytės suskubt pasiekti narvelį šiam dar nenuskendus, bet isteriškai pasiryžę trūks plyš vis tiek pabandyti.

Išpuolę laukan išvydome Milardą su užrištu varžčiu, nuo jo nė per žingsnį nesitraukė Bronvina. Milardas kažką šūktelėjo, dorai neišgirdau ką, bet to pakako įsitikinti, kad jis gyvas. Stvėriau Emą už peties, riktelėjau: „Valtis!" – rodydamas ten link, kur pririštas prie akmens sūpavosi pagrobtasis laivelis, bet jis buvo per toli, kitoje švyturio pusėje, o gaišti negalėjome nė akimirksnio. Ema trūktelėjo mane atviros jūros pusėn, ir mudu tekini, nė nesulėtinę žingsnio, nėrėme į vandenį.

Šalčio beveik nė nepajutau. Galvoje sukosi viena vienintelė mintis: suskubt priplaukti prie narvelio anksčiau, nei jį praris bangos. Mudu skrodėme vandenį springdami ir spjaudydamiesi, kai juodos bangos siūbtelėdavo purslais tiesiai į veidus. Sunku buvo įspėti, kaip toli už nugarų liko švyturys – vienintelis šviesos taškas siūbuojančiame tamsos vandenyne. Jis šokčiojo tai iškildamas, tai vėl nugrimzdamas, tai tvykstelėdavo, tai vėl užgesdavo, dukart ir išvis dingo iš akių – turėjome sustoti ir karštligiškai skvarbyti tolį žvilgsniais, kol vėl pastebėjome švieselę.

Stipri srovė nešė narvelį į atvirą jūrą, o drauge su juo – ir mus. Jei tuojau pat jo nepasieksime, pervargę mūsų raumenys neišlaikys, mes tiesiog nuskęsime. Kiek galėdamas stengiausi šią šiurpią mintį pasilaikyti sau, bet kai švyturio žiburys pradingo ir trečią kartą, o dairytis jo teko taip ilgai, kad nė nebesusigaudėme, ties kuria banguojančios juodos jūros vieta jo ieškoti, nebeištvėręs užrikau:

– Reikia grįžti!

Ema to nenorėjo net girdėti. Ji plaukė pirma manęs, dar labiau išsiveržusi į atvirą jūrą. Mėginau pagriebti už vandenį plakančios kojos, bet ji nuspyrė mano ranką šalin.

– Niekur nebematyti! Mes jų nebesurasime!

– Užsičiaupk, užsičiaupk! – sušniokštė ji, ir springstantis jos alsavimas išdavė: ji tokia pat išsekusi kaip ir aš. – Užsičiaupk ir dairykis!

Galiausiai sugriebiau ją, kažką rėkiau tiesiai į veidą, o ji spardėsi ir muistėsi, bet aš nepaleidau, o išsiveržti jėga ji neįstengė ir galiausiai apsipylė ašaromis: žodžių neliko, tik graudi nevilties aimana.

Bandžiau tempti ją atgal švyturio linkui, bet vandenyje ji buvo lyg akmuo, gramzdinantis ir mane.

– Privalai plaukti! – gargiau aš. – Plaukiam – arba nuskęsime!

Ir su tais žodžiais akis užkliuvo už vos įžiūrimo raudono žybsnio. Visai čia pat, po pat vandens paviršiumi. Iškart net nieko nesakiau. Maniau – pasivaideno. Bet žiburiukas mirktelėjo ir antrą kartą.

Ema džiaugsmingai stūgtelėjo. Atrodė, kad narvelis bus nusileidęs ant kito nuskendusio laivo – kaip kitaip paaiškinsi, kodėl atsidūrė taip negiliai? Be to, tariau sau, jis nugrimzdo ką tik, vadinasi, tikėtina, kad paukščiai dar gyvi.

Suskatome irtis artyn pasiruošę nerti prie narvelio, nors net nenutuokiau, ar tam užteks kvapo – buvome visiškai uždusę. Bet, kad ir kaip neįtikėtina, narvelis, regis, pats ėmė kilti.

– Kas čia dedasi? – ištrūko man. – Ar tai tikrai nuskendęs laivas?

– Negali būti. Čia jokio skenduolio niekad nebuvo!

– Velnias, kas tuomet *šitai*?

Labiausiai tai priminė paviršiun kylantį banginį: kažkas ilgas, masyvus, pilkas; o gal tai koks laivas vaiduoklis, kylantis iš gelmių kapo. Drauge su juo išsiveržusi staigi, galinga banga nušlavė mus šalin. Pašėlusiai plakdami rankomis ir kojomis mėginome jai priešintis, bet nieko nepešėme lyg kokios potvynio srauto nešamos nuolaužos, tačiau netrukus kylantis siaubūnas dunkstelėjo mums į kojas, ir jau tada patys ėmėme kilti raiti jam ant nugaros.

Jis niro iš vandens tiesiog po mumis šniokšdamas ir žvangėdamas lyg kokia milžiniška mechaninė pabaisa. Atsidūrėme dūžtančių, putojančių bangų katile, į visas puses plūstantis vanduo bloškė mus ant metalinių grotelių paviršiaus. Pirštais įsikibome jų, kad mūsų nenuplautų atgal į jūrą. Markstydamasis, sūrių purslų akinamas, įžiūrėjau narvelį – šis įstrigo tarp dviejų iškyšų, panašių į du pelekus, didesnį ir mažesnį, styrančius pabaisos nugaroje. O tada viršum mūsų prašliaužė švyturio spindulys, ir jo šviesos pakako suprasti: tie pelekai – visai ne pelekai, o stebėjimo bokštelis ir didžiulė, prie korpuso prikniedyta patranka. Vadinasi, gremėzdas, ant kurio atsidūrėme, – nei pabaisa, nei skenduolis, nei banginis...

– Povandeninis laivas! – surikau. Tai, kad jis iškilo tiesiog po mumis, niekaip negalėjo būti atsitiktinumas. Reikia manyti, Golanas apie tai žinojo ir to laukė.

Ema jau buvo pašokusi ir per virtuliuojantį denį skuto prie narvelio. Šiaip taip atsistojau ir aš. Bet, vos spėjau žengti žingsnį, siūbtelėjusi banga vėl mus parvertė.

Išgirdau riksmą ir pakėlęs akis išvydau žmogų pilka uniforma: išniręs pro stebėjimo bokštelio angą, jis jau buvo nukreipęs į mus šautuvą.

Į denį sucvaksėjo pasipylusios kulkos. Narvelis buvo per toli – mus, reikia manyti, prakiurdins kaip rėčius anksčiau, nei jį pasieksime, – bet aiškiai mačiau: Ema vis tiek pasiryžusi bandyti.

Pribėgęs stumtelėjau, pargrioviau ją ir abu nusiritome į vandenį. Juoda jūros banga užliejo mums galvas. Dabar jau kulkos čiaukšėjo vandenį, paskui save palikdamos burbuliukų pėdsaką.

Vos vėl išnirus Ema stvėrėsi manęs ir suklykė:

– Kodėl taip padarei? Buvau jau prie pat jų!

– Jis būtų tučtuojau tave nudėjęs! – atrėžiau mėgindamas išsivaduoti – ir staiga dingtelėjo, kad Ema jo net nematė, visas jos dėmesys

buvo sutelktas į narvelį, tad mostelėjau jai pažvelgti į denį: šaulys kaip tik žirgliojo narvelio link. Paėmė jį, papurtė. Narvo durelės kadarojo atviros. Man pasirodė, kad viduje įžvelgiau krustelėjimą – vis šiokia tokia vilties kibirkštėlė, – o paskui viską vėl perliejo švyturio spindulys. Jo šviesoje labai aiškiai pamačiau jūrininko veidą, burną, perkreiptą gašlios šypsenos, tuščias akis be rainelių. Padaras.

Jis kyštelėjo ranką į narvelį, issitraukė permirkusį paukštį – tik vieną. Iš stebėjimo bokštelio jam kažką riktelėjo kitas kareivis, ir pirmasis tekinas pasileido prie liuko su visu paukščiu.

Povandeninis laivas sudrebėjo, sušnypštė. Vanduo aplink mus ėmė kunkuliuoti lyg užviręs.

– Plauk, arba ir mus įtrauks drauge! – surikau Emai. Bet ji neišgirdo, jos žvilgsnį prikaustė kažkas kita – kažkas, plūduriuojantis tamsiame vandens ruože prie pat laivagalio.

Ji suskato irtis ten link. Dar bandžiau ją sugriebti, bet ji nepasidavė. O paskui, nepaisant net povandeninio laivo unkštimo, išgirdau ir aš – laibą, veriantį klyksmą. Panelė Peregrinė!

Suradome ją blaškomą bangų, iš paskutiniųjų bandančią išlaikyti galvą virš vandens, plakančią vienu sparnu – antrasis atrodė lūžęs. Ema išsėmė ją rieškučiomis. Suklykiau, kad turime tučtuojau plaukti šalin.

Iš paskutiniųjų kapstėmės tolyn nuo laivo. Mums už nugarų jau žiojosi verpetas – povandeninis laivas sparčiai grimzdo į tuštumą, atsivėrusią vietoj išstumto vandens. Jūra rijo pati save, kėsindamasi drauge praryti ir mus, bet mūsų rankose dabar buvo čerškiantis sparnuotas pergalės simbolis, na, bent pusės pergalės, ir jis pripildė mus jėgų grumtis su susidariusia srove. O paskui išgirdome Bronvinos balsą – ji šaukė mus vardais; dar po akimirkos, skrosdama bangas, mūsų raumeningoji bičiulė prisistatė ir pati – ir tempte ištempė mus visus į saugią vietą.

Tysojome ant uolos po skaidrėjančiu dangumi, dideliais gurkšniais traukdami orą, drebėdami, visiškai išsekę. Milardas su Bronvina užvertė mus klausimais, bet mums kol kas stigo kvapo atsakinėti. Jiedu matė krintant Golano kūną, matė, kaip iškilo ir vėl paniro povandeninis laivas, kaip vandens paviršiuje suspurdo panelė Peregrinė, bet be panelės Avocetės, ir suprato maždaug tiek, kiek buvo būtina. Jie spaudė mus glėbyje tol, kol nustojo krėsti drebulys, o Bronvina pasikišo direktorę po marškiniais, kad būtų bent kiek šilčiau. Trupučiuką atsipeikėję atsirišome Emos valtelę ir nusiyrėme į krantą.

Vos mums priartėjus, mūsų pasitikti į seklumą subrido vaikai.

– Girdėjome šūvius?

– Kas buvo tasai keistas laivas?

– Kur panelė Peregrinė?

Mes išlipome iš valties ir Bronvina praskleidė marškinius, visiems parodė jaukiai susigūžusį, prie jos prigludusį paukštį. Vaikams susispietus aplinkui, panelė Peregrinė kilstelėjo snapą ir sukrykštė, suprask: pavargusi, bet gyva sveika. Siūbtelėjo galinga džiaugsmo šūksnių banga.

– Jums pavyko! – suriko Hjugas.

Oliva sutrepsėjo džigos ritmu ir užtraukė:

– Paukštis, Paukštis, Paukštis! Ema ir Džeikobas išgelbėjo Paukštį!

Vis dėlto linksmybės truko neilgai. Tuojau pat visi susizgribo, kad panelės Avocetės su mumis nėra, į akis krito ir nerimą kelianti Milardo būklė. Varžtis laikėsi, bet Milardas neteko daug kraujo ir sparčiai silpo. Enochas apsiautė jį savo striuke, Fiona pasiūlė vilnonę kepurę.

– Reikės parodyti tave miestelio gydytojui, – tarė Ema.

– Nesąmonė, – atkirto Milardas. – Tas vargšas gydytojas kaip gyvas nėra matęs nematomo vaikino, o net jei toks jam ir pasipainiotų po kojų, nė nenutuoktų, ką daryti. Arba imtųsi gydyti ne tą galūnę, arba spruktų šalin rėkdamas.

– Tegul sau sprunka rėkdamas, nieko tokio, – atsakė Ema. – Vos kilpai persisukus iš naujo, jis vis tiek nieko neprisimins.

– O tu verčiau apsidairyk. Kilpa turėjo persisukti prieš gerą valandą.

Milardas sakė tiesą: dangus nurimo, mūšis baigėsi, bet sprogimų dūmų tumulai vis dar maišėsi su debesimis.

– O tai jau tikrai nieko gero, – ištarė Enochas ir visi nutyko.

– Šiaip ar taip, – vėl prakalbo Milardas, – visko, ko man gali prireikti, yra namuose. Duosite man įkalti laudanumo, o žaizdą suvilgysite alkoholiu. Šiaip ar taip, nukentėjo tik minkštieji audiniai, nieko baisaus. Po trijų dienų jau šokinėsiu.

– Bet žaizda vis dar kraujuoja, – tarė Bronvina, rodydama į raudonus lašus, išmarginusius smėlį.

– Tai labiau suveržk tą nelemtą varžtį!

Taip ji ir padarė; Milardas tik aiktelėjo, priversdamas visus susigūžti, ir be sąmonės susmuko Bronvinai į glėbį.

– Jam nieko blogo nenutiko? – sunerimo Klerė.

– Tik išsijungė, ir tiek, – atsakė Enochas. – Ne toks jis kietas, koks apsimeta esąs.

– O ką darysime dabar?

– Paklauskite panelės Peregrinės! – pasiūlė Oliva.

– Taip ir padarysime. Paleiskite ją žemėn, kad galėtų atvirsti į žmogų, – tarė Enochas. – Būdama paukščiu ji ne kažin ką mums patars.

Bronvina paleido paukštį ant sausesnio smėlio ruožo ir visi atsitraukėme per žingsnį laukti. Panelė Peregrinė keliskart straktelėjo, mostelėjo sveikuoju sparnu, pasukiojo plunksnotą galvą, sumirksėjo – bet nieko daugiau nenutiko. Kaip buvo, taip ir liko paukščiu.

– Galbūt jai trukdo žiūrovai? – pakišo mintį Ema. – Verčiau nusisukime.

Taip ir padarėme: apsupome ją ratu, bet nusisukę.

– Dabar jau saugu, panele Peregrine, – paragino ją Klerė. – Niekas nežiūri!

Po kokios minutės Hjugas ryžosi dirstelėti.

– Ne, – pasakė. – Ji vis dar paukštis.

– Galbūt ji pernelyg pavargusi ir sušalusi? – dar bandė spėti Klerė. Daug balsų pritarė, kad tai tikėtina, tad nusprendėme traukti į namus, turimomis priemonėmis mėginti gydyti Milardą ir viltis, kad, šiek tiek atsikvėpus, viskas grįš į įprastą būklę: ir pati vaikų namų direktorė, ir jos kilpa.

VIENUOLIKTAS SKYRIUS

*K*opėme stačiu taku, o paskui traukėme per kalvagūbrį kaip kokia grupė pavargusių vėtytų ir mėtytų karo veteranų: vora vienas paskui kitą, panarinę galvas; Bronvina ant rankų nešė Milardą, panelė Peregrinė tarsi lizde tupėjo Fionos plaukų brūzgyne. Visa apylinkė buvo išskvarbyta teberūkstančiais sprogimų krateriais, velėna buvo išrausiota, lyg čia būtų kapstęsis koks milžiniškas šuo. Visiems rūpėjo viena: ką rasime grįžę į namus? Tik niekam nepakako drąsos šito ištarti garsiai.

Atsakymo sulaukėme dar net neišėję į pamiškę. Enochas už kažko užkliuvo ir pasilenkė pažiūrėti, kas pasipynė po kojomis. Tai buvo aprūkęs plytgalis.

Dabar jau prasiveržė panika. Vaikai strimgalviais pasileido taku. Išnirus į pievą, jaunesnieji apsipylė ašaromis. Laukymė buvo kupina dūmų. Bomba nesustojo vos prilietusi Adomo pirštą, kaip buvo visiems įprasta, o perskėlė jį perpus ir sprogo. Vienas namo kampas virto susmukusiais, rūkstančiais griuvėsiais. Apsvilusiuose dviejų kambarių griaučiuose šen ir ten šokčiojo liepsnelės. Ten, kur žaliuota Adomo, dabar žiojėjo šviežia duobė – tokia gili, kad be vargo užkastum stačią žmogų. Nesunku buvo įsivaizduoti, kuo šie namai kada nors virs: apgailėtinu sudarkytu laužu, kokį prieš kelias savaites pirmąsyk išvydau aš. Košmarų namu.

Panelė Peregrinė plumptelėjo iš Fionos plaukų lizdo žemėn ir ėmė blaškytis po apanglėjusią žolę, nerimastingai kleketuodama.

– Direktore, kas atsitiko? – paklausė Oliva. – Kodėl neįvyko virsmas?

Tačiau panelė Peregrinė tik sučerškė – kitaip atsakyti negalėjo. Atrodė, ji tokia pat sutrikusi ir išsigandusi, kaip ir mes visi.

– Prašau, prašau atvirsti į žmogų! – priklaupusi priešais ją pratrūko melsti Klerė.

Panelė Peregrinė plasnojo ir straksėjo, rodėsi, stengiasi iš visų jėgų, tačiau pakeisti pavidalo jai taip ir nepavyko. Sunerimę vaikai susibūrė aplink ją.

– Kažkas negerai, – ištarė Ema. – Jei ji galėtų atvirsti į žmogų, jau būtų taip ir padariusi.

– Galbūt kaip tik dėl to sutrūko kilpa, – pakišo mintį Enochas. – Prisimenate pasakojimą apie panelę Kestrel, pelėsakalį? Kaip ją parbloškė automobilis? Ji susitrenkė galvą ir liko pelėsakalio pavidalu ištisą savaitę. Tada iširo jos kilpa.

– O kuo čia dėta panelė Peregrinė?

Enochas atsiduso.

– Galbūt ir ji susitrenkė galvą? Gal mums tereikia palūkėti savaitėlę, kol atsigaus?

– Dideliu greičiu lekiantis sunkvežimis – tai viena, – tarė Ema. – O padarų antpuolis – visai kas kita. Neįmanoma įspėti, ką tasai šunsnukis padarė panelei Peregrinei, kol mums pavyko ją atgauti.

– Padarų? Nori pasakyti – daugiskaita?..

– Panelę Avocetę pagrobė padarai, – paaiškinau aš.

– Iš kur žinai? – parūpo Enochui.

– Golanas juk turėjo bendrų, ar ne? Be to, mačiau tojo, kuris šaudė į mus, akis. Nėra nė menkiausios abejonės.

– Tuomet panelę Avocetę galime laikyti žuvusia, – pasakė Hjugas. – Kaip kažin ką, jie ją užmuš.

– O gal ir ne, – paprieštaravau aš. – Bent jau ne iš karto.

– Bent jau vieną dalyką apie padarus žinau tikrai, – pareiškė Enochas. – Jie žudo ypatinguosius. Tokia jų prigimtis. Jie visąlaik taip daro.

– Ne, Džeikobas sako tiesą, – įsiterpė Ema. – Prieš nusibaigdamas padaras pasakė mums, kodėl jie stengiasi pagrobti kuo daugiau ymbrynių. Ruošiasi priversti jas pakartoti tą patį procesą, po kurio anąsyk radosi kiaurymės. Tik šįsyk reakcija turėtų būti galingesnė. Nepalyginti galingesnė.

Kažkas aiktelėjo. Visi kiti nutilo. Grįžtelėjau pažiūrėti, ką veikia panelė Peregrinė, ir išvydau ją vienišą, liūdnai tupinčią and Adomo kraterio krašto.

– Būtina juos sustabdyti, – tarė Hjugas. – Privalome išsiaiškinti, kur jie slepia pagrobtas ymbrynes.

– Kaip? – suabejojo Enochas. – Negi siūlysi pasekti povandeninį laivą?

Man už nugaros kažkas garsiai atsikrenkštė; atsisukę išvydome Horacijų, sukryžiuotomis kojomis sėdintį ant žemės.

– Aš žinau, kur jie jas vežasi, – ištarė jis tyliai.

– Žinai? Kaip tai – žinai?

– Koks skirtumas kaip, svarbu – jis *žino*, – pertarė kitus Ema. – Kur jie ją išsivežė, Horacijau?

Jis papurtė galvą.

– Vietovės pavadinimo nežinau, – atsakė. – Bet esu ją matęs.

– Tuomet nupiešk, – pasiūliau aš.

Jis pagalvojo valandėlę, paskui nerangiai pakilo. Su perplėštu juodu kostiumu atrodė kaip koks elgetaujantis pamokslininkas. Nusliū-

kino prie pelenų kaugės, suneštos iš perskelto namo, pasilenkęs pasisėmė saują suodžių. O paskui švelnioje mėnesienoje ėmėsi plačiais mostais piešti ant apgriuvusios sienos.

Stovėjome susispietę jam už nugaros ir žiūrėjome. Jis nubrėžė eilę vertikalių strypų, viršuje juos sujungė kilpiniuota linija, panašia į spygliuotą vielą. Vienoje pusėje stūksojo miškas. Žemė buvo padengta pajuodusiu sniegu. Štai ir viskas.

Užbaigęs Horacijus nusverdėjo atatupstas, sunkiai klestelėjo į žolę, žvelgdamas į niekur apdujusiomis, ūkanotomis akimis. Ema švelniai palietė jam petį ir paklausė:

– Horacijau, ką dar žinai apie tą vietovę?

– Ten šalta.

Bronvina priėjo pažiūrėti iš arčiau į Horacijaus piešinį. Viena ranka laikė glėbyje Olivą, mergaitės galva jaukiai ilsėjosi jai ant peties.

– Panašu į kalėjimą, – pratarė Bronvina.

Oliva kilstelėjo galvą.

– Na ir ką? – sučiepsėjo slopiu balseliu. – Kada keliausime?

– Keliausime – kur? – Enochas skėstelėjo rankomis. – Čia tik baisybė išraitytų linijų!

– Juk kažkur tai turi būti, – Ema atsisuko į jį.

– Juk negalime traukti ieškoti kalėjimo tiesiog apsnigtuose tyruose!

– Pasilikti čia irgi negalime.

– O kodėl gi ne?

– Tiktai pažvelkite, kuo virto namai. Kas nutiko namų direktorei. Pasiutusiai gera buvo čia gyventi, bet tas gyvenimas jau baigėsi.

Enochas su Ema valandėlę žingsniavo pirmyn atgal. Visų kitų nuomonės pasiskirstė į dvi dalis. Vieni pritarė Enochui: pernelyg ilgai gyventa atsiskyrus nuo pasaulio, vos pasitraukus iš čia gresia įsisukti į karo verpetą arba pakliūti tiesiai į ryklę kokiai kiaurymei, tad verčiau jau rizikuoti likti čia, kur bent aplinka pažįstama. Kiti savo ruožtu tvirtino, kad karas bei kiaurymės jau patys prisistatė čionai, tad iškeliauti būtina – kitos išeities tiesiog nesą. Kiaurymės ir padarai neišvengiamai grįšią gaudyti panelės Peregrinės, ir jau kur kas gausesnėmis pajėgomis. Be to, reikėjo pagalvoti ir apie pačią panelę Peregrinę.

– Susirasime kokią kitą ymbrynę, – siūlė Ema. – Jei kas nors ir gali numanyti, kaip pagelbėti mūsų direktorei, tai nebent kuri nors iš jos draugių.

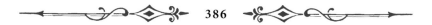

– O kas, jei visos kitos kilpos irgi iširusios? – svarstė Hjugas. – Kas, jei visos ymbrynės jau sugaudytos?

– Apie tai nevalia net galvoti. Bent jau viena kita tikrai turėjo likti.

– Emos tiesa, – prabilo Milardas; jis gulėjo ant žemės su mūro luistu po galva vietoj pagalvės. – Jeigu vienintelė alternatyva tik laukti ir puoselėti viltį – viltį, kad nebepasirodys jokia kiaurymė, kad direktorės būklė pasitaisys, – tuomet, sakyčiau, jokios alternatyvos išvis nėra.

Atskalūnai galiausiai buvo sugėdinti ir priversti sutikti. Namus teks palikti likimo valiai. Daiktus, kiek įmanoma, susikrausime ir pasiimsime su savimi. Uoste, prispaudus būtinybei, rekvizuosime keletą valčių ir rytą išplauksime, visi.

Paklausiau Emos, kaip jie ketiną rasti kelią. Juk nė vienas iš vaikų pastaruosius aštuoniasdešimt metų nebuvo nė kojos iškėlę iš salos, o panelė Peregrinė negalėjo nei kalbėti, nei skraidyti.

– Turime žemėlapį, – tarė Ema ir lėtai atsigręžė į rūkstantį namą. – Jeigu nesudegė, žinoma.

Pasisiūliau padėti jai jo ieškoti. Užsidangstę veidus šlapiais skarmalais, ryžomės žengti į namą, tik ne pro duris, o pro išgriuvusią sieną. Langai buvo išbyrėję, dūmuose galėjai kirvį kabinti, bet pasišviesdami Emos delne tvaskančiu žiburiu nesunkiai radome kelią į mokyklos klasę. Visos lentynos buvo išvartytos kaip domino kauliukai, bet mes nušlavėme nuolaužas į šalį ir susirietę kibome naršyti ant grindų pažirusias knygas. Mums nusišypsojo sėkmė – rasti reikiamą knygą nebuvo sunku, ji buvo pati didžiausia bibliotekoje. Ema, džiugiai šūktelėjusi, iškėlė ją virš galvos.

Eidami atgal pakeliui dar apsirūpinome viskuo, ko reikėjo Milardui: alkoholiu, laudanumu, padoriais tvarsčiais. Bendromis pastangomis išvalę ir aptvarstę jo žaizdą, visi susėdome tyrinėti knygos. Tai buvo veikiau atlasas nei žemėlapis, įrištas dygsniuota, sodriai vyšnine spalva nudažyta oda, puslapiai, regis, iš pergamento, su kruopščiai nupieštais žemėlapiais. Knyga buvo nepaprastai graži ir labai sena, ir tokia didelė, kad vos išsiteko Emai ant kelių.

– Ji vadinasi „Dienų žemėlapis", – paaiškino Ema. – Čia pavaizduotos visos kilpos, kiek tik jų buvo žinoma.

Puslapyje, kurį ji atvertė, buvo lyg ir Turkijos žemėlapis, bet nepažymėti jokie keliai, taip pat ir valstybės sienos. Užtat visas žemėlapis nubarstytas mažyčiukėmis spiralėmis, mano spėjimu, šios ženklino kilpų vietas. Kiekvienos jų centre nupieštas simbolis, kiekvienas vis kitoks, o jų atitikmenys – legendoje puslapio apačioje: čia greta kiekvieno simbolio rikiavosi skaičiai, atskirti brūkšniais. Dūriau pirštu į vieną tokių: *29-3-316 / ?-?-399* – ir paklausiau:

– Kas gi tai? Koks nors kodas?

Emos pirštas nuslydo eilute.

– Ši kilpa – 316-ųjų metų po Kristaus kovo dvidešimt devinta. Kilpa gyvavo iki 399-ųjų, bet tiksli data – mėnuo ir diena, kada ji buvo sunaikinta – nežinomi.

– Kas atsitiko 399-aisiais?

Ema gūžtelėjo pečiais.

– Čia nerašo.

Ištiesęs ranką jai per petį atverčiau kitą puslapį – čia buvo Graikijos žemėlapis, o spiralės ir skaičiai grūdosi dar tankiau.

– Kokia prasmė žymėti jas visas? – paklausiau. – Kaip reikėtų nukakti iki tų senovinių kilpų?

– „Varlės šuoliais", – paaiškino Milardas. – Procesas labai sudėtingas, o ir pavojingas, bet įmanomas. „Varlės šuoliais" šokinėdamas iš vienos kilpos į kitą – tarkim, iš čia į dieną, buvusią prieš penkiasdešimt metų – galėtum pakliūti į ištisą virtinę kilpų, paliovusių egzistuoti per pastaruosius penkiasdešimt metų. Jei tau užtektų lėšų nukakti į jas, jose aptiktum jungčių su dar kitomis kilpomis – šitaip jų daugėja geometrine progresija.

– Juk tai kelionė laiku, – sumurmėjau priblokštas. – *Tikra* kelionė laiku!

– Taip, tikriausiai.

– Vadinasi, reikėtų aiškintis ne tik *kur* yra šita vietovė, – mostelėjau į peleninį Horacijaus piešinį ant sienos, – bet ir *kada*?

– Ko gero, taip. O jeigu panelę Avocetę tikrai paėmė į nelaisvę padarai, kurie garsėja kaip tikri „Varlės šuolių" meistrai, tuomet netgi labai tikėtina, kad ji drauge su kitomis ymbrynėmis kalinamos kažkur praeityje. Tai gerokai apsunkintų jų paieškas, negana to, ir nusigauti pas jas būtų kur kas pavojingiau. Istorinių kilpų buvimo vietos mūsų priešams gerai žinomos, ir ten jie dažniausiai tykoja prie pat angos.

– Ką gi, – tariau jiems, – tuomet lieka tik džiaugtis, kad drauge su jumis keliauju ir aš.

Ema staigiai grįžtelėjo į mane.

– O, nuostabu! – sušuko apkabindama. – Ar nė kiek nebeabejoji?

Patikinau, kad neabejoju. Kad ir kokie buvo pavargę, vaikai suskato švilpti ir ploti delnais. Kai kurie irgi apkabino. Netgi Enochas pakratė man ranką. Tačiau kai vėl pažvelgiau į Emą, jos veidas apniuko.

– Kas atsitiko? – paklausiau.

Ji nejaukiai krustelėjo.

– Kai ką tau derėtų žinoti, – pasakė. – Ir baiminuosi, kad tai žinodamas gali apsigalvoti, kad visai nebenorėsi keliauti drauge.

– Šitaip jokiu būdu neatsitiks, – užtikrinau.

– Kai tik iškeliausime iš čia, kilpa užsiverš. Gali atsitikti ir taip, kad niekada nebegalėsi grįžti į gimtąjį laiką. Bent jau – ne lengvai.

– Aš ten nieko nepalikau, – atsakiau paskubomis. – Net jeigu ir galėčiau grįžti, nesu tikras, kad norėčiau.

– Tu dabar šitaip sakai. O aš noriu, kad būtum visai tikras.

Aš linktelėjau ir atsistojau.

– Kur trauki? – paklausė Ema.

– Einu pasivaikščioti.

Niekur toli nenuėjau, tiktai lėtu žingsniu apsliūkinau aplink dailiai sutvarkytą kiemą, žvelgdamas į dabar jau visiškai išsigiedrijusį dangų, nužertą milijardais žvaigždžių. Žvaigždės... jos irgi – laiko keliautojos. Kiek šių senovinių mirksinčių šviesos taškučių – tiktai paskutinysis kadai užgesusių saulių aidas? O kiek yra gimusių naujų, tik jų spindesys dar neatsklido iki mūsų? O jeigu šiąnakt pat užgestų visos žvaigždės, išskyrus mūsiškę, kiek žmonių kartų dar gyvenimus nugyventų, kol galiausiai suvoktų, kad likome vieni? Aš visuomet žinojau, kad dangus kupinas paslapčių, bet iki šiol nenutuokiau, kokia gausybė jų yra žemėje.

Priėjau tą vietą, kur į laukymę išvedė miško takelis. Patraukus ana kryptimi, kelio gale – namai, viskas, ką pažinojau, visai nepaslaptinga, kasdieniška, saugu.

Tik tai, deja, netiesa. Nėra man ten saugu. Jau nebe. Pabaisos nužudė mano senelį, užklupo ir mane patį. Anksčiau ar vėliau būtinai sulauksiu naujo jų antpuolio. Kas, jei vieną gražią dieną grįžęs namo rasiu krauju pasruvusį tėtį, susmukusį ant grindų? Arba mamą?

Pažvelgus priešinga kryptimi – vaikai telkėsi jaudriais būreliais, kalbėjosi, tarėsi, pirmąsyk, kiek siekė jų visų atmintis, kurdami ateities planus.

Nužingsniavau atgal pas Emą, vis dar sklaidančią masyviąją knygą. Greta jos tupėjo panelė Peregrinė ir tai šen, tai ten vis kaptelėdavo žemėlapį snapu. Pajutusi mane artėjant, Ema pakėlė galvą.

– Esu tikras, – tariau.

Ji nusišypsojo.

– Džiaugiuosi.

– Vis dėlto prieš iškeliaudamas dar privalau šį tą nuveikti.

Į miestelį grįžau prieš pat saulėtekį. Atrodė, kad pagaliau išsilijo, horizonte jau sunkėsi pirmoji žydros dienos šviesa. Pagrindinė miestelio gatvė priminė ranką su iššokusiomis venomis, ilgos prorėžos liko ten, kur poplūdžio vandenys išplovė žvyrą.

Įžengiau į užeigą, perėjau tuščią barą, užlipau į mūsų būstą. Užuolaidos buvo užtrauktos, tėčio kambario durys – uždarytos; tai išvydęs lengviau atsidusau, mat dar nebuvau sugalvojęs, kaip pasakysiu tai, ką privalėjau pasakyti. Užuot kalbėjęs, įsitaisiau su lapu popieriaus ir parkeriu, ir ėmiausi rašyti jam laišką.

Mėginau paaiškinti jam viską. Rašiau apie ypatinguosius vaikus ir apie kiauramėkles, ir apie tai, kaip pasitvirtino visos senelio Portmano pasakos. Papasakojau, kas ištiko paneles Peregrinę ir Avocetę, labai stengiausi, kad jis suprastų, kodėl privalau iškeliauti. Meldžiau jo nesijaudinti.

O paskui perskaičiau, ką parašęs. Ne, nieko gero. Jis nė už ką nepatikės. Pamanys, kad išprotėjau taip pat, kaip ir senelis, o gal – kad pasprukau nuo jo, kad mane kas nors pagrobė, kad šokau galva žemyn nuo uolų. Bet kuriuo atveju būsiu sugriovęs jam gyvenimą. Sugniaužiau popierių ir pasiunčiau į šiukšliadėžę.

– Džeikobai...

Atsigręžęs išvydau tėtį: atsišliejusį į durų staktą, pasmėlusiomis akimis, susivėlusiais plaukais, vilkintį purvu aptaškytus marškinius, mūvintį džinsus.

– Labas, tėti.

– Užduosiu tau paprastą, tiesmuką klausimą, – tarė jis. – Noriu sulaukti į jį tokio pat paprasto ir tiesmuko atsakymo. Kur tu buvai visą naktį? – Plika akimi buvo matyti, kad jis iš paskutiniųjų stengiasi nepratrūkti.

Nutariau, kad jau prisimelavau iki soties, metas baigti.

– Nieko man neatsitiko, tėti. Buvau su draugais.

Suveikė taip, lyg būčiau ištraukęs granatos žiedą.

– TAVO DRAUGAI IŠGALVOTI! – suriko jis. Žengė kelis žingsnius artyn, veidą išpylė raudonis. – Lieka tik graužtis nagus, kad mudu su tavo motina leidomės to tuščiagalvio psichoanalitiko įkalbami atvežti tave čionai, nes visa ši kelionė – absoliuti *katastrofa*! Ką tik pamelavai man paskutinį kartą! O dabar – marš į savo kambarį krautis daiktų. Pačiu pirmu keltu išplaukiame!

– Tėti...

– O kai parsirasime namo, nė kojos nekelsi laukan tol, kol nesurasime kokio psichiatro, kuris nebūtų visiškas *prietranka*!

– Tėti!

Net šmėstelėjo mintis: nejaugi teks nuo jo sprukti? Vaizduotė jau piešė paveikslą: tėtis laiko mane įsikibęs, šaukiasi pagalbos, tempia į keltą su tramdomaisiais marškiniais, surištomis už nugaros rankomis...

– Aš su tavimi neplauksiu, – pasakiau jam.

Jis tik prisimerkė ir pakreipė galvą, tarsi būtų negerai išgirdęs. Jau žiojausi pakartoti, ką pasakęs, bet kažkas pabeldė į duris.

– Nešdinkitės! – suriko tėtis.

Pabeldė dar sykį, primygtiniau. Tėtis, pripuolęs prie durų, jas atlapojo – laiptų viršuje stovėjo Ema su ištiestu delnu, virš kurio šokčiojo žydros liepsnos kamuoliukas. Greta jos – ir Oliva.

– Sveiki, – prašneko Oliva. – Mes pas Džeikobą.

Priblokštas jis įsistebeilijo į jas.

– Kas gi tai...

Mergaitės prasibrovė pro jį į kambarį.

– Ką jūs čia darote? – sušnypščiau joms.

– Norėjome tiktai susipažinti, – Ema apdovanojo tėtį plačia šypsena. – Pastaruoju metu gana artimai susibičiuliavome su jūsų sūnumi, tad, pamanėme, derėtų aplankyti ir jus.

– Na... gerai, – tėčio žvilgsnis šmaižiojo čia į vieną, čia į kitą.

– Jis – vaikinas kaip reikiant, – pareiškė Oliva. – Toks narsus!

– Ir toks gražus! – Ema mirktelėjo man. Liepsnos kamuoliuką ji ėmė ridinėti iš vieno delno į kitą lyg žaislą. Tėtis kaip užhipnotizuotas stebeilijo į jį.

– Na t...taip, – pralemeno užsikirsdamas. – Toks jau jis.

– Gal neprieštarausite, jei nusiausiu batelius? – paklausė Oliva, bet atsakymo nelaukė – nusiavė ir tučtuojau nusklendė palubėn. – Ačiū. Taip kur kas patogiau!

Tėtis žingtelėjo žingsnį atatupstas.

– Aš vis dar miegu, – ištarė lyg apdujęs. – Aš toks pavargęs...

Nuo grindų atsiplėšusi kėdė nuplaukė prie tėčio, paskui ją tiesiog iš oro nušokčiojo ir sumaniai suvyniotas tvarstis.

– Tuomet prašom prisėsti, – pasiūlė Milardas.

– Gerai, – sutiko tėtis ir iš tikrųjų atsisėdo.

– O ką tu čia darai? – kuštelėjau Milardui. – Argi tau neprivalu gulėti?

– Tiesiog buvau netoliese, – jis kilstelėjo labai jau šiuolaikiškai atrodantį buteliuką su piliulėmis. – Reikia pripažinti, ateityje išrasta tikrai nuostabiai veiksmingų tablečių nuo skausmo!

– Tėti, tai Milardas, – pristačiau jį. – Tu jo nematai, nes jis nematomas.

– Labai malonu susipažinti.

– Man irgi, – patikino Milardas.

Priėjau prie tėčio, pritūpiau šalia jo kėdės. Jo galva šiek tiek kinkavo į šalis.

– Aš iškeliauju, tėti. Kurį laiką tikriausiai nepasimatysime.

– Šit kaip? Ir kur susiruošei?

– Į kelionę.

– Į kelionę, – pakartojo jis. – O kada grįši?

– Pats nežinau.

Tėtis palingavo galvą.

– Visai kaip senelis.

Milardas prileido iš čiaupo stiklinę vandens, atnešė jam; tėtis ištiesė ranką ir lyg niekur nieko paėmė ją, tarsi ore sklandančios stiklinės būtų pats įprasčiausias dalykas. Tikriausiai mane sapnuojąs, ir tiek.

– Ką gi, labos nakties, – ištarė tėtis. Atsistojo prisilaikydamas kėdės, kad neprarastų pusiausvyros, paskui nuklumpino atgal į savo kambarį. Dar stabtelėjo tarpduryje, atsigręžė, pažvelgė į mane.

– Džeikai...

– Ką, tėti?

– Būk atsargus, sutarta?

Linktelėjau. Jis uždarė paskui save duris. Dar po akimirkos išgirdau, kaip šlumštelėjo į lovą.

Aš atsisėdau, pasitryniau veidą. Pats nežinojau, kaip turėčiau jaustis.

– Na kaip, pagelbėjome? – paklausė Oliva iš palubės.

– Nežinau, – atsakiau. – Kažin. Pabudęs jis tikriausiai manys, kad visi jūs jam tiesiog prisisapnavote.

– Galėtum parašyti jam laišką, – pasiūlė Milardas. – Papasakotum viską, ką tik norėtum – juk jam sekti paskui mus vis tiek visiškai neįmanoma.

– Laišką jau buvau parašęs. Bet tai – ne *įrodymas*.

– Taigi, – tarstelėjo Milardas. – Suprantu, kokia bėda.

– Kad taip man tavo bėdas, – įsikišo Oliva. – Kaip būtų miela, jei mane mama ir tėtis būtų taip mylėję, kad būtų sunerimę, kai išėjau iš namų.

Ema pasistiebė, pasiekusi spustelėjo jai ranką. O paskui tarė:

– Ko gero, aš turiu įrodymą.

Iš už suknelės juosmens ji išsitraukė nedidelį dėklą. Iš jo išėmė nuotrauką, padavė man. Nufotografuota buvo ji pati su mano seneliu – anais laikais, kai senelis dar buvo jaunas. Jos visas dėmesys sutelktas į jį, bet jis mintimis, regis, sklando kitur. Tai buvo taip liūdna ir taip gražu, ir taip iškalbinga – kaip maža, pasirodo, aš žinojau apie jų meilę.

– Nuotrauka daryta prieš pat Abei išvykstant į karą, – tarė Ema. – Tavo tėtis turėtų mane atpažinti, kaip manai?

Nusišypsojau jai.

– Atrodai taip, lyg nebūtum pasenusi nė diena.

– Nuostabu! – pareiškė Milardas. – Štai tau ir įrodymas.

– Visada taip ir nešiojaisi ją su savimi? – paklausiau grąžindamas nuotrauką Emai.

– Taip. Bet dabar ji man nebereikalinga. – Ji priėjo prie stalo, paėmė mano parkerį ir apvertusi nuotrauką ėmė rašyti kitoje pusėje. – Kuo tavo tėtis vardu?

– Franklinas.

Užbaigusi ji vėl padavė nuotrauką man. Pažvelgiau į abi puses, tada išgriebiau iš šiukšlių dėžės savo laišką, išlyginau ir padėjau ant stalo greta nuotraukos.

– Pasiruošę? – paklausiau.

Mano draugai laukė manęs stoviniuodami tarpduryje.

– Jei pasiruošęs tu, tada – taip, – atsakė Ema.

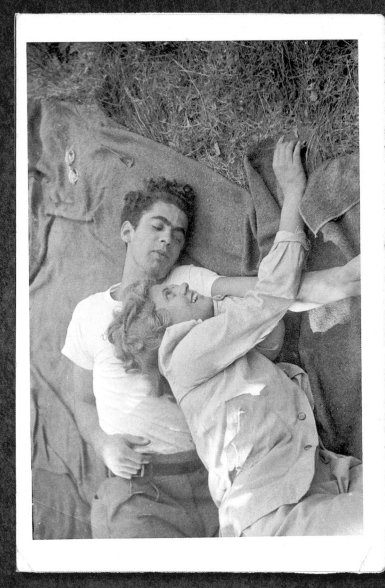

Brangus Franklinai,

buvo didžiai malonu su tavimi susipažinti. Palieku tau
nuotrauką: tai tavo tėvas ir aš tais laikais, kai tavo
tėvas gyveno čia. Viliuosi, šito pakaks tave įtikinti,
kad aš tebesu tarp gyvųjų ir kad Džeikobas nieko
neišsigalvojo.
Džeikobas iškeliauja kartu su mano draugais ir manim,
mes šiek tiek užtruksime kelyje. Saugosime vienas kitą
kelionėje, tad būsime saugūs tiek, kiek tokiems kaip mes
tai įmanoma. Kada nors, praslinkus pavojui, jis pas jus
sugrįš. Duodu žodį.

Nuoširdžiausiai tavo,
Ema Blum

P. S. Kaip suprantu, jūs tikriausiai suradote laišką,
kurį prieš daugelį metų parašiau tavo tėčiui. Taip elgtis
nederėjo, užtikrinu tave, jis manęs rašyti neprašė ir į tą
laišką neatsakė. Jis buvo vienas garbingiausių žmonių iš
visų, kuriuos man teko kada nors sutikti.

Patraukėme kalvagūbrio linkui. Netoli keteros, toje vietoje, kur visada sustodavau pasižiūrėti, kiek toli nuėjęs, šįsyk nė nesulėtinau žingsnio. Kartais geriau nesidairyti atgalios.

Kai pasiekėme piramidę, Oliva patapšnojo akmenis lyg kokį seną numylėtą gyvuliuką.

– Sudie, senoji kilpa, – ištarė. – Buvai tikrai puiki kilpa, neapsakomai tavęs ilgėsimės.

Ema suspaudė jai petį, ir abi drauge šmurkštelėjo vidun.

Piramidės menėje Ema prikišo liepsnelę prie sienos ir parodė man kai ką, ko iki šiol nebuvau pastebėjęs: uolose išbraižytą ilgą sąrašą datų ir inicialų.

– Tai atminimas visų tų, kurie šia kilpa naudojosi anksčiau, – paaiškino. – Čia surašytos visos kitos dienos, kuomet buvo sumesta ši kilpa.

Įdėmiai įsižiūrėjęs perskaičiau įrašus: *P. M. 1853-02-03* ir *J. R. R. 1797-04-01*, ir – vos beįžiūrimą – *X. J. 1580.* O prie pat žemės buvo išraižyti dar keli ženklai, kurių nesugebėjau įskaityti.

– Tai runos, – tarė Ema. – Senovinis raštas.

Milardas pasirausė žvyre, užčiuopė aštresnį akmenį, susirado dar vieną, kuriuo pasinaudojo kaip kaltu, ir apačioje kitų pats iškalė įrašą: *A. P. 1940-09-03.*

– Kas yra A. P.? – paklausė Oliva.

– Alma Peregrinė, – atsakė Milardas ir atsiduso. – Tai ji turėjo šitai iškalti, ne aš.

Oliva delnu perbraukė nelygius įrašus.

– Kaip manote, ar čia kada dar atkeliaus kita ymbrynė sumesti naujos kilpos?

– Viliuosi, taip, – atsakė Milardas. – Nuoširdžiai viliuosi, kad taip.

Viktorą mes palaidojome. Bronvina išnešė jį laukan su visa lova. Visiems vaikams susispietus pievoje aplink ją, Bronvina atitraukė užsklandą, apklostė kūną, paskutinį kartą pabučiavo į kaktą. Paskui mes, vyresnieji vaikinai, lyg nešikai pakėlėme lovą už visų keturių kampų ir nunešėme į bombos išmuštą duobę. Visi išlipome, tiktai Enochas užtruko ilgėliau. Jis iš kišenės išsiėmė molinuką, švelniai padėjo negyvėliui ant krūtinės.

– Pats geriausias iš mano vyrų, – pasakė. – Kad neliktum vienas.

Molinukas atsisėdo, bet Enochas, brūkštelėjęs nykščiu, jį vėl paguldė. Molinis kareivėlis apsivertė ant šono, pasikišo ranką po galva ir, regis, užmigo.

Duobę mes užrausėme, o tada Fiona atsitempė kelis krūmų ūglius, kelis vijoklius ir, padėjusi ant šviežiai suverstų žemių, ėmėsi auginti. Kai kiti užbaigė krautis daiktus, Adomas vėl stovėjo kur stovėjęs, tik dabar jis ženklino Viktoro kapą.

Vaikams atsisveikinus su senaisiais namais – kai kurie atminimui pasiėmė po plytos skeveldrą ar kokį gėlės žiedą iš sodo, – paskutinį kartą patraukėme per salą: per teberūkstantį, apanglėjusį mišką, per pelkės lygumą, išvarpytą sprogimų duobėmis, per kalvagūbrį ir galiausiai – per mažytį miestelį, apgaubtą durpių dūmų; miestelio gyventojai stoviniavo verandose ar tarpduriuose, tokie pavargę, tokie apduję nuo patirto šoko, kad, regis, dorai nė nepastebėjo pro šalį einančių keistai atrodančių ypatingųjų vaikų kirbinės.

Ėjome tylūs, bet netverdami jauduliu. Vaikai buvo nemigę visą naktį, bet pažiūrėjęs šito niekas nebūtų pasakęs. Buvo rugsėjo ketvirtoji, ir jiems po labai ilgos pertraukos dienos vėl slinko į priekį. Kai kurie netgi tvirtino jaučią skirtumą: sodresnis buvo į plaučius įtraukiamas oras, sparčiau tekėjo kraujas gyslomis. Jie jautėsi gyvybingesni, tikresni.

Taip pat jaučiausi ir aš.

*   *   *

Kadaise svajodavau ištrūkti iš savo paprastučio gyvenimo, bet iš tikrųjų mano gyvenimas niekada nė nebuvo paprastas. Aš tiesiog nepastebėdavau, koks jis ypatingas. Lygiai taip pat niekad anksčiau nebūčiau pamanęs, kad kada nors ilgėsiuos namų. Bet dabar, kai apyaušrio brėkšmoje krovėmės daiktus į valtis, stovėdami ant šviežiai atsivėrusios bedugnės, skiriančios *Iki* ir *Po*, krašto, nejučia prisiminiau viską, ką palieku užnugaryje – tėvus, savo miestą, savo kadaise buvusį geriausią ir vienintelį draugą, – ir sumojau, kad išvykimas amžiams – visai ne tai, ko tikėjausi, aš visiškai nesijaučiau nusimetęs naštą. Prisiminimai sunkūs, bemaž apčiuopiami, ir man lemta neštis juos su savimi.

Vis dėlto grįžti į senąjį gyvenimą buvo taip pat nebeįmanoma, kaip ir į subombarduotus vaikų namus. Mūsų narvų durys jau nuplėštos.

Dešimt ypatingųjų vaikų ir vienas ypatingas paukštis turėjo sutilpti į vos tris tvirtas valtis, tad nemaža dalis mantos liko gulėti prieplaukoje. Užbaigus krautis, Ema pasiūlė kuriam nors mūsų ką nors pasakyti – tarsi ir kalbą, skelbiančią būsimąją kelionę, – tačiau nė vienas nesugraibėme tinkamų žodžių. Galiausiai Enochas iškėlė panelės Peregrinės narvelį, ir ji garsiai, šaižiai suriko. Šūksniu atsakėme ir mes – tai buvo drauge ir pergalės riksmas, ir aimana: už viską, kas prarasta, už viską, ką dar pelnysime.

Mudu su Hjugu sėdome prie pirmosios valties irklų. Enochas, įsitaisęs pirmagalyje, stebėjo mus laukdamas savo eilės irkluoti, Ema,

400

pasipuošusi skrybėle nuo saulės, įdėmiai žvelgė į tolstančią salą. Jūra buvo raibuliuojančio stiklo plynė, nusidriekusi priešais mus iki pat begalybės. Diena pasitaikė šilta, bet viršum vandens pūtė vėjas, ir aš mielai būčiau irklavęs valandų valandas. Sunku buvo suvokti, kad pasaulyje, draskomame karo, galima rasti ir šitokią ramybę.

Išvydau, kaip Bronvina pamojo iš kitos valties ir pakėlė prie akių panelės Peregrinės fotoaparatą. Nusišypsojau jai. Į kelionę mes nepasiėmėme nė vieno iš senųjų nuotraukų albumų, galbūt ši, daryta Bronvinos, taps pirmąja nuotrauka naujame. Keista buvo pagalvoti, kad vieną dieną galbūt ir aš saugosiu pluoštelį pageltusių nuotraukų, galbūt rodysiu jas nepatikliems vaikaičiams, galbūt būsiu prikaupęs ir savo neįtikėtinų istorijų.

Bronvina nuleido fotoaparatą ir pakėlusi ranką parodė kažką tolumoje. Horizonto liniją darkė tamsūs taškai – virtinė tylių karinių laivų, juodutėlių tekančios saulės fone.

Kibome irkluoti sparčiau.

*V*isos šioje knygoje sudėtos nuotraukos yra autentiškos, visos senovinės, kur nors aptiktos, ir visos, išskyrus keletą, kurias teko minimaliai apdoroti, nė kiek nepakeistos. Nuotraukas iš savo asmeninių archyvų paskolino dešimt kolekcininkų – visi tie žmonės daugelį metų ir nesuskaičiuojamą daugybę valandų naršė milžiniškas neišrūšiuotų nuotraukų krūvas blusturgiuose, senienų krautuvėlėse ir per išpardavimus – tam, kad surastų tas keletą nepaprastų; jie išgelbėjo istorinės reikšmės ir stulbinančio grožio vaizdus iš užmaršties ir, labai tikėtina, iš atliekų krūvos. Jų darbas lieka nepastebimas, bet tai meilės kupinas triūsas, ir jie, mano nuomone, yra neapdainuoti fotografijos pasaulio didvyriai.

PADĖKOS

Norėčiau padėkoti:

Visiems iš „Quirk", ypač – Jasonui Rekulakui už jo, regis, neišsemiamą kantrybę ir daugybę nepaprastų sumanymų; Stephenui Seagalui – už tai, kad taip įdėmiai skaitė tekstą ir už įžvalgias pastabas, taip pat – Doogie Horneriui, be jokios abejonės – pačiam talentingiausiam šiandienos knygų apipavidalintojui ir komikui.

Savo nuostabiajai, atkakliajai agentei Kate Shafer-Testerman.

Savo žmonai Abbi – už tai, kad su šypsena ištvėrė tuos ilgus mėnesius, kol aš pats nervingai žingsniavau iš kampo į kampą ir želdinau barzdą; taip pat jos tėvams, Barry ir Phyllis – už paramą; taip pat ir Barry tėvams, Gladys ir Abrahamui, kurių išgyvenimo istorija tapo tikru įkvėpimo šaltiniu.

Mamai, kuriai, savaime aišku, aš skolingas už viską.

Visiems savo draugams nuotraukų kolekcininkams: geranoriškajam Peteriui Cohenui; Leonardui Lightfootui, kuris supažindino mane su reikiamais žmonėmis; Roselyn Leibowitz; Jackui Mordui iš „Thanatos Archive"; Steve'ui Bannos; Johnui Van Noate; Davidui Bassui; Martinui Isaacui; Muriel Moutet; Juliai Lauren; Yefimui Tovbisui; ir ypač – Roberui Jacksonui, kurio svetainėje praleidau daugybę malonių valandų, skleisdamas ypatingas nuotraukas.

Chrisui Higginsui, kuris, mano nuomone, daugiau nei bet kas kitas nusimano apie laiko keliones, – už tai, kad visada atsiliepdavo į mano skambučius.

Laurie Porter, kuri nufotografavo mane, mums tyrinėjant keistus apleistus trobesius Mohavės dykumoje, – nuotrauka šios knygos atvarte ir yra jos.

DEREK LANDY

MALONUSIS PONAS SKELETAS

Gyva, smagi, išdykėliška knyga, kurioje tobulai dera humoras, magija ir nuotykiai.

Žinot, kaip būna – manai, kad išgelbėjai pasaulį, o tada lyg iš giedro dangaus nukrinta DAR VIENAS piktadarys su neįveikiama pabaisa ir viską sugadina.

Ak taip, turi kaukolę ant pečių. Ir trylikametę pagalbininkę. Ir neturi žalio supratimo, ko imtis...

Dėdė Gordonas žinojo Didžiąją Paslaptį. Žinojo, kad yra burtininkų ir magų, žinojo apie jų tylius karus. Žinojo apie Beveidžius – baisius tamsiuosius dievus, ištremtus iš šio pasaulio, ir apie žmones, norinčius juos sugrąžinti. Bet dėdės Gordono nebėra, o iš kalėjimo pasprunka garsusis Baronas Keršytojas. Valkirijai Audrai gresia pavojus ir narsiajam detektyvui tenka susigrumti su priešininku, kokio jie dar neturėjo... O kas, jei didžiausias pavojus Valkirijos tyko visai netoli namų?..

„Maloniojo pono Skeleto" knygos ne tik pelnė milžiniškas jaunųjų skaitytojų simpatijas, bet ir tapo *Board Gais Energy* įsteigtos „Airių dešimtmečio knygos" laimėtojomis ir gavo *Red House* Vaikų knygos apdovanojimą.

Riggs, Ransom

Ri54   Ypatingų vaikų namai : [romanas] / Ransom Riggs ; iš anglų kalbos vertė Aurelija Jucytė. – Vilnius : Alma littera, 2012. – 408 p.

ISBN 978-609-01-0747-8

Šešiolikametis Džeikobas užaugo klausydamasis intriguojančių senelio istorijų apie jo neeilinių nuotykių kupiną gyvenimą, apie vaikus, žvelgiančius iš pluošto keistų nuotraukų. Džeikobą žavėjo senelio pasakojimai, bet augdamas jis kuo toliau, tuo mažiau jais tikėjo.

Tačiau keista senelio mirtis, paslaptingi paskutiniai žodžiai, taip pat Džeikobą apnikę košmarai priverčia suabejoti: o kas, jei senelio pasakos – visai ne pramanai? Kas tie vaikai iš senelio nuotraukų? Ar kas nors iš jų dar likęs tarp gyvųjų? Ar atokioje salelėje netoli Velso krantų tebeveikia vaikų namai? Ar gali būti, kad vis dar gyva ir vaikų namų direktorė panelė Peregrinė? Ar dar įmanoma kaip nors sužinoti tai, ko nesuspėjo pasakyti senelis?

Kitos išeities nėra: vienintelis būdas Džeikobui išsiaiškinti, kas ir kodėl pražudė jo senelį – pačiam nuvykti į salą ir susirasti vaikų namus, kuriuose senelis augo su vaikais iš nuotraukų...

„Nors oficialiai „Ypatingų vaikų namai" priskiriami prie vaikams ir jaunimui skirtų knygų, vis dėlto Riggso kuriami vaizdiniai ves per šią svaiginančią istoriją pirmyn bet kokio amžiaus skaitytoją."
Florida Times-Union

UDK 821.111(73)-93

Ransom Riggs

YPATINGŲ VAIKŲ NAMAI

Iš anglų kalbos vertė *Aurelija Jucytė*

Redaktorė *Gražina Stankevičienė*
Korektorė *Marijona Treigienė*
Viršelį lietuviškam leidimui pritaikė *Galina Talaiko*
Maketavo *Ligita Plešanova*

Tiražas 2500 egz.
Išleido leidykla „Alma littera", Ulonų g. 2, LT-08245 Vilnius
Interneto svetainė: www.almalittera.lt
Spausdino UAB BALTO print, Utenos 41A, LT-08217 Vilnius